Carl Krause

Das Zeichnen des Architekten

Bauverlag GmbH Wiesbaden und Berlin

Herausgeber:
Bauakademie der DDR
Institut für Städtebau und Architektur
Direktor: Prof. Dr.-Ing. Ule Lammert

CIP-Kurztitelaufnahme der Deutschen Bibliothek

Krause, Carl:
Das Zeichnen des Architekten/Carl Krause.
[Hersg.: Bauakad. d. DDR, Inst. für Städtebau u. Architektur].
– 2. Aufl. – Wiesbaden; Berlin: Bauverlag, 1983.
1. Aufl. im Verl. für Bauwesen, Berlin
ISBN 3-7625-2073-9

© VEB Verlag für Bauwesen, Berlin 1981,
Bearbeitete Auflage: © VEB Verlag für Bauwesen 1983
Lizenzausgabe für Bauverlag GmbH, Wiesbaden und Berlin
Gesamtgestaltung: Rolf Kampa
DK 72.026.1:744
Satz und Druck: Fachbuchdruck Naumburg
Printed in GDR
ISBN-Nr.: 3-7625-2073-9

Carl Krause

**Das Zeichnen
des Architekten**

Werkstattbücher für künstlerisches und technisches Gestalten

Vorwort des Bauverlages

Mit der ständig durch neue Titel wachsenden Reihe „Werkstattbücher für künstlerisches und technisches Gestalten" hat der Bauverlag sich in den vergangenen Jahren bemüht, anspruchsvolle, aber praktisch umsetzbare Anleitungen für freie oder zweckgebundene Gestaltung im technischen, technisch-künstlerischen, zuletzt auch im rein künstlerischen Bereich zu veröffentlichen.

Grundlagenliteratur wie „Bauzeichnungen" von *Landscheidt/Schlüter* „Lehre der Perspektive und ihre Anwendung" von *R. Schmidt* und „Freihändig zeichnen und skizzieren" von *K. CH. Heusen* markieren die Richtung dieser inzwischen weitverbreiteten Buchreihe, die in loser Folge fortgeführt wurde mit Büchern über rein künstlerisches Gestalten wie „Porträtzeichnen" von *L. Gordon* oder „Mit Wasserfarben malen" von *A. L. Guptill*.

Was u. a. noch fehlte, war ein Buch über das Zeichnen des Architekten in seiner ganzen Bandbreite, eine Symbiose von künstlerischer und technischer Ausführung. Dieses Buch sollte Feinheiten enthalten, die Architekturzeichnungen und -darstellungen aus der reinen „Häuslemalerei" in Bereiche hebt, wo einerseits Technik und Funktion eines Bauwerks und seiner Details einwandfrei gezeigt werden, andererseits dem Nichtfachmann, dem Kunden des Architekten – das können Bauherren, Kommunalpolitiker, Verwaltungsexperten usw. sein – brillante Risse, Schnitte und Ansichten der zu erstellenden Bauwerke vor Augen geführt werden, die ihn vielfältig und genau informieren.

Mit dem vorliegenden Buch ist die Bauverlag GmbH auf ein solches Werk aus der DDR gestoßen, das in rund 250 beispielhaften Skizzen und Zeichnungen älteren und jüngeren Datums aus Ost und West die genannten Anforderungen ideal erfüllt. Eindringliche und präzise Erläuterungen zu jedem Bild, mit Aussagen, warum z. B. eine Zeichnung so und nicht anders ausgeführt werden mußte, sind eine unschätzbare Arbeitshilfe für alle zeichnenden Architekten.

Wir freuen uns, dieses Buch bei uns vertreiben zu können.
Viel Erfolg beim Betrachten und Erarbeiten!

Inhaltsverzeichnis

Vorwort 9

Einleitung 10

Das Freihandzeichnen des Architekten 38

Ideenskizzen 54

Entwurfszeichnungen 72

Detailzeichnungen 102

Architekturdarstellung 118

Grundelemente des architektonischen Zeichnens 168

Ausstattungselemente von Architektenzeichnungen 184

Die Mittel zum Zeichnen 210

**Praktische Hinweise für das Zeichnen
und die Anfertigung von Zeichnungen** 220

Anhang 227

Vorwort

Der Versuch, das eigenhändige Zeichnen des Architekten in allen Phasen des schöpferischen Entwurfsprozesses herauszustellen, hat trotz Rationalisierungs- und Automatisierungsmaßnahmen in der Projektierung seine Berechtigung. Dieses Buch hat das Anliegen, eine wichtige Arbeits- und Verständigungsfähigkeit des Architekten, die ihn kennzeichnet, aufzuzeigen und neu bewußt zu machen, ihren schöpferischen Wert herauszustellen, aber auch unmittelbar zu zweckdienlicher Nutzung beizutragen durch Vermittlung von Beispielhaftem, Kenntnissen und Erfahrungen. Das Buch soll zur Anregung dienen, soll eine Fähigkeit fördern, die für die Lösung großer Bauaufgaben in hoher architektonischer Qualität eine grundlegende Voraussetzung ist.

Das Buch wendet sich in erster Linie an junge Menschen, die sich für den Berufsweg des Architekten entscheiden wollen oder entschieden haben, aber auch an alle, die an der Konzeption von Architektur mitarbeiten, und darüber hinaus auch an Persönlichkeiten und Bürger, die mit Entscheidungsfragen im Bauwesen, mit Fragen der Architektur und Gestaltung unserer räumlichen Umwelt in Berührung kommen.

Die Ausführungen sind immer von der Überzeugung getragen, daß mit dem Zeichnen viel zur Intensivierung und Qualifizierung des schöpferischen Prozesses auf ganz einfache und naheliegende Weise beigetragen werden kann und es Architekten dazu bewegt, mehr am Reißbrett als am Schreibtisch zu arbeiten, daß über Architektur mehr anhand von Skizzen beraten werden kann als ausschließlich mit Worten und Zahlen. Damit wird sicher dazu beigetragen, daß vieles schneller, effektiver und auch schöner gelöst wird. Dies wird besonders auch Fragen der Umgestaltung innerstädtischer Bereiche und die Rekonstruktion von Altbausubstanz betreffen.

Die Auswahl der Zeichnungen gibt weder einen vollständigen, repräsentativen, noch einen durchweg künstlerisch betonten Querschnitt, sondern sie ist nach Gesichtspunkten erfolgt, die auf das Zeichnen bezogen sind, mit dem Ziel, eine möglichst breite, anregende Palette von Beispielen vorzuführen. Die Beispiele ließen sich erweitern, und ganz sicher vermögen viele andere Architekten gleichermaßen mit Zeichnungen aufzuwarten. Trotzdem versucht wurde, die Auswahl nach objektiven Kriterien vorzunehmen, kann letztlich ein subjektiver Einfluß nicht in Abrede gestellt werden. Wer könnte von sich behaupten, bei der Auswahl von Zeichnungen sich vollständig von persönlichem Ermessen frei zu machen.

Es ist mir ein Bedürfnis, in erster Linie Prof. Dr. *Ule Lammert* zu danken, dem die Idee, das Anliegen und die Initiative für das Buch zuzuschreiben sind und der die Ausarbeitung nachdrücklich und mit hohem Anspruch unterstützt hat. Prof. *Werner Dutschke* hat mit Rat und Unterstützung aus der Sicht des Architekturstudiums angeregt. Persönlichen Dank meiner Frau, *Karl Sommerer* und *Ursula Picht* für sachkundigen Rat und Erhöhung der Verständlichkeit. Dank dem Verlag für Bauwesen für die Überwindung vieler Schwierigkeiten und auch den Verlagen, die freundlicherweise die Reproduktion von Abbildungen gestattet haben. Nicht zuletzt drängt es mich, allen Architekten zu danken, die für das Vorhaben bereitwillig Zeichnungen zur Verfügung gestellt und durch Ermutigungen gefördert haben.

Der Verfasser

Einleitung

*... Weiterhin soll derselbe
die Kunstfertigkeit
des Zeichnens beherrschen,
damit er befähigt sei,
mittels der von ihm ausgeführten Entwürfe
das seiner Phantasie
vorschwebende Bild seines Projekts
vor Augen zu führen.*

Marcus Vitruvius Pollio

Eine ganz bestimmte vielfältige Art eigenhändigen Zeichnens ist mit der Tätigkeit des Architekten unmittelbar verbunden, kennzeichnet ihn und ist Mittel und Merkmal seiner spezifisch-schöpferischen Tätigkeit bei Entwurf und Konzipierung baulich-räumlicher Umwelt, von Gebäuden und Ensembles. Wenn wir diese Fähigkeit des Zeichnens im weiteren auch nur als ein Mittel ansehen, die Vorstellung von Räumen, Raumfolgen, Raumwirkung usw. bis hin zu städtebaulichen Situationen ins Sichtbare zu übertragen und schließlich auch festzulegen, so kommt ihr damit doch unzweifelhaft eine hohe Bedeutung und auch eine hohe Verantwortung bei der Verwirklichung der von Partei und Regierung gestellten umfangreichen Bauaufgaben zu. Wir werden noch sehen, in welch umfangreichem und anspruchsvollem Maße mit dem Zeichnen der wichtigste schöpferische Teil des Schaffensprozesses des Architekten unmittelbar verbunden ist. So wie ein Gedanke erst durch einen formulierten Satz zur Aussage wird oder logische mathematische Ableitungen in eine Formel münden, so nehmen die Vorstellungen und Ideen der Architekten vom Bauwerk oder der baulichen Situation erst durch eine darauf bezogene Zeichnung Gestalt an.

Die Darstellung der Schönheit und des Erlebniswertes unserer neuen Wohngebiete zu einem Zeitpunkt, wo noch nichts existiert, ist allein zeichnerisch möglich und zugleich die eindrucksvolle Argumentation. Sie ist konkreter als jede verbale Beschreibung, und in ihr offenbaren sich Vermögen oder Unvermögen, die vielschichtigen Faktoren zu einer überzeugenden Lösung zu führen, die auch schön ist und für das Empfinden der Menschen auf lange Sicht wohltuend sein wird. Die Entscheidung über das vorgedachte Produkt fällt sehr früh und ist immer mit dem schöpferischen Zeichnen verbunden. Was dabei versäumt wird, ist später nicht mehr korrigierbar und summiert sich aber zu umfangreichen volkswirtschaftlichen Werten. Deshalb kommt dem, was auf dem Papier konzipiert wird, in vielfältiger Weise eine sehr große Verantwortung zu, und wenn auch nicht alles dabei von der Fähigkeit zum Zeichnen abhängt, so stellt die Zeichnung letztendlich doch das Ergebnis dar, in dem alle Faktoren — bewältigt oder nicht — ihren Niederschlag gefunden haben.

Wechselbeziehung zwischen dem Zeichnen und der Architektur

Bei der Beschäftigung mit dem Zeichnen des Architekten drängte sich von vornherein die Frage auf, ob eine Wechselbeziehung zwischen der Art und Weise des Zeichnens und dem Charakter und Niveau der Architektur besteht. Diese Frage hat sich während der ganzen Arbeit gestellt, zieht sich durch alle Bereiche und Phasen der zeichnerischen Tätigkeit des Architekten und wirft noch andere Fragen, wie beispielsweise nach dem künstlerischen Aspekt von Architektenzeichnungen, auf. Schließlich bezieht sich die Mutmaßung, daß die Art und Weise, wie der Architekt zeichnet, Einfluß auf den Charakter der Architektur habe, auf ihre baukünstlerische Seite.

Mit Sicherheit bietet eine gute Zeichnung des Architekten zumindest die Voraussetzung für die Kontrolle oder Überprüfung einer baukünstlerischen Idee.

Die jeweils charakteristische Art und Weise berühmter Architekten, zu zeichnen, läßt zur Erscheinung und Wirkung der Architektur einen Zusammenhang erkennen.

Wechselbeziehung zwischen dem Zeichnen und der Architektur

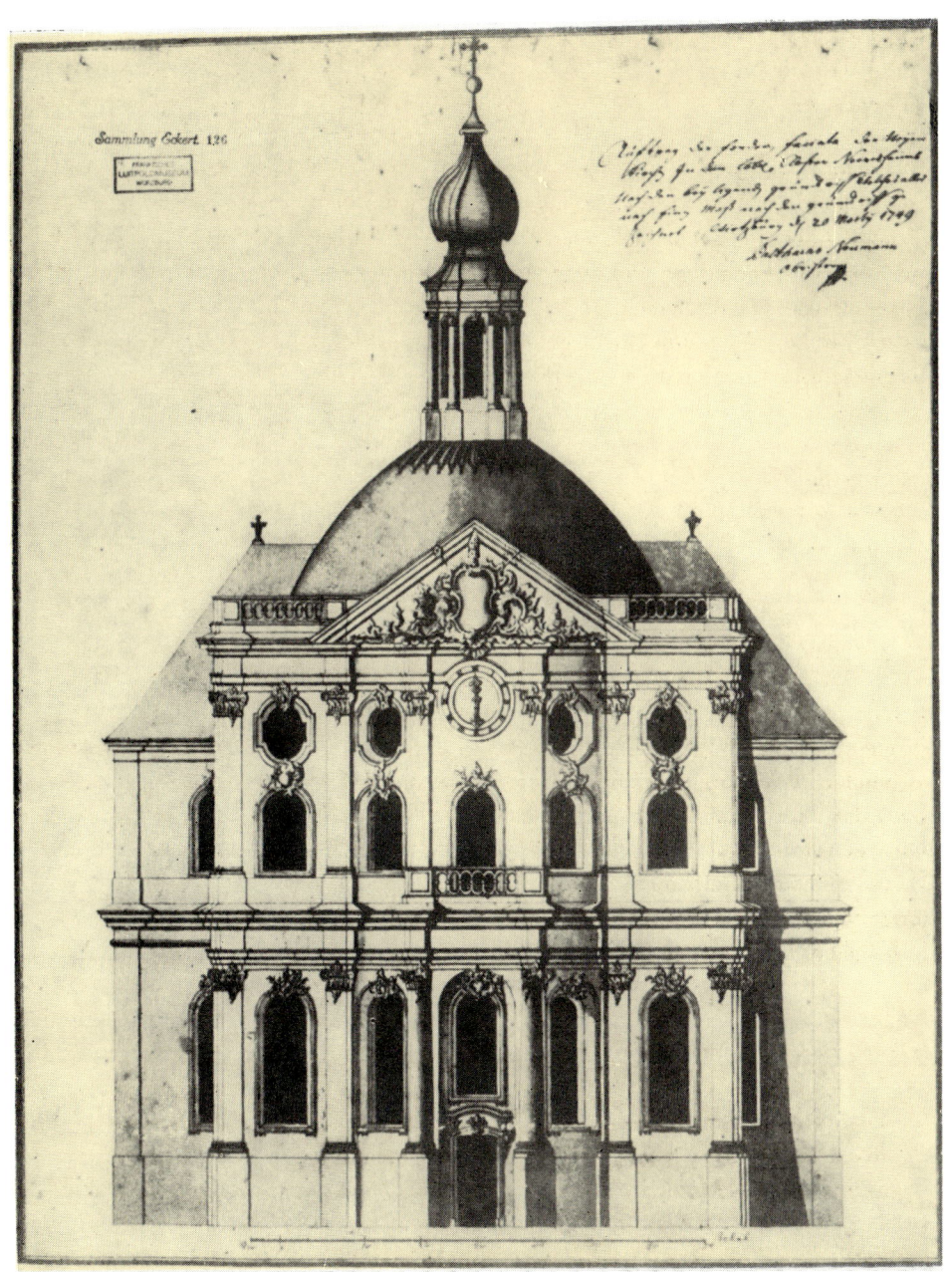

1
Aufriß der Westfassade der Klosterkirche Neresheim. Über *Balthasar Neumann* bestehen Auffassungen, daß er kein guter Zeichner sei, aber die wenigen Zeichnungen, die seiner Hand zugeschrieben werden können, offenbaren durchaus die plastisch-räumliche Gestaltungskraft eines barocken Architekten, wie sie in seinen Bauten zum Ausdruck kommt. Lavierte Federzeichnung

Entwurf und Zeichnung: *Balthasar Neumann* 1687—1753

Einleitung

2
Diese Vorderansicht des Berliner Schauspielhauses kann wie viele andere Zeichnungen von *Schinkel* als Vorlage für einen Stich angesehen werden. Sie trägt die Merkmale einer Architekturdarstellung. Durch Unterschiede in den Strichstärken sind Schattenkanten angedeutet, wodurch die Darstellung eine feine plastische Wirkung erhält.

Zeichnung: *K. F. Schinkel* 1781—1841

3
Eine Handskizze von *Le Corbusier* für das Kapitol von Chandigarh. Sehen wir einmal ganz ab von der Beziehung zwischen seiner Art zu zeichnen und dem Formencharakter seiner Architektur, so erkennen wir auf dieser kargen Skizze Zusammenhänge, die ihm offensichtlich wichtig sind: die Beziehung zu Landschaft und Sonne sowie die Einbeziehung einer modernen, monumentalen Kunst.

Zeichnung: *Le Corbusier* 1887—1965

Schinkels Architektur scheint ohne seine so anschaulichen, oft aquarellierten Darstellungen undenkbar. Wenn man seine Originale betrachtet, die durch Wiedergabe im Druck verlieren, dann sieht man und spürt die Liebe zum feingliedrigen Detail, die Vorliebe für eine bestimmte Wirkung in der Eingliederung in Landschaft und Stadt, die Neigung zu den für ihn charakteristischen Raumwirkungen, aber auch die spielerische Aneignung verschiedenster Formelemente. Ganz im Gegensatz dazu stehen Zeichnungen und Skizzen von *Le Corbusier*, die von dem sensiblen, aber kraftvollen Wagnis zeugen, zu völlig neuen Formvorstellungen vorzudringen, was sich unmittelbar in eben derselben Weise in der Architektur seiner Bauten und Planungen ausdrückt.

Sind nicht die Bauten der Wiener Sezession eines *Otto Wagner* undenkbar in ihrer architektonischen Durcharbeitung, in ihrer Einbeziehung der bildenden Kunst, ornamentaler Elemente, selbst dort, wo schon Sachlichkeit die Oberhand hat, ohne die Kultur der Durcharbeitung und Darstellung, auf die er offensichtlich hohen Wert legte? Die Zeichnungen *Heinrich Tessenows* haben auf eine Generation junger Architekten nicht nur als Zeichnungen, sondern auch als Auffassung von einer Architektur, die mit der Einfachheit, Liebenswürdigkeit und auch Sparsamkeit der zeichnerischen Darstellung eine Einheit war, einen großen Einfluß ausgeübt. Nicht zuletzt sei auf die Skizzen von *Erich Mendelsohn* hingewiesen, die im Falle des Einsteinturms in Potsdam fast unmittelbar in die Realität übertragen wurden. Das Wesensmerkmal aller seiner verwirklichten Bauten kann in der schwungvollen Linienführung gesehen werden, dem Streben nach einer „funktionellen Dynamik" seiner Architektur, die das Er-

Wechselbeziehung zwischen dem Zeichnen und der Architektur

4
Die Gestaltung des Neubaus der Ferdinandsbrücke in Wien von *Otto Wagner*. Es kann nicht genau gesagt werden, ob diese Zeichnung von *Otto Wagner* selbst stammt, aber sie verrät in ihrer feinen linearen Durcharbeitung unverkennbar seine Schule, und er konnte so zeichnen. Diese im technischen und künstlerischen Detail sowie im Zusammenhang mit dem Stadtbild minutiös durchgearbeitete Architekturdarstellung entspricht in selbstverständlicher Weise dem Charakter der Architektur *Otto Wagners*, die ebenso in den Ringbahnbauten einen das Stadtmilieu mitbestimmenden Ausdruck gefunden hat.

Architekt: *Otto Wagner* 1841—1918

5
Entwurf eines Landhauses von *Heinrich Tessenow* aus dem Jahre 1905. Diese Zeichnungen im Zusammenhang mit seinen Veröffentlichungen haben einen tiefgreifenden Einfluß auf die junge Generation von Architekten gehabt und darüber hinaus die Vorstellungen über das ländliche Wohnmilieu mit gewandelt und ganz neue, einfache Auffassungen geweckt, die von einer spezifischen Stimmung gekennzeichnet waren.

Entwurf und Zeichnung: *Heinrich Tessenow* 1876—1950

*Die Zeichnung spielte für Mendelsohn
immer eine große Rolle;
als Experimentierfeld
für seine visionären Vorstellungen
von einer künftigen Architektur
und als Vorbereitung
für seine realisierten Bauten.
Bevor er zu bauen anfing,
hat er lange Jahre überhaupt nur
auf dem Papier geplant und entworfen.
Wir gewinnen von der Zeichnung her
Aufschlüsse über seine Entwicklung
als Architekt. Wir lernen hierüber
auch seine Arbeitsmethode
und eine Vielfalt
seiner Fragestellungen kennen.*

Sigrid Achenbach

6
Die berühmte Skizze *Erich Mendelsohns* zum Einsteinturm in Potsdam, der als astrophysikalisches Institut genau nach dieser Idee 1920—1921 erbaut wurde. Die Art, seine Vorstellungen, sie zeichnerisch umzusetzen und die Gestaltung seiner Bauten sind nicht zu trennen.
Zeichnung: *Erich Mendelsohn 1887—1953*

gebnis einer für ihn bezeichnenden skizzenhaften Suche nach der Form ist. Solche Beispiele gibt es unzählige, jedoch ergeben sich auch Zweifel, denn nicht jede Zeichnung stammt aus der Hand des Meisters, wie beispielsweise bei *Otto Wagner*.

Was die eigenhändigen Zeichnungen eines Architekten betrifft, so gab es schon immer die Schwierigkeit festzustellen, ob sie wirklich aus der Hand des Meisters stammen. Oft sind sie nur in seiner Werkstatt, von einem Mitarbeiter oder Mitarbeiterkreis gezeichnet. So sehr der Entwurfsprozeß auf individuelle Leistungen, besonders aber auf Orientierungen angewiesen ist, vollzieht sich das doch mehr und mehr in kollektiver Zusammenarbeit. Aber ist denn der Einfluß einer hohen Zeichenkultur auf den Charakter und das Niveau der Architektur davon abhängig, daß die Zeichnungen von einer namhaften Architektenpersönlichkeit gezeichnet sind? Hinsichtlich der Wechselbeziehung von Zeichenkultur und Architektur jedenfalls nicht. Die Wechselwirkung zwischen Zeichenkultur und Qualität von Städtebau und Architektur bei den großen Bauvorhaben des komplexen Wohnungsbaus, wo es sich um einen industriellen Prozeß der Bauausführung und einen komplizierten Projektierungs- und Vorbereitungsprozeß handelt, scheint zunächst nicht zwingend gegeben. Aber erstaunlicherweise zeigt sich, daß dort, wo im Wohnungsbau die besten und bemerkenswertesten Ergebnisse vorliegen, die sowohl bei der Bevölkerung als auch international Anerkennung finden, Zeichnungen vorliegen, die eine äußerst schöpferische und rege eigenhändige Zeichentätigkeit der maßgeblichen Architekten bekunden. Dies überrascht, da der Arbeitstag verantwortlicher Architekten, gerade im Wohnungsbau, mit einer Unmenge anderer Belastungen angefüllt ist, welche die Zeit für das zeichnerische Konzipieren fast völlig verdrängen. Der Schaffensprozeß des Architekten wird oft nicht mehr mit der zeichnerischen Tätigkeit identifiziert.

Man muß erwarten, daß der Architekt eine bis in die emotionale Gesamtwirkung reichende Vorstellung von der Lösung bis in ihre räumlich erlebbaren Einzelheiten entwickelt und dies allen Beteiligten evident wahrnehmbar mitzuteilen vermag. Eine architektonische Gesamtidee, die von einem Kollektiv vieler Ausführender verwirklicht werden soll, ist schwerlich zu gewährleisten, ohne daß sie von vornherein zeichnerisch anschaulich vorgegeben wird. Nicht nur für Bauaufgaben mit hohem architektonischem Anspruch, sondern auch für unzählige kleinere bauliche Veränderungen der Umwelt kann die architektonische Gesamtidee durch einfache, aber von hohem Niveau, fachlichem Können und Vorstellungsvermögen getragene Skizzen und Zeichnungen in ihrer Qualität verbessert werden.

Die Behauptung, daß die schöpferische Kraft des Architekten über die Qualität und Beherrschung eigenhändiger zeichnerischer Durcharbeitung von Einfluß auf die Entwicklung der Architektur bleibt, ist nicht nur berechtigt, sondern kann für die Erhöhung der architektonischen Qualität nur dienlich sein. Mit der Zeichnung des Architekten besteht eine baukünstlerische Idee ihre erste Bewährungsprobe, und sie ist Ausdruck einer Erkenntnisstufe.

Wechselbeziehung zwischen dem Zeichnen und der Architektur

7
Vogelschau auf ein neues Wohngebiet in Leipzig-Grünau. Der große Zusammenhang von Verkehrsstruktur, Bebauungsstruktur, räumlicher Gliederung mit Zentrum und Zentrumsachsen in der Bildmitte bis hin zu den Naherholungsgebieten wird anschaulich. Diese Perspektive steht am Ende eines langen Entwicklungsprozesses, nachdem Wettbewerbe und viele Durcharbeitungen erfolgt sind, als Darstellung eines Ergebnisses.

Zeichnung: *Dietrich Wellner*

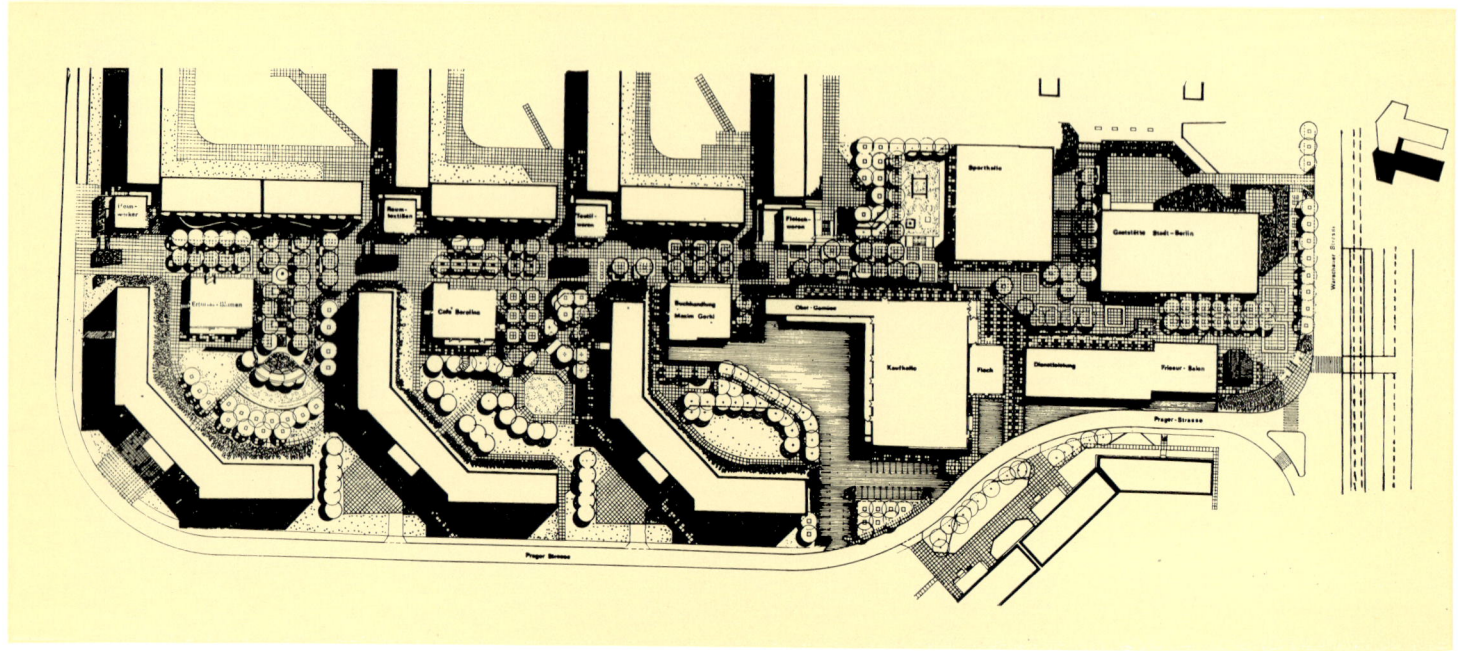

8
Orthogonaler Lageplan zu einem Versorgungszentrum im Wohngebiet Erfurt — Nordhäuser Straße, das als Fußgängerbereich linear angeordnet ist. Durch Schattendarstellung wird die differenzierte Raumfolge, die von den 5- und 11geschossigen Wohnbauten gebildet wird, deutlich.

Komplexarchitekt: *Günter Andres*
Gartenarchitekt: *Sigmar Röckel*
Zeichnung: Andres/Röckel

*Die verbalen Vorstellungen
vom Raum sind äußerst arm,
die Mittel zu ihrer Beschreibung
sehr beschränkt.
Die perzeptiven Vorstellungen
und die Mittel
der Orientierung im Raum
sind äußerst reich.*

Wladimir Sintschenko

Die Zeichnung als Sprache des Architekten

Im Hinblick auf seine ureigenste Aufgabe, die räumliche Umwelt zu gestalten, ist die zeichnerische Durcharbeitung das den Architekten kennzeichnende Mittel der Verständigung, seine Sprache. Insofern können wir das Zeichnen als nichtverbales Kommunikationsmittel verstehen — um einen modernen wissenschaftlich durchleuchteten Begriff zu gebrauchen —, das aber nicht nur imstande sein muß, kodierte Informationen in Form von Projekten an die Bauausführung zu geben, sondern auch, um Raum- und Gestaltvorstellungen bis in ihre Erlebniswerte zu finden, sichtbar zu machen und auch künstlerisch widerzuspiegeln. Für die Verständigung über visuelle Erlebnisbereiche ist das Zeichnen des Architekten der verbalen Sprache weit überlegen.

Kein Geringerer als *Leonardo da Vinci* hat der Wahrnehmung durch das Auge eine geradezu erkenntnishafte Bedeutung beigemessen und in eindringlichen Worten erklärt, daß man die Dinge, die mit den Augen wahrgenommen werden, nicht durch die Ohren eingehen lassen solle, denn dafür sei die Kunst der bildlichen Darstellung unübertroffen. Neben einer seiner Zeichnungen hat er vermerkt: »O Schriftsteller, mit welchen Worten kannst Du dieses ganze Gebilde so vollkommen wiedergeben, wie es diese Zeichnung hier wiedergibt!« Dabei war er durchaus ein Wortgewaltiger. Er hat auch einen großen Beitrag zu den Erkenntnissen über die Perspektive, die Lehre vom Sehen, geleistet, was für die Architekturdarstellung, wie wir im weiteren sehen werden, nicht ohne Belang ist.

Die zeichnerische Arbeitsweise soll zur Verständigung und Lösungsfindung im allgemeinen drei Funktionen dienen:

Die Zeichnung als Sprache des Architekten 17

9
Eine Perspektive zum Wohngebietszentrum aus einem Wettbewerb, von der umlaufenden Galerie gesehen, vermittelt den unmittelbarsten Eindruck für das räumliche Erlebnis des Ensembles. Viele Detailfragen spielen hier schon eine große Rolle. Der Jury des Wettbewerbs soll eine Vorstellung vom Raum und seinem Charakter vermittelt werden.

Zeichnung: *Carl Krause*

10

Die komplizierte Erschließung und die Zuordnung mehrgeschossiger, zu Terrassen gestaffelter Wohnungen ist hier durch eine differenzierte perspektivische Darstellung zu einer Gesamtübersicht gezeichnet. Diese Zeichnung dient weniger der Gebäudearchitektur als vielmehr einer möglichst verständlichen und vorstellbaren Darstellung der inneren Raumordnung. Schon der erste Blick vermittelt die Kompliziertheit der funktionellen Lösung und die Schwierigkeiten, die räumliche Organisation verständlich zu machen. Dazu sind viele kleine Mittel herangezogen worden. Eingezeichnete Figuren vermitteln den Maßstab. Soweit als irgend möglich sind die Räume möbliert, an einigen Stellen mit Schatten versehen. Durch farbig angelegte Fußbodenflächen sind die Wohnungseinheiten zusammengefaßt.

Entwurf und Zeichnung:
Hans-Peter Schmiedel 1929—1971

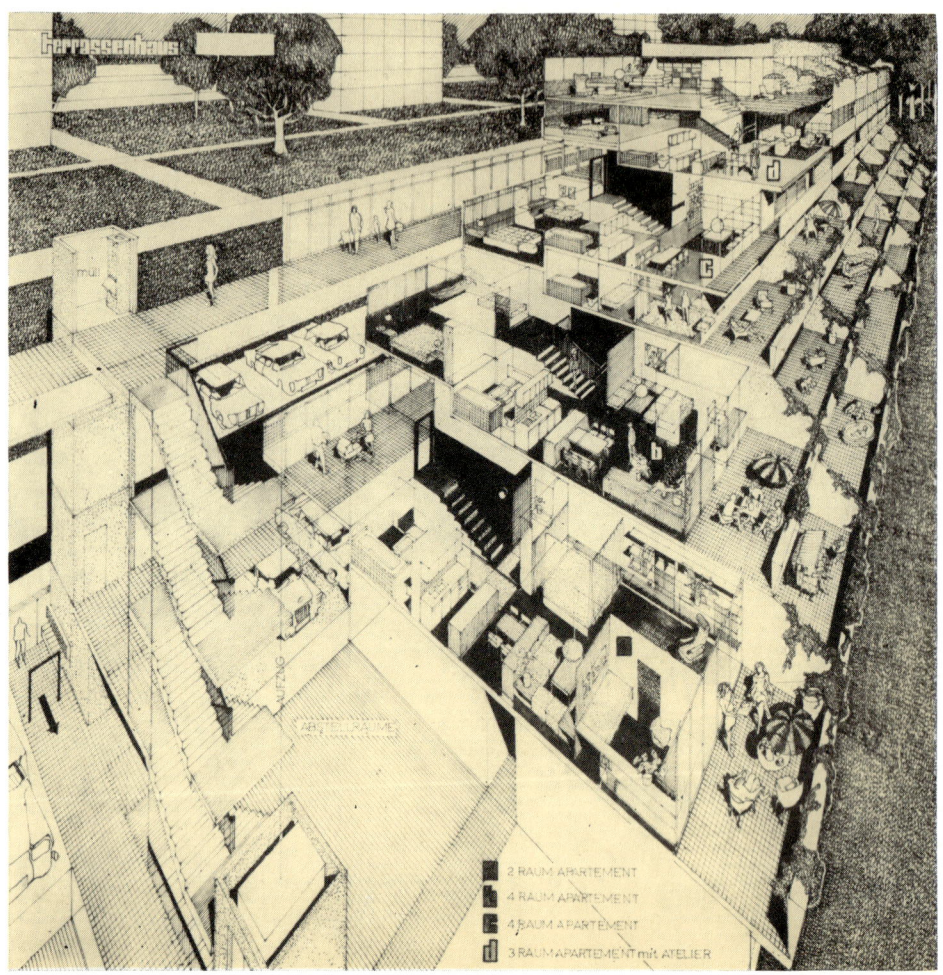

Erstens dient das Zeichnen des Architekten unzweifelhaft der Selbstverständigung, der Formulierung von Vorstellungsideen selbst.

Diese erfolgt kontinuierlich und in jeder Phase des Entwerfens. Das gilt nicht nur für die ersten Ideenskizzen, sondern auch für die Ausarbeitung des Entwurfs und in noch stärkerem Maße für die Detailarbeit. Erst wenn durch Skizzen und Zeichnungen der bearbeitende Architekt mit sich und dem Problem zeichnerisch »ins reine« gekommen ist, kann im kollektiven Kommunikationsbereich eine weitere Arbeitsphase fruchtbar werden. Wie viele Ideenskizzen waren oft nötig, um die klare Entwurfslösung zu finden, und wie unbekannt und doch unerläßlich ist diese schöpferische Phase mit dem Arbeitsmittel der Skizze. In dieser Phase findet ein höchst kreativer Erkenntnisvorgang statt.

Zweitens erhöht sich die Bedeutung des Zeichnens als nichtverbales Kommunikationsmittel in dem Maße, wie die kollektive Zusammenarbeit zur Gewährleistung einer optimalen Lösung differenzierter und umfangreicher wird.

In seinem grundlegenden Werk über den Architektenberuf, insbesondere hin-

Die Zeichnung als Sprache des Architekten

11
Plan für die Parkgestaltung um das Schlößchen Charlottenhof in Potsdam–Sanssouci von *Josef Peter Lenné*. Die Originale sind farbig mit gelben, grünen und bräunlichen Tönen laviert und vermitteln einen räumlichen Eindruck. Obwohl es sich um einen orthogonalen Lageplan handelt, sind die Bäume in Schrägansicht gezeichnet, einschließlich ihrer Schattenwirkung. Dies steht mit der Gestaltungsauffassung unmittelbar im Zusammenhang, die im Gegensatz zu barocken Gartenplänen den Eindruck der natürlichen Wirkung von Landschaftsräumen zu wahren sucht.

Zeichnung: *Josef Peter Lenné* 1786—1866

sichtlich seiner Stellung und Verwirklichung in der sozialistischen Gesellschaft, mißt *Herbert Ricken*[1] in umfassendem Sinne der kollektiven Entwurfsklärung in sozialistischer Gemeinschaftsarbeit eine steigende Bedeutung bei. Dies hat zweifellos ein Anwachsen der Kommunikationserfordernisse in quantitativer wie auch in qualitativer Hinsicht zur Folge.

Und *drittens* dient die Zeichnung in hohem Maße der Verständigung mit dem Auftraggeber und der Entscheidungsfindung.

Das betrifft sowohl Zeichnungen für die Entwurfsentscheidung als auch die Architekturdarstellung, bleibt jedoch keineswegs darauf beschränkt, wenn wir uns vor Augen halten, wieviel gegenseitige Verständigung bereits durch skizzenhafte Zeichnungen möglich ist, wie sehr sie von vornherein die Findung einer Lösung erleichtern, Zeit einsparen und Fehlleistungen vermeiden helfen. Die Architekturdarstellung als Interpretation der Lösung ist dabei nur die Vollendung einer Verständigungsphase. Die schöpferische Beteiligung der Bevölkerung daran kann ohne gezeichnetes Anschauungsmaterial nicht erwartet werden.

12
Eine Perspektive zur Untersuchung der Gestaltung der Uferzone von Schwerin. Durch das Netzhautbildverfahren wird ein großes Panorama erfaßt und die Wirkung von Hochkörpern zu gegebenen städtebaulichen Dominanten veranschaulicht. Eine solche Perspektive dient der Verständigung mit dem Auftraggeber.

Zeichnung: *Walter Nitsch*

Die Zeichnung als Sprache des Architekten

13
Vermutlich handelt es sich um eines der vielen Auditorien *Aaltos*. Raumgedanke und die städtebauliche Einordnung sind ein besonderes Merkmal seiner Ideenskizzen, wie sich schon in diesen ersten Skizzen erkennen läßt. Allem Anschein nach werden im Schnitt die akustischen Reflektionen bereits berücksichtigt. Raum, Decke und Rückwand werden dahingehend geformt.

Ideenskizze: *Alvar Aalto* 1898—1976

14
Ein Blatt, auf dem die Idee für ein Eigenheim nicht nur perspektivisch von erhöhtem Standpunkt aus skizziert wurde, sondern auch viele Details in Wechselwirkung dazu und sogar in ihrer Wirkung mit Bleistift und Faserstift probiert wurden. Wir spüren das Bestreben, sich über die Vorstellungen im einzelnen wie im großen und ganzen zu vergewissern.

Entwurf und Zeichnung: *Rolf Göpfert*

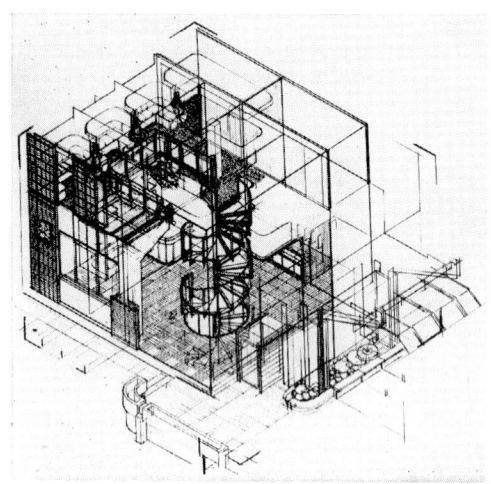

15
Die isometrische Darstellung eines über zwei Geschosse durchgehenden Cafés in einem Eckbau. Die zwei Etagen sind durch eine zentrale Wendeltreppe miteinander verbunden. Die Lage der Wendeltreppe in Wechselbeziehung zu der notwendigen Deckenöffnung und der Raumordnung ist durch die Isometrie bei weitem überschaubarer als durch Grundriß und Schnitt. Die Zeichnung dient nicht nur der Selbstverständigung, sondern auch der Verständigung mit Auftraggeber, Nutzer und für andere interdisziplinäre Entscheidungen.

Zeichnung: *Peter Baumbach*

Eigenhändiges Zeichnen und Automatisierung

Es besteht kein Zweifel, daß trotz der Automatisierungs- und Rationalisierungsmethoden im Projektierungsprozeß die eigenhändige Zeichenarbeit im schöpferischen Entwurfsprozeß nicht in Frage gestellt ist. Zunächst müssen wir dazu klarstellen, daß wir das eigenhändige Zeichnen auf das Entwerfen beziehen und nicht auf die Ausarbeitung genauer und vollständiger Informationen für die Bauausführung. Dort handelt es sich um die nach möglichst rationellen Methoden anzufertigenden Projektierungsunterlagen, nachdem die Lösung gefunden, Entscheidungen gefallen und Festlegungen abgesichert sind. Wir dürfen auch nicht übersehen, daß die Projektierung überwiegend von anderen Disziplinen übernommen wird, nur zum Teil von Architekten für stadtplanerische und bautechnische Ausführungsunterlagen.

In den dafür maßgeblichen Bestimmungen wird dieser Prozeß der Projektierung folgerichtig als die zeichnerische Festlegung bestimmter Anweisungen für die Durchführung einer baulichen Aufgabe definiert, im Gegensatz zu Entwurfszeichnungen, die als zeichnerische Festlegung von Leitgedanken für die Lösung dieser Aufgabe angesehen werden. In dem Maße, wie der schöpferische Entwurfsprozeß abgeschlossen wird und in die Umsetzung von Ausführungszeichnungen übergeht, sinkt der kreative Anteil der Arbeit der im Verhältnis zum formalisierbaren ab. Das trifft besonders für die Vorbereitung einer industriemäßigen Bauproduktion zu, mit ihrem differenzierten Aufwand an Projektunterlagen.

Automatisierungs- und Rationalisierungsmethoden beziehen sich hauptsächlich auf den so stark angewachsenen Bereich der Ausführungsunterlagen mit einer für uns wichtigen Ausnahme, nämlich der linearen Zeichnung von Perspektiven, also eine der schwierigsten, auf das Sehen des menschlichen Auges bezogene Projektion, die noch dazu unmittelbar von jedem Standort aus schnell und fehlerfrei bestimmt werden kann; sie wird durch Automaten in frappierender Weise konstruiert und sofort ausgezeichnet. Der Zeichenautomat entlastet hier von der zeitaufwendigen und unbeliebten Konstruktion von Perspektiven, die sich auf mathematische Logik zurückführen läßt, aber er erreicht damit keine Architekturdarstellung, die in irgendeiner Weise den Erlebniswert der betreffenden Situation widerspiegelt. Der Automat zeichnet die Umrißlinien der Gebäude aus und je nach der Verfeinerung vielleicht noch Geschoßhöhen, Fenster und Türen. Aber schon an der Auszeichnung von Materialstrukturen, Schatten, Straßen, Grünflächen, Wegen, Bäumen und Menschen, die den städtebaulichen Raum beleben, mangelt es meist. Selbst wenn es möglich wäre, alle diese Feinheiten zu speichern und abzurufen, würde der Automat immer noch eine relativ unübersichtliche und schematische Grafik auszeichnen, die einer Überarbeitung durch die Hand des Architekten bedarf, um einen lebendigen Eindruck vom endgültigen Zustand anschaulich zu vermitteln.

Die eigenhändige zeichnerische Architekturdarstellung wird uns vom Automaten nicht abgenommen, sondern vielmehr die zeitaufwendige und unbeliebte Konstruktion, vor der sich mancher Architekt scheut. Es können viel mehr Perspektiven mühelos konstruiert werden, von allen möglichen Standpunkten, und nur die wichtigsten werden zeichnerisch zu einer Architekturdarstellung überarbeitet. Die Vermutung ist durchaus

Eigenhändiges Zeichnen und Automatisierung

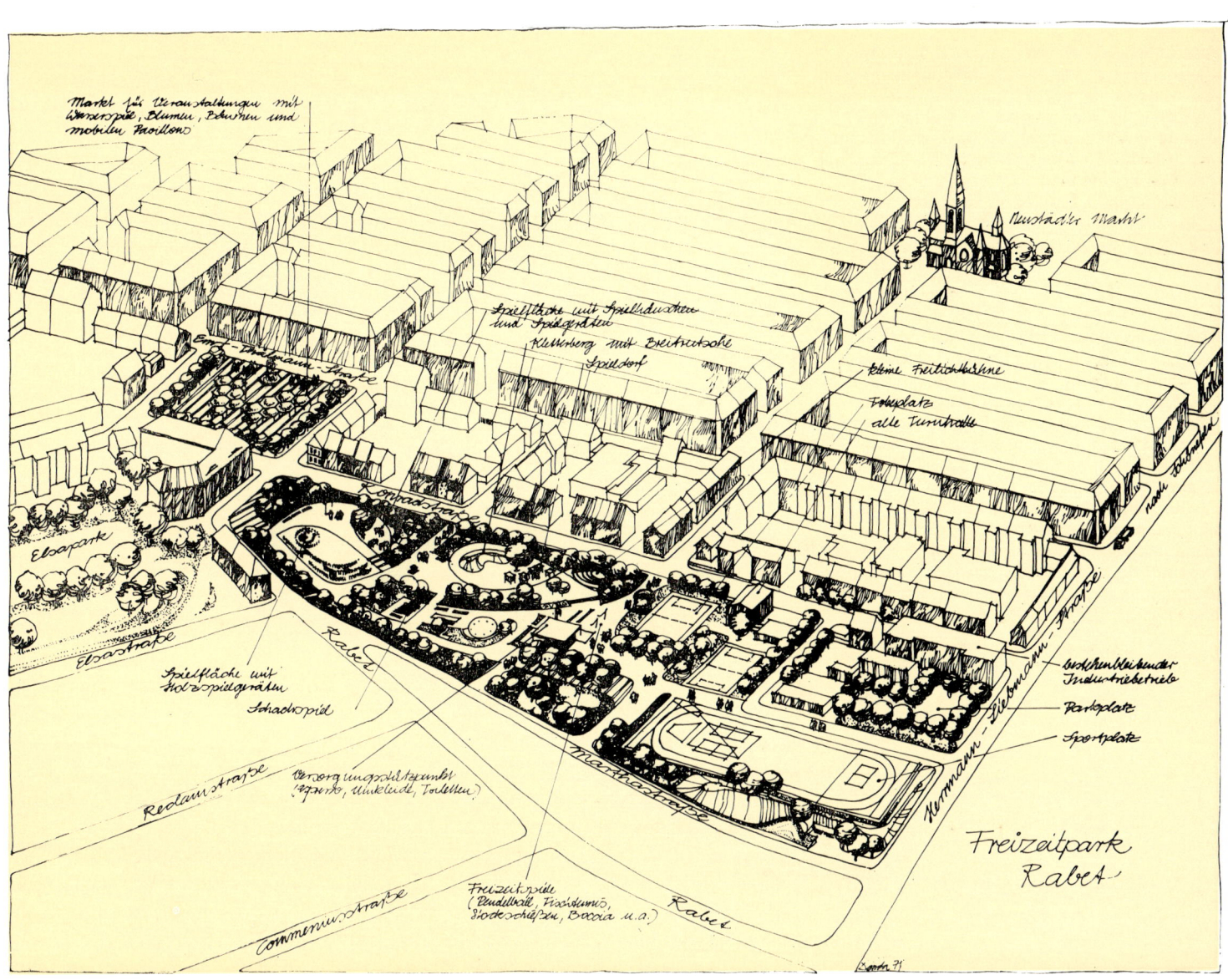

16
Diese übersichtliche perspektivische Zeichnung steht am Abschluß einer Konzeptionsphase und dient der Entscheidungsfindung. Sie ist weniger das Schaubild von einem beschlossenen Ergebnis als vielmehr die Interpretation der Gesamtidee für eine innerstädtische Umgestaltung, wozu die vielen Randbemerkungen dienen. Es werden Vorstellungen von Räumen und ihren Funktionen unmittelbar erfaßbar.

Zeichnung: *Manfred Denda*

17
Eine Zentralperspektive senkrecht von oben. Um die schwungvoll ausgerundeten Sitznischen überhaupt auf einen Blick räumlich begreifbar zu machen, ist dieser reizvolle Einblick gezeichnet worden. Eine einfache Zentralperspektive, die auf dem Grundriß in der Bildebene aufbaut. Die dunkle Schraffur des Fußbodens hebt die Raumdisposition noch besser hervor.

Entwurf und Zeichnung: *Siegfried Hausdorf*

18
Diese Perspektive ist ein Schaubild nach der städtebaulich-architektonischen Konzeption und vor Baubeginn wie viele andere angefertigt. Sie war als Schautafel und Veröffentlichung sowohl den Architekten als auch der Öffentlichkeit zugänglich. Wenn sich auch manches Detail geändert hat, so ist doch insgesamt die Konzeption so verwirklicht worden. Die vielen Figuren sollen das städtische Leben an dieser Kreuzung veranschaulichen. Die Wahl der Fluchtung für diesen Ausschnitt ist zu verstehen aus dem Gesamtzusammenhang, der sich nach rechts um das Doppelte fortsetzt.

Zeichnung: *Hans-Peter Schmiedel 1929–1971*

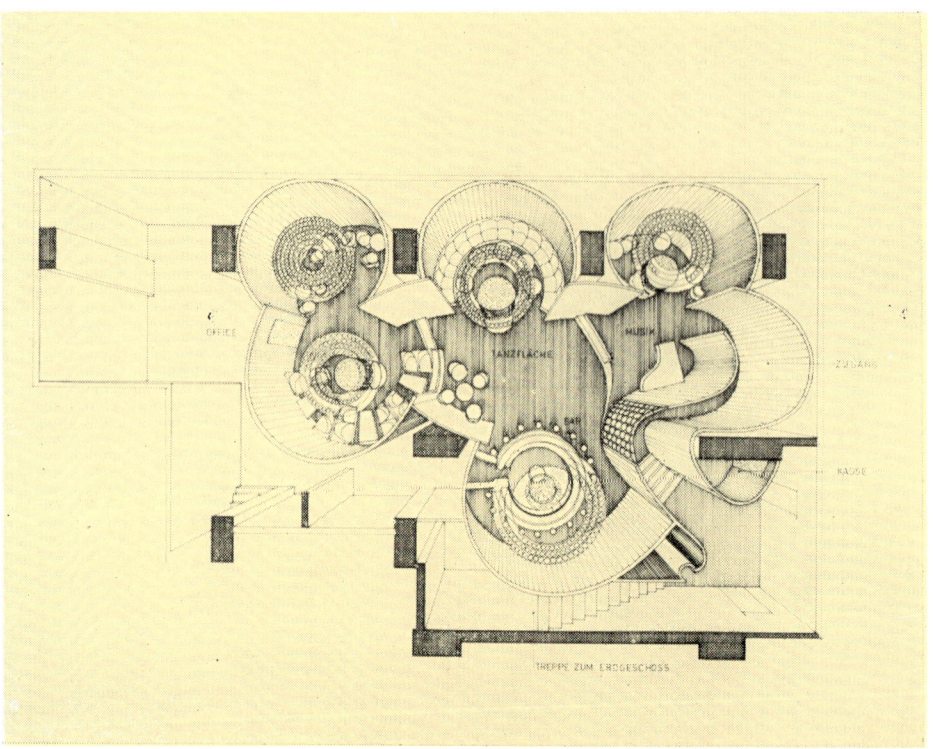

berechtigt, daß sich durch die Digitalgrafik die eigenhändige zeichnerische Architekturdarstellung nicht erübrigt, sondern im Gegenteil die lebendige, ja sogar künstlerische Darstellung von Schaubildern aktiviert wird.

Hier muß jedoch einschränkend hinzugefügt werden, daß die automatische Konstruktion und Ausschreibung von der Speicherung der Gebäudeparameter abhängig ist und deshalb nicht so ohne weiteres abrufbar vorliegt. Die Eingabe der Gebäudeparameter bedeutet einen beträchtlichen Aufwand, der sich beispielsweise für die Planung großer Wohngebiete lohnt. Der Aufwand, ein Datenreservoir anzulegen, in dem die Hochbauerzeugnisse als grafische Objekte gespeichert sind, ist hoch. In einer Beschreibung von *G. Jünger*[2] heißt es dazu: »Diese Speicherung erfolgt in zwei Stufen; die erste Stufe erfaßt die Hauptabmessungen der Gebäude, die zweite Stufe zusätzlich die Ausmaße und Geschoßhöhen. Alle dort fixierten Angaben beziehen sich auf einen Festpunkt je Objekt.« Dieser Aufwand lohnt sich nur für bestimmte Aufgaben, aber nicht für kleinere individuelle Objekte, so daß der Architekt auch eine Perspektive selbst konstruieren können muß.

Ein weiteres Hilfsmittel ist die Fotografie bestehender Bebauung oder Luftbilder von Städten und Stadtteilen, in die die Veränderung durch Neubau oder Umgestaltung zeichnerisch eingearbeitet werden soll. Mit der zeichnerischen Überarbeitung von Fotografien lassen sich für unterschiedliche Bebauungsstrukturen relativ schnell zeichnerische Darstellungen abheben, mit denen es in vielfältiger Weise möglich ist, wesentliche Besonderheiten stärker hervorzuheben und die noch nicht vorhandenen bau-

Eigenhändiges Zeichnen und Automatisierung

18

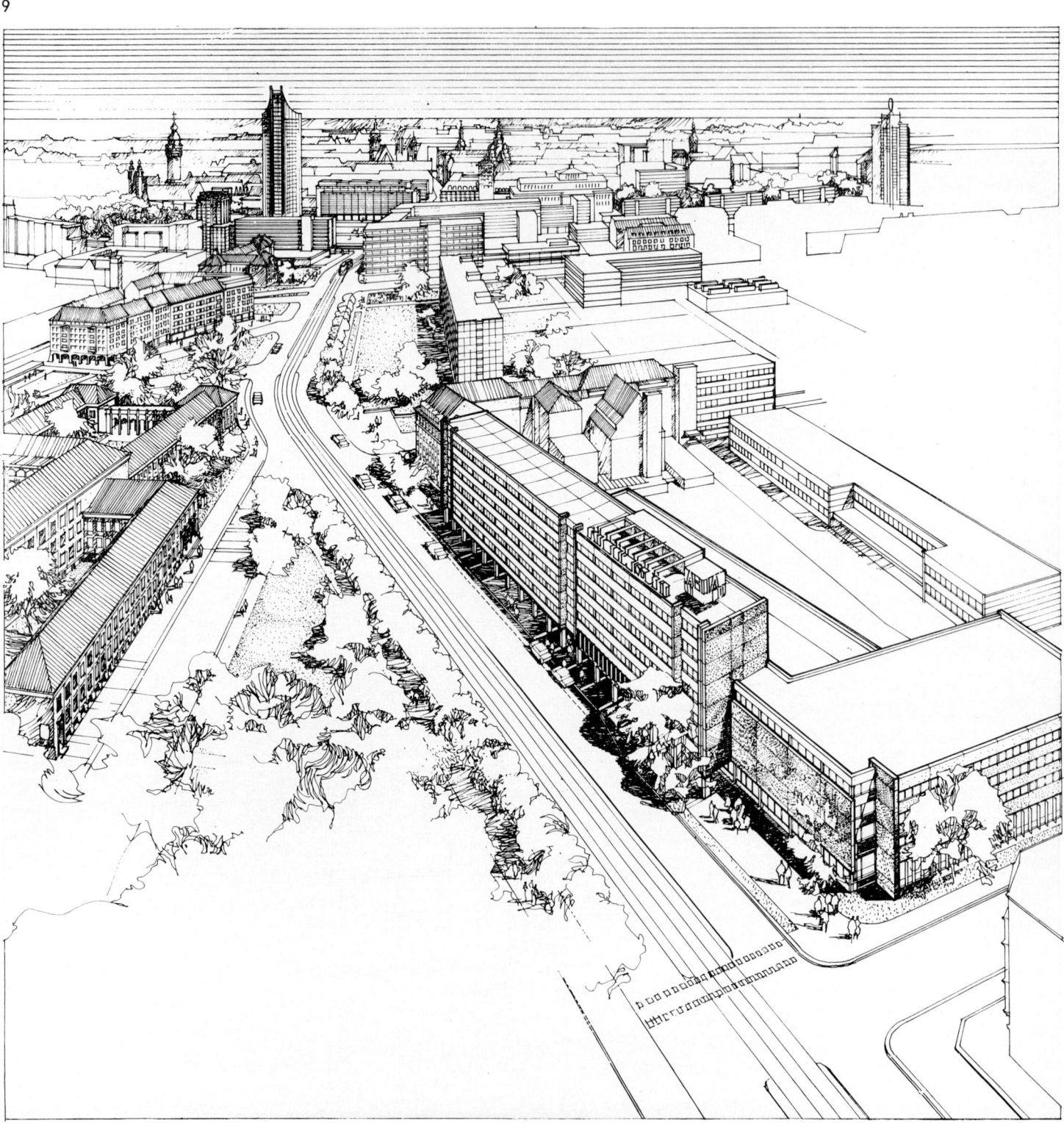
19

20

lichen Veränderungen im Zusammenhang darzustellen. Auch hier erübrigt sich die Zeichenarbeit nicht, obwohl die technischen Möglichkeiten der Fotografie die zeichnerische Darstellung erleichtern und eine größere Anwendungsbreite erschließen.

Der künstlerische Aspekt von Architekturzeichnungen

Wenn die Aufmerksamkeit — ganz gleich, in welchem Zusammenhang — auf Architektenzeichnungen gelenkt wird, dann bleibt es fast nie aus, daß ihr künstlerischer Aspekt angesprochen wird und in jedem Fall eine hohe Sensibilität zutage tritt sowie eine gewisse Unsicherheit in allen Fragen, die damit zusammenhängen, wie Anlehnung an brillante Vorbilder, die Übernahme von beispielhaften Bau- und Staffagedarstellungen, die Einstellung zu besonderer grafischer Eleganz und anderes mehr. Es ist unerläßlich, sich mit diesen Fragen auseinanderzusetzen und einen Standpunkt zu beziehen.

Das Zeichnen des Architekten erhebt nicht den Anspruch, eine Kunst zu sein, sondern es dient der Architektur als Kunst. Viele namhafte Architekten waren als Zeichner keine ausgesprochenen Künstler, aber ihre Bauwerke zeugen von einem besonderen Raumempfinden. Andererseits aber legen es bestimmte Arten von Architektenzeichnungen geradezu nahe, eine künstlerische Widerspiegelung zu erreichen. Wenn wir schon mehrmals darauf hingewiesen haben, daß besonders der Erlebniswert, die Gesamtidee sich in bestimmten Zeichnungen des Architekten widerspiegeln

19
Blick auf das neue Stadtzentrum von Leipzig aus der Straße der Befreiung. Das Beispiel zeigt, wie sich durch die gezeichnete Perspektive bestimmte Zusammenhänge aus der Vielfalt der städtischen Bebauung hervorheben lassen. Alte und neue Akzente sind zeichnerisch herausgearbeitet. Der räumliche Zusammenhang neuer Bebauung wird überschaubar.

Zeichnung: *Dietrich Wellner*

20
Perspektive eines mehrschiffigen Hallenkomplexes in Stahlfachwerkkonstruktion. Im Industriebau wird das Zeichnen einer Architekturdarstellung durch viele technische Ausrüstungen, Transportgeräte, Hebezeuge und anderes erschwert, die viel Sachkenntnis oder Vorarbeit erfordern. Die Perspektive muß hier die Raumordnung, die von Bewegungsabläufen bestimmt wird, und die Ordnung der Baumassen verdeutlichen.

Zeichnung: *Dietrich Wellner*

21
Eine vom Automaten gezeichnete perspektivische Vogelschau von der Straße am Tierpark in Berlin. Voraussetzung dafür ist, daß die Hauptdaten der Gebäude, wie sie nicht nur in diesem Wohngebiet errichtet werden, ihre Hauptabmessungen, Achsmaße und Geschoßhöhen als grafische Objekte gespeichert sind. Der Standpunkt wird durch die Eingabe der Koordinaten festgelegt. Für die konkrete Bebauungssituation sind die Koordinaten der Gebäudefestpunkte und die Winkel der Gebäudeflucht anzugeben. Schließlich sind auch die Koordinaten des Blickpunktes notwendig. Wir sehen, daß die ausgeschriebene Grafik noch einer darstellerischen Überarbeitung bedarf, um einen vorstellbaren räumlichen Eindruck zu vermitteln.

22
Die vom Automaten vorgezeichnete Perspektive des neuen Wohngebietszentrums am Tierpark in Berlin nach der darstellerischen Überarbeitung durch einen Architekten. Nicht nur, daß Straßen, Grünflächen, Fußgängerbereiche, Geschosse, Fenster und die Gliederung von Grasflächen sachgemäß eingezeichnet sind, es werden auch der Sinn der räumlichen Ordnung und die Stellung der Gebäude begreiflich und eine Vorstellung vom Raumerlebnis vermittelt. Die Darstellung ist auf Transparent mit feinsten Tuschestrichen gezeichnet. Die Verteilung der Dunkelwerte, die hier nicht nur durch Schattenpartien gegeben sind, trägt zur Ausgewogenheit, Akzentuierung, Abstufung, Plastizität und zur gesamten Bildwirkung bei.

Zeichnung: *Michael Kny*

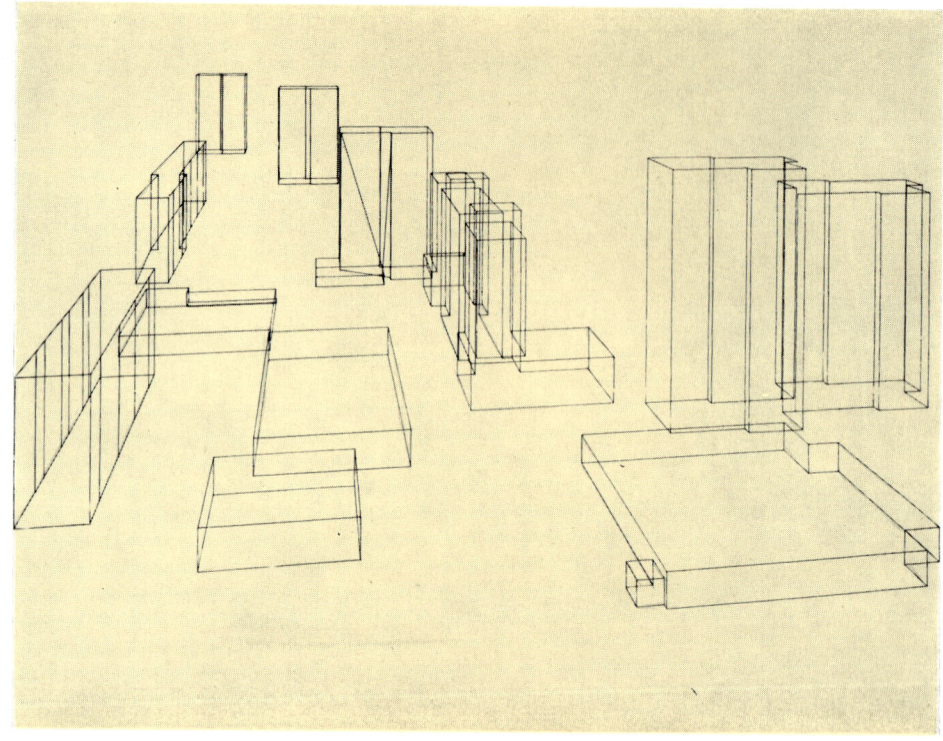

sollen, so sind dafür einer künstlerischen Darstellung keine Barrieren in den Weg gelegt. Freihandzeichnungen, Ideenskizzen, Entwurfs- und Detailzeichnungen, aber besonders die perspektivischen Architekturdarstellungen bieten alle Möglichkeiten für ein künstlerisches Niveau der Darstellung. Viele Architekten wie *Schinkel*, *Van de Velde* oder *Peter Behrens* sind von Hause aus Künstler gewesen. Viele Architektenzeichnungen sind es wert, in den Archiven als Zeitdokumente bewahrt zu werden, womit nicht gesagt sein soll, daß die Zeichnungen selbst in jedem Fall der künstlerischen Grafik zuzuordnen sind.

Sinn und Zweck lassen es ratsam erscheinen, die Zeichnung des Architekten selbst nicht mit dem Anspruch der Kunst zu belasten, weil sie vielmehr genau und exakt sein muß, nichts übersteigern soll, sondern ehrlich den zu erwartenden Eindruck im voraus zu veranschaulichen suchen muß. Immer an das Vorhandene, baulich Reale und viele Faktoren gebunden, sollte sie eher bis ins einzelne durchgearbeitet sein. Wenn wir diese Merkmale als Anspruch erheben, ist es gerechtfertigt, von einer Zeichenkultur der Architekten zu sprechen, die zu pflegen, zu hüten und zu verfeinern ist.

Die Wechselwirkung im zeichnerischen Entwurfsprozeß

Fast in jeder Phase der Konzeption von Architektur tritt beispielsweise die Wechselwirkung von Skizze und Darstellung, vom freihändigen Aufzeichnen der Vorstellung zur exakteren Austragung eines Zwischenergebnisses, einer Festlegung auf. In der

Die Wechselwirkung im zeichnerischen Entwurfsprozeß

22

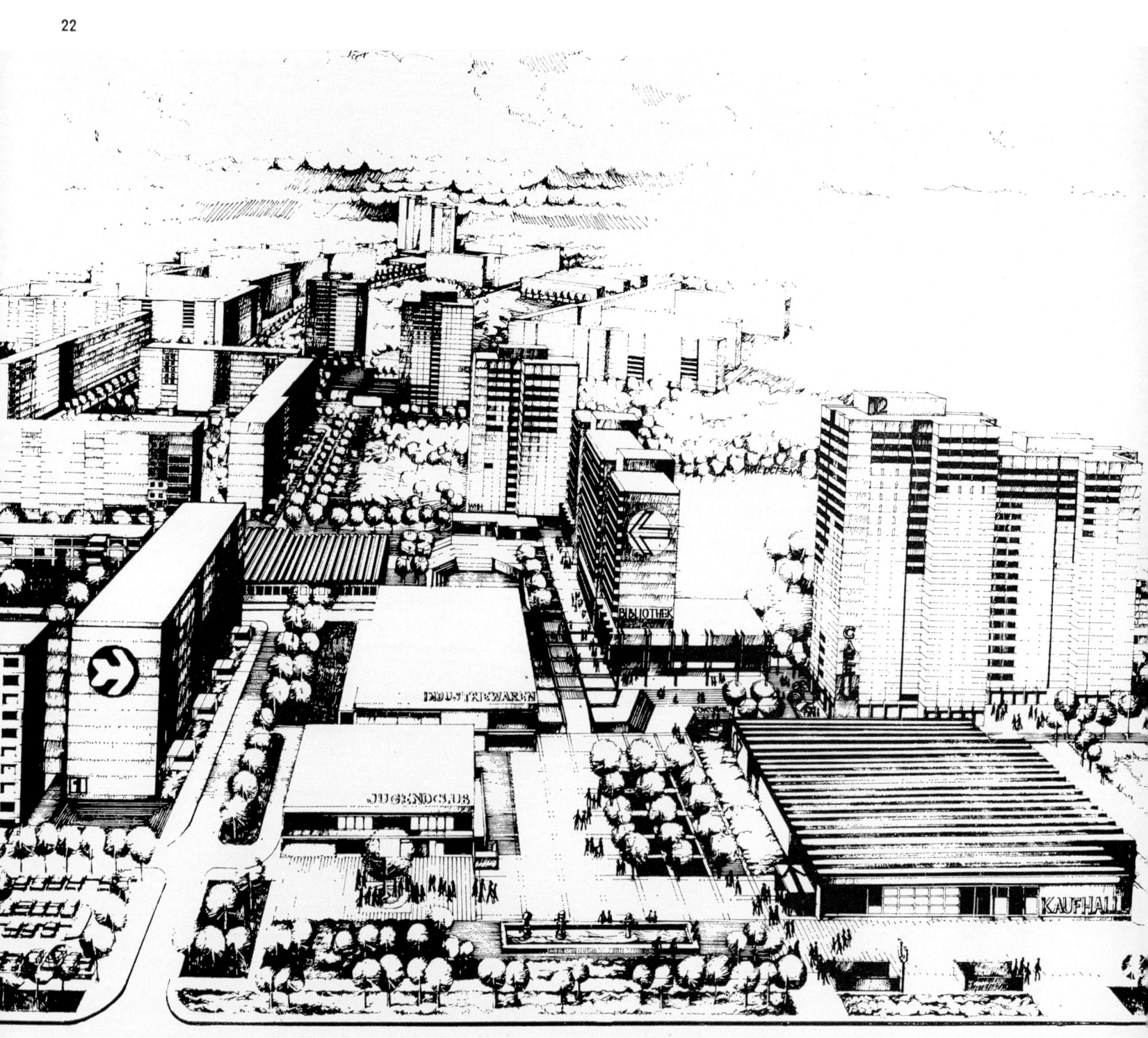

23
Vogelschau eines Pavillons, für ein Freibad, in Tusche mit einem feinen Pinsel gezeichnet. Diese reizvolle Grafik, die durch den Wechsel von Licht und Schatten die Stimmung sommerlichen Badewetters vermittelt, vermag auch die Einordnung der baulichen Situation in den Baumbestand der Landschaft überzeugend anzudeuten. Die Zeichnung erreicht zweifellos ein künstlerisches Niveau der Architekturdarstellung.

Entwurf und Zeichnung:
Hans-Peter Schmiedel 1929—1971

24
Perspektive zu einem Entwurf für einen Rathausneubau in Düsseldorf (1925). Die Skizze ist in ihren wichtigsten Gliederungen mit Bleistift leicht vorgezeichnet, mit Graphit oder Kreide in den Schattenbereichen und Mauerflächen leicht getönt und nur mit wenigen schwärzeren Strichen an den wichtigsten Stellen nachgezeichnet. Mit wenig Aufwand hat *Behrens* den typischen Eindruck seiner Bauten vorempfunden. Fast jede Zeichnung von *Peter Behrens* hat eine künstlerische Komponente.

Zeichnung: *Peter Behrens* 1868—1940

Verständigung zwischen Architekten und anderen Fachleuten und auch Nichtfachleuten spielt die freihändige Skizze zur Klärung der Lösung eine ebenso große Rolle wie die exakte Darstellung des erreichten Zwischenergebnisses für Kontrolle, weitere Korrekturen und Entscheidungen. Die Wechselwirkung zwischen Idee und Kontrolle zieht sich durch alle Phasen des Entwerfens mit Ideenskizzen, Entwurfszeichnungen, Detailskizzen und auch Architekturdarstellungen. Je unmittelbarer die Wechselwirkung durch den Katalysator »Zeichnung oder Skizze« kurzgeschlossen wird, um so schneller, effektiver und optimal entwickelt sich die Lösungsfindung. Diese Wechselwirkungen sind Kriterium der Intensität des schöpferischen Prozesses.

Für die architektonische Qualität eines Bauwerkes spielt die Wechselwirkung von Entwurfszeichnungen und Detailzeichnungen eine ebenso wichtige Rolle. Man soll nicht glauben, das träfe für Ensemblelösungen oder die Konzeption städtischer Teilgebiete nicht zu. Die Qualität und der Zusammenklang der Details bestimmt die Qualität der Gesamtgestaltung in nicht zu unterschätzendem Maße. Ja, wir können ohne Übertreibung Ideenskizzen und Architekturdarstellungen in dieses gegenseitig bedingte Verhältnis von Gesamtkonzeption und Detail mit einbeziehen. Um das nur an einem Beispiel nochmals zu verdeutlichen, sei darauf hingewiesen, daß diese Wechselwirkung zwischen Gesamtkonzeption und Detail das Kriterium der Fassadengestaltung ist. Die Wertschätzung der Baukunst bezieht die Fassadengestaltung ein, wenn der gesamte Gestaltungskanon stimmt.

Und noch eine auf die zeichnerische Projektionsart bezogene Wechselwirkung wird in dieser Arbeit behandelt.

Wir meinen die Wechselwirkung zwischen orthogonaler (rechtwinkliger) und perspektivischer Projektion. Die allgemeine Meinung neigt dazu und vielleicht auch die Architekten selbst, die orthogonale Projektion zu ausschließlich als architekturgebundenes Zeichnen zu verstehen, weniger dagegen die Perspektive. Es zeigt sich aber, daß der perspektivischen Skizze als Konzipierungshilfe sowohl bei den Ideenskizzen als auch bei Detailkonzeptionen, insbesondere für Möbel, ebensolche Bedeutung zukommt und die orthogonal definierte Gestalt in ihrer Erscheinung erst bestimmt. Auch für die Klärung städtebaulicher und anderer räumlicher Situationen sind perspektivische Zeichnungen, vor allem freihändig als Skizzen, viel häufiger notwendig und fordern ein sicheres, geschultes Können dafür.

Der Anspruch an das Zeichnen des Architekten

Die Zeichnung des Architekten ermöglicht einerseits die Formulierung von Raumvorstellungen und Architektur in freier Form, sie ist aber andererseits in starkem Maße an viele Bedingungen gebunden, so daß verschiedentlich ganz richtig von gebundenem Zeichnen gesprochen wird.[3]

Von vornherein ist das Zeichnen des Architekten an eine Aufgabenstellung gebunden, an einen gesellschaftlichen Auftrag, der über die fertige Lösung hinaus reicht und die Nutzung des fertigen Bauwerkes über Jahrzehnte einschließlich aller Konsequenzen für die Veränderung und Gestaltung der Umwelt für viele Menschen bedeutet.

Der Anspruch an das Zeichnen des Architekten

24

25

Der Anspruch an das Zeichnen des Architekten

26

Lorenzo Bernini, Rom, Mitte 17. Jhts. — Entwurf zu einem Wandbrunnen

25

Die landschaftliche Besonderheit der Lage an einem Südhang zur Elbe in Dresden sowie die Anbindung an ein neugotisches Schloß der Gründerzeit erforderten unbedingt die perspektivische Kontrolle der Varianten durch Skizzen. Man erkennt die Linie der oberen Hangkante, von der aus sich alles nach oben und unten entwickelt. Der hohe Baumbestand in sonniger Lage ist ohne Blätter mit einfachsten Mitteln dargestellt. Die langen Schatten der Baumstämme vermitteln die Steilheit des Hanges, der durch terrassenartig angeordnete Appartements entsprochen wird. Konstruiert ist an dieser Skizze fast nichts, aber es steckt eine langjährige Übung und Erfahrung dahinter, die zudem mit einem besonderen Talent gepaart war. Die Skizze ist mit farbigem Faserstift gezeichnet.

Zeichnung: *Hans-Peter Schmiedel 1929—1971*

26

Universales Künstlertum war bei den Architekten der Renaissance und des Barocks in starkem Maße vorhanden. Die Einheit von Architektur und bildender Kunst war selbstverständlich und geläufig. Diese meisterhafte Skizze zeigt einen Entwurf Berninis zu einem Wandbrunnen. Gegenstand wie Zeichnung gehören fraglos in den Bereich der bildenden Kunst.

Entwurf und Zeichnung:
Lorenzo Bernini, 1598—1680

27
Architekturdarstellung von *Helmut Jacoby* für das Charles Centre von *Ludwig Mies van der Rohe.* Jacoby hat sich als Architekt auf die Darstellung von Entwürfen bedeutender Architekten spezialisiert. Wenn wir seine Zeichnungen mit den besten Beispielen von historischen Architekturdarstellungen vergleichen, so können wir ohne weiteres bestätigen, daß sie auf den besten und bewährten Traditionen der Architekturdarstellung beruhen, obwohl sie der Widerspiegelung einer ganz modernen Architektur dienen. Seine hervorragendste Bereicherung für die Darstellung von moderner Architektur ist wohl in der Wiedergabe des Glases zu sehen, die allein viele Überlegungen und eine beherrschte Technik erfordert.

Zeichnung: *Helmut Jacoby*

Der Anspruch an das Zeichnen des Architekten

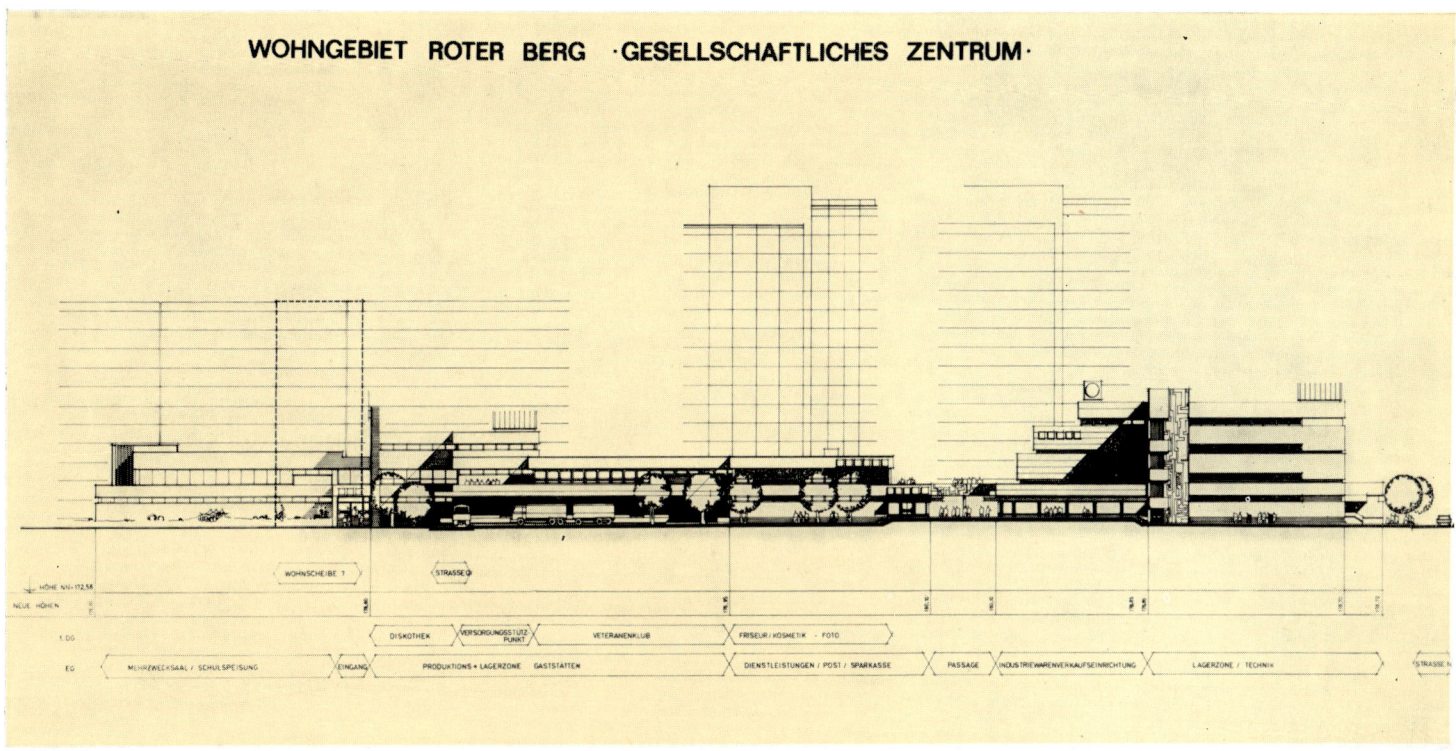

28
Orthogonale Ansicht längs durch das gesellschaftliche Zentrum im Wohngebiet »Roter Berg« in Erfurt. Es geht wohl bei dieser Ansicht hauptsächlich darum, über Funktionsverteilung und einige Ordinaten zu informieren, denn die städtebaulich-räumliche Wirkung, die vor- und zurückspringenden Baufluchten kommen trotz der harten Schatten nicht voll zur Geltung.

Entwurf und Zeichnung: *Helmut Unbehaun*

Darin sind die vielen Bindungen des Zeichnens an die Funktion der Bauaufgabe, an örtliche Gegebenheiten, die konstruktiven Möglichkeiten, die technologischen Realisierungsbedingungen, an das Material mit seinen Vor- und Nachteilen und spezifischen Eigenschaften und wirtschaftlichen Konsequenzen eingeschlossen und nehmen Einfluß auf die Lösung. Die konzipierende Zeichnung der Architekten setzt umfangreiches Wissen, Kenntnisse und Erfahrungen voraus. Je mehr Faktoren in Betracht zu ziehen sind, um so höher wird die schöpferische Findigkeit gefordert, die im weiteren Entwurfsprozeß sich mehr und mehr zu rein sachlichen und präzisen Klärungen und Entscheidungen auffächert. Die große Leistung des zeichnenden und konzipierenden Architekten besteht darin, aus diesen Bindungen die Gestaltungsidee zu entwickeln und einen überzeugenden Einklang zu erreichen. Die Freiheit und Schönheit einer architektonischen Leistung beruhen auf einer meisterhaften Beherrschung aller Faktoren und deren gestalterische Übereinstimmung.

Schließlich unterliegt das Zeichnen des Architekten zu einem hohen Anteil einfach unmittelbar den Bindungen an die Projektion der zu zeichnenden baulichen Situation, sei sie nun rechtwinklig und parallel oder nach den Gesetzen der Perspektive mit Fluchtung und Verkürzung. Damit sind immer Maße und Maßstäblichkeit, zu wahrende Verhältnisse und durch Schiene, Winkel und Zirkel unterstützte Genauigkeit des Striches verbunden. Unter der Belastung einer solchen Vielfalt an Bindungen kann der Anspruch auf eine künstlerische Zeichnung nicht auch noch zur Bedingung gemacht werden, wohl aber die Pflege und Kultivierung des Zeichnens. Vieles davon ist erlern-

Einleitung 36

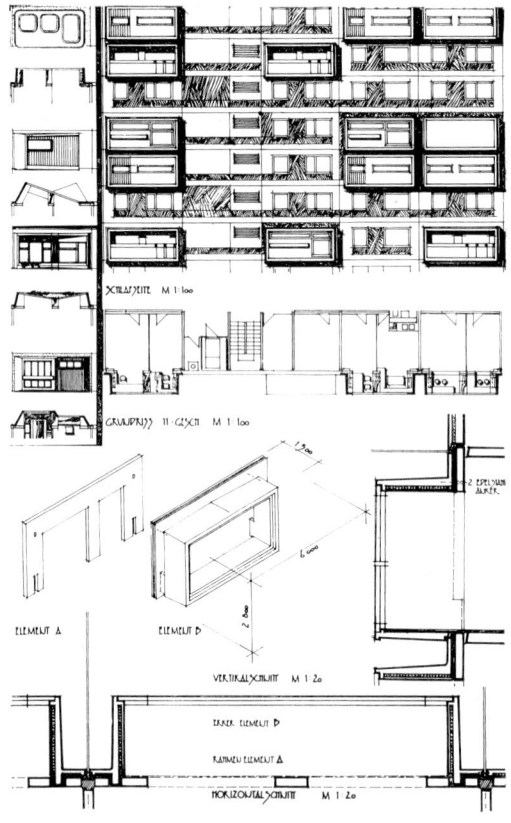

29
Diese Detailzeichnung aus einer preisgekrönten Wettbewerbsarbeit zur Fassadengestaltung von Wohnbauten weist einen unmittelbaren Zusammenhang von architektonischer Gestaltung und konstruktiver Durchbildung aus. Diese Wechselbeziehung ist besonders in Detailfragen unumgänglich.

Zeichnung: *Günter Andres*

30
Diese Zeichnung *Gottfried Sempers* vermittelt einen unmittelbaren Eindruck von seiner Arbeitsweise. Neben dem geometrisch aufgerissenen Grundriß vom Zuschauerhaus sind einige Nebenskizzen erkennbar, die gleichzeitig Vorstellungen von der Gestaltung vergegenwärtigen. Die Hauptachsen, Höhen und Proportionen sind mit dem Reißzeug angerissen und freihändig durch Architekturglieder und sogar Schatten vervollständigt.

Zeichnung: *Gottfried Semper 1803—1879*

bar, aber es ist auch verständlich, daß ein gewisses Talent dazu gehört. Nicht allein Geschicklichkeit muß dieses Talent ausmachen, sondern es soll mit einem technisch-schöpferisch-realen Denken eine Einheit bilden. Ein Architekt muß das Zeichnen lernen, trainieren und beherrschen. Jede Fachrichtung erfordert zu Recht das bewußte Training einer fachspezifischen Fähigkeit wie Gedächtnistraining, Sprachtraining, Kombinationstraining oder die Fertigkeit, mit irgendeinem Handwerkszeug nach allen Regeln der Kunst gut und schnell umgehen zu können.

Um dies zu erreichen, ist die Anlehnung an bewährte Zeichnungspraktiken und gute Beispiele förderlich. Die zeichnerischen Handschriften namhafter Architekten sind nicht unbeeinflußt von Vorgängern und einer langen Entwicklung. Sie verfeinerten und steigerten sich auf dem Nährboden einer gediegenen Zeichenkultur. Welcher Architekturstudent orientiert sich nicht an Zeichnungen, die ihm gefallen, um nicht zu sagen, eifert er nicht irgendeinem Vorbild nach? Wollen wir das mißbilligen und den fragwürdigen Mutwillen nach eigener Hand und Originalität zu einem Zeitpunkt fordern, da eine Pflege und Schulung nach dem Besten angebracht erscheint? Die Übernahme bewährter Darstellungsformen sehen wir als legitim an, wenn diese sich zur Veranschaulichung der Zielvorstellungen als dienlich erweisen. Mit der Zeit wird sich die eigene Note doch einstellen, die sich anbietet, weiterentwickelt zu werden. Es schadet der Architektur weniger, sie mit entlehnten bewährten Darstellungsmethoden zu veranschaulichen, als sie mit mutwilligen eigenen Darstellungen zu entstellen. In dieser Frage erweist sich, ob die Architekturzeichnung sich verselbständigt oder der Architektur und ihrer Entwicklung dient. Eine Vielfalt von Darstellungsmöglichkeiten liegt brach, und wir sind in einem spärlichen Vokabular grober Darstellungsmittel befangen, die vordergründig bestimmte Gestaltungsmöglichkeiten erlauben und veranschaulichen, aber einen großen Bereich an Feinheiten versagen.

Aus allen diesen Aspekten erklärt sich schließlich das Anliegen dieses Buches, das in allen Abschnitten mitschwingt, nämlich die Förderung und Kultivierung des unmittelbaren eigenhändigen Zeichnens, ohne das Architekten nicht auskommen, das für die architektonische Qualität und für die Intensivierung der schöpferischen Arbeit unentbehrlich bleibt. Darin liegt die Verantwortung des Architekten für die Lösung der großen von Partei und Regierung gestellten Bauaufgaben in hoher städtebaulicher und architektonischer Qualität eingeschlossen.

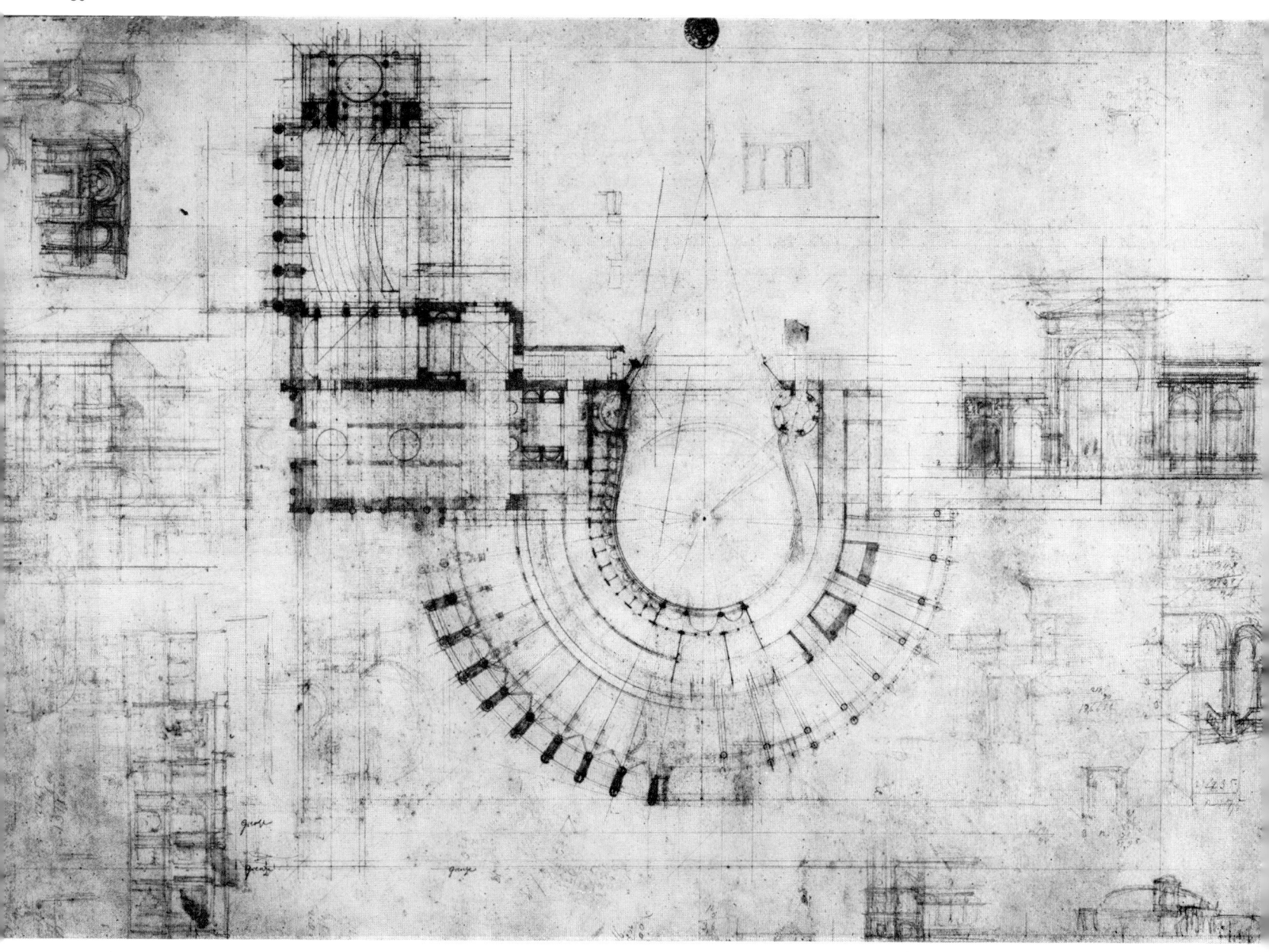

Der Anspruch an das Zeichnen des Architekten

Das Freihandzeichnen des Architekten

*Es ist der unmittelbare Weg,
eine gedachte Form,
eine Vision sichtbar zu machen.
Der Gedanke wird stofflich,
die Idee wird mitteilbar.
Es ist faszinierend,
Zeichner zu sein.*

Kurt Wirth

Das freie Zeichnen ist für den Architekten eine unabdingbare Grundlage, und zwar in einer mannigfaltigen, für den Architekten geeigneten und auch typischen Art und Weise. Seine Skizzen müssen beseelt sein von der baulich-räumlichen Situation, die dargestellt werden soll, sie sind nicht bildhafter Selbstzweck, sondern Mittel zur Veranschaulichung von Umwelt. Schon das Sujet ist hauptsächlich an das Baulich-Räumliche gebunden.

Die freien Skizzen des Architekten sind immer Übungen und Stützen seines Vorstellungsvermögens, und in glücklichen Fällen besonderen Talents reichen sie in den Bereich bildkünstlerischer Aussage. Eine sichtbar bleibende Horizontlinie, Fluchtlinien, Weglassen von Kleinigkeiten, Verändern von Standpunkten, Erläuterung durch Nebenskizzen und geschriebene Worte sowie anderes mehr sind erlaubt und erhöhen sogar ihren speziellen Wert.

Anforderungen an das Freihandzeichnen

Jeder Anwärter auf ein Architekturstudium muß einen Nachweis seines zeichnerischen Talents und Interesses ablegen. Talent bedeutet in diesem Sinne nicht die Begabung zur grafischen Kunst an sich, sondern das visuelle Verständnis für Raum und Körper, Maßstäblichkeit und Genauigkeit der Verhältnisse, das in irgendeiner Weise aus dem Ergebnis ersichtlich sein muß. Außer Talent erfordert jedes freie Zeichnen Mut, Wagnis und ständige Übung, um eine wachsende Sicherheit zu erreichen.

Das freie Zeichnen oder Freihandzeichnen, einschließend Naturstudium, Grundstudium oder wie man es sonst noch bezeichnen will, spielt in den ersten Semestern eines Architekturstudenten eine große Rolle und sollte auch späterhin gepflegt werden. Viel mehr als das gekonnte Skizzieren selbst ist damit die Schulung des Sehens und Vorstellens verbunden.

Das freie Zeichnen beginnt mit dem Naturstudium, mit dem Sehen und Beobachten vorhandener Situationen, die durch die skizzierende Hand in ihren Wesenszügen wiedergegeben werden. Frühere Architektengenerationen sind in dieser Übung bekanntlich an Gipsmodellen bis zum Verdruß akademisch gedrillt worden. Geschadet hat das niemand, aber viel Zeit ist damit vergeudet worden, die für mehr Aspekte, als sie ein Gipsmodell bietet, hätte genutzt werden können. Es reicht nicht aus, das Naturstudium lediglich auf die Erfassung von Körpern und Gegenständen zu beschränken. Sie stehen in Beziehung zum Horizont, zu einer Ebene, in einer Flucht, einer Landschaft oder untereinander zu anderen Gegenständen, und vor allem bilden sie räumliche Verhältnisse: Die Sitzebene gleich hoher Stühle muß übereinstimmen; die Ellipsen der Öffnungen und der Füße von Gläsern müssen in der Fläche der Tischebene oder parallel dazu liegen und die Kreise entsprechende perspektivische Verkürzungen aufweisen; die Begrenzung eines Flusses oder Sees muß eine völlig waagerechte Wasserfläche begrenzen und erzeugen.

Die Schwierigkeiten des freien Zeichnens sind durch gelöstes Training immer mehr beherrschbar, und schließlich befähigt es den Architekten, räumliche Situationen schnell und sicher darzustellen. Die gesamte Palette der perspektivischen Kon-

Schulung der Hand

*31
Eine freihändige Federzeichnung der Stadtsilhouette von Bautzen, von der Autobahn aus gesehen, in Tusche

Zeichnung: Jürgen Körber*

struktion, das Gefühl für Fluchtungen und Verkürzungen wird durch nichts besser geschult als durch das zeichnerische Studium vorhandener baulich-räumlicher Situationen und kann bei entsprechendem Einfühlungsvermögen zu einer erstaunlichen Sicherheit führen. Das Unterbringen von Fensterachsen in einer verkürzten Hausfront bereitet nur am Anfang Schwierigkeiten. Wenn wir solche Übungen ehrlich durchstehen, sind wir für alle Zeit gewarnt und dafür ausgerüstet, perspektivische Situationen sicher und sogar besser den Gesetzmäßigkeiten des sehenden Auges entsprechend aufzubereiten als geometrische Perspektivkonstruktionen und selbst als der Fotoapparat; beide sind gegen Verzerrungen und Entstellungen beispielsweise in Randbereichen oft hilflos.

Hier zeigt sich der Wert des gründlichen Naturstudiums, der Kontrolle der Erscheinung mit dem einfachen Hilfsmittel zeichnerischer Reproduktion, die dann der freien Erzeugung einer perspektivischen Ideenskizze nach irgendwelchen Vorstellungen zugute kommt. Es ist ungleich schwerer, aus der reinen Vorstellung oder der orthogonalen Konzeption von Grundrissen und Ansichten den perspektivisch-räumlichen Eindruck frei zu skizzieren und so der tatsächlich sich dem Auge darbietenden Erscheinung einer Situation nachzugehen, als vorhandene Situationen einfach zeichnerisch nachzuvollziehen. Dabei ist es Sinn der Sache, sich getreulich an die tatsächlich vorhandenen Verhältnisse zu halten. Wer diese Reproduktion gegebener Situationen nicht übt, wird schwerlich aus der Vorstellung zuverlässige Situationsskizzen zustande bringen.

Schulung der Hand

Das freie Zeichnen schult und trainiert unter Kontrolle des Auges die Hand. Der Strich darf uns nicht gleichgültig sein, ob er nun feinfühlig oder prägnant gelingt, je nachdem, wie er der Hand liegt, nur darf er nicht flüchtig gezogen werden. Wir kennen bedeutende Zeichner unter den Architekten, deren Zeichnungen mühelos

32
Dies ist kein Entwurfsdetail, sondern eine Zeichnung, die *Palladio* auf einer Studienreise, von Details am Konstantinbogen in Rom angefertigt hat. Die Ansicht des Triumphbogens ist mit Bleistift gezeichnet und unter den mit Tusche gezeichneten Profilen kaum sichtbar.

Zeichnung: *Andrea Palladio* 1508—1580

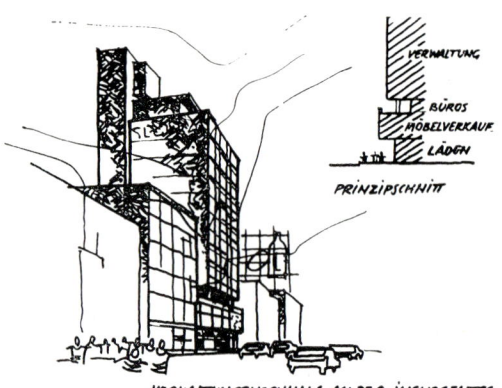

33
Reiseskizzen aus Mexiko, die den Erlebniswert der unteren Geschosse mit ihren Funktionen durch jeweils einen Schnitt mit Angaben vergegenwärtigen. Interessante Gegebenheiten werden dadurch bewußter und geraten weniger in Vergessenheit.

Zeichnung: *Achim Felz*

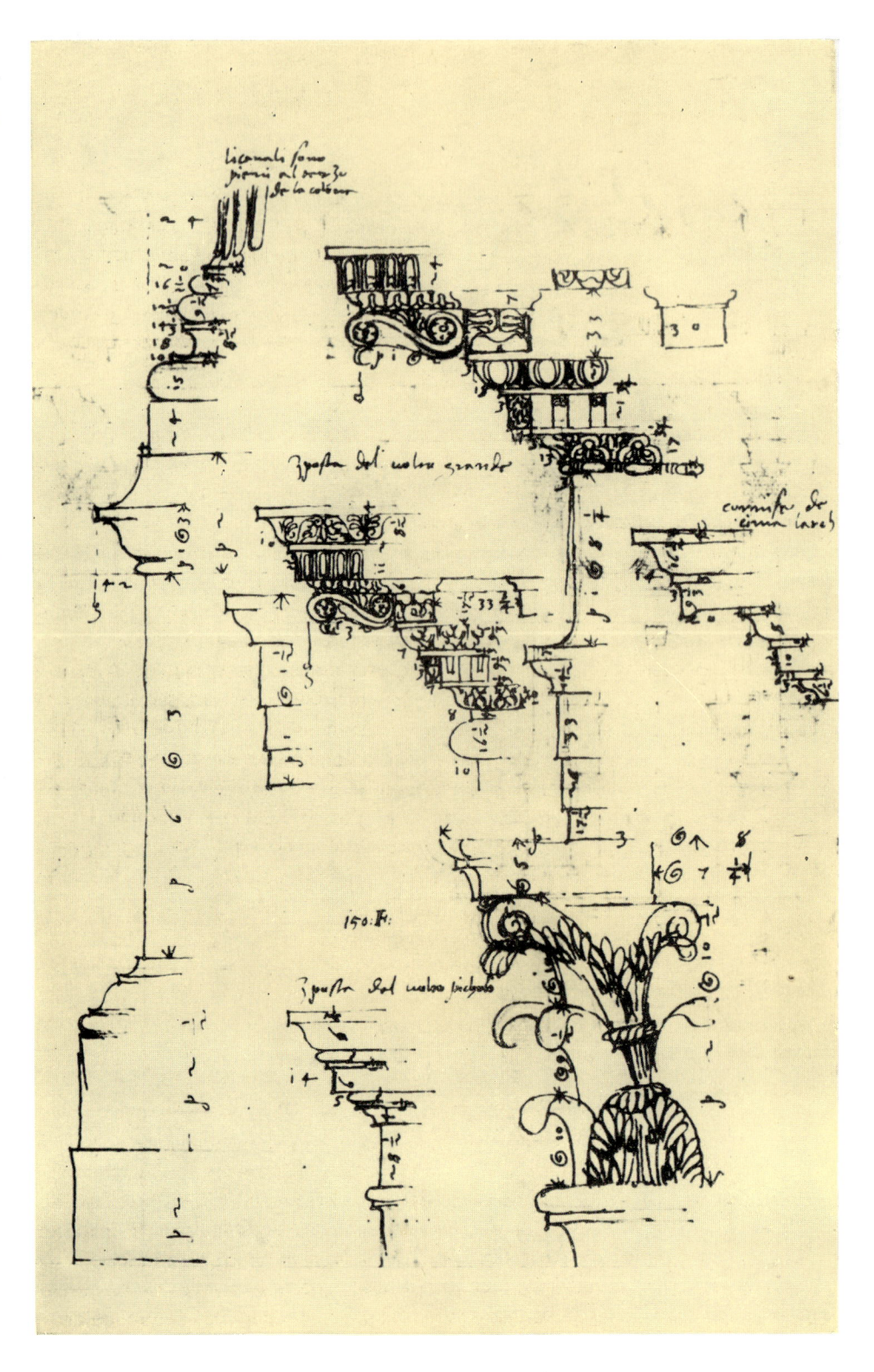

Schulung des Sehens

erscheinen und die eine so prägnante Aussage mit wenig Mitteln erreichten, daß sich Architektengenerationen daran orientierten, obwohl wir von ihnen wissen, daß sie sich bei jedem Strich unerhört zusammennehmen mußten, weil sie von Hause aus eine schwere Hand mitbekommen hatten. Die Anlehnung an eine prägnante Zeichnungsart, an bewährte zeichnerische Gepflogenheiten, die Nutzung von Hilfsmitteln, wie Maßstab, sogar Ausschnittsucher mit Fadennetz, Horizontlinie, Fixierung von Fluchtpunkten, wenn sie nur zur exakteren Wiedergabe der räumlich-gestalterischen Situation beitragen, sind nicht verpönt. Architektenzeichnungen erkennt man an bestimmten Gepflogenheiten, die einem ungeschriebenen Kanon folgen. Striche, Schraffuren oder verschiedene Strukturen müssen bestimmten Regelmäßigkeiten genügen, die auf Erfahrungen beruhen und sich erlernen lassen. Verlassen wir diesen Kanon oder erlauben uns zuviel Flüchtigkeit, dürfen wir uns nicht wundern, in den Grenzbereich zum Dilettantismus abzurutschen.

Üben können wir überall, besonders auch auf Exkursionen. Wenige Mittel und Geräte reichen aus, um etwas zu erfassen und zu skizzieren. Keine Angst vor uneleganten Notizen, wenn sie nur sachlich dienliche Angaben deutlich enthalten, die im nachhinein sich für eine Überarbeitung eignen. Es muß keine flotte Skizze entstehen, die durch ihre schmissige Grafik wirkt, sondern eine wahrnehmbare Situation muß genau festgehalten werden. Vielmehr ist auf Blatteinteilung zu achten, damit es nicht dazu führt, daß oben und unten der Platz fehlt. Der Bildausschnitt, den man zeichnerisch wiedergeben will, muß gesucht, festgelegt und abgezirkelt werden. Der beste Bildausschnitt wird mit ausgestrecktem Arm durch kreisförmiges Drehen der Hand umschrieben. Erst sind die Umrisse mit leichten, weichen Strichen zu erfassen. Bauliche Situationen müssen genau und charakteristisch gezeichnet werden. Auf Schnelligkeit kommt es am Anfang nicht an, sondern darauf, daß die Zeichnung stimmt. Mit wachsendem Können geht das Zeichnen unbewußt schneller von der Hand. Mit dem Zeichenstift bei ausgestrecktem Arm kann man vertikal und horizontal klären, wie alles im Verhältnis zueinander steht. Proportionen und Größenverhältnisse müssen stimmen. Auch Fluchtpunkte und Horizont lassen sich so finden.

34
Freihandskizzen, die den für den Architekten immer interessanten Zusammenhang von äußerer Gesamterscheinung und Detail bis zu ihren Abmessungen und Verhältnissen betreffen.
Bauernhaus in Wildenau, Kreis Auerbach

Zeichnung: Jochen Helbig

Schulung des Sehens

Das freie Zeichnen übt das Auge im Sehen und zwingt zu einem viel eingehenderen Beobachten. Sich allein an einer hervorragenden baulichen Situation zu erfreuen, darf einem Architekten noch nicht genügen, sondern das Ergründen der Ursachen, die ein Ensemble ins Bedeutungsvolle, Liebenswerte, Menschliche oder Ausdrucksvolle erheben, ist von professionellem Interesse. Angenommen, wir empfinden beim Betrachten eines Bauwerkes oder baulichen Ensembles wohltuende Proportionen, das gute Verhältnis von Fläche und Öffnung, die rhythmische Gliederung von Fassaden, die plastische Wirkung von Baukörperkompositionen, die räumliche Wirkung von Straßen und Plätzen, aber die Verhältnisse selbst, die Gliederung, die Plastizität, den Raumcharakter haben wir damit weder untersucht noch in seinen realen Zusammenhängen genügend ins Bewußtsein gehoben. Das zeichnerische Nachgehen und Unter-

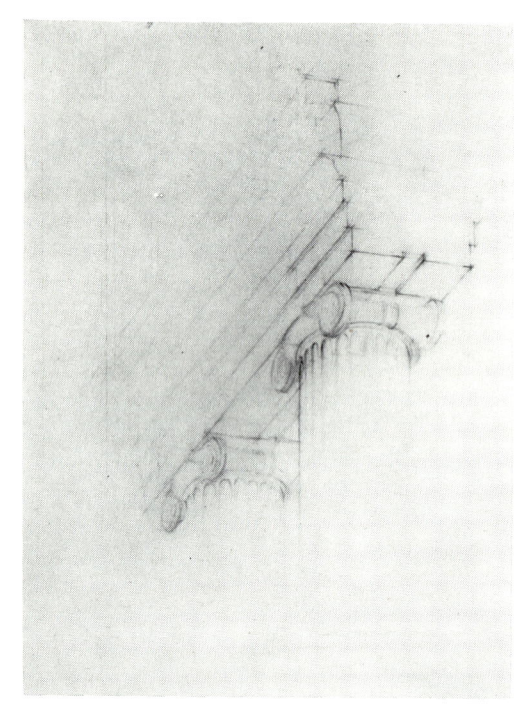

35
Das Studium einer an antike Formenelemente anklingenden Säulenordnung gilt weniger dem Einprägen der Formen als vielmehr der Schulung perspektivischen Sehens und Zeichnens ausgewogener plastischer Formen. Der Schnitt durch den Architrav, der runde und wulstige Echinus und die Voluten des Kapitells sowie der Säulenschaft mit seinen Kanneluren sind Formenelemente, die jeden Fehler bei der Wiedergabe bloßstellen.

Zeichnung eines Architekturstudenten unter Anleitung von *Achim Seifert*

36
Eine perspektivische Federzeichnung vom Mittelsaal im Schloß Rivoli bei Turin von *Filippo Juvarra*. Er hat die Perspektive beherrscht, und doch ist der Fluchtpunkt sichtbar, der in irgendeiner Weise der Fluchtung des Raumes oder deren Kontrolle zugrunde lag. Die auf dem Fußboden gezeichneten Figuren sind vermutlich zu klein, sie steigern bei intensiver Betrachtung den Raumeindruck beträchtlich.

Zeichnung: *Filippo Juvarra* 1676–1736

Schulung des Sehens

suchen der Verhältnisse, des Rhythmus, der Komposition oder auch der Einordnung in Bebauungsstrukturen oder in die Landschaft zwingt zum genauen Sehen, bedeutet eine Kontrolle dessen, was wir sehen, und wird durch zeichnendes Studium habhaft. Ein Zeichenpädagoge soll einmal gesagt haben: »Was man nicht zeichnet, hat man nicht gesehen.«

Abgesehen von dem Ergründen emotionaler Geheimnisse baulicher Situationen, sind für viele Aufgaben einfach genaue Bauaufnahmen erforderlich. Für unmittelbare Umgestaltungen, Rekonstruktionen, denkmalpflegerische Aufgaben, Eigenheime und vielgestaltige andere Aufgaben, die im Zusammenhang mit der Erhaltung und Umgestaltung von Städten und Gemeinden, sogar von landschaftlichen Besonderheiten stehen, sind ein Studium, Festhalten und regelrechtes Aufnehmen der Gegebenheiten unerläßlich. Alle Bauvorhaben werden in unserer Umwelt angesiedelt und werden selbst zur Umwelt des Menschen. Das freihändige Zeichnen ist eine Grundvoraussetzung der Bauaufnahme, auch dann noch, wenn ein exaktes Aufmaß damit verbunden wird und das Aufgenommene später zu einer rechtwinklig projizierten Unterlage mit allen erforderlichen Eintragungen ausgearbeitet wird. Architektonische Qualität ist immer abhängig davon, ob auf die Gegebenheiten durch gründliche Untersuchungen und Auseinandersetzungen eingegangen wurde. Der Schlüssel für eine gute Lösung liegt in nicht zu unterschätzendem Maße in der Beherrschung der gegebenen Situation. Besonders das Verständnis für perspektivisches Sehen und das Erfassen der Verhältnisse sind für den Architekten die beiden wichtigsten Ziele des zeichnerischen Nachvollziehens nach der Natur. Das Geheimnis von schnellem und sicherem zeichnerischem Erfassen gegenständlicher Situationen, wie sie vom Auge gesehen werden, liegt sowohl in der sicheren Umsetzung perspektivischer Fluchtung und Verkürzung als auch, vielleicht noch mehr, in einem untrüglichen Abschätzen der Verhältnisse von Längen und Flächen zueinander und deren Unterteilung. Wer gut zeichnen kann, beweist in erster Linie ein feines Empfinden für Raum, Körper und Tiefe sowie — was vielleicht das Wichtigste ist — für deren Verhältnisse.

Nichts gegen die Nutzung der Kamera, im Gegenteil, aber sie hebt den Wert des Zeichnens nicht auf oder ersetzt ihn gar; sie macht das Zeichnen nicht überflüssig. Wir sind mit der Kamera in der Lage, viel mehr an Eindrücken aus den verschiedensten Gesichtswinkeln festzuhalten als mit dem Bleistift. Die Genauigkeit ist gewährleistet. Die Situation ist vollständig erfaßt, obwohl dabei Wesentliches und Nebensächliches völlig gleichwertig abgebildet werden. Wir sind in der Lage, wahllos Objekte aus verschiedenen Standpunkten zu fotografieren, ohne zwischen wesentlichen oder unwesentlichen Motiven entscheiden zu müssen. In einem begrenzten Umfang übt es unser Sehen, aber bei weitem nicht so intensiv, wie es die Zeichnung fordert. Es schult schon gar nicht die Hand, und es gibt Situationen, wo die Kamera nicht in der Lage ist, mit ihrem Bildwinkel das zu erfassen, was das Wichtige und Wertvolle der Anlage ausmacht. Es gibt Zusammenhänge, Durchblicke, Einblicke, Überblicke, wo die Kamera gegenüber der Zeichnung weit ins Hintertreffen gerät, sofern unser Vorstellungsvermögen im Verein mit der Fähigkeit zur Umsetzung des Gesehenen in eine neue Schau durchsichtiger Zusammenhänge geschult ist. Eine Zeichnung ist der Fotografie für die Schulung des Sehens unzweifelhaft überlegen.

37
Gläser zu zeichnen fordert nicht nur das Sehen und Erfassen einer plastischen, räumlich gerundeten Form heraus, sondern kann besonders als eine sehr anspruchsvolle Übung für die Schulung des perspektivischen Sehens gelten. Die kreisrunden Füße und Öffnungen des Glases liegen jeweils in einer Ebene, aber in verschiedener Höhe. Hier ist die Zeichnung mit einem zentralen Fluchtpunkt überprüft und durch nach rechts und links gefluchtete Diagonalen der die Kreise umschreibenden Quadrate hinsichtlich ihrer Verkürzung kontrolliert. In diesem Falle liegt der Horizont für die Betrachtung der Gläser niedriger als gewöhnlich, wenn wir Gläser im Sitzen auf dem Tisch betrachten, wodurch sich die oberen Kreise der Glasränder ungewöhnlich verkürzen.

Zeichnung: *Carl Krause*

38
Die starke Verkürzung dieser Hofseite eines sächsischen Umgebindehauses aus Windischleuba, die sich besonders in der Balkenlage der Traufe abzeichnet, der zentrale Fluchtpunkt sowie die Baumstudie im Vordergrund kennzeichnen diese Freihandzeichnung als eine gute Übung perspektivischen Sehens, die der Ausarbeitung von Schaubildern unabhängig davon zugute kommt.

Zeichnung: *Dietrich Wellner*

Schulung des Sehens

40

39
Eine rein linear gezeichnete Straßenflucht, um eine Lückenschließung in Bildmitte zu kontrollieren. Die leichte Steigung der Straße ist durch die niedrige Augenhöhe mit dem Fluchtpunkt für Gesimse und Sohlbänke deutlich spürbar. Auf dieser Zeichnung wird die starke Verkürzung der Häuserfronten sichtbar und die damit notwendige Schlankheit der Fenster. Figuren und Autos zu studieren, ist bei solchen Straßenbildern immer möglich.

Zeichnung: *Manfred Wagner*

40
Die unter Denkmalschutz stehende Maxim-Gorki-Kolonnade in Marienbad — aus gußeisernen Konstruktionsteilen — ist in einem weitschwingenden Bogen erbaut. Hier hilft kein zentraler Fluchtpunkt. Diese freie Skizze vermag dem eigenartigen Raumeindruck traumwandlerisch nachzuspüren. Um so einen Raum perspektivisch zu konstruieren, sind viele Umstände erforderlich. Die gebogenen Linien müßten dann trotzdem frei oder mit verschiedenen Kurvenlinealen gezogen werden.

Zeichnung: *Karl Sommerer* 1918—1981

41
Eine Aktzeichnung, Studie der menschlichen Figur in ihren Proportionen. Die Skizze läßt erkennen, wie bewußt nach den richtigen Proportionen des weiblichen Körpers gesucht wurde. Für den Architekten ist darin der wichtigste Aspekt des Aktzeichnens zu sehen.

Zeichnung: *Peter Baumbach*

Schulung der Vorstellung

Um diesen Aspekt für den Architekten in Verbindung mit freiem Zeichnen nutzen zu können, genügt es schon nicht mehr, natürliche Gegebenheiten zu studieren und wahrheitsgetreu zu zeichnen, obwohl die Schulung des Vorstellungsvermögens bereits mit genauem Beobachten, Einprägen und Aufzeichnen von Zusammenhängen, ohne jeden Strich einzeln abzulesen, beginnt.

Wir sollten es ab und an unter Beweis stellen, Situationen durch minutenlanges intensives Betrachten, bei dem man sich Verhältnisse, Anhaltspunkte und Rhythmik intensiv klarmachen muß, einzuprägen, um später an einem anderen Ort aus der Vorstellung das Wesentliche zeichnen zu können. Zugegeben, solche Übungen betreffen mehr die Fähigkeit, sich etwas einzuprägen, die sich erstaunlich weit trainieren läßt, als sie unsere Vorstellung schult. Aber die Fähigkeit, sich etwas visuell einzuprägen und über das Vorstellungsvermögen zu einem anderen Zeitpunkt zu reproduzieren, dient der Schulung des Vorstellungsvermögens.

Eine der besten Übungen, die Elastizität, aber auch die Sicherheit des Vorstellungsvermögens zu trainieren, besteht in der unmittelbaren freien Umsetzung von orthogonalen Grundrissen, Ansichten und Schnitten in perspektivische Darstellungen, ohne zu konstruieren. Wenn wir beispielsweise nach den Werkzeichnungen eines Sessels im Maßstab 1:1, die den Grundriß, Seitenriß und Schnitt zeigen, unmittelbar versuchen, den Sessel in seinen verschiedenen Erscheinungen, vielleicht sogar in mehreren Exemplaren perspektivisch als Gruppe geordnet, aus der Vorstellung auf dem Zeichenkarton zu skizzieren, dann spüren wir die Herausforderung an unser Vorstellungsvermögen sehr deutlich, ja fast schmerzhaft. Das hat nichts mehr mit Einprägen zu tun, sondern mit dem Vermögen, unsere Vorstellung unmittelbar in die dem Auge sich bietende Erscheinung des Gegenstandes umzusetzen.

Doch bedarf es mit Sicherheit für eine solche Umsetzung über das Vorstellungsvermögen ein Wissen über perspektivische Gesetzmäßigkeiten und eine dementsprechend geschulte und sichere Hand. Etwas, was wir noch nicht gezeichnet haben, können wir nicht so ohne weiteres aus der Vorstellung zeichnen, auch dann nicht, wenn wir es uns vorzustellen vermögen.

Wer diese erregenden Erfahrungen durchgestanden hat, wird wahrscheinlich auch auf den Gedanken kommen, umgekehrt aus der perspektivischen Schau eines Gegenstandes oder einer Situation frei die entsprechenden Ansichten und Risse orthogonal zu projizieren. Das ist viel naheliegender und bei jeder Bauaufnahme ohnehin der Fall, obwohl wir da mit dem Bandmaß das maßstäbliche Empfinden unseres Vorstellungsvermögens entlasten. Angenommen, wir sehen in einer engen Gasse ein nur von unten verkürzt wahrnehmbares Architekturdetail, das wir in seinen orthogonalen Verhältnissen auftragen wollen. Oder wir möchten Gegenstände, die wir nur perspektivisch wahrnehmen, wie einen Stuhl, ein Auto, einen Brunnen, in ihre geometrischen Ansichten zurückprojizieren, um sie vielleicht mit wenigen Hauptmaßen zu versehen. Bei der Reproduktion eines Grundrisses, dessen Räume wir kennen und durchschritten haben, geht es um denselben Prozeß, der eine viel höhere Vergegenwärtigung des Gesamtzusammenhanges in der Vorstellung bedeutet.

Schulung der Vorstellung 47

42
Das zeichnerische Studium der städtebaulich-räumlich reizvollen Situation, wie sie die historisch gewachsene Hradschin-Treppe vermittelt, ist für den Architekten äußerst aufschlußreich. Sie zu zeichnen, die Raumverhältnisse sowie die aufsteigende bauliche Steigerung zu erfassen, stellt an das perspektivische und räumliche Empfinden hohe Anforderungen. Gesimse, Fensterbrüstungen und -stürze markieren die horizontalen Tiefenlinien. Die Fluchtpunkte der Treppe liegen weit oben. Die Personen vermitteln die Dimensionen von Raum, Treppe und Tiefe. Der Bildaufbau sichert die Vermittlung des Gesamteindrucks.

Reiseskizze: *Helmut Trauzettel*

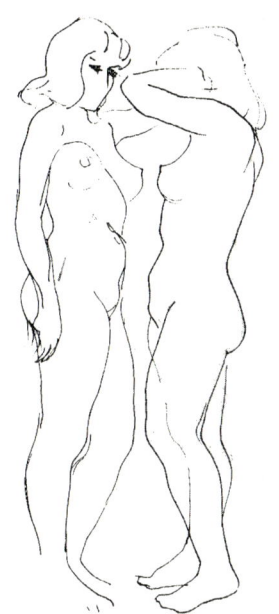

43
Eine solche Sicherheit, unmittelbar mit einem Tuschestrich die Kontur der weiblichen Figur zeichnerisch zu erfassen, beruht auf viel Übung, geht aber über die obligatorisch notwendigen Erfordernisse figürlichen Studiums für den Architekten hinaus. Sie setzt die Beherrschung der Proportionen und der Bewegungsmöglichkeiten menschlicher Gliedmaßen voraus. Die Skizze verdeutlicht sehr reizvoll, wie damit bereits Ausdruck und Gestik in den Bereich künstlerischer Erlebbarkeit rücken.

Aktstudie: *Helmut Trauzettel*

44
Der Theologische Saal der Strahover Bibliothek in Prag ist in seinen bewegten barocken Formen in dieser Reiseskizze treffend wiedergegeben. Mit wenigen skizzenhaften Strichen, ohne den Versuch, ins Detail zu gehen, ist der Raumeindruck in Größe, Bewegtheit, Lichtwirkung, also in seinem gesamten Erlebniswert erfaßt. Dieser Skizze liegt das Prinzip der Zentralperspektive zugrunde, wobei der zentrale Fluchtpunkt instinktiv aus der Bildmitte nach rechts gewandert ist. Die Ursache liegt einfach in dem seitlich eingenommenen Standpunkt, der den Blick besser auf eine Längswand des Saales mit Bücherregalen und weit herabreichenden Fenstern ermöglicht.

Reiseskizze: *Helmut Trauzettel*

45

Schulung der Vorstellung

46

47

45
Die skizzenhafte Erfassung des Gesamteindrucks von einer so bedeutenden und filigranen Stadtsilhouette, wie ihn der Blick vom Kleinseitner Brückenturm auf die Prager Altstadt bietet, erfordert genaue Verhältnisse und Sicherheit in der perspektivischen Fluchtung und Verkürzung, besonders im Vordergrund. Für die leichten Unregelmäßigkeiten der historischen Karlsbrücke bedarf es eines feinen Gefühls für die liegende, in die Tiefe vermittelnde Wegfläche. Die Silhouette der Altstadt jenseits der Moldau weist dagegen kaum noch Fluchtungen und Verkürzungen auf, abgesehen von Ansichten übereck. Die Bäume sind durch einfache, skizzenhafte Strukturen gekennzeichnet.

Federzeichnung: *Helmut Trauzettel*

46
Reiseskizze aus dem Zuschauerraum des Bolschoitheaters in Moskau. Die räumliche Wirkung des großen Raumes und der intimeren Ränge sowie die perspektivischen Schwierigkeiten der Rangrundungen sind ein nützlicher Gegenstand für eine solche Übung. Die Menschen, die das Theater in der Pause beleben, sind in einer für den Architekten charakteristischen Weise in den zeichnerischen Rhythmus der Skizze einbezogen.

Zeichnung: *Dietmar Kuntzsch*

47
Eine solche Konfrontation alter russischer Architektur und modernster Bauwerke, wie hier die Anfahrt zum Hotel »Rossija« in Moskau, hat ihre besonderen Schwierigkeiten, die weniger bei der alten Architektur als vielmehr bei der modernen liegen. Die Reduzierung auf wesentliche Strukturen ist unumgänglich.

Zeichnung: *Dietmar Kuntzsch*

48
Freihandzeichnung eines Ensembles mit rekonstruiertem Renaissanceschloß und neuem Wirtschaftsgebäude. Der Zusammenklang dieser Gebäude war weder fotografisch noch mit einer Skizze zu erfassen, weil die Dorflage im Vordergrund dies nicht gestattete. Nicht weniger als drei Skizzen waren erforderlich, um den Gesamtzusammenhang zeichnerisch im nachhinein sichtbar zu machen. Es ist erstaunlich, daß die Wechselwirkung von alt und neu in der Wirklichkeit sofort auffällt, doch in diesem Zusammenhang nicht überschaubar ist, und trotzdem, die Zeichnung stimmt.

Zeichnung: *Carl Krause*

49
Auf dem Stadtplan sind nach guter Ortskenntnis und mit geübter Hand die bedeutendsten Gebäude und städtebaulichen Räume eingetragen. Die senkrechten Linien sind verkürzt und — wenn man genau hinsieht — gefluchtet. Viele Kleinigkeiten sind genau studiert und beobachtet, in irgendeiner Weise registriert und mit einem geschulten Vorstellungsvermögen in eine Vogelschau transponiert. Diese Zeichnung ist eben keine Sache der peniblen Konstruktion, sondern es gehört mehr dazu, um sie zustande zu bringen. Die Mittel sind altmeisterlich bewährt: sparsame, manchmal sogar plastische Fensterandeutungen, etwas kurzen Schlagschatten, wenig Dachstruktur; eine lockere Baumdarstellung mit Schattenschraffur, belebende winzige Kleinigkeiten; jedes Denkmal ist eingetragen — also alles, was eine Stadt liebenswert macht. Die Lust und Liebe, das Können und nicht zuletzt auch der Humor kommen schließlich auch im Maßstab und im Himmelsrichtungskreuz zum Ausdruck. Federzeichnung mit Tusche

Zeichnung: *Alfred Pretzsch*

Die Beschäftigung mit solchen Übungen führt zu der Vermutung, ob nicht überhaupt alles, was konzipiert wird, zuerst perspektivisch aufgezeichnet werden sollte; unmittelbar aus der Vorstellung. Wenn wir beispielsweise einen Stuhl oder Tisch entwerfen, verfahren wir auch so. Diese Konsequenz führt jedoch zu weit und ist für viele Aufgaben zu umständlich. Ein geschultes Raumgefühl — und ihm gelten die Hinweise — bietet genügend Sicherheit. Die perspektivische Konzipierung von Grundrissen ist sinnlos, wenn wir uns nicht mit dem Raum beschäftigen, der dadurch konzipiert wird. Bei der orthogonalen Konzipierung von Grundrissen muß die räumliche Vorstellung ohnehin immer gegenwärtig sein.

Landschaftliche Gegebenheiten, wie eine Schlucht oder ein bewaldetes, schwer einsehbares Tal, das beispielsweise durch eine Brücke gekrönt werden soll, ist fotografisch manchmal nicht zu erfassen, wohl aber durch den Zeichner, der gleichzeitig die Einfügung der Brücke zur Kontrolle mit darzustellen vermag und dadurch auf die Gestaltung nicht unwesentlich Einfluß nimmt.[5] Wir wollen nicht annehmen, daß gestalterische Unzulänglichkeiten an schlecht einsehbaren Stellen gleichgültig sind und vom Menschen nicht peinlich empfunden werden. Daß es so ist, zeugt von der unbewußt hohen Leistungsfähigkeit jedes Menschen, über geringe Wahrnehmungen eine ziemlich vollständige Vorstellung von der gesamten Situation zu empfinden.

Vielleicht ist von allem, was den Architekten als Fachmann auszeichnen sollte, das visuelle Vorstellungsvermögen, gepaart mit einem unbestechlich sicheren Gefühl für Verhältnisse, die ausschlaggebende Fähigkeit für eine künstlerisch hochwertige baulich-räumliche Qualität und das freie Zeichnen vielmehr nur das vordergründige

Schulung der Vorstellung

49

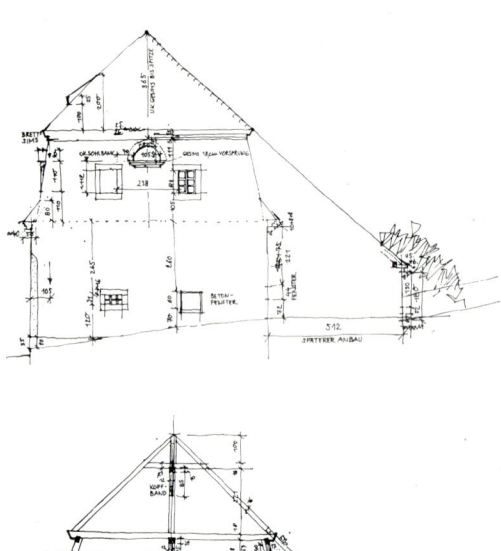

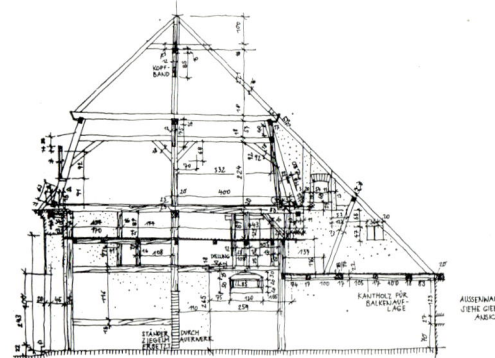

50
Freihändige Aufmaßzeichnung des alten Wirtschaftsgebäudes eines ehemaligen Dorfgasthofes in Ansichten und Querschnitt. Voraussetzung ist die freie Aufzeichnung der Ansichten und Schnitte, in die dann die aufgenommenen Maße eingetragen werden. Die Zeichnung muß von vornherein angenähert richtige Verhältnisse aufweisen. Für die Ansicht ist das bei einiger Übung noch von einem Standort mit einem Blick leicht zu beherrschen. Schwieriger wird es beim Schnitt oder Grundriß, wo vor- und zurückliegende Teile in eine Schnittebene gezeichnet werden müssen. Ohne entsprechendes Vorstellungsvermögen, ohne Kenntnisse und Verständnis für den konstruktiven Aufbau sowie seine Veränderungen im Laufe der Zeit geht das nicht so ohne weiteres von der Hand wie in diesem Beispiel.

Zeichnung: *Jochen Helbig*

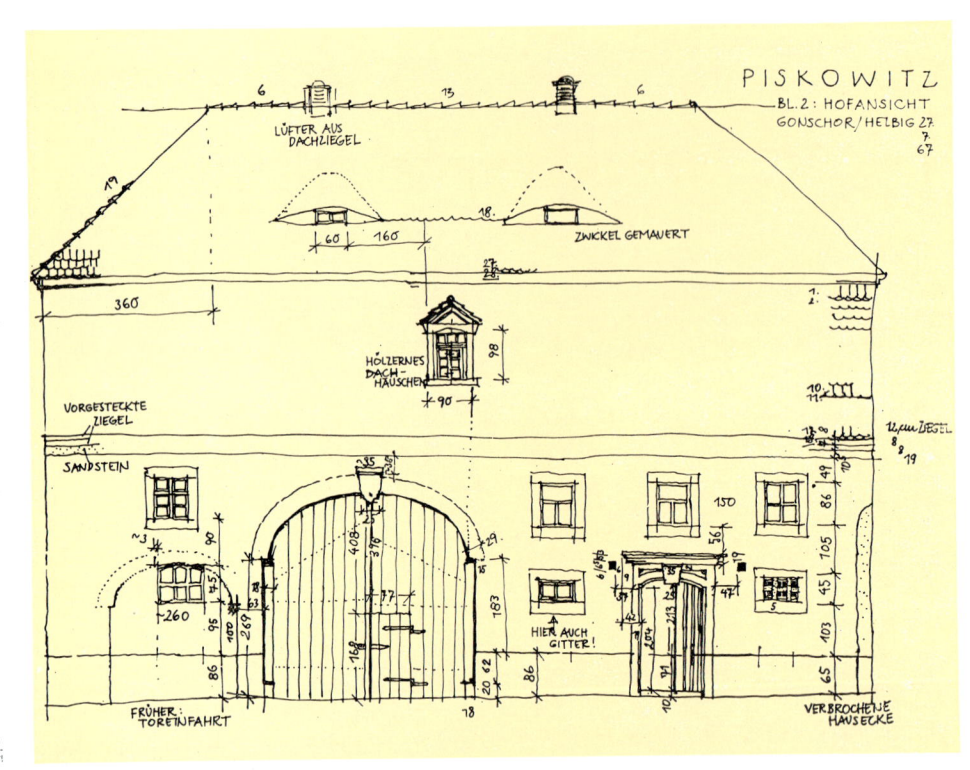

Mittel, diese Fähigkeit zu schulen, nutzbar zu machen und an den Tag zu fördern. Was den Architekten als Fachmann gegenüber der allgemeinen Vorstellungsfähigkeit auszeichnet, kommt sehr treffend in den Worten *Fritz Schumachers* zum Ausdruck: »Es ist einer der deutlichsten Unterschiede zwischen dem Dilettanten und dem Fachmann, daß dieser, wenn die Sache fertig ist, ganz genau weiß, wie sie sein müßte, jener aber weiß, wie sie werden muß, ehe sie vorhanden ist.«

Dies sind höchste Anforderungen an das freie Zeichnen des Architekten, durchaus begründet, aber in der Version als Training des Vorstellungsvermögens weit über die üblichen Auffassungen des freien Zeichnens hinausgehend.

Eins darf darüber aber niemals verlorengehen, nämlich die Freude am Zeichnen, am konzeptionellen Skizzieren und auch am einfachen lustvollen Festhalten weniger bedeutungsvoller Motive. Es wäre schlimm darum bestellt, wenn wir uns den Spaß am Zeichnen verderben wollten. Gerade das Zeichnen ist eine Tätigkeit, die mit Fleiß, Mühe und Können allein noch nicht ihren Sinn erreicht, sondern dazu bedarf es immer auch der Lust und Liebe, der Hingabe und Begeisterung. Ich meine damit jenen Unterschied, den wir spüren, wenn — um beim freien Zeichnen zu bleiben — die Nötigung zur schwierigen und mühevollen Tätigkeit umschlägt in ein Ereignis, in ein Erlebnis, in eine beglückende Offenbarung, die uns ganz erfüllt und schließlich auch den Reiz des zeichnerischen Ergebnisses gewährleistet.

Schulung der Vorstellung

51
Blick auf neue Bauten am Alexanderplatz vor dem Hintergrund der Altbebauung, von einem erhöhten Standpunkt aus. Der Kontrast der modernen Bauten zur Altbebauung ist grafisch reizvoll herausgearbeitet. Die Schwierigkeiten, die Elemente einer modernen Architektur zu erfassen, sind nur im Wesentlichen überwunden. Der Verzicht auf die Feinteiligkeit der Strukturen entspricht der gesamten Bildauffassung.

Zeichnung eines Architekturstudenten
unter Anleitung von *Achim Seifert*

52
Stühle zu zeichnen — so einfach es erscheinen mag — ist eine unerbittliche Übung im Sehen und Wiedergeben räumlicher und körperlicher Zusammenhänge, die sich nicht nur auf einen oder zwei Fluchtpunkte zurückführen lassen. Das Kriterium sind die Ebenen des Fußbodens und der Sitzflächen sowie die gewölbten Rückenlehnen.

Zeichnung eines Architekturstudenten
unter Anleitung von *Achim Seifert*

Ideenskizzen

*Was aber von vornherein den schlechtesten
Baumeister vor der besten Biene auszeichnet,
ist, daß er die Zelle in seinem Kopf gebaut hat,
bevor er sie in Wachs baut.
Am Ende des Arbeitsprozesses kommt ein
Resultat heraus, das beim Beginn desselben
schon in der Vorstellung des Arbeiters, also
schon ideell vorhanden war.*

Karl Marx

Ideenskizzen kommt eine viel größere Bedeutung zu, als es den Anschein hat oder als es die Gepflogenheit, daß sie schnell und fast ausnahmslos in den Papierkorb wandern, vermuten läßt. Ideenskizzen bei Architekten ausfindig zu machen fällt schwer, aber glücklicherweise ist einigen der Wert der Gestaltfindung durch Skizzieren, der Umsetzung von Vorstellungen in skizzenhafte Darstellungen, der Suche nach Lösungen mit dem Zeichenstift nicht nur geläufig, sondern wird von ihnen auch hoch eingeschätzt.

Für keinen Geringeren als *Alvar Aalto* trifft das beispielsweise zu. Er widmete der skizzenhaften Näherung an eine architektonische Idee große Aufmerksamkeit, bevor noch überhaupt mit Reißschiene und Maßstab irgendwelche Festlegungen aufgerissen werden. Auch *Gottfried Semper* hat in lockeren feinen Bleistiftzeichnungen seine Ideen umrissen und gut verwahrt, so daß der Lösungsvorgang im Nachlaß verfolgt werden kann. Von *Friedrich Gilly*, der in sehr jungen Jahren aus einem hoffnungsvollen schöpferischen Schaffensprozeß gerissen wurde, existierten fast nur jene Ideenskizzen, die den jungen *Schinkel* so stark beeinflußt haben.

Der schöpferische Anspruch an Ideenskizzen

Ideenskizzen liegen zwischen Freihandzeichnungen und exakten orthogonalen Entwurfszeichnungen. Mit der Freihandzeichnung haben sie die Ungebundenheit an Form und Arbeitsmittel gemeinsam, aber mit dem Unterschied, daß eine konkrete Entwurfsaufgabe gestellt ist. Sie dienen dem Ziel, Ideen für die Lösung näherungsweise zu veranschaulichen, räumliche, funktionelle und konstruktive Strukturen skizzenhaft abzutasten, baukünstlerische Möglichkeiten anzudeuten, Zusammenhänge mit der bildenden Kunst zu suchen und auch die Einfügung in Bestehendes oder topografische Gegebenheiten einzubeziehen. Das bedeutet eine neue Qualität, für die sich zeichnerische Fähigkeit und die Schulung des Vorstellungsvermögens bewähren müssen.

*Die erste zeichnerische Handnotiz
eines Entwurfs ist nun bei Aalto
meist eine traumhaft,
mit weichem Stift andeutende Silhouette,
gerade als ob er
durch ein schroffes Vorgehen
der innerlich erlebten Grundidee
etwas zuleide tun könnte.
Immer ist die Umgebung schon einbezogen.
In weiteren Skizzen wird dann
allmählich die Konzeption immer deutlicher
bis zu perspektivischen Projektionen
oder auch in der durch Grundriß,
Aufriß und Schnitt erkenntlichen
Darstellung des Entwurfs —
alles immer noch handskizziert.*

Werner M. Moser

Für die orthogonalen Entwurfszeichnungen sind Ideenskizzen Vorklärungen; sie müssen die Hauptstrukturen, Proportionen und Grunddimensionen erkennen lassen, aber immer aus dem Zusammenhang einer Gesamtidee, ihrem eigentlichen Sinn und Ziel.

Ideenskizzen setzen konstruktive und funktionelle Kenntnisse und Erfahrungen voraus, die als Faktoren auf die skizzenhafte Konzeption, wenn sie zu echten Lösungen führen sollen, unabdingbar einwirken. Damit komprimiert sich in diesem scheinbar ungebundenen Skizzieren mehr schöpferische Koordinierung, als es die zwanglose Zeichnung vermuten läßt.

In der formalen Zwanglosigkeit besteht der Vorteil von Ideenskizzen, aber auch der Anspruch an ihre Aussage. Die formale Ungebundenheit läßt die Konzentration auf die Annäherung einer Lösung, aber auch Elastizität und schnelle zeichnerische Einkreisung von Varianten, voll auf den Inhalt bezogen, zu. Proportionen müssen gesucht werden, und die Maßstäblichkeit wird angestrebt. Es muß eine Gesamtidee ihren Niederschlag finden.

Der schöpferische Anspruch an Ideenskizzen

53
Ideenskizzen von *Fischer von Erlach*, »Entwurf einer historischen Architektur«; eine Federzeichnung mit bräunlicher Tusche und teilweise Bleistift. Wir sehen, daß die Vorstellungen *Fischer von Erlachs* fast ausschließlich aus der Vogelperspektive ihren bildhaften Niederschlag finden. Die axialen, sehr großzügigen Raumvorstellungen sind die Ausgangsbasis für die allerersten Ideenskizzen. Nur wenige blasse Nebenzeichnungen lassen eine orthogonale Vergewisserung über schematischer Grundrißdisposition und Ansicht vermuten.

Zeichnung:
Johann Bernhard Fischer von Erlach 1659–1723

Ideenskizzen

54
Wie kein anderer Architekt zeichnet *Alvar Aalto* behutsam mit dem weichen Graphitstift und sucht so die Lösung einer Bauaufgabe zu finden. Raumordnungen, die immer fließend wirken, kristallisieren sich heraus. Man erkennt eine Treppe. Notizen fixieren Ausgangspunkte. Angedeutete Stützenstellungen lassen die konstruktiven Gedanken erkennen. Bewegungsflüsse werden spürbar. Nach solchem ersten Suchen folgen weitere Stufen der Durcharbeitung.

Zeichnung: *Alvar Aalto* 1898—1976

55
Der Lageplan, die städtebaulich-räumliche Idee, ist unmittelbar mit zwei Skizzen, die den Massenaufbau vergegenwärtigen, zusammen gezeichnet. Die andere Hälfte des Blattes füllen Notizen zu Abmessungen und anderem.

Zeichnung: *Alvar Aalto* 1898—1976

56
Ideenskizzen des jungen *Friedrich Gilly* zum Denkmal *Friedrichs II.*, die mit außergewöhnlich viel Text versehen sind. Zu dieser Arbeit stieß der junge *Karl Friedrich Schinkel*, er hat hier die für seine Laufbahn bestimmenden Impulse erhalten. Wir können aus Skizzen und Text ersehen, daß die Vorstellungen *Gillys* sowohl das äußere als auch innere Erlebnis des Monuments und dessen städtebauliche Einordnung gleichermaßen im Auge hatten.

Entwurf und Zeichnung:
Friedrich Gilly 1772—1800

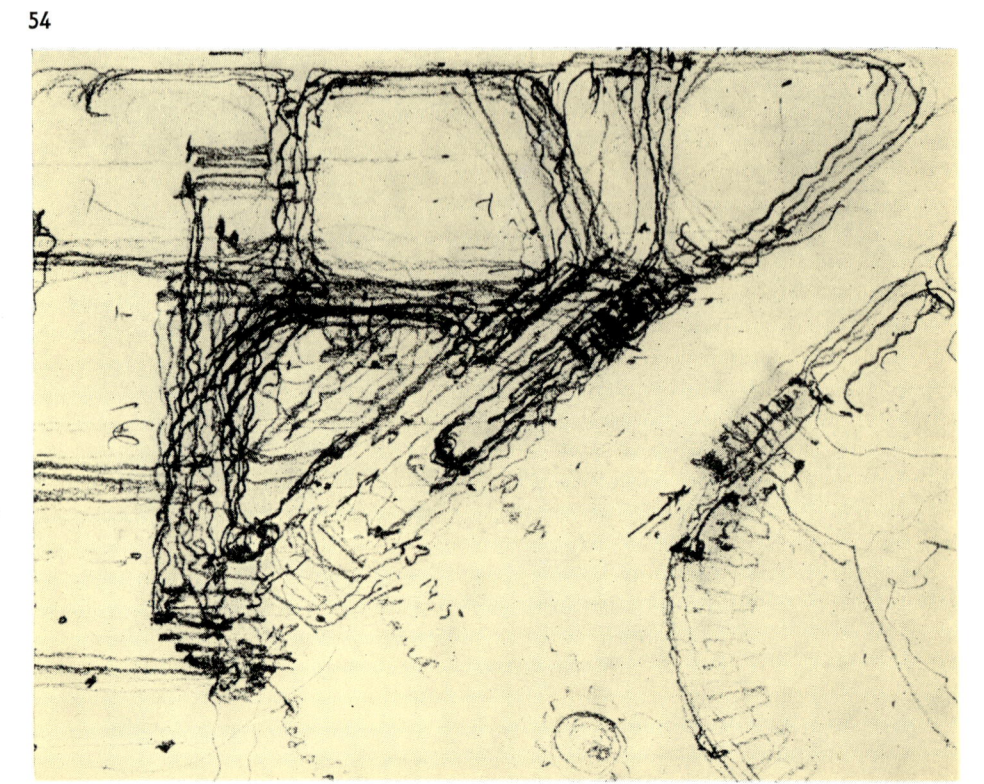

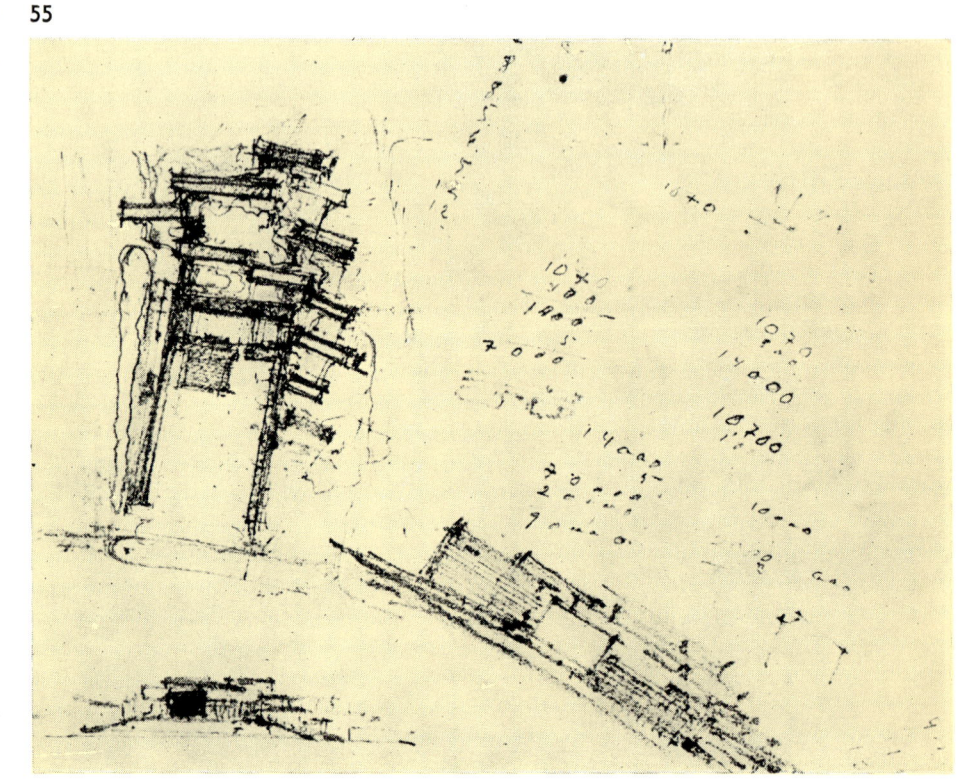

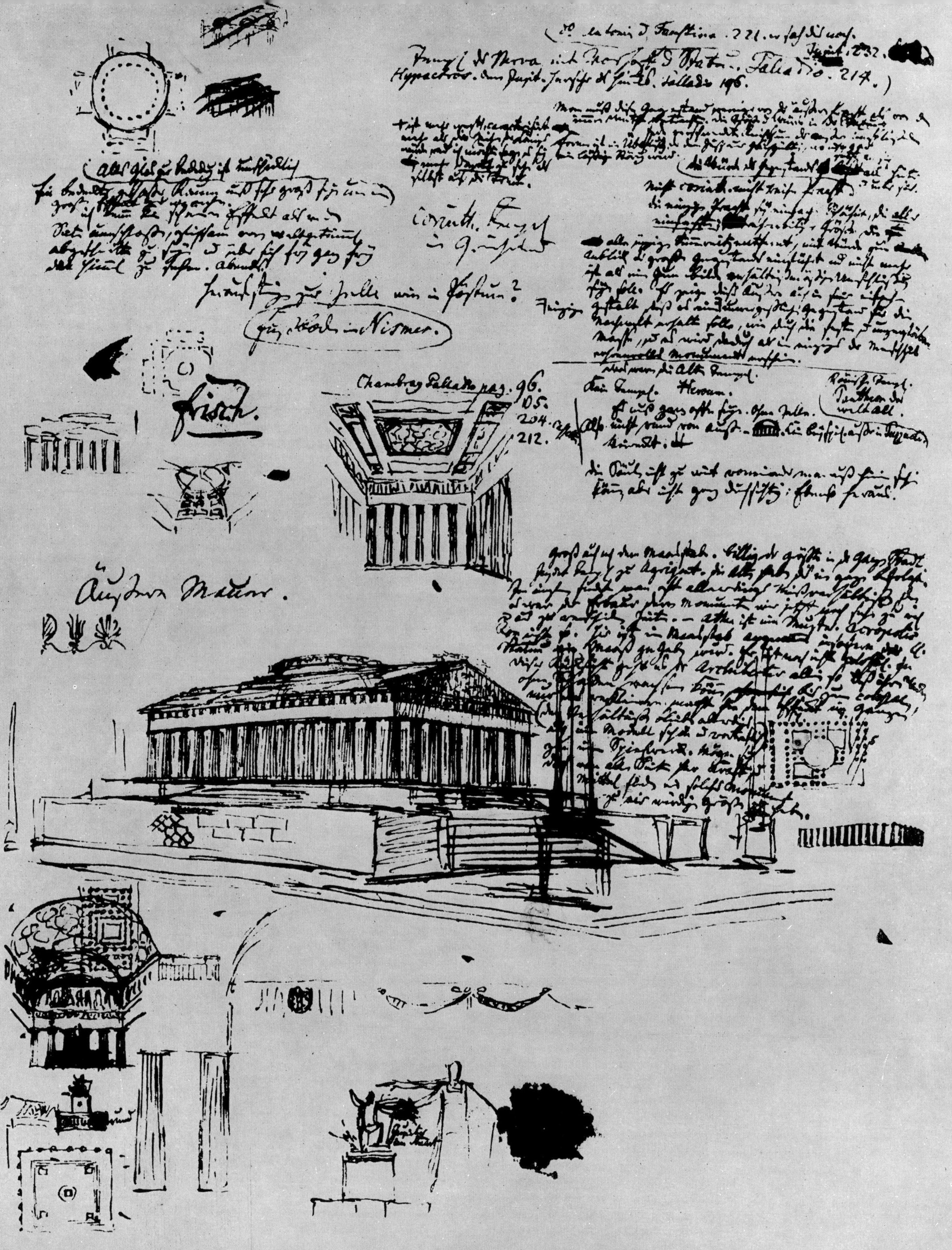
Chambray Palladio pag. 96.
105.
204.
212.

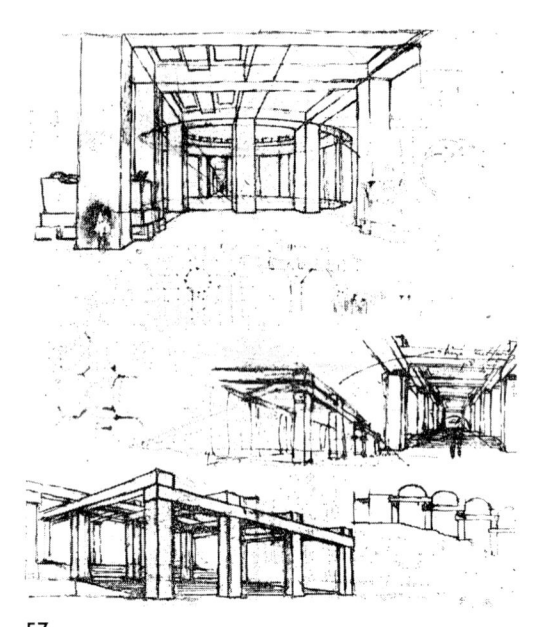

57
Ideenskizzen zu einem Mausoleum. Nur schwach zeichnet *Friedrich Gilly* orthogonale Vorstellungen auf. Vielmehr drängt es ihn, unmittelbar die räumliche Wirkung sich klarzumachen. Diese Skizzen zeugen in erster Linie von dem ungeduldigen Drang Gillys zu einer Selbstverständigung.

Zeichnung: *Friedrich Gilly* 1772—1800

Der Anspruch besteht vor allem darin, daß die räumlich-schöpferische Phantasie des Architekten, seine Kenntnisse und Erfahrungen und seine kombinatorische Findigkeit auf die Probe gestellt werden.

Ideenskizzen als Verständigungsmittel

Die Ideenskizze dient wie keine andere oft gültigere Zeichnung des Architekten der Selbstverständigung, als Mittel der Formulierung einer Gestalt, die sonst in der reinen Vorstellung unkontrollierbar und flüchtig bleibt. Sie ist aber auch ein unentbehrliches Mittel gegenseitiger Verständigung, um sich mitzuteilen, abzustimmen und festzuhalten, was sich in gegenseitiger Erwägung ergeben hat. Das heißt auch, den Auftraggeber bald in die Verständigung über die angestrebte Lösung einzubeziehen. Mit grundsätzlichen Fragen, besonders über Vorstellungen, bald ins Einvernehmen zu kommen, bedeutet einen unschätzbaren Gewinn gegenüber Entscheidungen, die erst nach einem großen Aufwand vollständig ausgearbeiteten Materials erfolgen und entweder die ganze Arbeit in Frage stellen oder Teiländerungen erfordern. Wird zu einem so späten Zeitpunkt durch viele Korrekturen geändert, kann die architektonische Qualität stark darunter leiden.

Deshalb hat es, trotz allen Zugeständnisses an ein großzügiges, äußerlich wenig effektvolles Skizzieren der Ideen, viel Nutzen, schließlich zusammenfassend in den Skizzen oder nochmals gesondert auf einem Blatt das jeweilige Ergebnis mit klarem Strich herauszustellen. Irgendwann muß jede skizzenhafte Auseinandersetzung mit der Aufgabe zu einem Punkt gelangen, wo die Vorstellung mit der zeichnerischen Lösung in Übereinstimmung steht. Bei einem solchen Stand sollten die Skizzen trotz ihrer Ungebundenheit anschaulich gezeichnet sein, so daß sie von Nichtfachleuten, vor allem vom Auftraggeber, nicht nur gelesen werden können, sondern auch möglichst lebendige Vorstellungen erwecken, die mit mehr Sicherheit die weitere Bearbeitung des Entwurfs zulassen.

Zum Anfertigen von Ideenskizzen

Die ständige Übung freihändigen Zeichnens von räumlich-plastischen oder baulichen Situationen, bis sie stimmen, ist das beste Training für sichere Ideenskizzen. Hier zeigt sich der Wert der Übungen im Freihandzeichnen des Architekten bis hin zu Reiseskizzen.

Es genügt zunächst jedwedes Papier, das gerade vorhanden ist. Doch empfiehlt es sich, für diejenigen Zeichnungen, die einen gewissen Gültigkeitsgrad erreicht haben und als Orientierung für die weitere Arbeit gelten können, die abgesprochen sind und eine Art Vereinbarung verkörpern, eine exaktere Darstellung ordnungsgemäß auf gutem Material vervielfältigungsfähig durchzuzeichnen. Diese Ergebnisse werden als Leitbilder genutzt und später als wichtige »Dokumente« für eine Archivierung empfohlen.

Zum Anfertigen von Ideenskizzen

58
Diese Vorstudie zum Zuschauerraum des Berliner Schauspielhauses von *Friedrich Gilly* läßt die Ungeduld spüren, die Raumvorstellungen schnell sichtbar zu machen. Die Zeichnung ist mit flottem Bleistiftstrich vorgezeichnet und so mit dem Pinsel laviert, daß die Wirkung der erleuchteten Bühne bildhaft entsteht. In der genaueren Durcharbeitung war ihm sein junger Freund *Schinkel* überlegen.

Zeichnung: *Friedrich Gilly* 1772—1800

Ideenskizzen

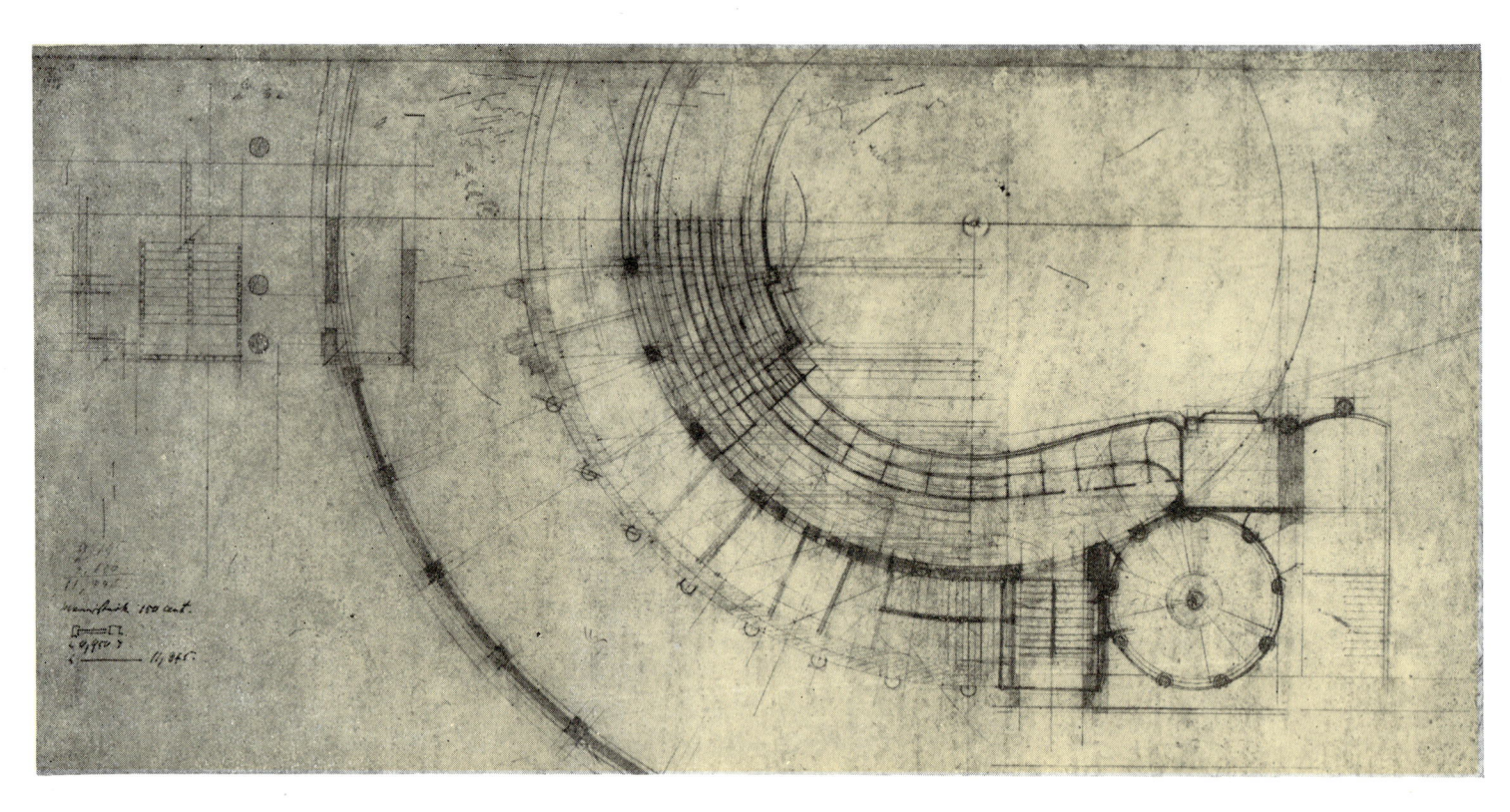

59
Grundrißskizzen von *Gottfried Semper* zum Opernhaus in Dresden. Offensichtlich handelt es sich um erste Klärungen der Raum- und Sitzplatzdisposition. Einige Abmessungen werden überschlagen; Mauerstärken und die Einordnung von Sitzplätzen werden angegeben. Die Projektion der Säulen im Zuschauerrang auf eine Linie senkrecht zur Mittelachse durch den Mittelpunkt läßt darauf schließen, daß die Innenansicht des Zuschauerraumes parallel dazu aufgetragen wurde.

Entwurf und Zeichnung:
Gottfried Semper 1803—1879

60
Ideenskizzen, mit weichem Bleistift einfach auf ein liniertes Papier aufgetragen, zu einem Eishockeystadion in New Haven, Connecticut. Vermutlich handelt es sich sogar um eine Abschlußphase der Ideenfindung, die eine ganz eindeutige Vorstellung von Grundriß, Ansichten und Perspektive gestattet.

Entwurf und Zeichnung:
Eero Saarinen 1910—1961

Ob Feder oder Stift verwendet werden bleibt gleichgültig, obwohl für die feinen Abstufungen der Bleistift, besonders der weiche Bleistift, für die Herauskristallisierung der Ideenvorstellung sich besonders eignet.

Visuelle Einfälle, Notizen jeglicher Art sowie überschlägliche zahlenmäßige Ermittlungen sollten durchaus unmittelbar auf das Blatt gezeichnet werden, um dergleichen Ermittlungen, Vereinbarungen, Annahmen oder Ausgangspositionen festzuhalten. Wie oft wird es bedauert, daß irgendein Wert, eine grundlegende Maßangabe, eine angenommene Größe, die Klärung eines Knotenpunktes durch skizzenhaften Schnitt oder aus der Gefällefolge abgeleitete Ordinaten nicht mehr auffindbar sind. Ideenskizzen sind mit Datum zu versehen und schließlich auch mit einem Signum.

Weniges Austragen oder Anlegen eines Maßstabes beim Konzipieren der Zeichnung genügen, um die weitere Durcharbeitung dazu im richtigen Verhältnis aufzubauen. Mit viel Übung und Erfahrung läßt sich die Sicherheit maßstäblichen Skizzierens so weit vervollkommnen, daß die Zuhilfenahme eines Maßstabes weitgehend reduziert werden kann.

Baukünstlerische Anforderungen an Ideenskizzen

Vom Maßstab nur mittelbar abhängig ist die Ermittlung von ausgewogenen Verhältnissen und Proportionen durch Ideenskizzen. Das Empfinden für Proportionen läßt sich durch freihändiges Skizzieren am besten sichtbar und kontrollierbar umsetzen.

Baukünstlerische Anforderungen an Ideenskizzen

60

61
Die ersten strukturellen Überlegungen für ein großes Wohngebiet, die bereits viele Bedingungen und Faktoren berücksichtigen, denen aber auch eine Idee zugrunde liegt. Darauf bauen sich die weiteren Durcharbeitungen auf. Diese strukturelle Konzeption ist mit weichem Blei und Faserstift auf Transparent skizziert, auf der maßstäblichen Unterlage der Gegebenheiten.

Zeichnung: *Helmut Stingl*

62
Ideenskizze für die städtebauliche Struktur eines neuen Wohngebietes. Die Strukturen sind in verschiedenen Farben differenziert, entsprechend den Notizen in der Zeichnung links unten.

Zeichnung: *Rudolf Lasch*

61

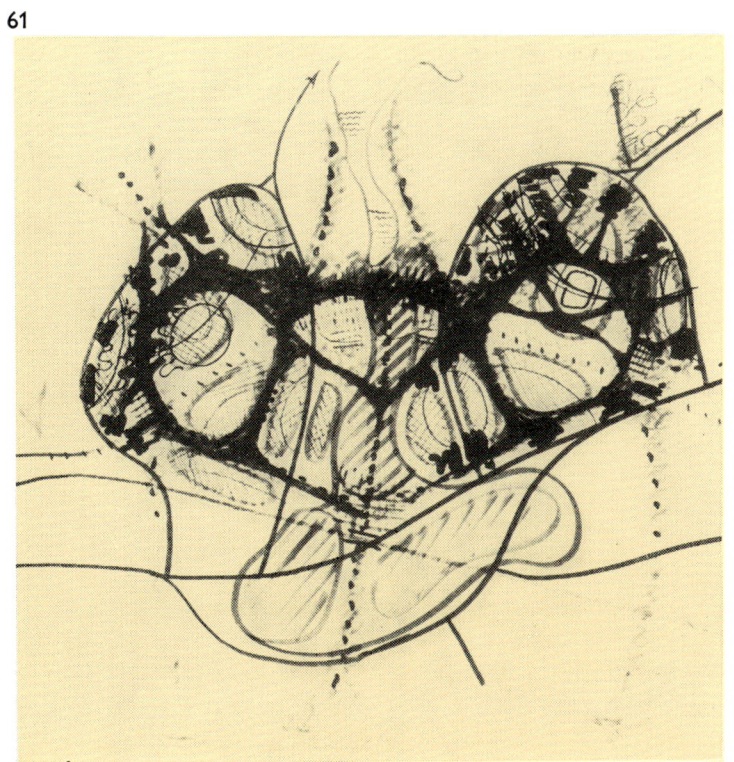

62

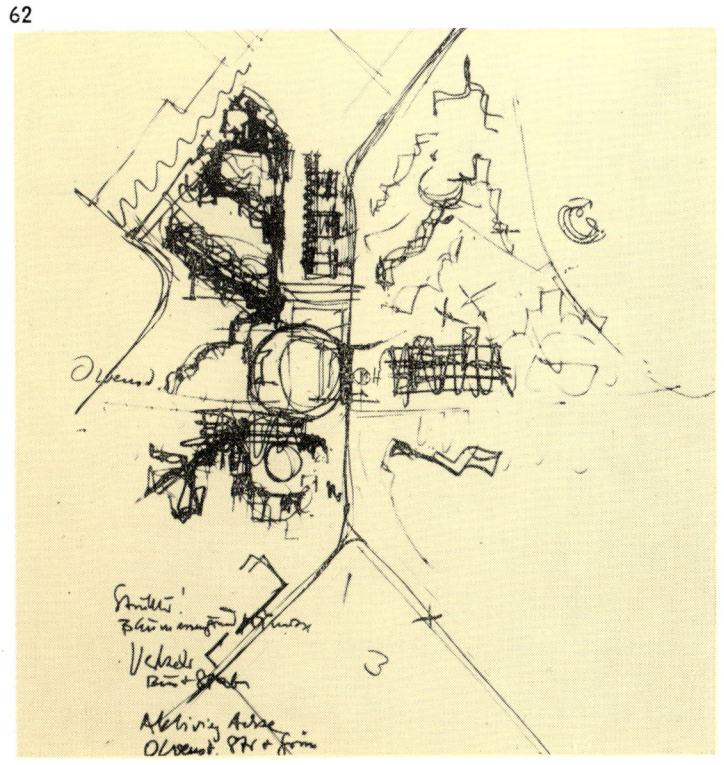

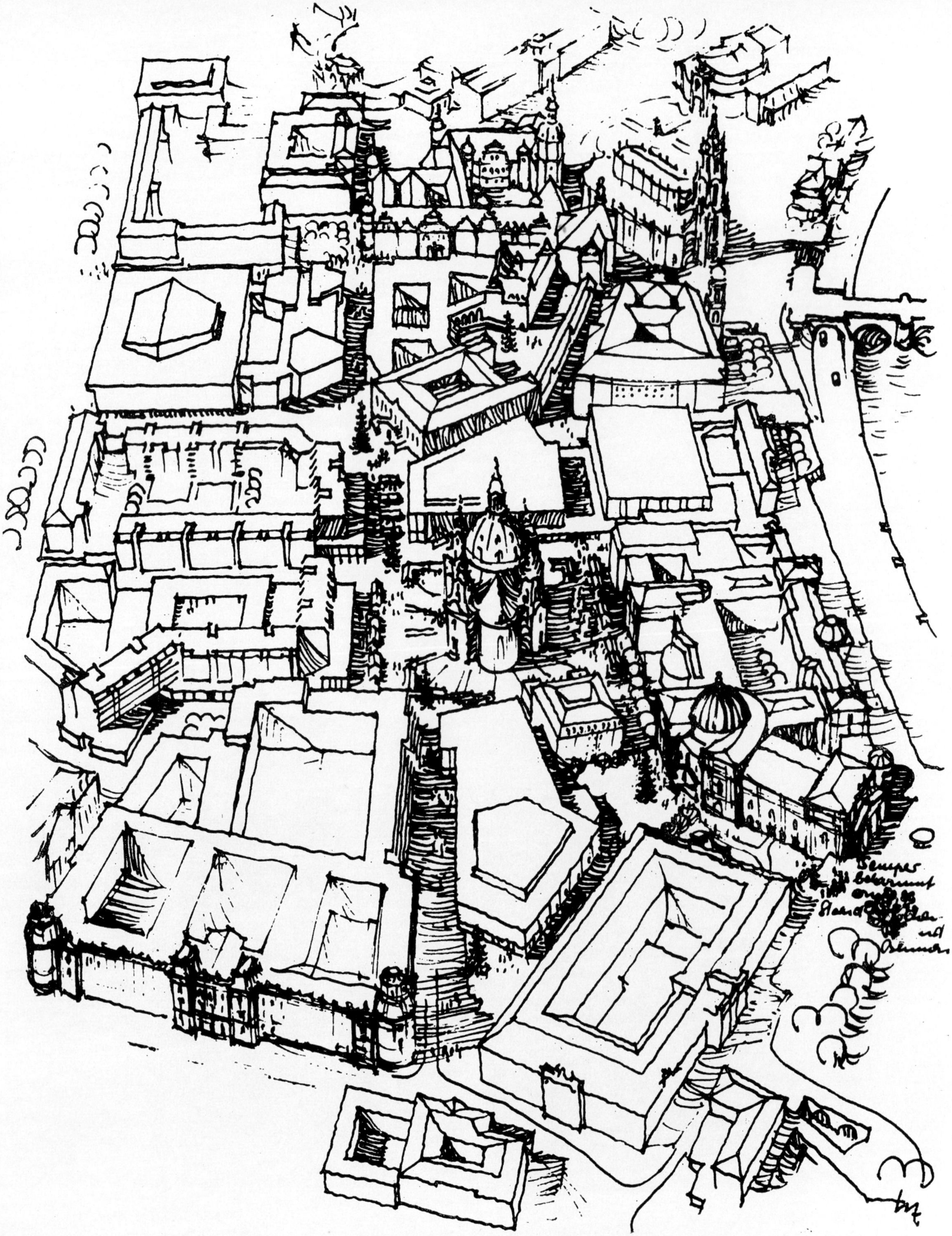
Semper

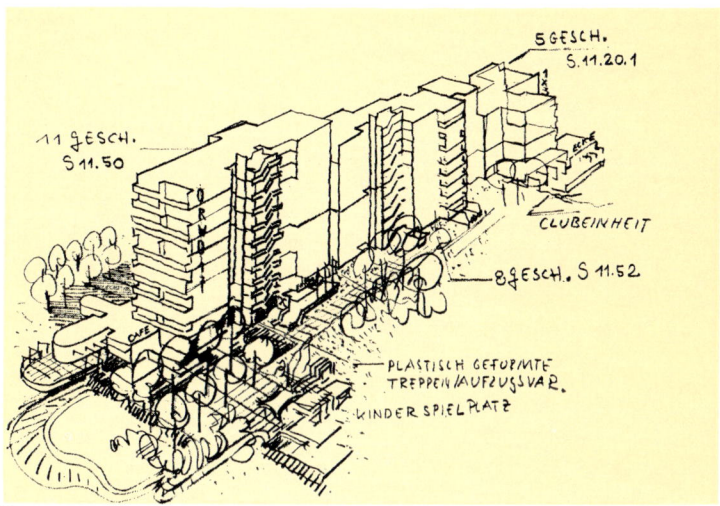

Baukünstlerische Anforderungen an Ideenskizzen

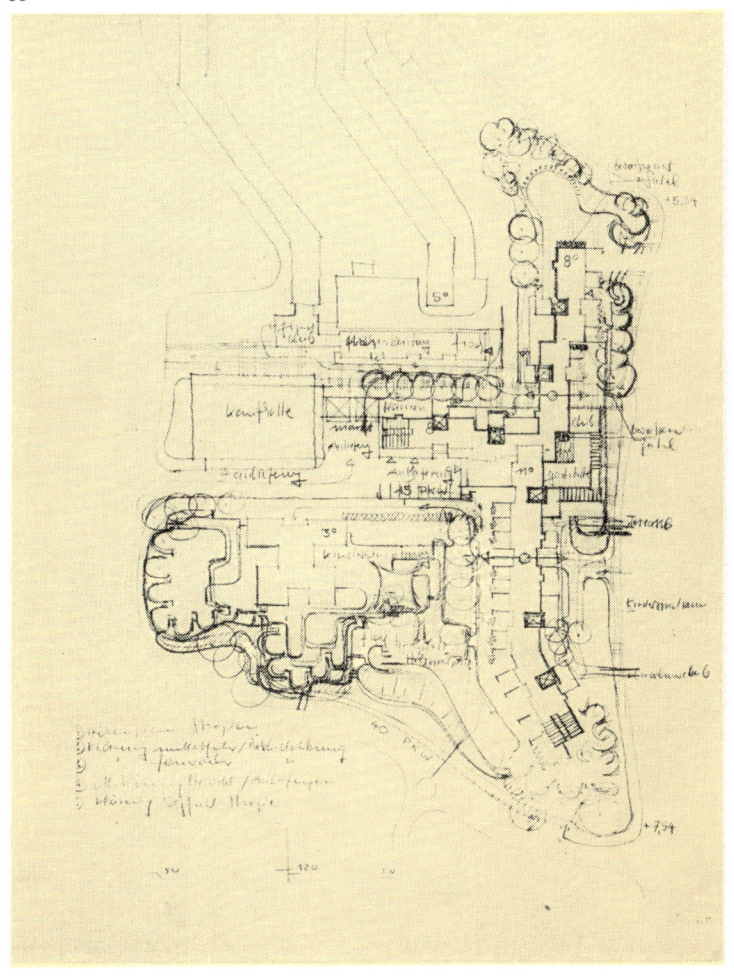

63
Eine freihändig ausgezogene perspektivische Vogelschau einer Gestaltungskonzeption zum historischen Stadtzentrum Dresdens. Die Gedanken zur räumlichen Neugestaltung zwischen Brühlscher Terrasse, Albertinum, Johanneum, den Kreuzungspunkten des Neumarkts mit der wiederaufgebauten Frauenkirche sind durch kräftige Schlagschatten plastisch herausgearbeitet. Diese Zeichnung läßt erkennen, daß die Konzeption vom Raumordnungsgedanken ausgeht; die Bebauungsformen werden davon bestimmt.

Zeichnung: *Helmut Trauzettel*

64
Isometrische Ideenskizze zur Gruppierung eines städtebaulich-funktionellen Akzents mit gesellschaftlichen Einrichtungen in einem neuen Wohngebiet. Die Wohngebäude sind entsprechend vorhandenen Erzeugnissen bezeichnet. Eine solche Skizze läßt die Gestaltungsidee so weit erkennen, daß sie bei der Vorbereitung von Entscheidungen bereits eine Rolle spielt, indem sie Vorstellungen räumlich veranschaulicht.

Zeichnung: *Peter Baumbach*

65
Der skizzierte Lageplan eines Wohngebietszentrums mit vielgeschossiger Wohnbebauung, Funktionsunterlagerungen und gesellschaftlichen Einrichtungen. Die Geschoßanzahl der Gebäude ist durch Zahlen gekennzeichnet, erst sie ermöglichen eine Vorstellung von der räumlichen Wirkung. Die Zeichnung ist frei, aber maßstäblich mit Bleistift auf Transparent aufgetragen.

Zeichnung: *Peter Baumbach*

Ideenskizzen

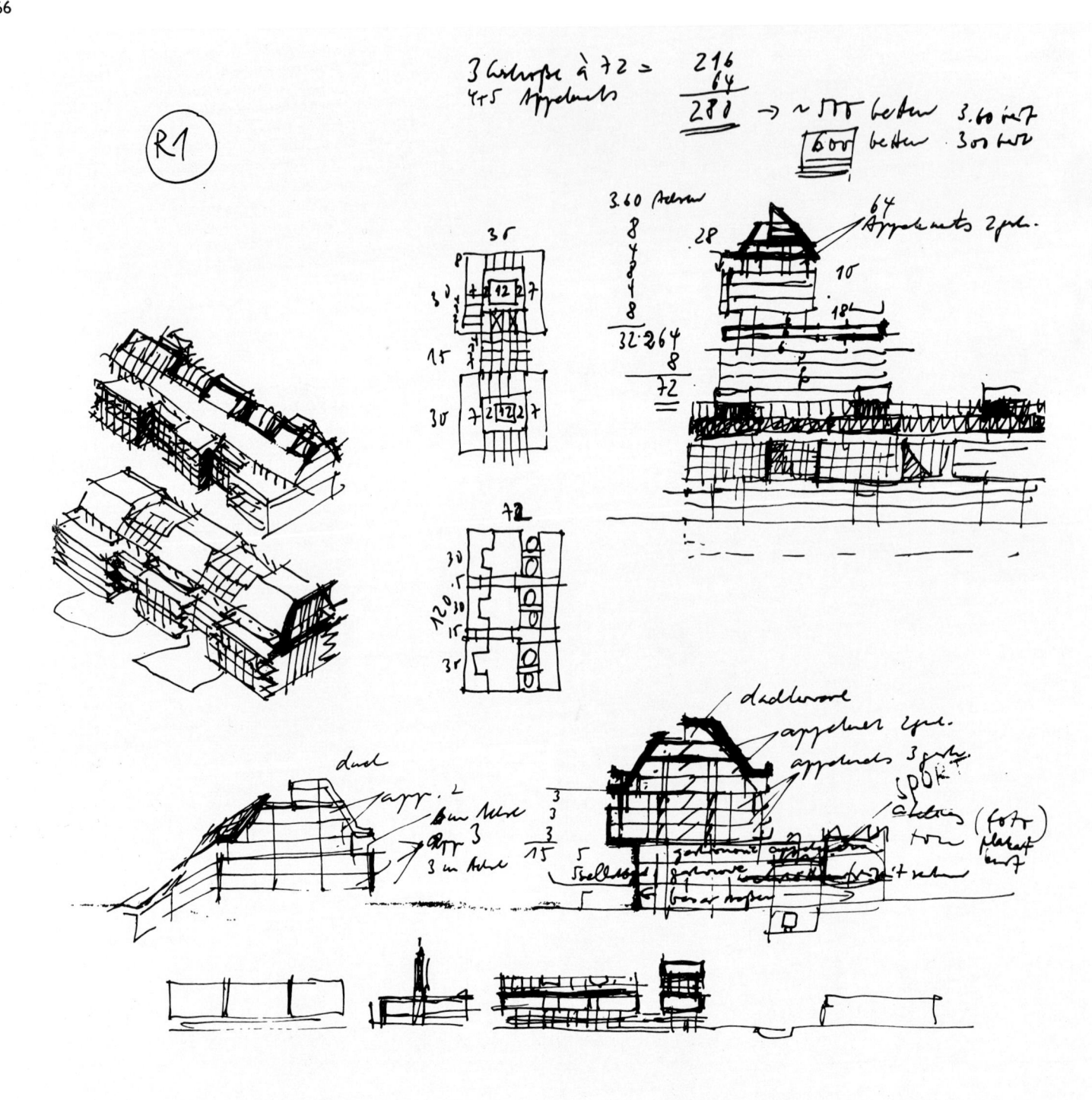

Baukünstlerische Anforderungen an Ideenskizzen

67

66
Skizzenhafte Klärung konstruktiver und funktioneller Belange und Eingliederung in das städtebauliche Ensemble. Die Skizze ist mit Tusche auf Transparent gezeichnet. Die Zahlennotizen kontrollieren überschläglich die Unterbringung geforderter Kapazitäten sowie die notwendigen Abmessungen. Die perspektivischen Skizzen veranschaulichen die baukörperliche Erscheinung. In der untersten Zeile ist die Zuordnung zu bestehenden Bauten untersucht, woraus beispielsweise die Herabzonung der Traufe resultiert

Zeichnung: *Dieter Bankert*

67
Perspektivische Skizzen, die die Gestaltung des Baukörpers kontrollieren.

Zeichnung: *Peter Baumbach*

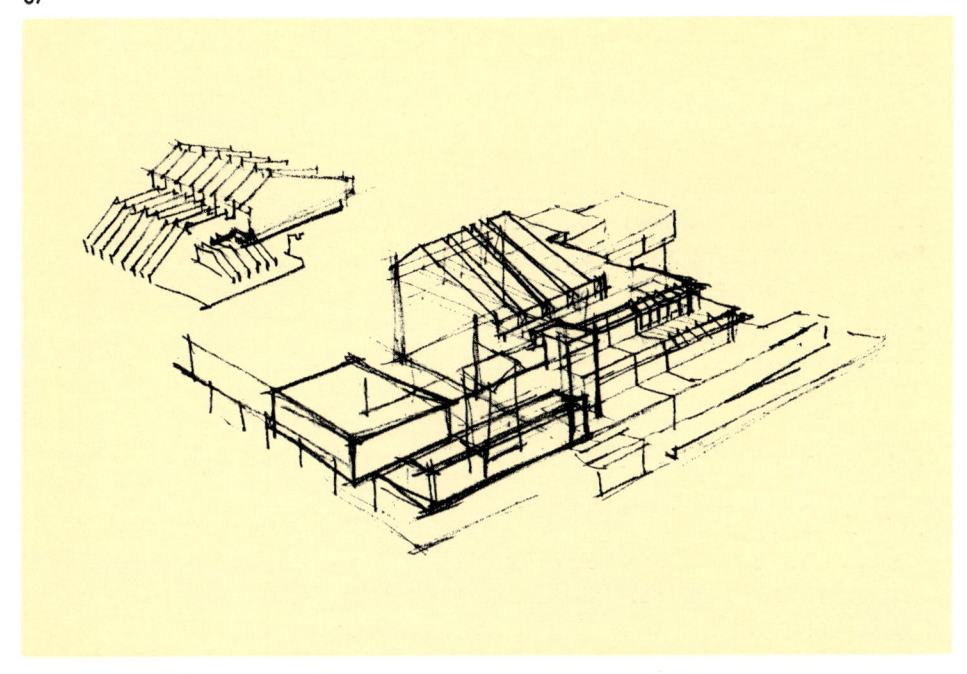

Nichts eignet sich dafür besser, als lockeres, immer wieder verbesserndes Skizzieren, um sich der Einheit der vielfältigen Proportionen zu nähern. Das betrifft sowohl Baumassen, Räume, Flächen, aber auch Details bis in die kleinsten Feinheiten. Wie wollen wir sonst erst einmal das ausgewogene Verhältnis eines Details zum Gesamtraum oder dem Baukörper mit Sicherheit finden, wenn nicht durch skizzierende Näherung.?

Ohne zu skizzieren, wird die Plastizität einer baulich-räumlichen Lösung nicht in dem Maße zu einer Ausdruckskraft zu bringen sein. Arbeitsmodelle aus Plastilina oder ähnlichem sind dazu noch am ehesten geeignet, aber für Anschlüsse, Innenräume, die Wirkungen von Details im Gesamtzusammenhang bleiben sie hinter der Skizze zurück. Auch Bildhauer konzipieren ihre plastischen Vorstellungen mit Skizzen. Nicht zufällig treffen bei *Alvar Aalto* sowohl die ausgiebige skizzenhafte Näherung zu äußeren wie inneren Formen eines Bauwerkes mit der außergewöhnlich plastischen Gestaltung von Baukörpern, Räumen und Raumfolgen zusammen. Das eine wäre ohne das andere in dieser Qualität, ohne seine Art der skizzenhaften Ermittlung, nicht möglich.

Damit verbunden ist das nicht geringe Problem, Architektur und bildende Kunst so in einen sinnvollen Zusammenhang zu bringen, daß nicht der Eindruck einer additiven Zuordnung entsteht. In der Einbeziehung der bildenden Kunst in ein architektonisches Ensemble tritt unerbittlich zutage, inwieweit eine überzeugende, ansprechende oder auch erhebende Idee vorhanden ist. Diesem erstrebenswerten Ziel kann das Mittel zeichnerischer Klärung und Veranschaulichung von Vorstellungen dienen. Ideenskizzen sind für eine ausgereifte und überzeugende Synthese von Kunst und Architektur, ob außen oder innen, geeignet, um den schöpferischen Einfallsreichtum optimal auszuschöpfen.

Die Vielseitigkeit von Ideenskizzen

Vieles deutet bereits darauf hin, daß Ideenskizzen sehr vielgestaltig sind, der Spielraum praktisch unbegrenzt ist, Formen und Arten nicht bestimmbar sind. Sie können orthogonal oder perspektivisch sein oder beides ineinander oder nebeneinander. Ideenskizzen, wie wir sie in diesem Zusammenhang verstehen wollen, können alles betreffen, was die gestalterische Konzeption baulich-räumlicher Aufgaben umfaßt. Sowohl Grundrisse, Ansichten, Schnitte, alle Detailfragen in unmittelbarer Beziehung zu einem Gesamtzusammenhang und ebenso Perspektiven wie Kontrollen zu einzelnen Situationen und Blickpunkten. Sie sind nicht auf die Gebäude selbst beschränkt, sondern beziehen sich auch auf deren Einbindung in städtebauliche und landschaftliche Situationen und andererseits auf die Ausstattung von Innenräumen mit Stühlen,

Baukünstlerische Anforderungen an Ideenskizzen

67

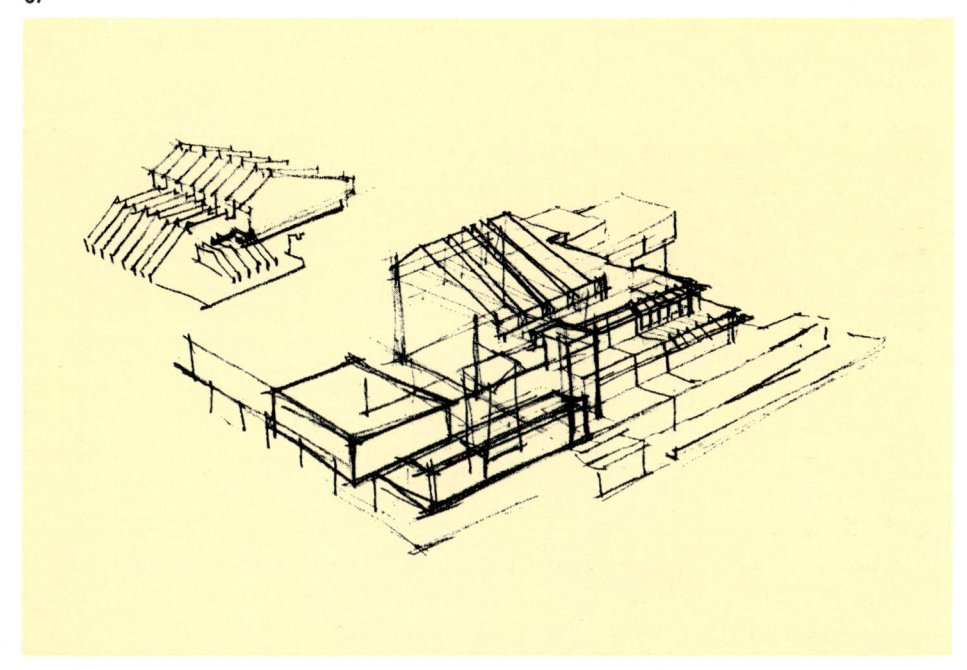

66
Skizzenhafte Klärung konstruktiver und funktioneller Belange und Eingliederung in das städtebauliche Ensemble. Die Skizze ist mit Tusche auf Transparent gezeichnet. Die Zahlennotizen kontrollieren überschläglich die Unterbringung geforderter Kapazitäten sowie die notwendigen Abmessungen. Die perspektivischen Skizzen veranschaulichen die baukörperliche Erscheinung. In der untersten Zeile ist die Zuordnung zu bestehenden Bauten untersucht, woraus beispielsweise die Herabzonung der Traufe resultiert

Zeichnung: *Dieter Bankert*

67
Perspektivische Skizzen, die die Gestaltung des Baukörpers kontrollieren.

Zeichnung: *Peter Baumbach*

Nichts eignet sich dafür besser, als lockeres, immer wieder verbesserndes Skizzieren, um sich der Einheit der vielfältigen Proportionen zu nähern. Das betrifft sowohl Baumassen, Räume, Flächen, aber auch Details bis in die kleinsten Feinheiten. Wie wollen wir sonst erst einmal das ausgewogene Verhältnis eines Details zum Gesamtraum oder dem Baukörper mit Sicherheit finden, wenn nicht durch skizzierende Näherung.?

Ohne zu skizzieren, wird die Plastizität einer baulich-räumlichen Lösung nicht in dem Maße zu einer Ausdruckskraft zu bringen sein. Arbeitsmodelle aus Plastilina oder ähnlichem sind dazu noch am ehesten geeignet, aber für Anschlüsse, Innenräume, die Wirkungen von Details im Gesamtzusammenhang bleiben sie hinter der Skizze zurück. Auch Bildhauer konzipieren ihre plastischen Vorstellungen mit Skizzen. Nicht zufällig treffen bei *Alvar Aalto* sowohl die ausgiebige skizzenhafte Näherung zu äußeren wie inneren Formen eines Bauwerkes mit der außergewöhnlich plastischen Gestaltung von Baukörpern, Räumen und Raumfolgen zusammen. Das eine wäre ohne das andere in dieser Qualität, ohne seine Art der skizzenhaften Ermittlung, nicht möglich.

Damit verbunden ist das nicht geringe Problem, Architektur und bildende Kunst so in einen sinnvollen Zusammenhang zu bringen, daß nicht der Eindruck einer additiven Zuordnung entsteht. In der Einbeziehung der bildenden Kunst in ein architektonisches Ensemble tritt unerbittlich zutage, inwieweit eine überzeugende, ansprechende oder auch erhebende Idee vorhanden ist. Diesem erstrebenswerten Ziel kann das Mittel zeichnerischer Klärung und Veranschaulichung von Vorstellungen dienen. Ideenskizzen sind für eine ausgereifte und überzeugende Synthese von Kunst und Architektur, ob außen oder innen, geeignet, um den schöpferischen Einfallsreichtum optimal auszuschöpfen.

Ideenskizzen

Das Theater im Quartierhof

Die Vielseitigkeit von Ideenskizzen

Vieles deutet bereits darauf hin, daß Ideenskizzen sehr vielgestaltig sind, der Spielraum praktisch unbegrenzt ist, Formen und Arten nicht bestimmbar sind. Sie können orthogonal oder perspektivisch sein oder beides ineinander oder nebeneinander. Ideenskizzen, wie wir sie in diesem Zusammenhang verstehen wollen, können alles betreffen, was die gestalterische Konzeption baulich-räumlicher Aufgaben umfaßt. Sowohl Grundrisse, Ansichten, Schnitte, alle Detailfragen in unmittelbarer Beziehung zu einem Gesamtzusammenhang und ebenso Perspektiven wie Kontrollen zu einzelnen Situationen und Blickpunkten. Sie sind nicht auf die Gebäude selbst beschränkt, sondern beziehen sich auch auf deren Einbindung in städtebauliche und landschaftliche Situationen und andererseits auf die Ausstattung von Innenräumen mit Stühlen,

Die Vielseitigkeit von Ideenskizzen

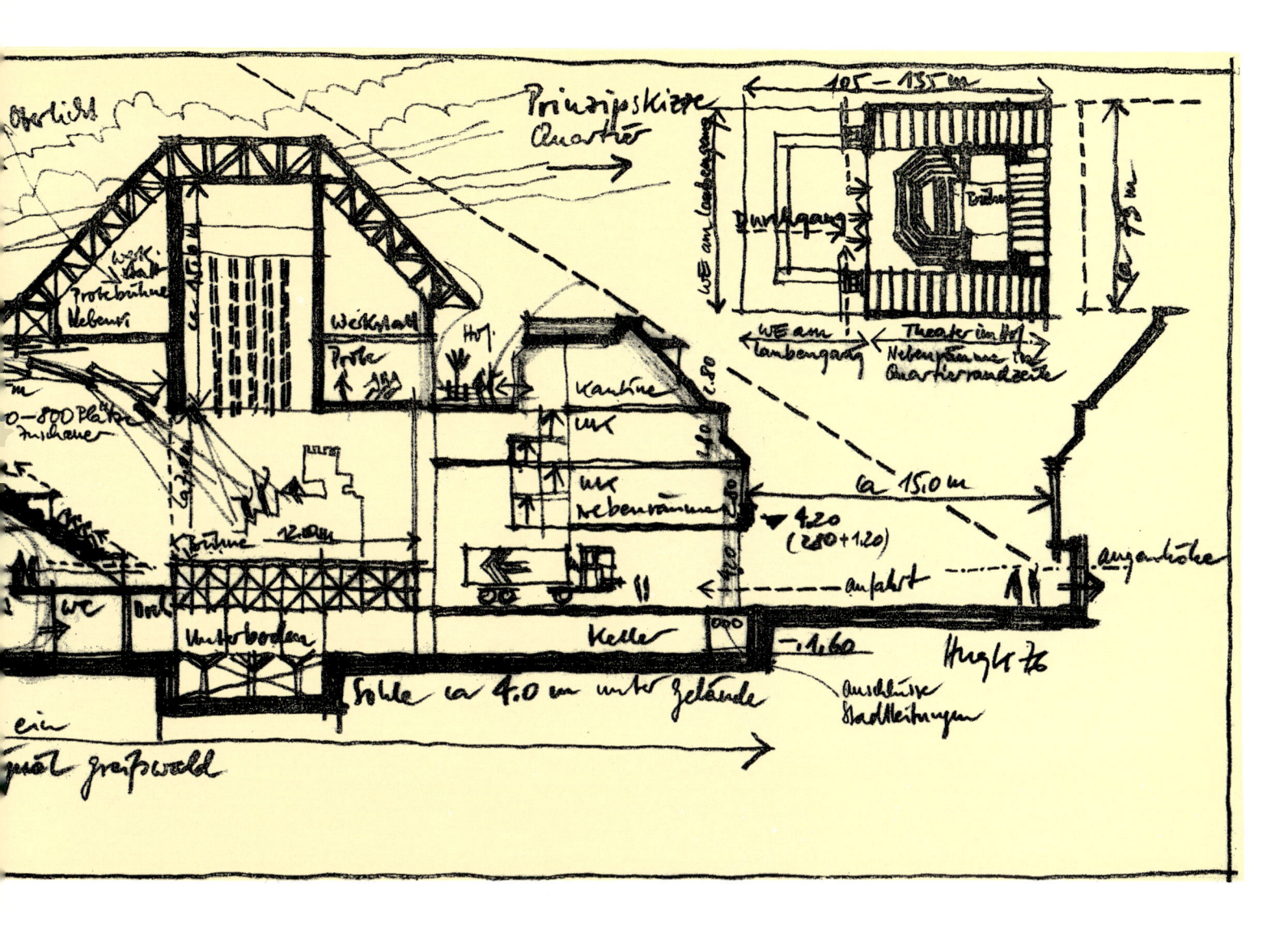

Tischen und anderen Einrichtungsgegenständen, um die Wirkung im Raum abzustimmen. Ideenskizzen haben nicht selten eine kaum einschätzbare, aber erwiesen weittragende Wirkung. Es kann immer wieder festgestellt werden, daß bei kleineren Aufgaben eine Übertragung ins Reine, bei der das Wesentliche exakter abgehoben wird und einige Maße und Massen ermittelt und eingetragen werden, viel bewirkt. Auch Ideenwettbewerbe sind von der Konzentration auf das Wesentliche getragen. Wieviele aufwendige, perfektionierte Wettbewerbsarbeiten setzen sich darüber hinweg und werden in ihrer Wirksamkeit schließlich doch nur in ihrem wesentlichen Kern beurteilt, wie er der Ideenskizze entspricht.

So gesehen sind Ideenskizzen, wenn man sie zu ihrem hohen schöpferischen Anspruch ins Verhältnis setzt, wegen ihrer einfachen Methode ein sehr rationelles Mittel im Entwurfsprozeß.

68
Der Schnitt durch eine Theaterkonzeption in einem Altstadtquartier mit der Klärung funktioneller Zusammenhänge, Fragen von Sichtbeziehungen, technischer Versorgung, Überlegungen über den Tageslichteinfall und nicht zuletzt die Belange einer angemessenen baukörperlichen Eingliederung in die alte Bebauungsstruktur. Es handelt sich um eine Ideenskizze. Die Zeichnung zeigt einen sicheren Bleistiftstrich.

Entwurf und Zeichnung: *Ullrich Hugk*

Ideenskizzen

69
Ideenskizzen für ein Freizeitzentrum in Grundriß und Schnitt, freihändig, aber maßstäblich mit Bleistift gezeichnet. Die Zeichnung läßt die Auseinandersetzung mit der Organisation der Funktionen, der Heizung und Lüftung sowie den Ordinaten und Geschoßhöhen erkennen.

Zeichnung: *Ullrich Hugk*

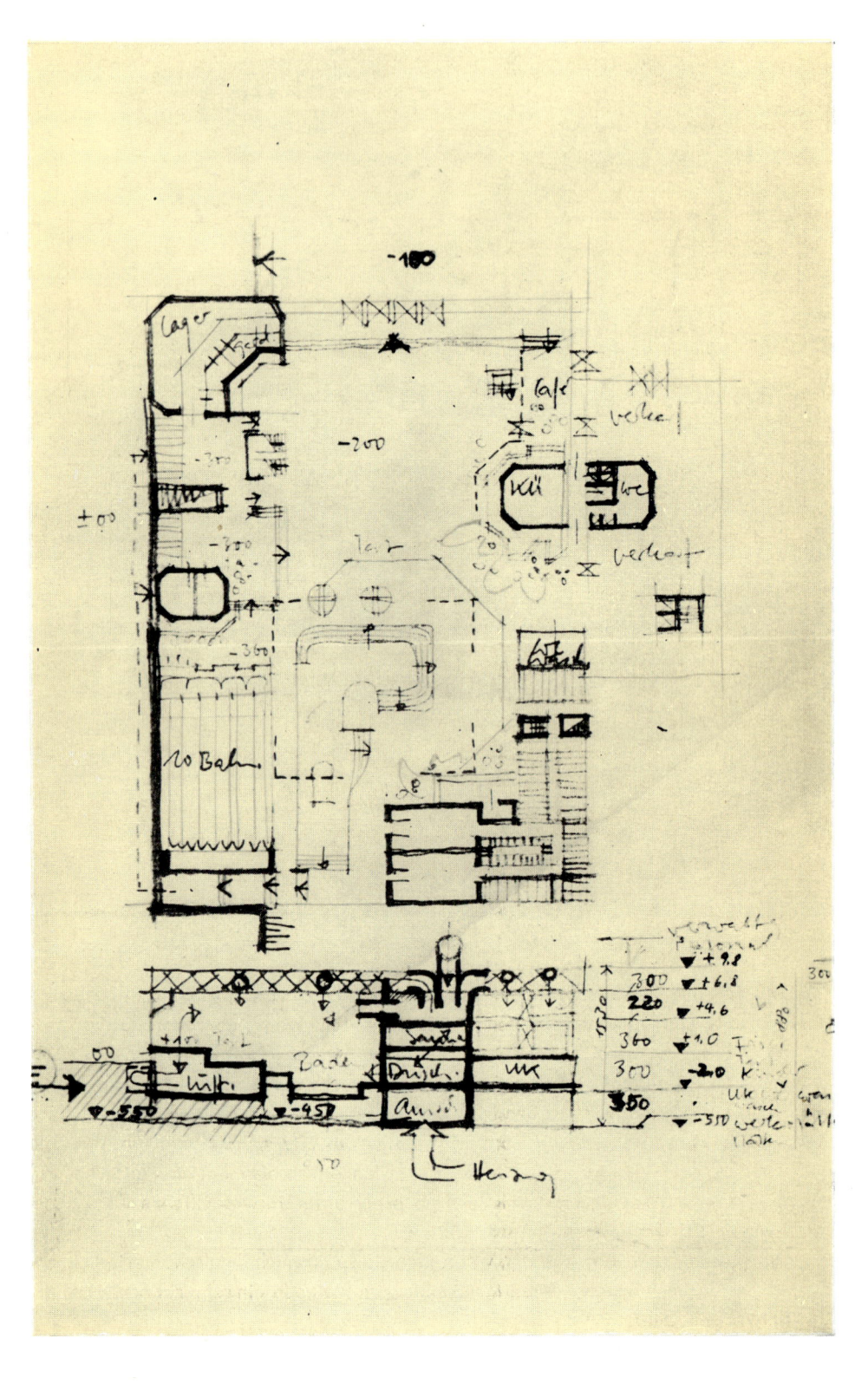

70
Turnhallenanbau an Ersatzbauten in Altstadtstrukturen, maßstäblich im Schnitt einschließlich des Zuganges von der Straße. Fragen der Belichtung und der Erschließung der oberen Geschosse werden in dieser Zeichnung erörtert.

Zeichnung: *Ullrich Hugk*

Die Vielseitigkeit von Ideenskizzen

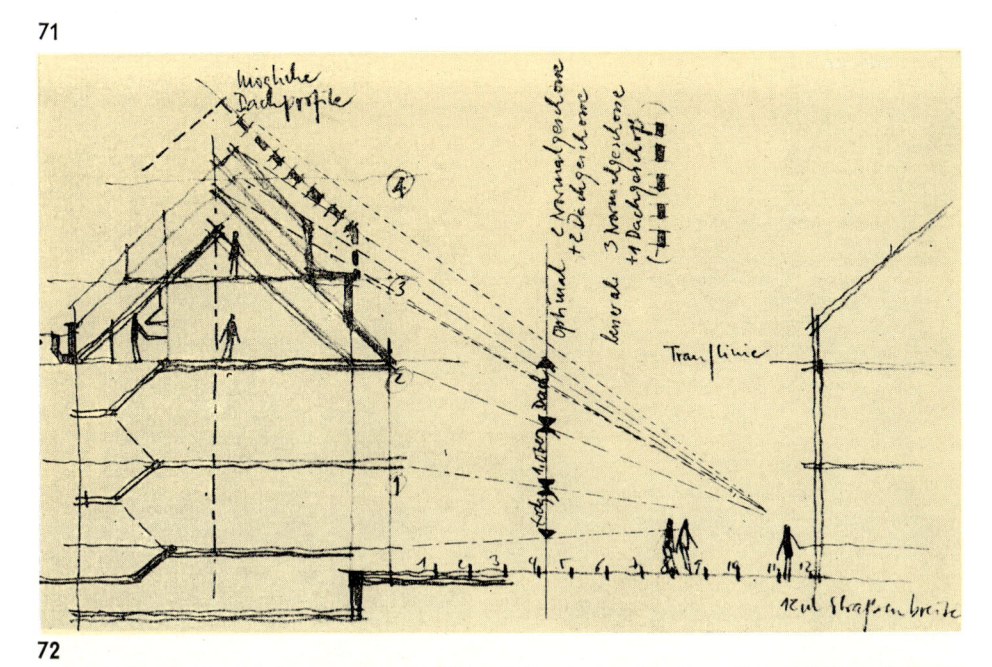

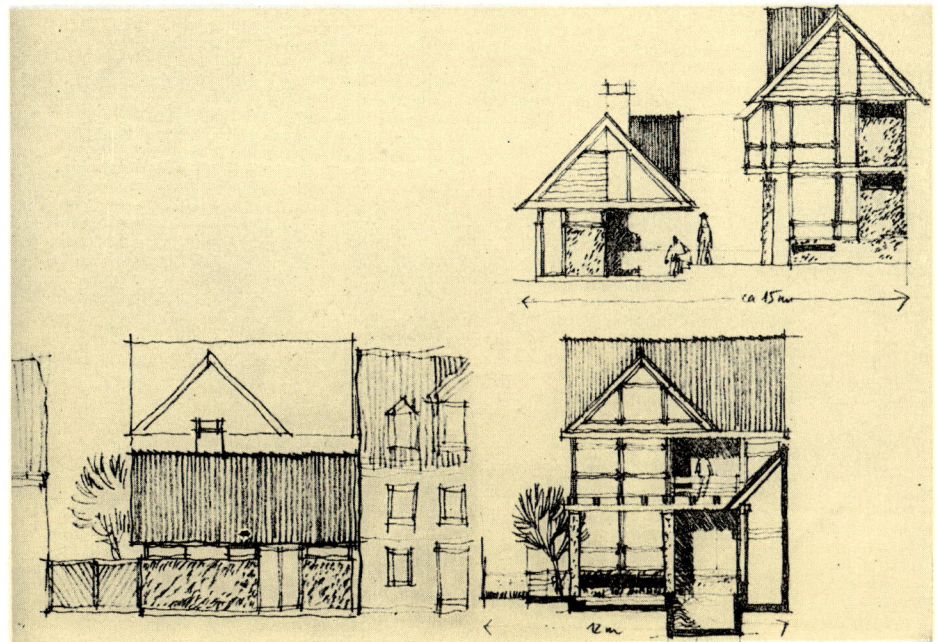

71

Maßstäbliche Skizze eines Straßenquerschnittes in einem umzugestaltenden Altstadtgebiet, die die Sichtbeziehung zum oberen Gebäudeabschluß mit dem Dach untersucht. Das Verhältnis von Straßenbreite zur Traufhöhe wird aus der Sicht des Fußgängers geklärt und optimiert.

Zeichnung: *Ullrich Hugk*

72

Ein Längs- und ein Querschnitt sowie eine Ansicht für die Lückenbebauung auf einem kleinen Altstadtgrundstück an einer engen Gasse. Die Ansicht zur Gasse wird hier bedeutungsloser als die beiden Schnitte, die trotz der Enge eine geschickte Hofbildung zeigen. Die Zeichnung ist maßstäblich, aber freihändig mit Blei gezeichnet. Schatten ist nur dort eingefügt, wo er zum räumlichen Verständnis unerläßlich erscheint.

Entwurf und Zeichnung: *Ullrich Hugk*

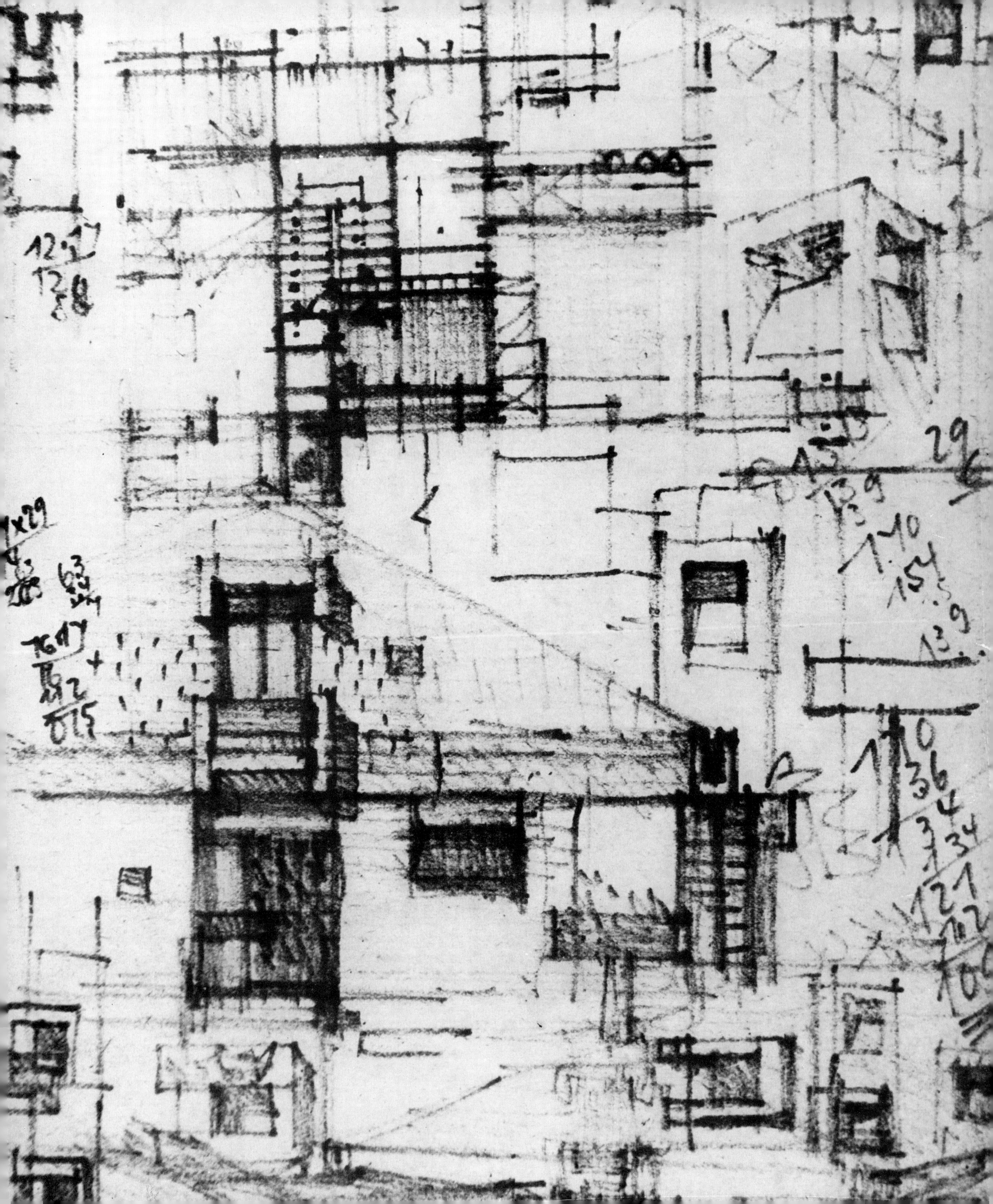

Die Vielseitigkeit von Ideenskizzen

74

75

73
Ein Bogen rauhes Papier, auf dem die verschiedenen Ideen nebeneinander Gestalt gewinnen. Grundriß, Ansicht, Details, Maßermittlung der Treppenläufe, perspektivische Sicht des Schornsteinkopfes, der in mehreren Abwandlungen wiederkehrt, und auch Materialien werden — zwar zusammenhanglos — sichtbar. Ein Blatt erster, intensiver schöpferischer Gestaltfindung, wobei mit weichem Blei und buntem Faserstift durchaus maßstäblich formuliert wird.

Zeichnung: *Rolf Göpfert*

74
Bei dieser Skizze geht es um die Klärung von Details. Trotz des dicken Strichs mit dem weichen Bleistift kommt die Gestaltungsidee sehr plastisch zum Ausdruck. Die Vergegenwärtigung der Ansicht übereck führt zu Korrekturen der Einbindung des Schornsteins in die Mauer- und Gebäudeflucht. Diese Skizze dient eher der Kontrolle.

Entwurf und Zeichnung: *Rolf Göpfert*

75
Diese räumliche Skizze eines alten Hauses vermittelt unmittelbar eine Vorstellung von der Rekonstruktion sowohl des Äußeren, aber auch vor allem des Inneren. Sie ist eine perspektivische Skizze mit einem nicht konstruierten Fluchtpunkt oben und unten und ist freihändig aus dem Erleben transponiert. Es handelt sich um eine Art Ideenskizze, die für alle weiteren Maßnahmen eine noch nicht verbindliche Orientierung gibt, zur Auseinandersetzung anregt und nicht ohne Einfluß bleibt.

Zeichnung: *Carl Krause*

Entwurfszeichnungen

*Das Zeichnen bedeutet
in der Architektur nichts anderes,
als diesem geistigen Prozeß
ein sichtbares Gewand zu leihen,
um ihn anderen mitteilen zu können
und um dadurch das wahre
künstlerische Ziel zu erreichen:
Die Umsetzung in Stein und Eisen.
Das Zeichnerische ist also
nur ein Zwischenzustand auf diesem Wege;
es ist nicht Selbstzweck,
und dadurch erhält es seine Wertung
im Vergleich zur gleichen Betätigung
in der freien Kunst,
wo es Selbstzweck ist.*

Fritz Schumacher

Entwurfszeichnungen sind ein sehr wichtiges Zwischenergebnis auf dem beschwerlichen Wege zur Verwirklichung einer Bauaufgabe. Sie dienen der Entscheidungsfindung, von der alle weiteren Maßnahmen abhängig sind. Entwurfszeichnungen bedeuten den Abschluß der geistigen Auseinandersetzung mit der Bauaufgabe, des Entwurfsprozesses, der nach *Herbert Ricken* das Hauptmerkmal des Architektenberufes ist: »Wenn Architektur zum Ziele hat, gesellschaftliche Prozesse zu ordnen, miteinander in Beziehung zu setzen und ihnen einen bedeutungsvollen, emotional wirksamen Rahmen zu verleihen, dann ist der Architekt derjenige unter allen am Entwurfsprozeß mittelbar und unmittelbar Beteiligten, der die möglichen Lösungen als raumkörperliche Erscheinungen zu sehen imstande ist. An ihm liegt es, wie er allen anderen diese Anschauung vermitteln und wie er ihre Vorschläge und Kritiken verwerten mag.«

Folgerichtig sind die Hauptleistungen, die einem Architekturstudenten während seines Studiums abverlangt werden, Entwürfe in Form von Entwurfszeichnungen sowie eine dementsprechende Diplomarbeit als Abschluß. Alles — Wissen, Kreativität und Fähigkeiten — dient dieser Aufgabe.

Das Wesen von Entwurfszeichnungen

Der Entwurf ist seiner Natur nach entscheidend, das Wesen der Sache bestimmend, aber es gibt letztlich nicht eine in allen Einzelheiten einzig richtige, sondern nur eine optimale Entwurfslösung. Die architektonische Gestaltung in einem Entwurf ist nicht eine »richtig«-oder-»falsch«-Entscheidung. Darin liegen der Reiz und die Schwierigkeit des Architektenberufes. Die Einschätzung des Entwurfs ist unter anderem vom Auftraggeber abhängig, dem die Idee der Entwurfslösung in Form von Zeichnungen verständlich gemacht wird. Durch ihn werden Kriterien in der Bewertung und Auswahl städtebaulich-architektonischer Lösungen geltend und bestimmend, die in den herrschenden gesellschaftlichen Verhältnissen wurzeln.

Nicht zufällig wird die Lösung einer Bauaufgabe als Wettbewerb ausgeschrieben, um möglichst viele Varianten zu erhalten. Die Jury des Wettbewerbs, die das gesellschaftspolitisch-fachlich maßgebliche Gremium verkörpert, hat den Vorteil, aus einer Reihe von Lösungsvorschlägen vergleichend und abwägend auszuwählen. Wettbewerbsarbeiten sind oft Entwürfe, ausgestattet mit allen dafür notwendigen Entwurfszeichnungen, die zeichnerisch mit besonderer Sorgfalt durchgearbeitet sind, um dem Entscheidungsgremium die Lösung visuell überschaubar und einleuchtend, aber besonders hinsichtlich der baukünstlerischen Idee nahezubringen. In keinem späteren Stadium der Ausarbeitung zeichnerischer Unterlagen für die Bauausführung kommt es so sehr auf die Veranschaulichung der Konzeption, ihrer Zusammenhänge und der baukünstlerischen Gesamtidee an. Eine Jury hat demnach die hohe Verantwortung, Ideen zu werten und das »Optimum« zu finden.

Neben der gestalterischen Bewertung eines Entwurfs, seiner städtebaulich-räumlichen und funktionell-gestalterischen Konzeption, die durch Entwurfszeichnungen visuell zugänglich sein muß, haben sich immer mehr andere Kriterien, wie ökonomische Kennziffern, Programmerfüllung, Kapazitätseinheiten, technologische Be-

Das Wesen von Entwurfszeichnungen 73

76
Plan für Schloß und Garten in Großsedlitz bei Dresden von *Zacharias Longuelune*. Die Zeichnung ist den Gepflogenheiten entsprechend farbig laviert, um besonders Gebäude und Grünanlagen besser zu differenzieren, als es in der schwarzweißen Reproduktion deutlich wird. Die Gebäude wurden hellrot angelegt und heben sich dadurch aus den differenzierten Grüntönen heraus.

Entwurf und Zeichnung:
Zacharias Longuelune 1660—1748

Entwurfszeichnungen

77

Gartenplan von *Josef Peter Lenné* für Potsdam-Sanssouci. Große Bedeutung hat die zeichnerische Abstimmung von räumlichen Zusammenhängen, ganz gleich, welcher Art. Die Landschaftsgestaltung von Josef Peter Lenné beruht in ihrer Wirkung bis heute darauf und ist in seinen Zeichnungen bewußt untersucht. Hauchdünne Bleistiftstriche lassen die Kontrolle von Blickbeziehungen erkennen.

Zeichnung: *Josef Peter Lenné 1789—1866*

78

Dieser Lageplan hat eine folgerichtige Raumordnung zum Ziel und bedient sich einfacher, symbolischer und rein geometrischer Mittel der zeichnerischen Darstellung. Die Gehölzabschirmungen zur räumlichen Gliederung sind nur mit einer einheitlichen Kreuzschraffur gezeichnet, die den Vorteil hat, die Bäume zusammenzuziehen und den Raum zu umfassen. Eine Differenzierung der Gehölzabschirmung in diesem Lageplan würde im einzelnen nicht ausreichen, aber der Veranschaulichung des Raumgedankens Abbruch tun. Dieser Übersichtlichkeit dient auch die Zusammenfassung der meisten Bezeichnungen in einer Legende.

Entwurf: *Werner Bauch*

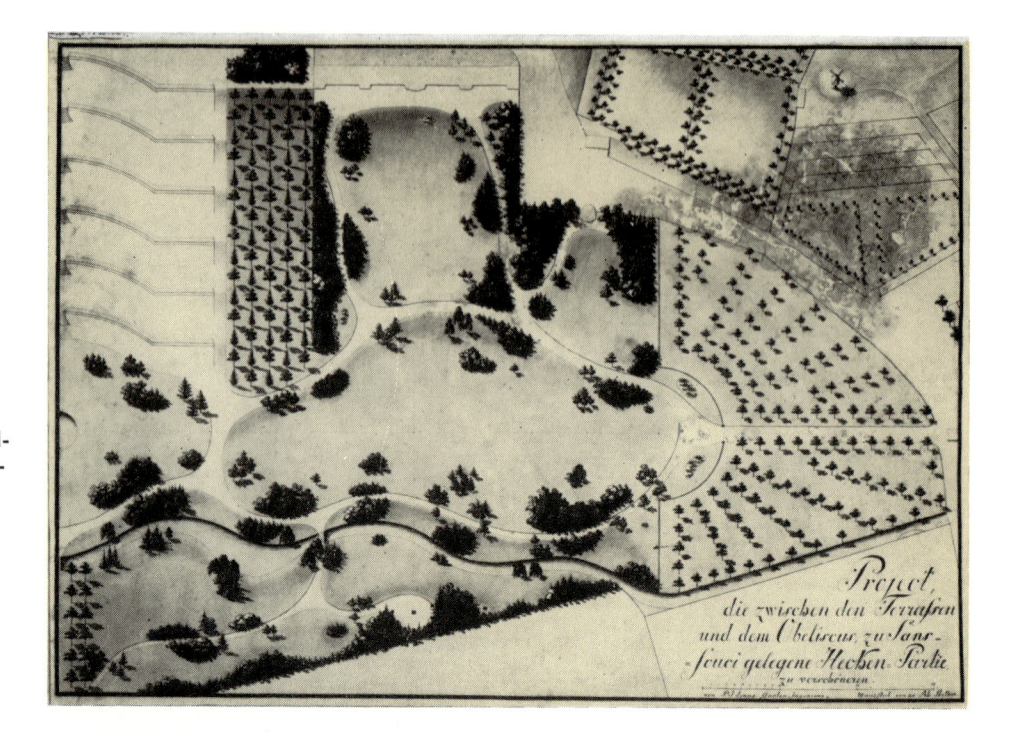

dingungen, Bilanzierung von Projektierung und Bauausführung, Einhaltung gesetzlicher Bestimmungen, Einsatz von Baumaterial, Realisierbarkeit und anderes in den Vordergrund geschoben. Der Wert von Entwurfszeichnungen als Entscheidungsgrundlage ist zu Unrecht gegenüber exakt erfaßbaren Planungskriterien, deren Berechtigung in keiner Weise zu schmälern ist, in den Hintergrund getreten.

Aber nicht nur die Aufmerksamkeit für die städtebaulich-architektonische Bewertung bei einer Entscheidung über die Qualität des Vorhabens bleibt von Bedeutung, sondern auch die weitere Entwurfstreue bei der Durchführung. Das Festhalten an der in den Entwurfszeichnungen konzipierten Gesamtidee trägt wesentlich zu einer hohen architektonischen Qualität des Endergebnisses bei.

Die orthogonale Projektion von Entwurfszeichnungen

Als Entwurfszeichnung verstehen wir Lageplan, Grundriß, Schnitte und Ansichten. Alle sind sie als Zeichnungen durch die exakte orthogonale Projektion, auch rechtwinklige Parallelprojektion genannt, gekennzeichnet. Perspektiven und Isometrien sind als Architekturdarstellungen einzuordnen. Nicht in Abrede gestellt werden kann, daß orthogonale Entwurfszeichnungen, besonders anschaulich gezeichnet, auch eine Art Architekturdarstellung sein können.

Orthogonales Zeichnen heißt die Erzeugung der Zeichnung senkrecht auf eine Bildebene. »Orthogonal« setzt sich aus den griechischen Wörtern »orthos«, welches aufrecht, senkrecht oder richtig bedeutet, und »gonos« gleich Erzeugung zusammen.

Die orthogonale Projektion von Entwurfszeichnungen

78

1. VERWALTUNGSGEBÄUDE MIT WOHNUNG FÜR PLATZWART
2. VERSORGUNGSGEBÄUDE MIT VORDACH
3. TOILETTENGEBÄUDE (WC, WASCHR., MÜLLBEHÄLTER)
4. ÜBERDACHTE FAHRRADSTÄNDE
5. PARKPLATZ FÜR MOTORRÄDER
6. PARKPLÄTZE FÜR PKW
7. ZELTPLÄTZE FÜR BESUCHER MIT PKW
8. ZELTPLÄTZE FÜR BESUCHER MIT KRAFT- ODER FAHRRAD
9. PLÄTZE FÜR NACHTS ANKOMMENDE BESUCHER
10. PKW-WASCHPLATZ
11. SANDSPIELPLATZ FÜR KLEINKINDER
12. KLÄRANLAGE
13. SPIELWIESE
14. FLÄCHE FÜR KLEINSTSPIELE
15. LIEGEWIESE
16. BOOTSHAUS
17. BADE- UND BOOTSSTEG
18. SCHWIMMENDE BOOTSSTEGE
   - TRINKWASSERENTNAHMESTELLE
   GEHÖLZABSCHIRMUNG BZW. WALD

CAMPINGPLATZ GUNZENBERG
TALSPERRE PÖHL
NOV. 1963   BLATT 1

ENTWURFSBÜRO
FÜR LANDSCHAFTSGESTALTUNG
PROF. DR. W. BAUCH · DRESDEN

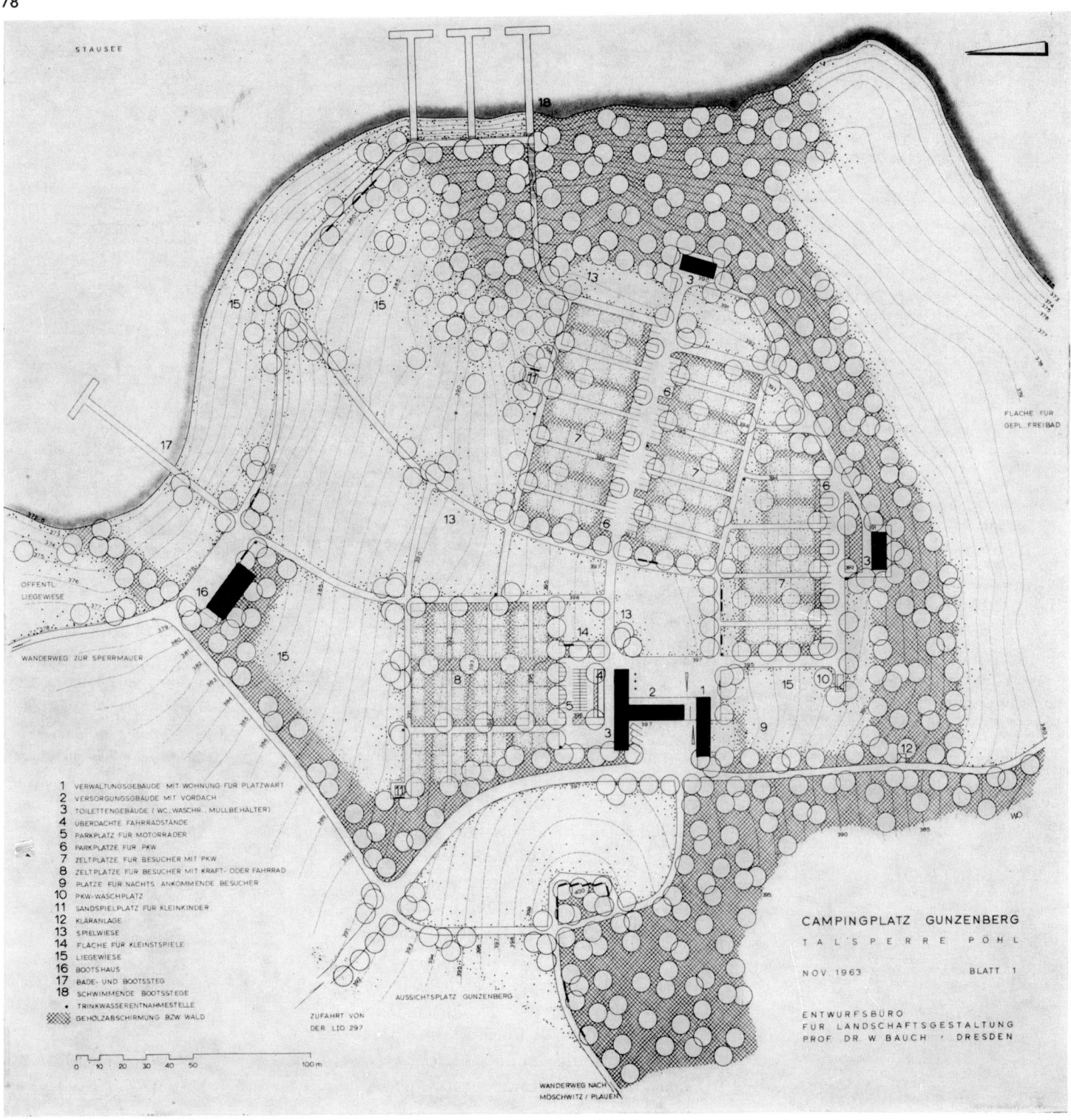

Entwurfszeichnungen

79
Ausschnitt aus einer Wettbewerbszeichnung im Maßstab 1:500. Die Zeichnung dient der Übersicht über die städtebaulich-räumliche Ordnung. Die Einordnung der Funktionen ist bereits veranschaulicht. Die Durcharbeitung der Grundrisse und der Konstruktionssysteme wird jedoch nur angedeutet.

Zeichnung: *Erich Kaufmann*

80
Diese *Schinkelsche* Entwurfszeichnung zu einem Fasaneriemeisterhaus im Tiergarten zeigt auf einem Blatt von nur 520 mm × 611 mm Grundrisse, Ansicht und Perspektive. Wir sehen, daß die Ansicht und noch mehr die Perspektive mit den Baumbeständen fast bildhaft durchgearbeitet sind. *Schinkel* hat diese relativ kleinen Architekturdarstellungen mit feinem, spitzem, nicht zu weichem Bleistift gezeichnet und leicht laviert. Seine Baumdarstellung ist ohne ein liebevolles Studium nach der Natur nicht vorstellbar. Aus vielen Zeichnungen spüren wir sein Bedürfnis, die Bauwerke in ihrer Wirkung in der Landschaft darzustellen.

Graphitzeichnung, laviert,
von *Karl Friedrich Schinkel* 1781—1841

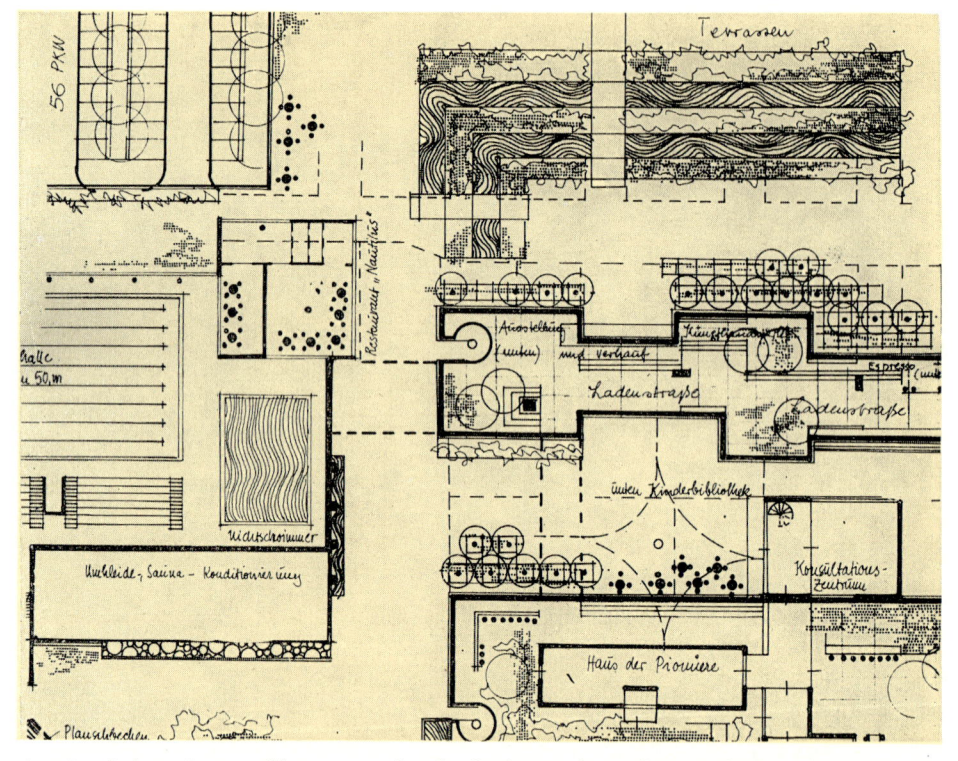

Anschaulich und vorstellbar ausgedrückt, bedeutet die orthogonale Projektion ein Abbild aus unendlicher Entfernung gesehen. Die orthogonale Projektion ist die vorherrschende Methode der Architekten, Entwürfe jeglicher Art zeichnerisch mit Reißschiene und Winkel maßstäblich aufzureißen, aber auch in Skizzen mannigfaltig frei zu zeichnen. Sie weist viele Vorteile auf: einerseits eine unmittelbare rationale Bezugsbasis für alle Ausführungsunterlagen zu sein und andererseits aber auch die baukünstlerischen Absichten darzustellen. Sie sind für den Fachmann wie auch für den Nichtfachmann lesbar. Mit wenigen Mitteln lassen sich orthogonale Entwurfszeichnungen zu räumlichen Wirkungen und bis zu einer ins Auge springenden Plastizität zeichnerisch steigern. Die Einbeziehung von Licht und Schatten, Grün und von Einrichtungsgegenständen erhöht diese Anschaulichkeit.

Trotzdem ersetzen orthogonale Entwurfszeichnungen die Perspektive und Isometrie nicht, aber sie sind immer die Ausgangsbasis dafür. Jede perspektivische Konstruktion, selbst die elektronische durch den Zeichenautomaten, geht von den exakten Werten der orthogonalen Projektion aus.

Orthogonale Projektionen verlangen die Vollständigkeit und Übereinstimmung von Grundriß, Ansicht und Schnitt. Dadurch, daß jede Zeichnung nur eine Ebene verkörpern kann, sind für dreidimensionale baulich-räumliche Zusammenhänge zumindest drei Arten von Zeichnungen erforderlich. In der Regel bedarf es ohnehin einer größeren Anzahl von Grundrissen, Schnitten, Ansichten, um die konstruktive und funktionelle Lösung zu klären und damit auch den räumlichen Zusammenhang in Übereinstimmung zu bringen.

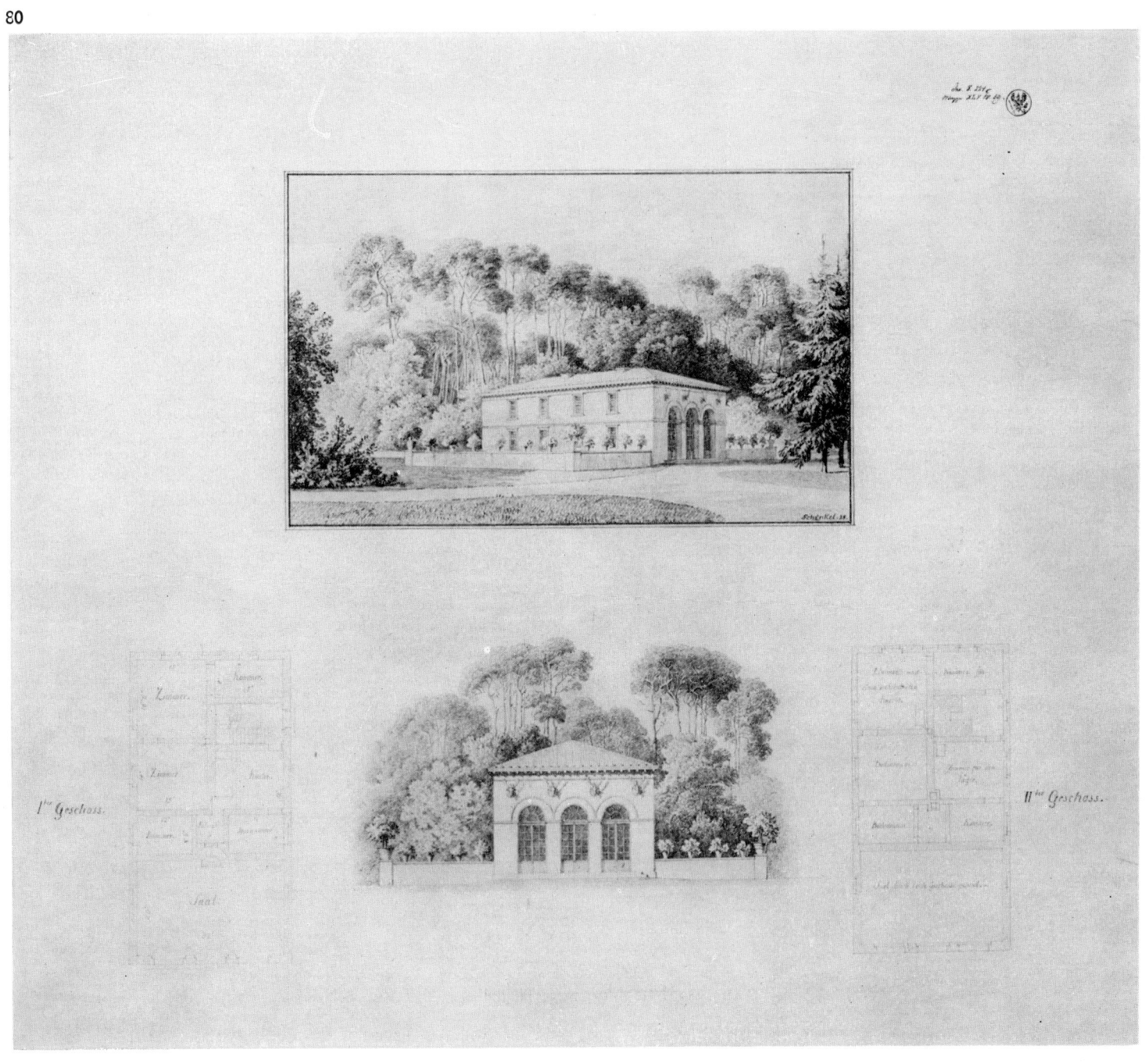

Die orthogonale Projektion von Entwurfszeichnungen

80

78 Entwurfszeichnungen

81
Die Grundrißdarstellung eines Freizeitzentrums, verbunden mit zwei Schnitten, die jeweils an der betreffenden Seite angeordnet sind. Die Schnittebenen sind am Grundriß angegeben, aber nur bei genauerem Hinsehen auffindbar. Die verschiedenen Niveauunterschiede der Flächen sind sowohl im Grundriß als auch in einem Schnitt eingetragen. Irritierend und nachteilig wirken die Zahlen, die erst in Verbindung mit einer Legende Auskunft geben, die im abgebildeten Ausschnitt schon nicht mehr erscheint.

Zeichnung: *Ullrich Hugk*

82
Stich eines Grundrisses der Dresdener Hofkirche von *G. Chiaveri*. Die Umrandungen des Mauerwerkes deuten durch feine Unterschiede der Strichstärken Schattenkanten an. Die Gurtbögen als wichtige konstruktive Elemente sind gestrichelt gezeichnet. Es sind keine Maßeintragungen vorhanden, nur zwei Maßstäbe in den Hauptrichtungen. Trotz des bewegten, eleganten Barocks der Hofkirche spürt man in dieser kargen Grundrißdarstellung eine strenge Geometrie. Kein Blatt der herrlichen Stiche zum Entwurf der Hofkirche ist so sparsam ausgeführt wie das des Grundrisses.

Architekt: *Gaetano Chiaveri* 1689—1770

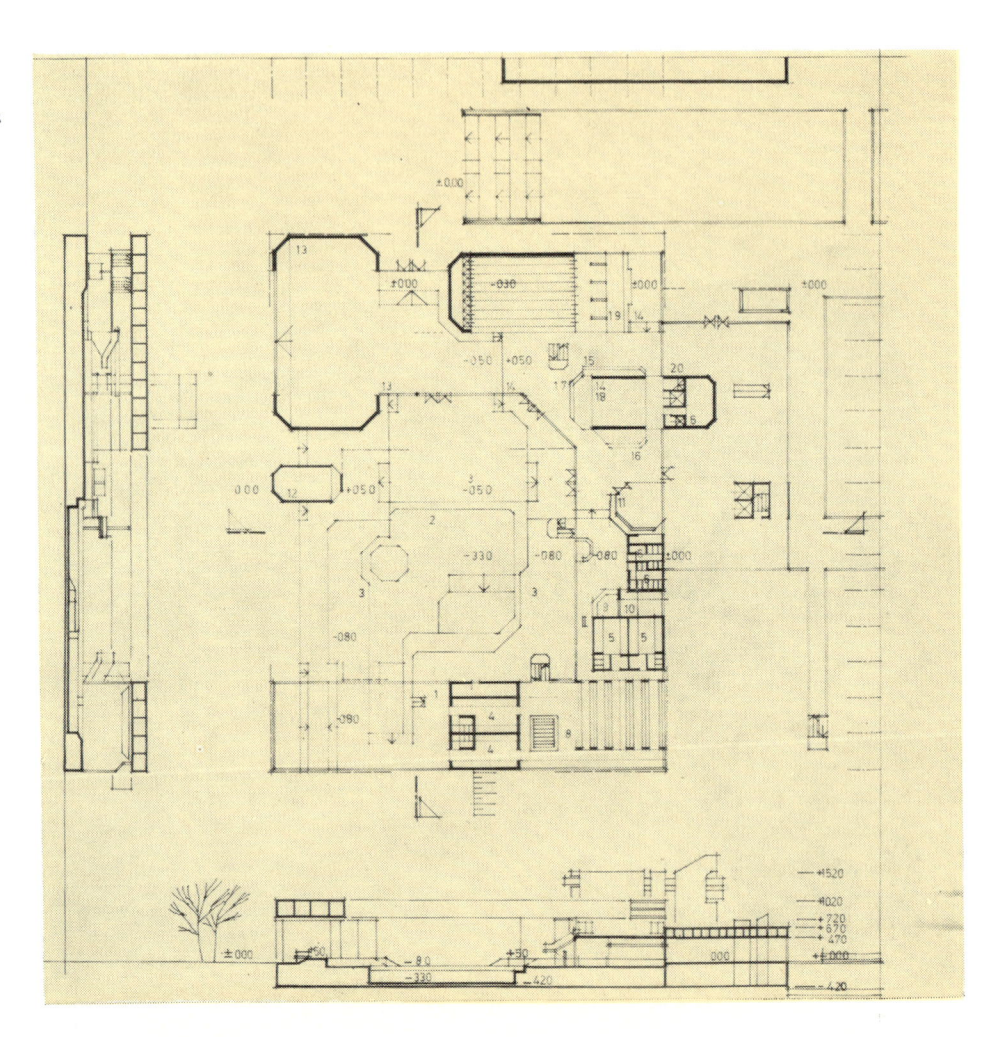

Zur Maßstäblichkeit orthogonaler Projektion

In diesem Zusammenhang scheint es unerläßlich, über die Maßstäblichkeit orthogonaler Entwurfszeichnungen und ihre Vorzugsmaßstäbe einige grundsätzliche Ausführungen voranzustellen. Wir gehen bewußt davon aus, daß es bestimmte Vorzugsmaßstäbe gibt, die vor allem bei langer Übung eine Sicherheit vermitteln, so daß freihändige Skizzen fast maßgenau aufgetragen werden können und umgekehrt aus der Zeichnung die realen Abmessungen einschätzbar sind. *Heinrich Rettig*[6] sagte dazu: »Vorzugsmaßstäbe müssen eingehalten werden, abweichende Maßstäbe verderben das sichere Gefühl für die Wirklichkeit.«

Mit nur einem Maßstab kommen wir nicht aus, wir brauchen mehrere Vorzugsmaßstäbe in verschiedenen ganz bestimmten Abstufungen. Sie sind auf den handelsüblichen Maßstäben aufgetragen und leicht um Dezimalstellen zu vergrößern oder zu verkleinern. Hinsichtlich ihrer Anwendung für die Art der Zeichnung lassen sie sich in drei Gruppen zusammenfassen:

Zur Maßstäblichkeit orthogonaler Projektion

82

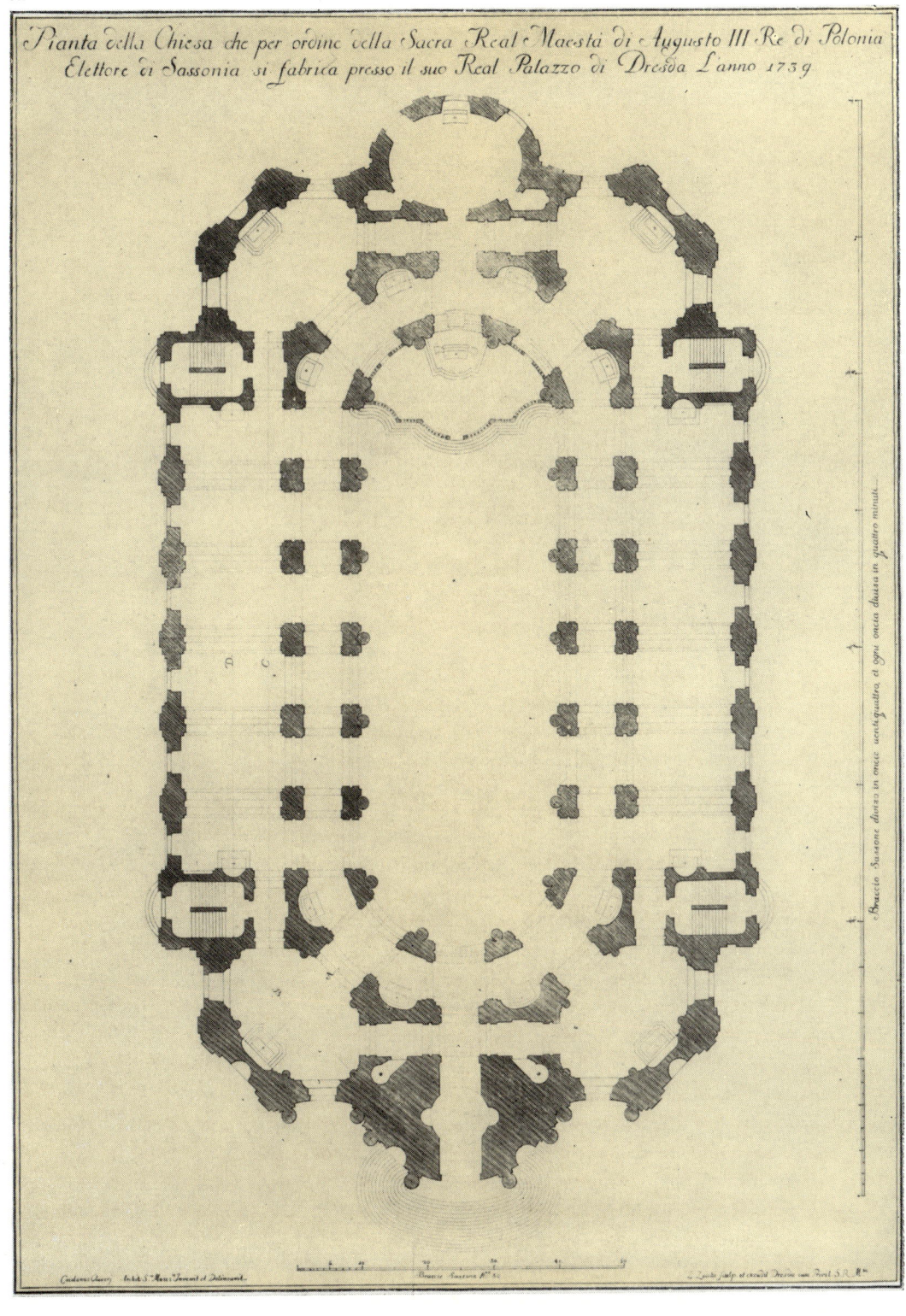

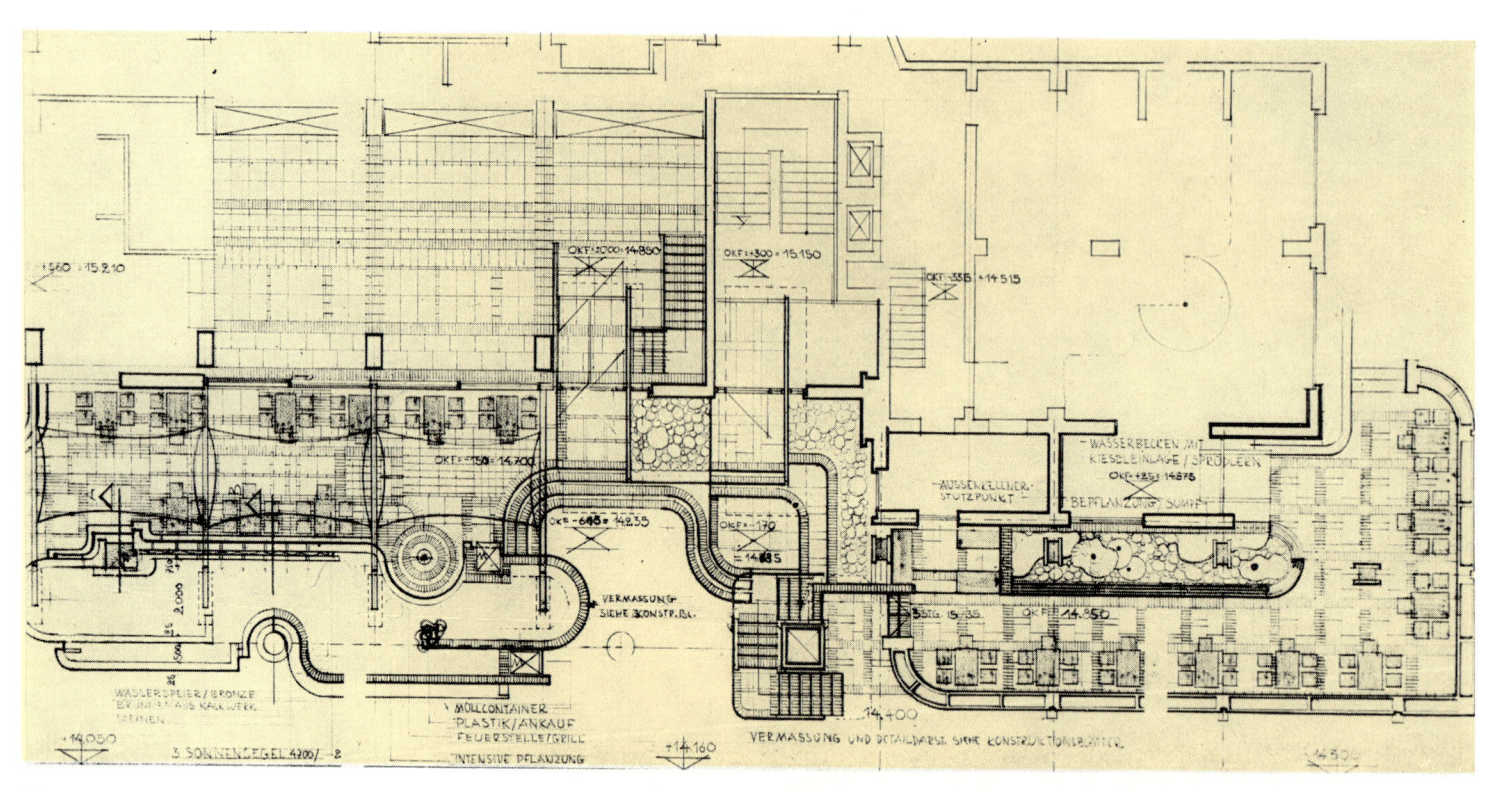

83
Erdgeschoßgrundriß eines Eckgebäudes in Rostock, Breite Straße, mit gastronomischen Einrichtungen im Maßstab 1:50. Dieser Maßstab erlaubt, Mauern, Fußböden, Treppen annähernd in ihrer Materialstruktur darzustellen und darüber hinaus Bezeichnungen und Maßangaben unmittelbar einzutragen.

Zeichner: *Peter Baumbach*

84
Grundriß eines zweigeschossigen Atriumhauses. Die Darstellung der Wände ist differenziert in wärmedämmende Außenwände, umrandet mit angelegtem Kern, und in einfach schwarz angelegte Innenwände. Die Wohnungen werden durch verschieden strukturierte Fußböden unterschieden.

Entwurf und Zeichnung: *Manfred Zumpe*

— Maßstäbe für Lagepläne, Bebauungskonzeptionen und Grünplanungen im großen räumlichen Zusammenhang 1:5000; 1:2000; 1:1000
— Maßstäbe für Grundrisse, Schnitte und Ansichten 1:500; 1:200; 1:100; 1:50
— Maßstäbe für Architekturdetails 1:20; 1:10; 1:1

Die unterschiedlichen Maßstäbe dienen nicht nur der Bewältigung unterschiedlich bezogener Dimensionen, sondern auch den Zielen und Erfordernissen bestimmter Lösungsbereiche. Jeweils vom kleinen Maßstab auszugehen und dann im großen Maßstab weiterzuarbeiten, ist besonders für die Gestaltfindung folgerichtig. Konstruktive Kontrollen erfordern meist einen größeren Maßstab. Wenn wir im folgenden von großem oder kleinem Maßstab sprechen, so bedeutet das gleichermaßen, daß der gezeichnete Gegenstand analog groß oder klein in der Zeichnung erscheint. Ein großer Maßstab ist z. B. 1:1 (natürliche Größe). Die verschiedenen Maßstäbe bedingen unterschiedliche zeichnerische Elemente und Methoden.

Im Maßstab 1:1000 werden Lagepläne, Bebauungspläne oder Grünpläne ausgearbeitet. Dieser Maßstab eignet sich in keiner Weise für Grundrisse; Gebäude werden nur in ihren Umrissen sichtbar. Zeichnungen in diesem Maßstab geben die Idee der städtebaulichen Ordnung der Gebäude und die dadurch entstehenden Räume wieder. Er fordert fast symbolhafte zeichnerische Mittel wie beispielsweise die Darstellung von Bäumen als einfache, mit dem Zirkel geschlagene Kreise.

Alle Maßstäbe, die eine Dezimierung des Verhältnisses 1:1 bedeuten, also 1:10, 1:100, 1:1000, vermitteln die Größenvorstellungen am getreuesten.

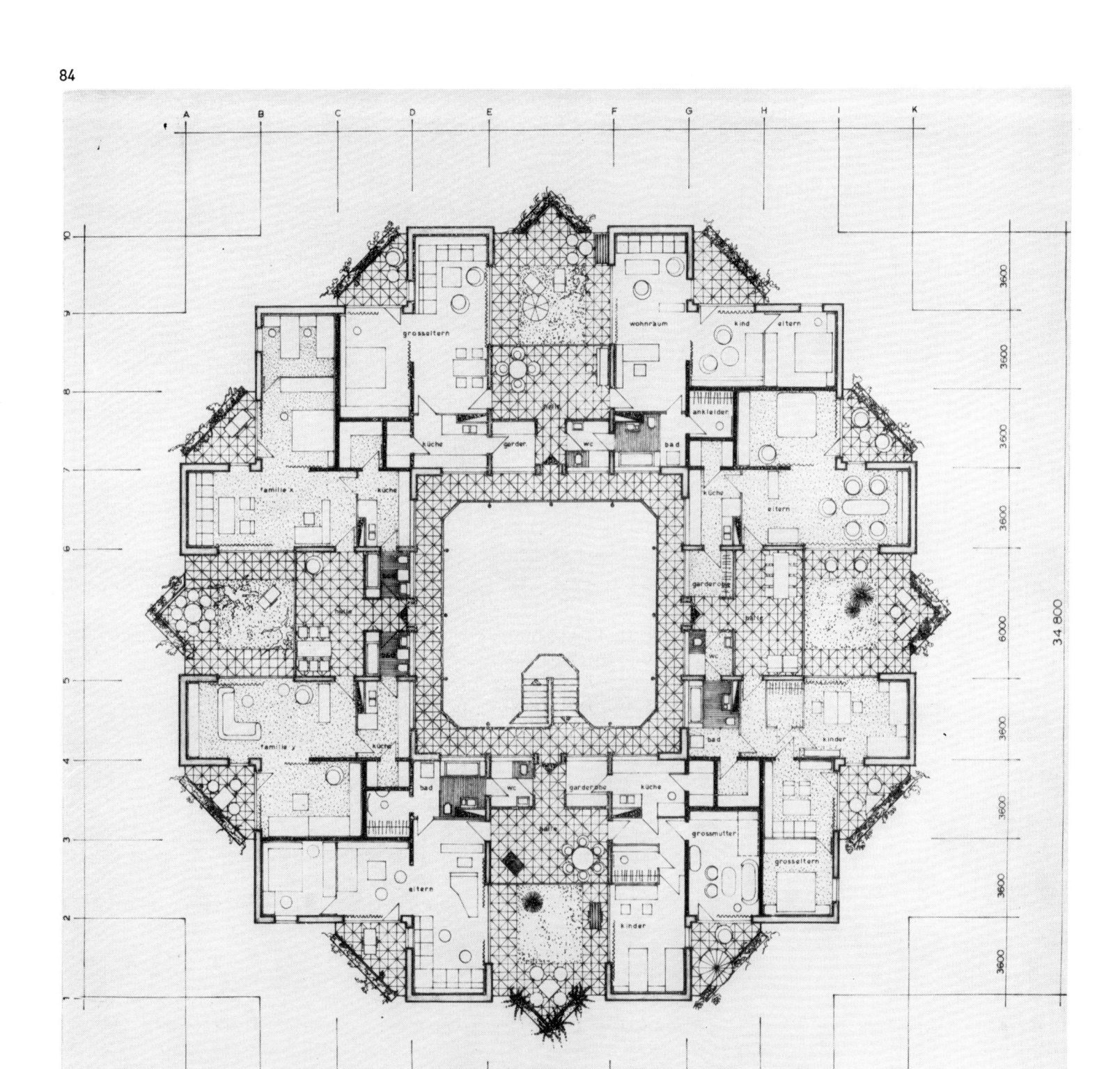

Zur Maßstäblichkeit orthogonaler Projektion

84

82 Entwurfszeichnungen

85
Grundriß, Fassadenausschnitt und eine Skizze mit technologischem Realisierungsvorschlag zu einem Gebäude mit vielfältigen Funktionen. Der Grundriß mit Möblierung ist in Tusche ausgezogen; Schnitt und Ansichtsausschnitt sind fast parallel dazu aufskizziert.

Zeichnungen: *Peter Weiß*

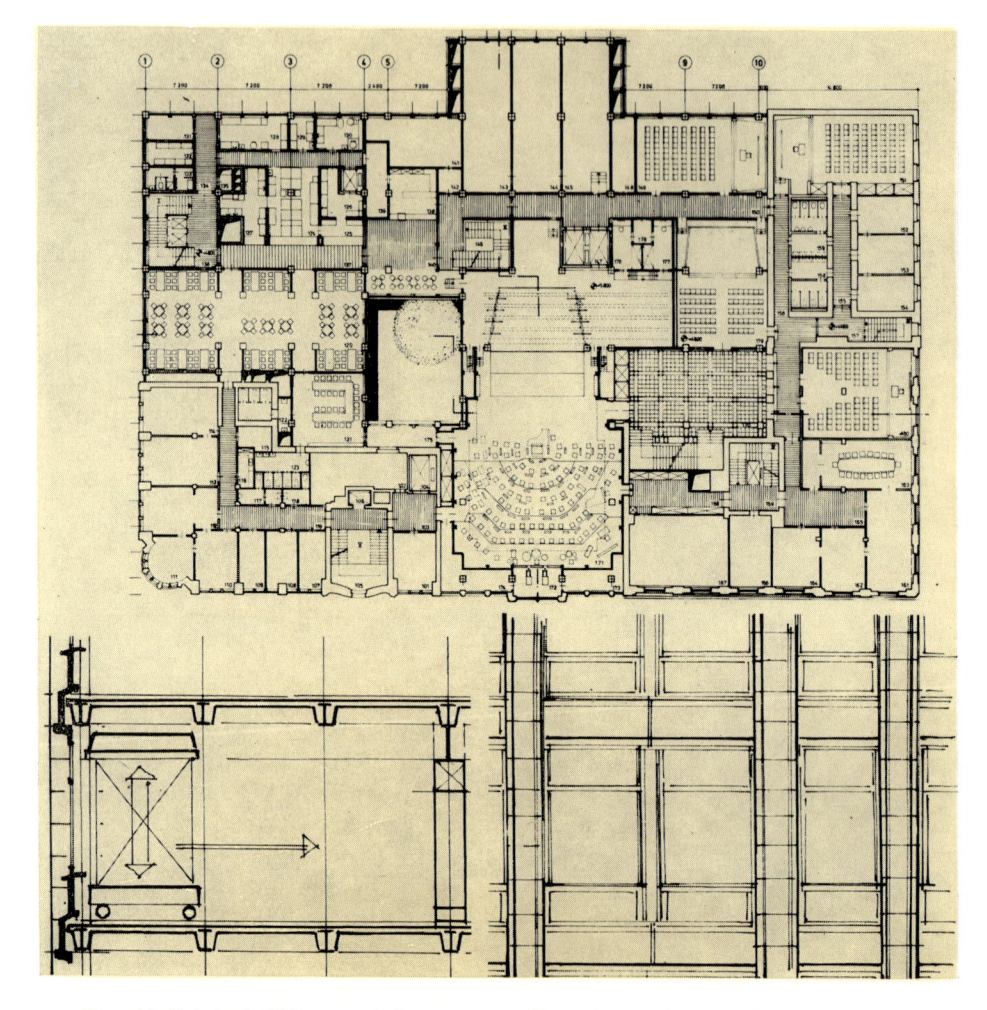

Der Maßstab 1:500 gewährleistet eine Zwischenstufe zwischen Lageplan und Grundriß, die besonders in den Anfangsstadien des Entwurfs eine oft unterschätzte Rolle spielt. Dieser Maßstab zwingt, Grundriß und Lageplan gleichermaßen zu ordnen. Für den Lageplan bedeutet das bereits eine ziemlich eingehende Durcharbeitung; für den Gebäudegrundriß nur die Ordnung der Funktionen, der Raumzusammenhänge und die konstruktive Struktur. Der kleine Maßstab entbindet davon, auf Einzelheiten einzugehen, und zwingt dazu, eine Gesamtordnung der Grundrisse, bezogen auf das Wesentliche, anzustreben. Die Darstellung von Gebäudeensembles, sofern sie eine bestimmte Dimension oder Häufigkeit nicht überschreiten, in ihrer Wechselwirkung zur Umgebung im städtebaulich-räumlichen Zusammenhang ist besser als in jedem anderen Maßstab möglich. Er eignet sich gut für städtebauliche Ideenwettbewerbe für überschaubare Ensembles.

Der Maßstab 1:200 ist ein Vorzugsmaßstab für die Ausarbeitung von Wettbewerbsentwürfen für Gebäude. Zur Durcharbeitung von Grundrissen und Ansichten kann er immer noch als ein kleiner Maßstab angesehen werden, der zwar zu einer feineren

Zur Maßstäblichkeit orthogonaler Projektion

Durcharbeitung nötigt, aber trotzdem zum Vereinfachen bestimmter Detailaussagen zwingt. Dadurch weisen Entwurfszeichnungen im Maßstab 1:200 eine leicht erfaßbare Übersichtlichkeit auf. Sowohl Grundrisse als auch Ansichten bleiben auf das Wesentliche bezogen.

Doch von allen Maßstäben für Entwurfszeichnungen verleitet 1:200 am meisten zu Täuschungen in den Größenverhältnissen. Für ungeübte Augen erscheinen Baukörper und Räume leicht größer, als sie sind. Infolge der fehlenden Feinheiten, besonders der feinen Strukturen, wirken große Massen, Flächen und Öffnungen in bestimmten Fällen erträglicher und lassen sich entsprechend darstellen. Dieser Maßstab gilt als derjenige, der am wenigsten den realen Eindruck, den das ausgeführte Bauwerk letztendlich vermitteln wird, widerspiegelt, sondern mit dem man geschickt die Schwäche des Entwurfs überspielen kann. In dieser Hinsicht scheint sogar die 500stel Zeichnung ehrlicher. Ohne höchste Feinheiten der Zeichnung, sicheres Gefühl für Abstände unter einem Millimeter und saubere dünne Striche lassen sich im 200stel weder die Vorteile nutzen noch die genannten Fragwürdigkeiten vermeiden. 1:200 ist unbefriedigend, weil einmal bei starker Vereinfachung zu wenig Aussage kommt und eine vergröbernde Wirkung entsteht und andererseits bei genauer Durcharbeitung Unleserlichkeit auftreten kann.

Der Maßstab 1:100 ist für Entwurfszeichnungen der wichtigste, ehrlichste und für viele Ansprüche ausreichend. Gebäudegrundrisse, Ansichten, Schnitte lassen sich so weit in den Einzelheiten durcharbeiten, daß es zu keinen unangenehmen Überraschungen mehr kommen kann. Die großen Blattformate, die in bestimmten Fällen dabei entstehen, verhindern oft die Anwendung. Das mildert sich dadurch etwas ab, daß in diesem Maßstab auf die Umgebung und den Anschluß der Grünanlagen weitgehend verzichtet werden kann. Dies ist der Maßstab, der die Größenverhältnisse am treuesten widerspiegelt und auch an Maßangaben mehr zuläßt als andere. Erst in diesem Maßstab können wir mit einiger Sicherheit Maße abgreifen, wenn das überhaupt einmal notwendig werden sollte. Innere Raumdispositionen lassen sich bis in Detailfragen klären. Die Stellflächen für die Möblierung können mit der erforderlichen Genauigkeit und den Wandabständen ausgewiesen werden. Geschnittene Konstruktionsteile, und vor allem Wanddicken, lassen sich maßstäblich mit ausreichender Genauigkeit darstellen. Material oder irgendwelche Flächenstrukturen sind zeichnerisch so weit strukturierbar, als sie die Maßstäblichkeit nicht verletzen, sondern unterstützen. Für den Fall, daß die Zeichnungen verkleinert werden sollen, werden diese Vorteile nicht abgemindert.

Die Ansichtszeichnungen erlauben wie in keinem anderen Maßstab eine gute übersichtliche Darstellung der Fassadengestaltung und gleichzeitig eine wahrheitsgetreue Durcharbeitung und Dimensionierung ihrer Gliederung. Die Fassade ist in ihrem wahren Eindruck darstellbar. Sprossendicken, Flächenstrukturen, Profile und andere Details lassen sich im richtigen Verhältnis zeichnen.

Der Maßstab 1:50 steht auf der Grenze zum umfangreichen Bereich der Ausführungszeichnungen, die über und über mit Angaben und Informationen für den Bauausführenden versehen sind. Trotzdem bleibt dieser Maßstab für Entwurfslösungen, für Grundrisse, Ansichten und Schnitte brauchbar. Vor allem aber für Innenraum-

Entwurfszeichnungen

Spaccato interiore per il Lungo della med.ma Chiesa

86
Längsschnitt durch die Katholische Hofkirche in Dresden von *Chiaveri*. Durch feinste Flächenstrukturen in diesem Stich wird ein außerordentlich plastischer Raumeindruck erzielt, der bis in die Feinheiten der Malerei durchgearbeitet ist.

Architekt: *Gaetano Chiaveri* 1689—1770

Schnitt, Ansicht und Lageplan

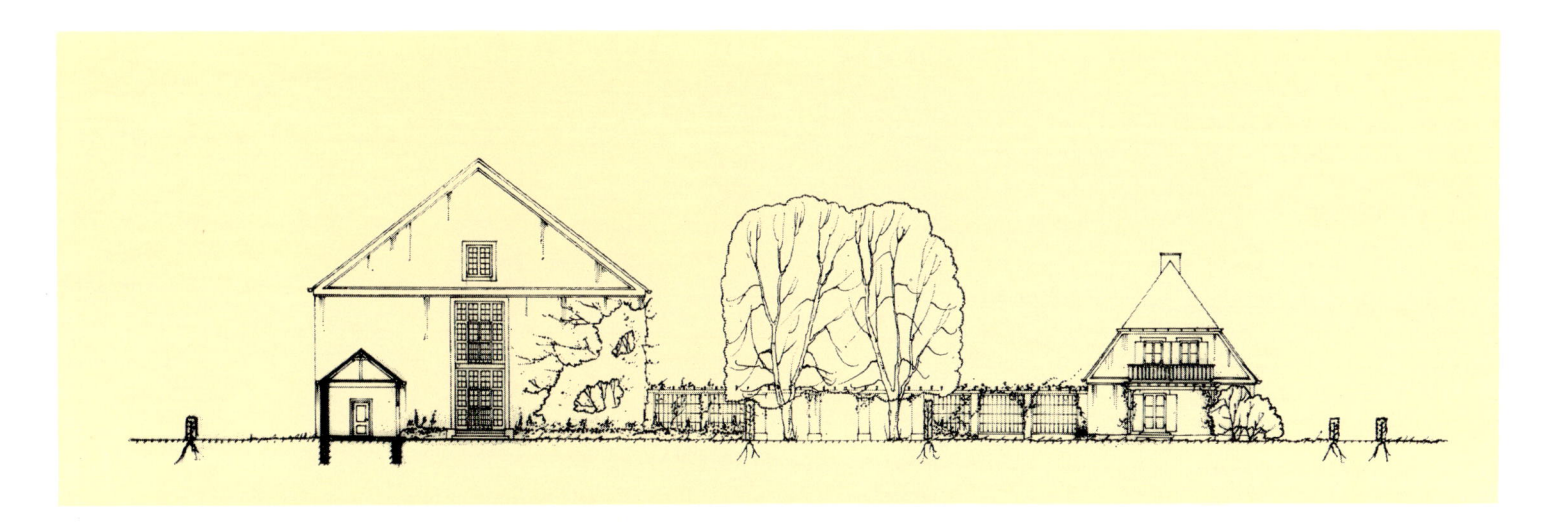

entwürfe und Wandabwicklungen sowie kleinere Bauaufgaben wie Einfamilienhäuser liefert er bis ins Detail eine gute Übersicht. Alle Raumdetails sind in ihren Verhältnissen gut klärbar. Skizzenhafte Klärungen von Ausbauproblemen lassen sich hinreichend und übersichtlich erreichen. Aber auch konzeptionelle Andeutungen zur Einbeziehung der bildenden Kunst sind gut möglich.

Die Strichdicken müssen im Maßstab 1:50 stärker differenziert werden. Sehr dicke Striche entheben nicht von sehr feinen für Maßlinien, für Fugen und anderes. Bei den Maßen geht es um Millimeter. Auf Flächenschraffierungen oder Strukturen wird meist verzichtet, einfach weil die Flächen und der Aufwand an Zeit größer sind und nicht im Verhältnis stehen zum Wert der Anschaulichkeit, die damit erreicht würde. Abgesehen von dem höheren Arbeitsaufwand, den eine Entwurfszeichnung 1:50 in jedem Fall nach sich zieht, werden sie oft einfach zu groß und unübersichtlich. Erfahrungen haben gezeigt, daß Nichtfachleute — ungeübt im Lesen solcher Zeichnungen — die betreffenden Bauobjekte und Räume kleiner einschätzen, als sie später in der Realität wirklich erscheinen.

87
Eine Zeichnung von *Heinrich Rettig*, dessen Ehrlichkeit und Akribie herausragend waren; der die zu erwartenden Verschmutzungen durch Wasserfahnen, die Wurzeln von Hecken oder auch die Rinneisen von Dachrinnen mit feinem Strich einzeichnete. Er stellte fest, daß eine Strichkultur sich erst mit 7 Strichen auf den Millimeter als gut erweise. In den notwendigen Schnitten sind Konstruktionsteile und sichtbare Details mit durchgezeichnet.

Zeichnung: *Heinrich Rettig* 1901—1974

Der Lageplan

Als Lagepläne werden in diesem Zusammenhang allgemein jene Zeichnungen und Pläne verstanden, die die Einordnung einer Bebauung in städtebauliche und auch landschaftliche Gesamtzusammenhänge in vielfältiger Form zum Gegenstand haben. In keiner anderen Entwurfszeichnung kommt es so sehr darauf an, Bestehendes wie Topografie, Vegetation, vor allem Bäume und nicht zuletzt vorhandene Gebäude und Trassen aufzunehmen. Dabei geht es bei den Abständen von Gebäuden zu festliegenden Baufluchten, Grenzen, Verkehrstrassen und anderem wertvollem Bestand oft weniger um Gestaltungsfragen als gesetzliche Bestimmungen. Deshalb sind Lagepläne seit jeher der Bauaufsicht zur Erlangung der Baugenehmigung einzureichen.

Entwurfszeichnungen

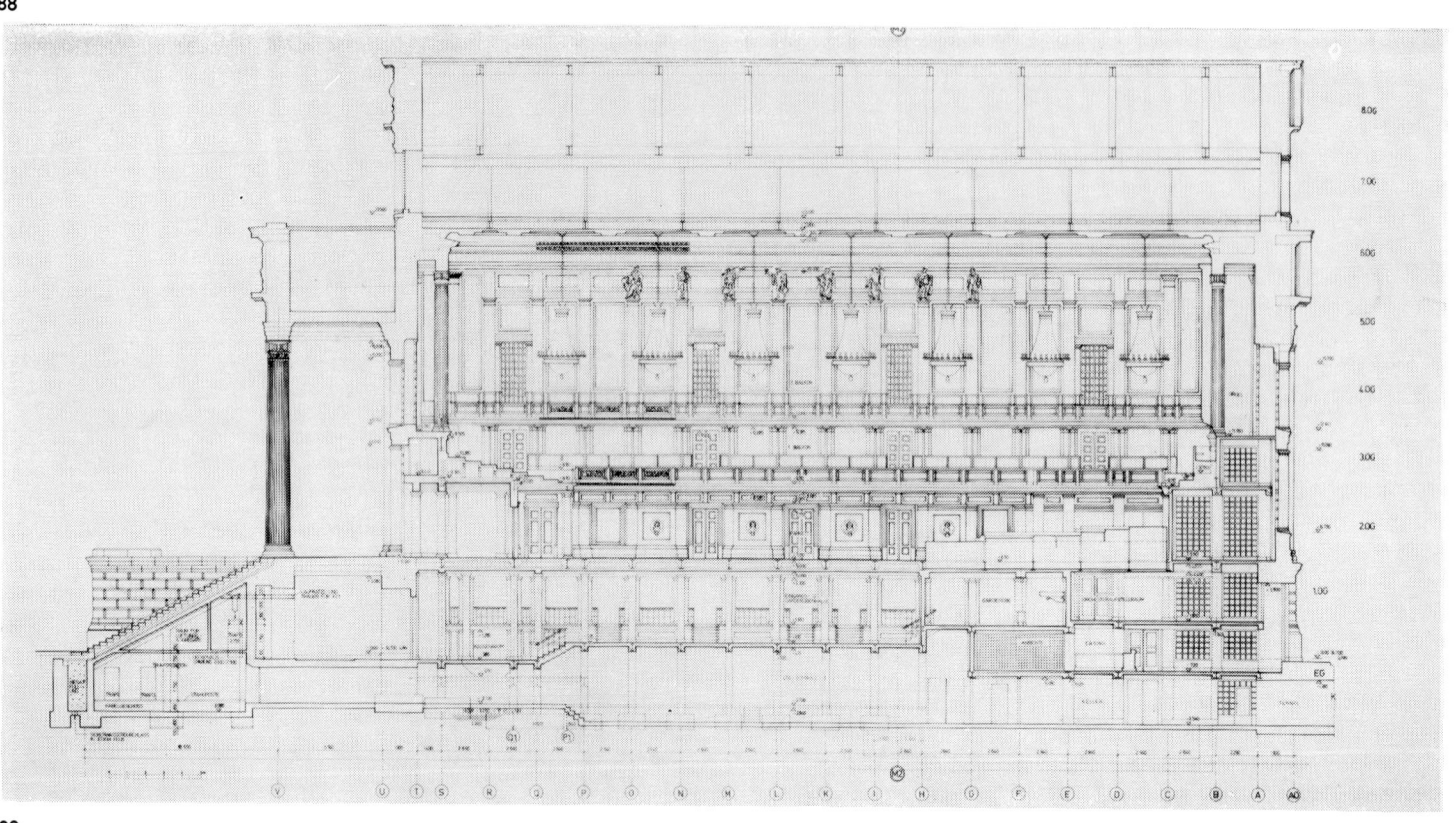

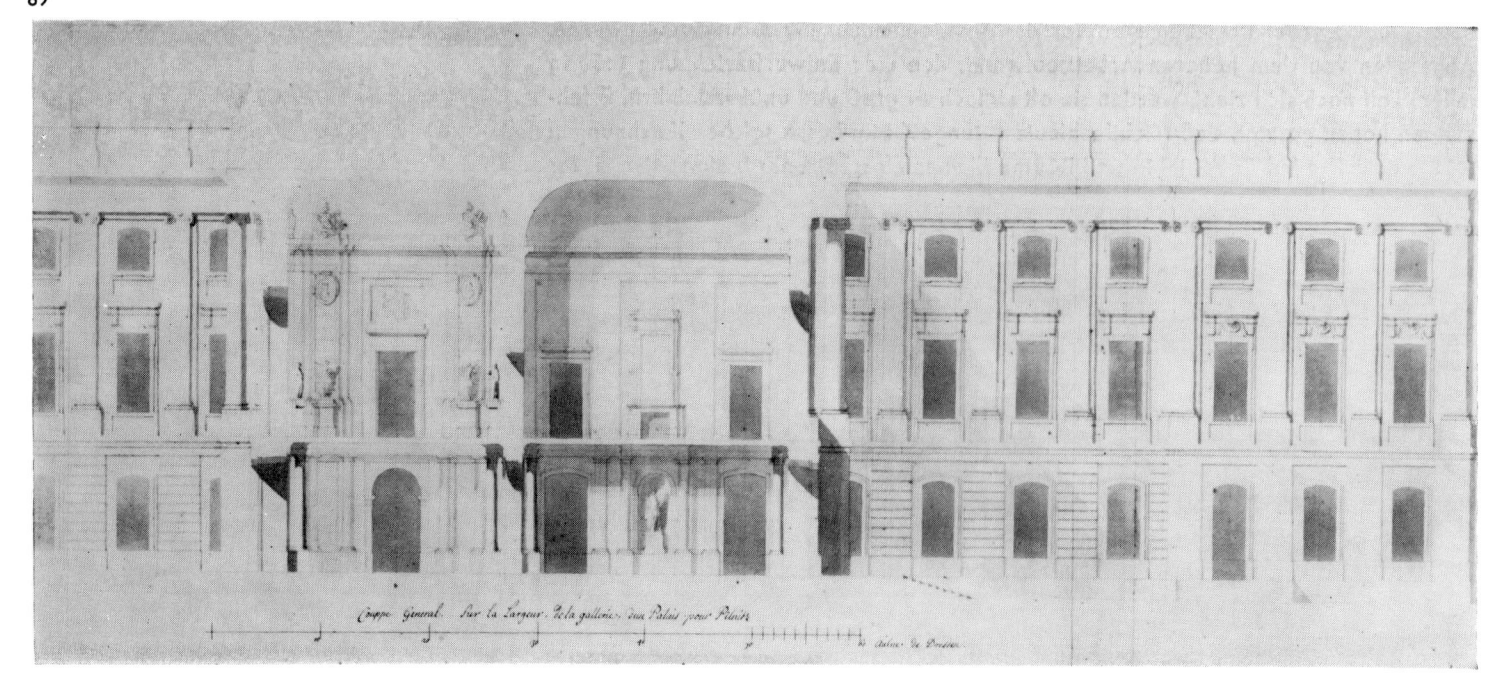

88

89

Schnitt, Ansicht und Lageplan

90

88
Längsschnitt durch den neuen großen Konzertsaal im *Schinkel*schen Schauspielhaus. Der Schnitt ist im Original im Maßstab 1:50 gezeichnet, hat aber viel weniger den Charakter einer Ausführungszeichnung als den einer Darstellung für die Raumgestaltung. Der klassizistische Formenkanon ist bis in Einzelheiten durchgearbeitet und maßstäblich konkret in die vorhandenen Hauptabmessungen eingeordnet. Die sehr aufwendigen ornamentalen Details, wie die Brüstungsfelder der Emporen und die Zierleisten im Gesims, sind nur für wenige Achsenfelder gezeichnet.

Architekt: *Manfred Prasser*

89
Ansicht und Schnitt in einer Zeichnung des Entwurfs für das Schloß Pillnitz von *Longuelune*. Es ist immer wieder überraschend, wie selbst in dieser zarten Bleistiftzeichnung durch lavierte Tönung die Plastizität der äußeren und inneren Gestaltung als eine Einheit dargestellt wurde.

Entwurf und Zeichnung:
Zacharias Longuelune 1660—1748

90
Ein vermutlich freihändig gezeichnetes Joch der Kathedrale von Reims aus der Hand *Villard de Honnecourts*. Innenansicht und Außenansicht sind unmittelbar nebeneinandergestellt. Detailangaben sind vorhanden, aber offenbar nicht maßstäblich exakt, wie vor allem die unterschiedlichen Breiten zeigen. Die Engelsfiguren über dem mittleren Dienst sind nur angedeutet, ihre konkrete Gestaltung wird dem Steinmetzen überlassen, wie alles andere auch.

Zeichnung: *Villard de Honnecourts* 13. Jh.

91
Schnitt und Ansicht aus einem Wettbewerbsentwurf für den Friedenspalast in Den Haag. Obgleich die ornamentale und bildkünstlerische Gestaltung uns heute überladen erscheint, so zeigt doch seine Bewältigung eine Einheit. Die schöpferische Erfindung geht gerade bei einem Wettbewerb unmittelbar mit der zeichnerischen Durcharbeitung einher. Genauso sind die Vorstellungen über die Einbindung der bildenden Kunst unmittelbar mit dem Entwurf verbunden.
Architekt: *Otto Wagner* 1841–1918

In diesem Zusammenhang aber betrachten wir die Bedeutung eines Lageplanes umfassender, denn schließlich werden in ihm die räumlichen Zusammenhänge der neuen Bebauung deutlich und bestimmt. Lageplan — das bedeutet gleichermaßen Bebauungskonzeption und die Ordnung von Bebauungsstrukturen, die neue städtebauliche Räume bilden; das sind Freiräume, Grünräume, Straßenräume und ihre Beziehungen, eine räumliche Umwelt also, in der sich der Mensch bewegt, die er erlebt. Er bedeutet gleichermaßen Grünplanung von hohen gestalterischen Ansprüchen. Lageplan — das betrifft, wenn wir es einmal so nennen dürfen, die negative Kubatur, den Raum, der durch die errichteten Baukörper, durch Bebauungsstrukturen und durch Bäume, Baumgruppen, Sträucher, Rankgewächse an Pergolen gebildet wird. Wie we-

Schnitt, Ansicht und Lageplan

nig wird dieser Frage bewußte Aufmerksamkeit geschenkt, wie intensiv beschäftigen wir uns manchmal nur ausschließlich mit Baukörpern unter Gewährleistung erforderlicher Abstände.

Für die Grüngestaltung der Freiräume sind Lagepläne oder Bebauungspläne übersichtlicher als Perspektiven. Der raumbildenden Komponente kommt dabei die vorrangige Bedeutung zu, durch sie wird die Ordnung der Bäume, Sträucher, Hecken und Stauden maßgeblich bestimmt. Deshalb müssen im Lageplan mit zeichnerischen Mitteln Raumzusammenhänge und Raumfolgen verdeutlicht werden. Seine Kontrolle kann durchaus mit perspektivischen Situationsskizzen erfolgen, aber einfacher auch durch die Isometrie.

92
Orthogonale Ansicht von einem Atelierhaus für Chelsea von dem schottischen Jugendstil-Architekten *Charles Rennie Mackintosh*. Die Zeichnung ist in Bleistift aufgerissen und aquarelliert. Besonders die Schattenpartien sind getönt. Die Kernschatten sind kräftig abgedunkelt, aber nicht schwarz. Der seitliche Maßstab vermittelt die Beziehung zu den Gebäudehöhen, er enthebt auch von den Schwierigkeiten der Umrechnungen mit englischen Maßen.

Zeichnung: *Charles Rennie Mackintosh* 1868—1928

93
Ansicht und Schnitt einer zweigeschossigen Wohnanlage mit Eigenheimen. Vor allem der Schnitt ist durch starke Schattenschraffuren verdeutlicht. Die Schattenschraffur überlagert sich mit anderen Flächenschraffuren und wird in den Ansichtspartien des Schnittes sogar kreuzweise geführt. Die Ordinaten sind seitlich herausgezogen und sehr übersichtlich angeordnet. Die Ansicht steht auf einem breiten Tuschestrich. Die angedeuteten Bäume bleiben im Hintergrund.

Entwurf und Zeichnung: *Manfred Zumpe*

Für keine andere Zeichnung spielt die Klärung von Bewegungsvorgängen eine so große Rolle. Wege, Straßen, Verkehrsknoten und sonstige Verkehrsflächen sind nach gründlicher funktioneller Durcharbeitung so in das städtebaulich-räumliche Gefüge einzuordnen oder zu berücksichtigen, daß die Raumzusammenhänge ihre logische Lösung und Erlebbarkeit erhalten. Wir kennen genügend rein geometrisch-zeichnerisch erdachte Wegeführungen, die den Erfordernissen und den Verhaltensweisen der Menschen nicht entsprechen.

Die zeichnerische Durcharbeitung von Lageplänen bietet die größte Vielfalt und kann eine hohe Genauigkeit und Feingliedrigkeit erfordern. Besonders kommen wir mit der bequemen Rechtwinkligkeit oft überhaupt nicht mehr aus. Die Topographie bietet schon selten Anhaltspunkte für eine rechtwinklige Zuordnung. Höhenlinien, Wasserläufe oder vorhandener Baumbestand verlaufen nicht geradlinig, so daß oft eine ruhige freie Strichführung erforderlich wird, die zumindest mit anderen exakten geometrischen Linien in Einklang stehen muß.

Die große zeichnerische Vielfalt erfordert Differenzierung der Mittel, um Räume übersichtlicher herauszuarbeiten, möglichst zu einer plastischen Wirkung. Für die differenzierten Elemente der Grünplanung bieten sich eine Vielzahl an grafisch reizvollen Möglichkeiten an, die aber bei großen Plänen und Lageplänen beträchtlichen Umfang annehmen können und einen zeitraubenden Arbeitsaufwand bedeuten. Deshalb ist gerade bei Grünplänen eine farbige Differenzierung durchaus nicht selten, um die räumliche Anschaulichkeit zu erhöhen. Die einfachen ebenen Flächen, wie Rasen oder Spielplätze, werden dabei erfahrungsgemäß hell gehalten und, je höher das Wachstum sich entfaltet, bei Sträuchern und Bäumen, mit dunklen Farbtönen angelegt oder zusammengefaßt, um die raumbildenden Elemente hervorzuheben.

Als Maßstäbe kommen 1:1000, 1:2000 oder 1:5000 für Lagepläne in Betracht. Maßangaben im Lageplan sind wenig üblich, vielmehr die Angaben von Ordinaten. Immer nützlich und oft vergessen sind gezeichnete Maßstabsleisten zum Abgreifen von Entfernungen oder einfach zum Vergleich, um sich über die vorherrschenden Dimensionen eine Vorstellung machen zu können. Dieser gezeichnete Maßstab ist unerläß-

Schnitt, Ansicht, Lageplan und Grundriß

lich und sollte auf keinem Lageplan fehlen. Lagepläne werden wie Landkarten genordet, trotzdem kann ein Nordpfeil nicht schaden, der die genaue Kontrolle der Himmelsrichtung gestattet. Beides kann — und das soll nicht als altmodisch gelten — zur Zierde der Zeichnung werden.

Für die Gebäude soll die Geschoßanzahl in irgendeiner Form angegeben werden. Eigennamen und Bezeichnungen der Bauwerke sind so weit erforderlich, wie sie zur Orientierung und Information beitragen.

Der Grundriß

Die Lösung einer Bauaufgabe mit ihren vielschichtigen Realisierungsbedingungen, wie Standort und Bauweise, mit ihrer funktionellen Zielstellung einschließlich ihres architektonischen Anspruchs wird durch die zeichnerische Erarbeitung des Grundrisses konzipiert, kontrolliert und festgelegt.

Deshalb ist die wichtigste Entwurfszeichnung für Gebäude der Grundriß. Er erfordert die umfangreichste, qualitativ und quantitativ anspruchsvollste Leistung im geistigen Prozeß des Entwerfens und bestimmt den Charakter der Architektur weitgehend mit. Bei der Lösung des Grundrisses sind funktionelle, konstruktive, technologische, raumgestalterische und städtebauliche Faktoren gleichermaßen im Auge zu behalten und unter einen Hut zu bringen. Der Grundriß enthält die Hauptinformationen über die Lösung einer Bauaufgabe. Die Gestalt des Gebäudes erfordert, daß die Vorstellung von ihrer dreidimensionalen Erscheinung zu jedem Zeitpunkt der Grundrißkonzipierung gegenwärtig ist.

Die Lösung eines Grundrisses setzt neben dem Vorstellungsvermögen in vieler Hinsicht Kenntnisse voraus, die den Spielraum begrenzen. Zum anderen bieten sich Erfahrungen an, die typische Lösungen für bestimmte Zwecke erwiesenermaßen als bewährt vorgeben. Trotzdem bleibt für die Weiterentwicklung ein Lösungsfeld offen, das zwischen vorwiegend funktionell und vorwiegend konstruktiv bedingten Varianten liegt, zwischen dem Mehrzweckcharakter eines Gebäudes und einer spezifischen, der

94
Zwei Ansichten aus einem Entwurf für ein Kulturhaus. Die Zeichnung ist in Tusche mit differenzierten Strichdicken ausgezogen, wozu Schattenkanten, aber auch vor- und zurückstehende Bauteile Anlaß gaben. Die Bäume werden mit sehr unterschiedlichen grafischen Mitteln dargestellt, die nicht nur von Vordergrund und Mittelgrund bestimmt werden. Die Figuren im Mittelgrund sind für die Vermittlung der Größenverhältnisse des Gebäudes viel wichtiger als die im Vordergrund. Der Vordergrund ist perspektivisch vergrößert, obwohl es sich um orthogonale Ansichtszeichnungen handelt.

Entwurf und Zeichnung: *Peter Baumbach*

Funktion, dem Zweck und den zweckbestimmten Bewegungsvorgängen weitgehend angepaßten Lösung.

Das Zeichnen eines Grundrisses erfolgt von den ersten Ideenskizzen an immer orthogonal und maßstäblich, wobei das Vorstellungsvermögen Räume, Baukörper, Ansichten, Einordnung in die Landschaft und Stadtstruktur in Betracht ziehen muß. Um sich darüber zu vergewissern, sind Ansichtsskizzen und auch perspektivische Skizzen über die Wirkung der Baumassen und ihren Anschluß an die Umgebung zur Kontrolle unmittelbar dienlich. Mit den Festlegungen im Grundriß werden auch Ansichten und Schnitte mitbestimmt. Festlegungen im Grundriß sind von dreidimensionaler Auswirkung. Maßstäbliche Skizzen und Risse nebenher sind ein sicheres Mittel, die allseitige Übereinstimmung zu gewährleisten.

Die Hauptelemente der Zeichnung des Grundrisses sind die konstruktiven Elemente wie Mauern, Wände, Stützen, die mit ihren Öffnungen die Räume erzeugen. Wenn man so will, ist der Grundriß ein horizontaler Schnitt durch Konstruktionsteile und die damit gebildeten Räume. Das Grundproblem der Darstellung besteht in der kontrastierten Hervorhebung von Raum und Bauwerkselementen. Entweder die Wände und Stützen werden schwarz dargestellt, und die Raumflächen heben sich hell davon ab, oder auch umgekehrt, die Raumflächen werden in irgendeiner sinnvollen Weise strukturiert, und die kräftig umrandeten Konstruktionsflächen treten weiß und erhaben dazwischen hervor. Die Raumflächen gelten als Funktions- und Verkehrsflächen, deren Strukturierung durch Fußböden, Möbel oder sonstige Ausstattung in vielfältiger Weise erfolgen kann. *Döllgast*[7] erinnert daran, daß die alten Landbau-

Ansichten und Grundriß

meister ihre Risse mit Schatten auszumalen pflegten. Ein Rest davon hat sich noch in Plänen erhalten, die immer auf der einen Mauerseite stärkere Striche zeigen: „Auch die Olympier der Baukunst haben alle Sorgfalt aufgewendet, um ihren Plänen mit dem konstruierten Licht das volle Leben zu verleihen."

Grundrisse werden mit differenzierten Strichen mittels Schiene und Winkel gezeichnet. Die Strichdicken müssen dann differenziert werden, wenn die Zeichnungsdichte eine größere Übersichtlichkeit verlangt. Das kann nicht einfach wahllos erfolgen. Mehr als 3 Strichdicken bringen aber bereits wieder Unklarheiten, weil die deutlich sich abzeichnende Differenzierung verlorengeht. Mit den dicksten Strichen werden Konstruktionsflächen umrandet. Die Strichdicke richtet sich dabei nach dem Maßstab:

1:50 kann mit 0,8—1,6 mm Strichdicke umrandet werden,
1:100 mit 0,3—0,6 mm,
1:200 nur mit 0,2—0,25 mm, – in diesem Maßstab ist es schon üblich, Konstruktionsflächen voll anzulegen,
1:500 Konstruktionsflächen werden voll angelegt.

Mit den dünnsten Strichen werden die Maßlinien, sofern welche vorhanden sind, gezogen. Zwischen diesen beiden extremen Strichdicken wird meist noch eine mittlere Dicke für die Strukturierung der Flächen, für die Eintragungen von Möbeln und auch für Zahlen und Beziehungen im Grundriß, für Maßangaben oder Ordinaten notwendig.

95
Ansicht aus einem Entwurf für eine Bibliothek, in Tusche gezeichnet. Mit dünnem Strich sind durch feine Schraffuren die Schattenpartien, Streiflicht und Reflexlichter in vielfältiger Weise differenziert, eine hohe Plastizität wird erreicht. Der polygone Bau wirkt so selbst in der orthogonalen Ansicht sehr plastisch. Die Figuren vermitteln sofort die Dimensionen in den unteren, überbauten Kommunikationsbereichen.

Zeichnung: *Peter Albert*

Natürlich lassen sich Grundrisse auch mit einer einzigen Strichdicke, meist 0,2 bis 0,3 mm, voll und ganz durchzeichnen. Wir erreichen sogar grafisch eine überaus reizvolle und disziplinierte Zeichnung. Aber ohne das Anlegen von Flächen, ohne Schraffuren, ohne leicht punktierte Flächen findet man sich nur schwer darin zurecht. Nur wenige Zusammenfassungen mit Strukturen, mit wenig Punkten oder Strichen machen die Darstellung erstaunlich viel klarer.

Ein Grundriß als Entwurfszeichnung sollte wie eine Formel nur das unbedingt Notwendige an Beschriftung und Bemaßung erhalten. Ganz im Gegensatz zu einem Grundriß als Ausführungszeichnung, in dem kein Maß fehlen darf, wodurch die Übersicht und die Erfassung des eigentlichen Entwurfsgedankens sehr leiden. Wenig Beschriftung und nur die wichtigsten Bezeichnungen sollten das Verständnis für den Entwurfsgedanken aber eher fördern als beeinträchtigen. Die Zusammenfassung der Bezeichnungen in einer Legende kommt zwar dem Gesamtbild der Zeichnung zugute, erschwert aber die Information und macht sie langwierig.

Schnittzeichnungen

Schnittzeichnungen sind Kontrollen der Gebäudestruktur, der Raumquerschnitte und Raumhöhen, sämtlicher Durchgangshöhen sowie der Konstruktionshöhen horizontaler Bauglieder. Sie erlauben auch Einblick in die Gestaltung der Räume. Eine Schnitt-

Ansichten und Schnittzeichnungen

96
Die stark in den Hang hineingestaffelte Fassade mit sehr einfachen Formelementen erhält ihren Reiz durch die Loggien, deren Schatten auch die Tiefengliederung erkennen lassen. Trotz der Einheitlichkeit der Loggien ist eine leichte Individualität angedeutet worden, die durch eine etwas unterschiedliche Darstellung des Schlagschattens noch verstärkt wird. Im Laufe der Nutzung wird durch die individuelle Gestaltung von Fenster und Loggia diese Vielfalt zwar in anderer Weise, aber doch adäquat in Erscheinung treten.

Entwurf und Zeichnung: *Manfred Zumpe*

zeichnung bedeutet ein Aufschneiden des Baukörpers, um einen Einblick in den wahren Sachverhalt des vertikalen Gebäudeaufbaus und der Raumüberlagerung zu bekommen. Im allgemeinen werden bei Gebäuden nur Längs- und Querschnitte unterschieden, wobei der letztere eigentlich der wichtigste ist. Schnitte werden in immer selteneren Fällen zur Veranschaulichung der inneren Raumgestaltung herangezogen. Der Hauptgrund, weshalb in den meisten Fällen ein Schnitt beigefügt werden muß, besteht in der Klärung und Angabe der Ordinaten. Für die Beurteilung der Entwurfsidee und bestimmter funktioneller Belange sind Schnitte von besonderem Interesse. So ist die Klärung einer Treppenanlage im Schnitt schon unerläßlich, aber noch viel mehr gewinnt der Schnitt beispielsweise für den Zuschauerraum und das Bühnenhaus eines Theaters an Bedeutung. Die Seh- oder Sitzverhältnisse lassen sich im Schnitt nicht nur geometrisch klären, sondern auch entsprechend darstellen.

Der Schnitt kann ein wichtiges Mittel zur inneren Raumgestaltung sein, aber mehr im Detail als im Entwurf. Schatten oder Abtönungen waren im Barock gerade bei Schnitten unerläßlich und zu hoher Meisterschaft gelangt. Sie erhöhen zweifellos den Raumeindruck. Der Barock hat in der Raumgestaltung bis zu illusionären Raumvorstellungen Bedeutendes geleistet. Aber ganz abgesehen von dieser Raumauflösung mittels der Malerei war die Disposition der barocken Treppenanlagen, Säle und Raumfolgen ohne ein geschultes Vorstellen und Zeichnen im Schnitt vielleicht gar nicht möglich. Oder umgekehrt, vielleicht ist der Mangel an Raumerlebnissen in der gegenwärtigen Architektur auf eine Unterschätzung der Arbeit im Gebäudeschnitt zurückzuführen. Auch die Lösung von tief gestaffelten Gebäuden in innerstädtischen

Entwurfszeichnungen

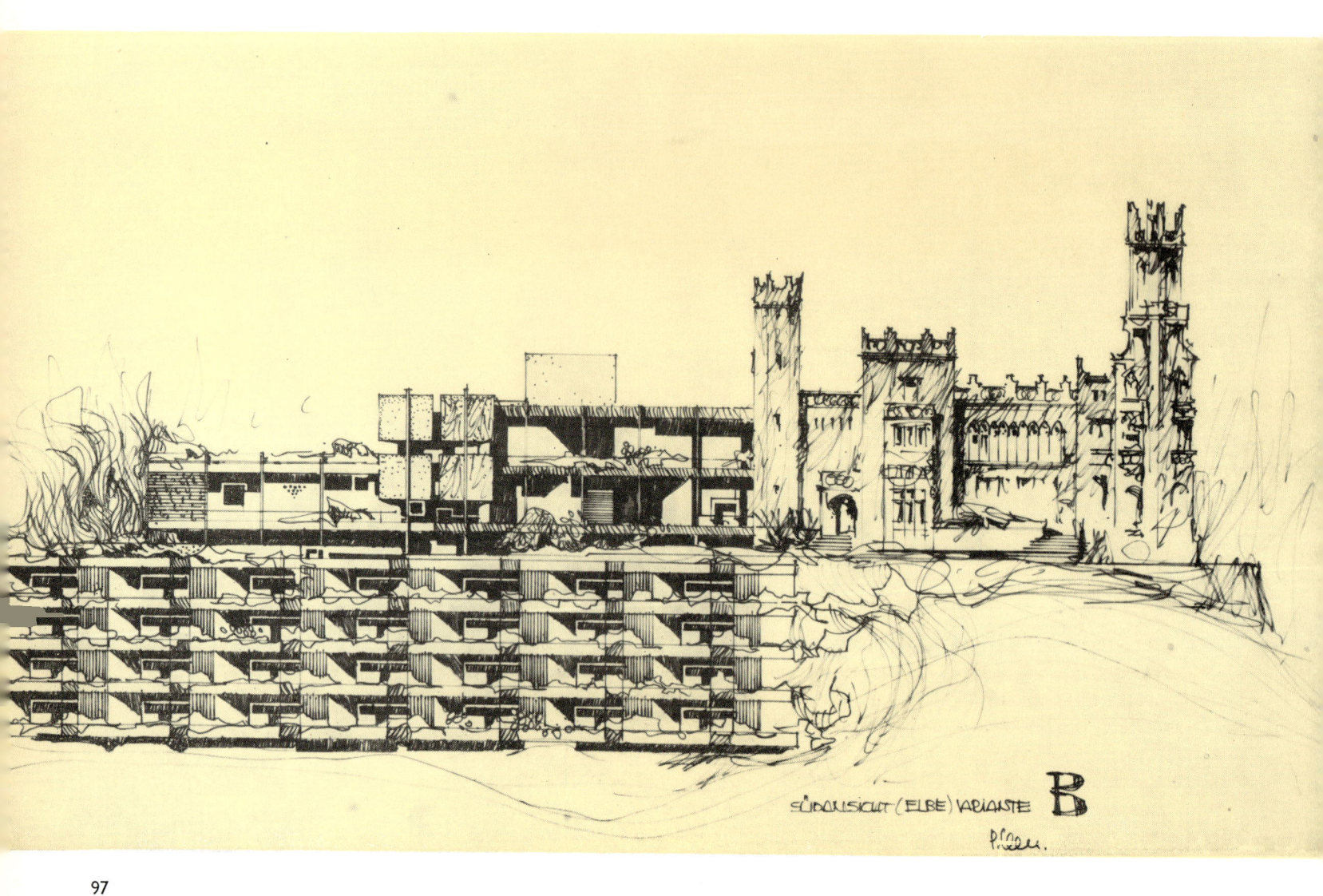

SÜDANSICHT (ELBE) VARIANTE B

97
Die orthogonal projektierte Ansicht hat eine
sehr plastische Wirkung. Sie ist sehr
schnell aufgetragen in einer beherrschten
Mischung von Linien, die mit Schiene und
Winkel gezogen worden sind, und freihändigen
Vervollständigungen. Alles, nicht zuletzt der
schwungvolle Strich, zeigt eine langjährige,
virtuose Sicherheit. Es erfordert Mut und Erfahrung, freihändige und gezogene Linien zu
kombinieren, wie es vor allem bei dem Altbau
zu erkennen ist.

Zeichnung: *Hans-Peter Schmiedel* 1929—1971

Ansichten

Altstadtgebieten ist ohne die sorgsame und geschickte Nutzung von Geschossen und Höfen durch eine Klärung, Durcharbeitung und Veranschaulichung im Schnitt nicht vorstellbar.

Schnitte, die nur Ordinaten, Konstruktionshöhen und Geschosse ausweisen sollen, stellen zeichnerisch keine besonderen Anforderungen, aber sobald etwas mehr über die Raumgestaltung und über die Konstruktionen von Decken und Dächern ausgesagt werden soll, erfordert das genauso Feinheiten und Differenzierungen in der Strichkultur der Zeichnungen wie bei Grundrissen.

Das hängt auch von dem gewählten Maßstab ab; es kann für Schnitte generell gelten, daß der Maßstab nicht zu klein sein darf. Je größer der Maßstab, um so lohnender kann die Durcharbeitung eines Schnittes sein. 1:100 ist das mindeste, um einige Informationen mehr als Ordinaten und Konstruktionshöhen in der Zeichnung darzustellen. Je größer der Maßstab (1:50, 1:20), um so mehr kann sowohl auf die Raumgestaltung als auch auf die konstruktiven Querschnitte, Knotenpunkte und Dimensionierungen eingegangen werden. Der Schnitt spielt damit eine viel größere Rolle im architektonischen und konstruktiven Detail als der Grundriß.

98
Ansicht der Eingangsseite eines Eigenheimes. Sowohl die Plastizität als auch die Materialstrukturen sind mit einfachen Mitteln verdeutlicht. Der Schatten fällt in einem sehr flachen Winkel ein und ist mit zwei Schraffuren, 45° und 30°, sehr dunkel belegt. Im Original hat die Zeichnung einen Maßstab von 1:50. Wichtige verdeckte Niveaulagen sind punktiert eingetragen. Die Glasflächen von Fenstern und Türen sind als Kernschatten schwarz gehalten.

Entwurf und Zeichnung: *Rolf Göpfert*

Ansichten

Ansichten sind orthogonale Entwurfszeichnungen der Erscheinung des Gebäudes, ein Abbild aus unendlicher Entfernung. Die Durchgestaltung der Fassaden auf der Grundlage funktioneller und konstruktiver Konzeptionen steht bei Ansichtszeichnungen heute im Vordergrund. Deshalb sind Ansichtszeichnungen schon fast nur noch Kontrollen, Darstellungen und Sichtbarmachungen von Festlegungen, die im Grundriß und Schnitt bereits getroffen worden sind. Es fragt sich sehr, ob so ein Standpunkt, für Grundriß und Schnitt die Gebäudeerscheinung unberücksichtigt zu lassen, Berechtigung hat. Die ganze Baugeschichte ist voll von Beispielen, die bei einem solchen Standpunkt nicht denkbar wären. Wir wollen jedenfalls nicht die Ansichtszeichnung ausschließlich als Kontrolle auffassen, sondern sogar als einen nicht unerheblichen schöpferischen Bei-

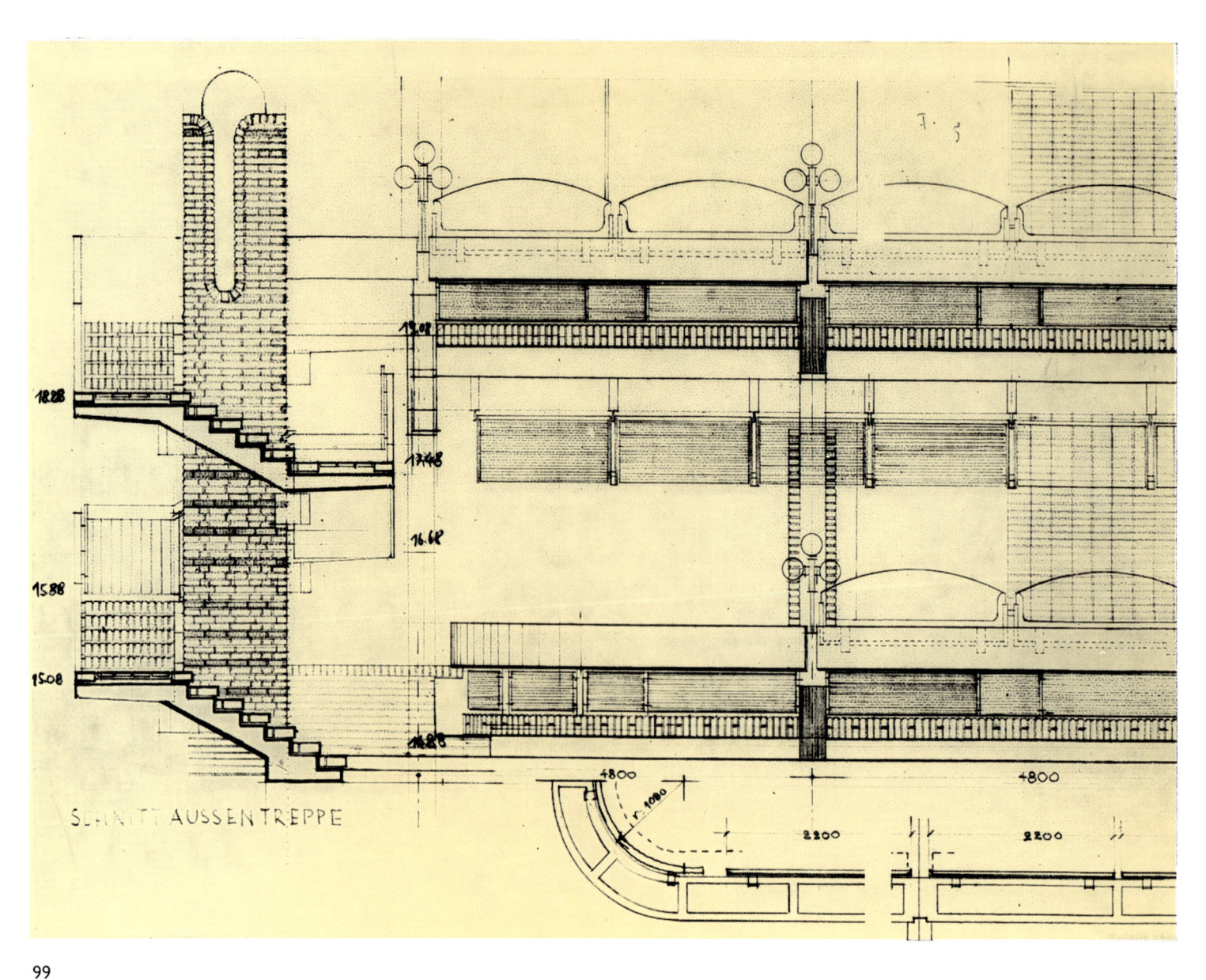

99
Die Teilansicht mit einer Außentreppe, über die zwei Terrassengeschosse zugänglich sind, ist im Maßstab 1:20 mit Bleistift auf Transparent gezeichnet. Eine solche Entwurfszeichnung reicht in viele Detailaussagen hinein.

Zeichnung: *Peter Baumbach*

Ansichten

trag zur Architektur und Teil jedes Entwurfes, der in Wechselbeziehung zur Konzipierung des Grundrisses gezeichnet werden muß.

Um was geht es bei der schöpferischen zeichnerischen Durcharbeitung von Ansichten, welche Probleme sind zu lösen, und was ist zu gestalten? Die Proportionen der Baumassen, der Flächen und Öffnungen, die Plastizität des Ensembles, seiner Teile, Flächen, Ecken, Traufen und Öffnungen; das Wechselspiel des Materials, seiner Wirkung, sind aufeinander abzustimmen und schließlich nicht zuletzt die Mittel heiteren Scheins wie Farbe, Licht, Ornamentik und Elemente der Malerei und Bildhauerkunst. Eine reiche Palette von Möglichkeiten und Gefahren zwischen edler Beschränkung und Armseligkeit, entfalteter Ordnung und nicht bewältigter Überladenheit.

Kein Zweifel, daß hier eine im Zeichnen geschulte Hand als verläßliche Stütze willkommen ist. Es geht beim Zeichnen von Ansichten um die Differenzierung und Strukturierung von Flächen, sei es durch Linien, Schraffuren, Schatten oder farbige Abtönungen, um die zeichnerische Bewältigung des Oberflächencharakters, um lineare Gliederung der Fassade.

Wir können von der Gestaltung einer Fassade nicht mehr mit Sicherheit erwarten, als was wir imstande sind, durch eine Zeichnung wahrnehmbar zu machen. Ungeachtet dessen bleibt die Voraussetzung dafür, daß wir erst einmal eine Vorstellung davon haben. Schlimm genug, wenn die Fassade nicht das hält, was die Zeichnung verspricht, aber noch viel weniger können wir es umgekehrt erwarten.

Bei Ansichtszeichnungen werden in der Regel immer verhältnismäßig dünne und gleichmäßige Strichdicken bevorzugt; für Schattenkanten auch dickere Striche. Wenn überall sonst auf den Schatten verzichtet werden kann, bei Ansichten behält er seine Berechtigung, um Vor- und Rücksprünge, aus- und überragende Bauteile, überhaupt die Plastizität augenfällig zu zeichnen. Hier hat er aber auch seine Schwierigkeiten und erfordert Überlegungen und einige Tricks.

Die Einbeziehung des Grüns, vor allem der Bäume, ist für Ansichtszeichnungen üblich. Wir haben dabei die Möglichkeit, eine Eingrünung der baulichen Situation zu veranschaulichen, die vielleicht erst Jahrzehnte nach der Fertigstellung des Bauwerkes herangewachsen sein wird. Maßstäbliche Baumdarstellungen vermitteln auch eine Vorstellung von der Größe des Bauwerkes und der Einordnung in seine Umgebung.

Fenster, Loggien, Balkone sind aus vielen Gründen für die Gestaltung einer Fassade Hauptelemente. Das wurde in allen Bauepochen genutzt, und allein die Gestaltung von Fenstern zeigt eine erstaunliche Skala von Möglichkeiten, die die schöpferische Phantasie des Menschen entwickelt hat. Sie sind zusammen mit Loggien, Balkonen und Eingängen die Sujets für eine besonders anschauliche Zeichnung der Ansichten. Schatten, Grün, Glas, Vorhänge hinter den Fenstern bieten genug Ansatzpunkte für eine zeichnerische Veranschaulichung.

Eine besondere zeichnerische Behandlung des Himmels ist sachlich nicht erforderlich, wird aber gern und auch mit Erfolg angewendet. Besonders wenn sich das Gebäude hell hervorheben soll, kann ein schraffierter Himmel dies wirkungsvoll zur Geltung bringen. Feine Schraffuren sind ein geeignetes Mittel dafür, und sie lassen sich in vielen Variationen mit unterschiedlichem Ergebnis zeichnen.

Entwurfszeichnungen

100

Diese heitere und fröhliche Zeichnung enthält alle wichtigen Angaben zur Wiederherstellung für die Ferien. Vor allem aber spürt jeder, der sich in diese Grundrisse und Schnitte vertieft, die einleuchtende Gesamtidee. Auf eine Ansicht ist verzichtet worden. Die Figuren veranschaulichen in vielfältiger Weise die neue Feriennutzung und die Raumatmosphäre. Sie vermitteln nicht zuletzt den Maßstab der unterschiedlich hohen oder niedrigen Räume. Auf Maßangaben ist verzichtet worden, denn sie sind am Bau zu nehmen, und jeder muß sich danach richten. Um so mehr wurde mit geschriebenen Worten die Idee erläutert. Die einfache Schreibschrift ist teilweise ornamental angeordnet. Wenn man das Ganze betrachtet, drängt sich die Frage auf, worin eigentlich der Reiz der Zeichnung besteht: in der Zeichnung, dem Objekt oder seiner Funktion? Das Beispielhafte liegt zweifellos in der gelungenen Vermittlung einer von selbst verständlichen Vorstellung.

Entwurf und Zeichnung: *Helmut Trauzettel*

Der getreueste Maßstab ist auch für eine Ansicht 1:100. In ihm ist die Darstellung alles Wesentlichen möglich, auch was Fenster, Eingänge, Loggien und Bäume betrifft. Kleinere Maßstäbe wie 1:200 oder 1:500 erfordern Vereinfachungen, erhöhen aber die Übersicht, was für die Proportionen und die Gesamtgliederung einer Fassade nicht unwesentlich ist oder wobei Gefahren der Monotonie durch unzählbare Wiederholungen schnell deutlich werden. Größere Maßstäbe sind nur für Ausschnitte geeignet, weil der Zeichenaufwand bei den großen Flächen zu umfangreich anwächst. Solche Ausschnitte gelten dann im Zusammenhang mit großen Fassadenübersichten. Das betrifft auch die Frage der Einbeziehung der bildenden Kunst im Rahmen einer Gesamtidee. Gemeint sind sowohl Überlegungen als auch Vorstellungen, die als Übersichtszeichnungen, im größeren Maßstab, in angemessener Wechselwirkung zur Architektur stehen.

Insgesamt muß zu Entwurfszeichnungen noch einmal darauf hingewiesen werden, daß es Zeichnungen von besonderem Wert sind, durch die Zäsur einer Entscheidung über die baukünstlerische Gesamtidee zu besonderer Gültigkeit bestimmt. Sie sind als Dokumente herzustellen, zu behandeln und zu verwahren. Der Entwurf sollte sich mit dem Ziel besonderer Aussagekraft und Gültigkeit auf wenige Zeichnungen beschränken. Sie haben und behalten einen gewissen kulturellen Wert, und es geht nicht an, wenn schon wenige Jahre nach der Errichtung des Bauwerkes keine Entwurfszeichnungen mehr auffindbar sind. In unserer Zeit werden mehr Zeichnungen als zuzeiten *Longuelunes* oder *Schinkels* produziert, aber es werden einst weniger in den Archiven zu finden sein als von den bedeutenden Bauwerken der Vergangenheit, die für die Rekonstruktion nach dem Krieg bis heute von unschätzbarem Wert waren. Dazu gehört auch die Verwendung von gutem Papier, das nicht vergilbt oder brüchig wird. Auch Entwurfszeichnungen müssen datiert und signiert werden und sollten durchweg mit einer einfachen, sachlichen, treffenden Objektbezeichnung versehen sein. Und nicht zuletzt ist der Blattrand zu verstärken, um einem frühen unvermeidlichen Verschleiß vorzubeugen.

Ansichten

Detailzeichnungen

*Beim Bilden eines Bauwerkes
erwäge man alles,
was zum Gelingen des Ganzen beitragen
und selbst noch die kleinsten Dinge
zu guter Wirkung
aufeinander abstimmen kann,
sehr sorgfältig.
Wie beim Lebewesen
Glied zu Glied,
so soll auch beim Bauwerk
Teil zu Teil passen.*

Leon Battista Alberti

Architektur, die Anspruch auf hohes Niveau erhebt oder der man ein solches bescheinigt, weist eine Durcharbeitung im Detail auf, die mit der gesamten baukünstlerischen Idee eine Einheit bildet und erst ihre besondere Qualität ausmacht. Ohne Detailzeichnungen sind diese hohen Ansprüche nicht in dem Maße erfüllbar, und der Entwurf läßt jenen Reifegrad vermissen, der ihn nicht nur als realisierbar ausweist, sondern der erst den Grad der Vollendung ausmacht. Das Architekturdetail ist ein nicht unbedeutendes und vielschichtiges Kriterium der Meisterschaft einer baulich-räumlichen Situation.

Die Bedeutung von Architekturdetails nimmt in Richtung auf den in starkem Maße auf den Menschen bezogenen Innenraum zu; sie verdichtet sich sowohl in der Häufigkeit als auch in der Wahrnehmungsintensität. Deshalb ist die Konzipierung von Innenarchitektur viel umfangreicher mit Detailarbeit verbunden als beispielsweise die städtebauliche Konzeption von Wohnungsbau. Innenarchitektur wird weitgehend durch Detailarbeit vollendet, und der Hauptanteil zeichnerischer Leistungen betrifft das Detail.

Detail als Bindeglied zwischen Konzeption und Ausführung

Detailzeichnungen dienen mehr als alle anderen, die wir hier untersuchen, als Unterlagen für die Ausführung. Die zeichnerische Klärung von Details hat eine unmittelbare, fast untrennbare Beziehung zur Ausführung. Sie sind der Prüfstein für Aufwand, Kosten, Realisierbarkeit, Herstellbarkeit, Haltbarkeit, Schadlosigkeit, Zweckmäßigkeit, Brauchbarkeit oder im umfassenden Sinne der Gediegenheit. Wir sehen, daß viele Fragen hier zu beantworten sind, die unerbittlich für die Herstellbarkeit und Gebrauchsfähigkeit zu Buche schlagen. Die „Dreieinigkeit architektonischen Gestaltens"[8] trifft auch im Detail zu. Die Lösung des Details hängt von vielen konstruktiven, funktionellen, technologischen und künstlerischen Fragen ab, deren Priorität wechselt. Das will besagen, daß es eindeutig vorwiegend zweckbestimmte Details, wie beispielsweise Fenster und Türen gibt, andererseits konstruktiv bedingte Details, wie Traufe oder Stütze, und schließlich künstlerische Details, wie Supraporten, Ornamente oder ein Fries. Die einseitige Ansicht, ein Detail und dessen Formgebung ausschließlich auf die Funktion zurückzuführen, ist eine Voreingenommenheit, die in manchen Fällen unberechtigte Beschränkungen nach sich zieht. Selbst innerhalb ein und derselben Art von Details, wie beispielsweise einer Treppe, können sowohl der konstruktive als auch der funktionelle, aber ebenso der raumkünstlerische Aspekt im Vordergrund stehen.

Je nachdem wird es sich ergeben, ob Zeichnungen für Details mehr von der Idee bestimmt werden oder von der Kontrolle des Entwurfs über die Realisierbarkeit und damit verbunden über den Zusammenhang mit der Gesamtauffassung. Details können die architektonische Idee völlig verderben und verwässern, aber umgekehrt auch steigern und erhöhen. Die Konsequenz im Detail, die genaue Festlegung in Zeichnungen, die Übereinstimmung mit der Gesamtgestaltung und die Überwachung der strikten Ausführung danach sind für die architektonische Qualität von nicht unerheblichem Einfluß.

Merkmale von Detailzeichnungen

Architekturdetails unterschiedlicher Art und gleichviel, in welchem Zusammenhang von Zweck, Konstruktion und baulich-räumlicher Situation, sind mehr oder weniger Träger zeitbedingten Formgefühls. Die emotional spürbare Widerspiegelung zeitgebundener Geisteshaltung sowie das Niveau werden durch Details besonders herausgestellt, aber natürlich vielmehr das künstlerische Fluidum durch ein betont formal gestaltetes Detail. Unabhängig von Stilformen, sparsamer oder üppiger Formgebung, Beschränkung auf Notwendiges oder Bestrebungen, die einen besonderen Ausdruck zu erzielen versuchen, kann das Detail als ein Kriterium baukünstlerischen Niveaus gelten.

Der Übergang von der handwerklichen Ausführung von Details zu industrieller Produktion hat für die künstlerische Seite der Gestaltung keine geringen Probleme aufgeworfen. Das ornamentale Detail beispielsweise bezieht seine Berechtigung und seinen Wert aus der Handarbeit, sowohl in der Einmaligkeit als auch der begrenzten Wiederholung. Die industrielle Formgebung ist von der Massenproduktion gekennzeichnet, unterliegt anderen Gesetzen und hat Schwierigkeiten, mit ihrem künstlerischen Aspekt zu überzeugen.

Der Zusammenhang von Details mit der Gesamtkonzeption bleibt dessenungeachtet um so mehr von Bedeutung für die Architektur. Funktionelle und konstruktive Faktoren bestimmen zwar weitgehend Anordnung und Durchbildung von Details, aber mit einem Variationsbereich, innerhalb dessen erst unter Berücksichtigung des Gesamteindruckes entschieden wird. Die Einheit des Gesamteindrucks mit dem Detail zu steigern erfordert eine Vorstellung des Ganzen, die zeichnerisch zu veranschaulichen ist. Das Auseinanderfallen von Detailarbeit und Entwurfsarbeit ist zu vermeiden, wozu die Bearbeitung nach Katalogen und durch Spezialisten verleitet.

Deshalb bedeutet die Klärung von Details keine zeitlich abgeschlossene und isolierte Etappe, die nur zwischen Entwurf und Ausführung einzuordnen ist. Schon in der Phase von Ideenskizzen nehmen Detailvorstellungen Formen an, die durch Skizzen kontrolliert und festgehalten werden müssen. Im weiteren Entwurfsprozeß fügt sich die Anfertigung von Detailzeichnungen hinzu. Die Konzipierung von Detailzeichnungen erfolgt Schritt für Schritt. Auch wenn die Vorstellungen dazu früher Gestalt annehmen.

101
Fenster- und Türdetail zum Entwurf für das Schloß Pillnitz aus der Hand *Longuelunes*. Schatten, Glasflächen und Schnittflächen sind zart laviert. Der Maßstab ist einfach und schwach erkennbar in Ellen angegeben.

Zeichnung: *Zacharias Longuelune 1660—1748*

Merkmale von Detailzeichnungen

Wenn sich in der Literatur überhaupt Aussagen über die Bedeutung von Detaillösungen oder sogar über Detailzeichnungen finden lassen, dann werden der Zusammenhang mit der Ausführung des geplanten Bauwerkes wie auch die unmittelbare Wechselwirkung zum Entwurf nicht bestritten. Trotz dieser zugestandenen Schlüsselstellung sind sie als Genre nicht definiert. Sie werden in unübersehbarer Vielfalt möglichst genau und exakt ausgeführt.

Im Prozeß der schöpferischen Durcharbeitung einer Gestaltungsaufgabe haben Detailzeichnungen das Ziel, die Klärung und konstruktive Absicherung von Formen zu erreichen, die im kleineren Maßstab nur angedeutet werden können. Sie erst offen-

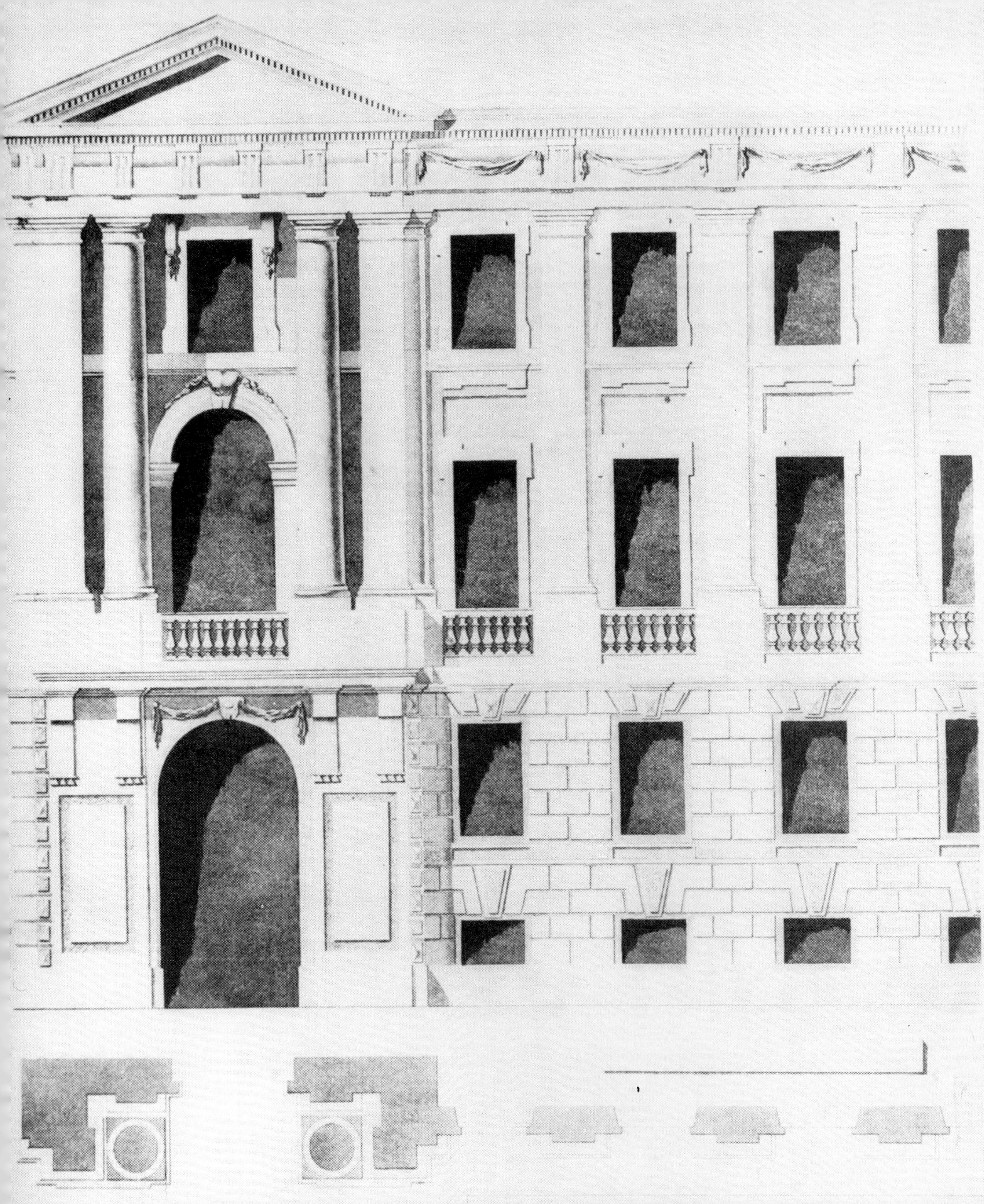

Merkmale von Detailzeichnungen

103

104

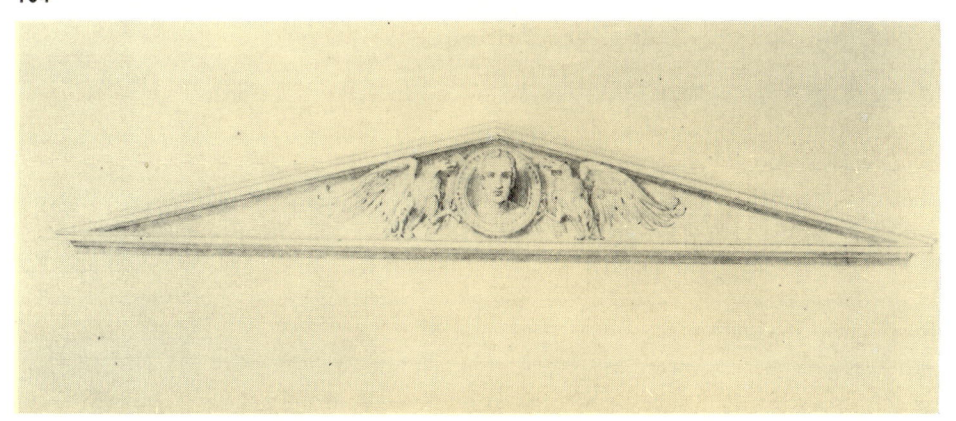

102
Architekturdetail zur Fassade eines Hauses in der Behrenstraße in Berlin von *Gontard*. Grundriß des Außenwandausschnittes und Ansicht sind auf einem Blatt in unmittelbarer Wechselwirkung gezeichnet.

Zeichnung: *Karl von Gontard* 1731—1791

103
Ideenskizzen von *Schinkel* für sogenannte Flügellöwen. Diese freihändigen Skizzen vermitteln ziemlich konkrete Vorstellungen vom bildkünstlerischen Schmuck für seine Bauwerke an den Bildhauer. Die lockere Federzeichnung gibt Einblick, wie klar die Vorstellungen Schinkels bereits sind; es werden nur geringfügige Variationen skizziert. So bilden gerade beim Berliner Schauspielhaus und beim Alten Museum die bildkünstlerischen Details mit der gesamten Architektur eine Einheit.

Federzeichnung: *Karl Friedrich Schinkel* 1781—1841

104
Entwurf zum Tympanon am Gärtnerhaus des Schlößchens Charlottenhof in Potsdam. In dieser Graphitzeichnung befaßt sich *Schinkel* fast ausschließlich mit der künstlerischen Lösung des Details.

Graphitzeichnung: *Karl Friedrich Schinkel* 1781—1841

baren den gestalterischen Charakter architektonischer Glieder in Übereinstimmung mit der gesamten Gestaltungsidee und ergründen ihre Realisierbarkeit so, daß sie rationell nachbildbar werden.

Mit Detailzeichnungen werden Einzelheiten baulich-räumlicher Situationen gelöst und durchdacht. Sie sind allgemein gekennzeichnet durch große Maßstäbe von 1:1, 1:5, 1:10, 1:20, 1:25 und können große Zeichnungsformate erfordern. Deshalb werden verschiedene Maßstäbe auf einer Zeichnung verwendet sowie die Beschränkung auf die Darstellung von wesentlichen Teilstrecken unter Weglassen von Längen ohne Aussage. Dabei ist es üblich, ein und dieselbe Einzelheit in einem Maßstab (1:10, 1:20) als Übersicht zu zeichnen und wichtige Knotenpunkte groß, wenn möglich in natürlicher Größe (1:1), auszuarbeiten; doch je größer der Maßstab, um so unübersichtlicher wird die Zeichnung. Für die Ausführung, für den Fachmann, bedeutet die Unübersichtlichkeit einer Detailzeichnung weniger Schwierigkeiten, aber dabei gehen der Gesamteindruck des Details, seine Gestaltung verloren. Die Darstellung des De-

105

tails als Übersicht stellt die Beziehung zum Entwurf her, wie sie uns in diesem Zusammenhang vorrangig interessiert. Sind auf einer solchen Übersicht die wichtigsten Anhaltspunkte in größerem Maßstab enthalten, ist die Ableitung von Unterlagen für die Ausführung möglich.

Beim Detail geht es darum, wie es unter gegebenen Fertigungsmöglichkeiten am besten konstruiert werden muß und wie das Detail aussieht und eins zum anderen paßt. Deshalb spielen beim Detail die Schnittzeichnungen eine viel größere Rolle als beim Entwurf. Ohne Schnitte in verschiedenen Richtungen und Ebenen ist ein Detail nicht zu bestimmen.

Auch die Ansichtsdarstellungen sind für das Detail ausschlaggebender als im Entwurf, der primär durch den Grundriß bestimmt wird. Einen Grundriß mit hoher Funktionsbedeutung, wie sie für den Entwurf von höchster Wichtigkeit ist, gibt es im Detail nicht, auch wenn beispielsweise ein Schnitt durch das Fenster als Grundriß bezeichnet werden kann. Vielmehr kommt es auf die Ansicht an, sogar auf ihre plastische Durchbildung, um die Wirkung im räumlich-körperlichen Zusammenhang zu kontrollieren und zu sichern.

Drei Gruppen von Detailzeichnungen

Um die Vielfalt von Details zu differenzieren, sind nach den Bereichen ihrer Gegenstände drei Gruppen naheliegend:
— bauliche Details
— Ausstattungsdetails und
— Details für die Einbeziehung bildender Kunst.

Die Gruppe der baulichen Details ist die größte und für die Architektur wichtigste. In ihr werden Zeichnungen für Türen, Treppen, Traufe, Ortgang, Fußböden, Schornsteine und noch vieles andere mehr, ganz gleich, ob es mehr dem Rohbau oder dem Ausbau zugeordnet ist, zusammengefaßt. Hier zeigt sich deutlich, daß sich eine eindeutige Zuordnung zum Rohbau oder Ausbau oft nicht vornehmen läßt, einfach weil sie Bindeglieder, also Anschlüsse betreffen.

Die zweite Gruppe, die wir unbedingt mit einbeziehen wollen, umfaßt die Gestaltung von Einzelheiten und Gegenständen der Ausstattung wie Möbel, Lampen oder andere Gegenstände, die für die Qualität und das Niveau der Innenraumgestaltung maßgeblich mitbestimmend sind. Stühle, Tische, Schränke und Einbauten sind seit jeher Prüfsteine für das Können, Gestaltungsvermögen und nicht zuletzt für das Feingefühl menschlichen Empfindens. Diese Gegenstände sind unmittelbar auf den Menschen bezogen, Gebrauchsgegenstände seiner elementaren Lebensgewohnheiten und schon durch die Funktion von seinen körperlichen Maßen abhängig. Aber neben der reinen Funktionserfüllung beeinflussen sie das Lebensgefühl, wie es erfahrungsgemäß von jedem Menschen beim sinnlichen Kontakt zu diesen Gegenständen empfunden wird.

Schließlich kann eine dritte Gruppe alle jene Details umfassen, die die Einbeziehung der bildenden Kunst in die baulich-räumliche Situation sowohl für den städtebaulichen Außenraum als auch den Innenraum zum Gegenstand haben. Diese Details

Gruppen von Detailzeichnungen

106

105
Ein perspektivischer Ausschnitt aus der Eingangspartie des Wiener Sparkassengebäudes, das im Schaffen *Otto Wagners* als Durchbruch zur Sachlichkeit gilt. An der rechten Seite wird durch einen schlanken Schnitt Einblick in den räumlichen sowie konstruktiven inneren Zusammenhang gegeben. Der obere Gebäudeabschluß mit den konkreten Vorstellungen über bildkünstlerische Akzente ist weitgehend durchgearbeitet.

Architekt: *Otto Wagner* 1841—1918

106
Ein bildkünstlerisches Detail für die Niederösterreichische Landesheil- und Pflegeanstalt. Ein Spätwerk *Otto Wagners*, dessen Jugendstilcharakter gerade von der künstlerischen Einheit bis ins Detail bestimmt wird. Die Zusammenstellung einer Grundrißsituation im Maßstab 1:50 mit aquarellierter Seitenansicht und Schnitt im Maßstab 1:25 zeigt eine solche Durchdringung tektonischer und künstlerischer Vorstellungen, daß keine gegenseitige Abgrenzung spürbar ist, geschweige denn, daß wir von einer additiven Zuordnung sprechen können.

Architekt: *Otto Wagner* 1841—1918

108 **Detailzeichnungen**

107
Für die Gestaltung eines Gartenbrunnens hat *Theodor Fischer* diese Detailzeichnung freihändig mit der Feder gezeichnet. Im Maßstab 1:100 ist die bauliche Konzeption in Grundriß und Schnitt mit einigen Maßangaben aufgezeichnet. *Fischer* hat seine ziemlich konkreten Vorstellungen von der Gestaltung der Brunnensäule im Maßstab 1:20 und 1:10 zum Ausdruck gebracht.

Zeichnung: *Theodor Fischer* 1862—1938

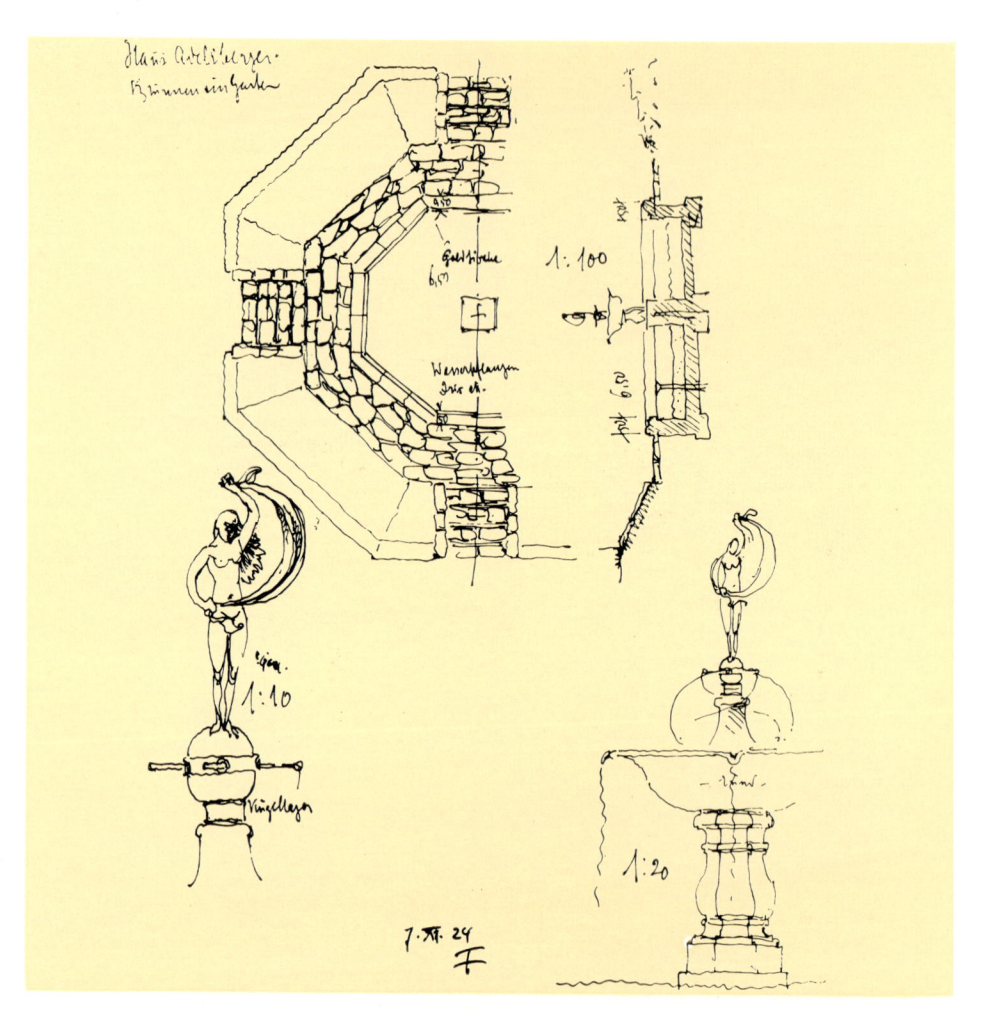

betreffen Ausführungen mit eindeutig primär künstlerischem Aspekt, bei denen das Funktionelle und Konstruktive nur Hintergrund oder notwendige Sicherheit bedeutet. Wir sollten uns hüten, hier die Detailzeichnung des Architekten von vornherein in den Wind zu schlagen und an den bildenden Künstler zu delegieren. Die Baukunst weist Beispiele auf, wo Plastik, Ornamentalkunst und Malereien in einer Weise verbunden sind, bei der man von einem auf Erfahrungen beruhenden Kanon sprechen kann, wie Supraporten, Friese, Kapitelle, Reliefs, Brunnen, Konsolen u. a. Wir müssen uns darüber Klarheit verschaffen, ob nicht jede Kunst am Bau eine ornamentale Komponente hat, also eine schmückende, dienende, auch wenn ihre künstlerische Aussage so viel eigene Kraft besitzt, vielleicht sogar monumentalen Anspruch, um selbständig bestehen zu können. Ich meine, das Kunstwerk gewinnt immer, wenn es in Wechselwirkung zum Bauwerk erst zur formalen und inhaltlichen Einheit wird und so in einer Gesamtidee aufgeht.

Die gestaltende Handwerksarbeit, die einmal ein gutes Bauwerk in hohem Maße bestimmte und immer mehr von perfektionierter industriemäßiger Produktion abgelöst

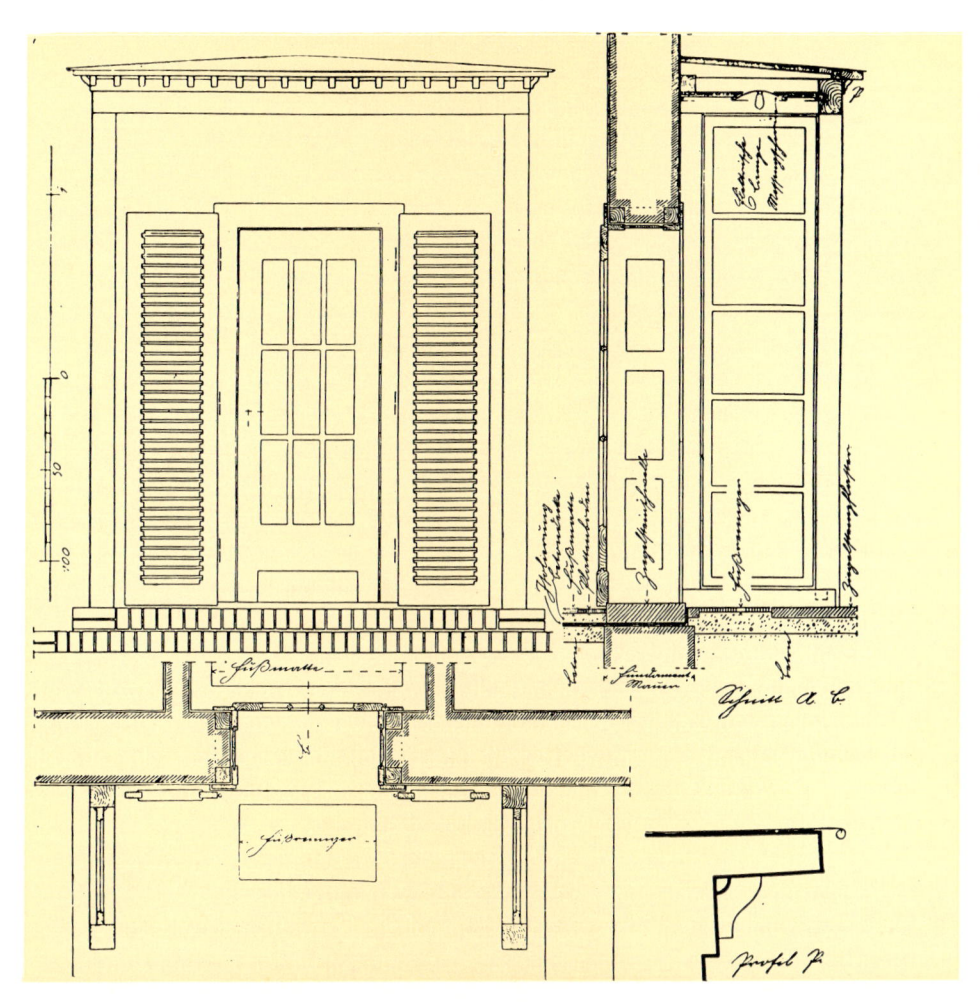

Zur Entwicklung von Detaillösungen

108
Detail einer Gartentür mit Überdachung von *Heinrich Tessenow*, in der für ihn typischen Art mit dünnen Strichdicken in Tusche ausgezogen. Die Zeichnung weist kein Maß aus, aber einen Maßstab links neben der Ansicht.

Entwurf und Zeichnung: *Heinrich Tessenow*
1876—1950

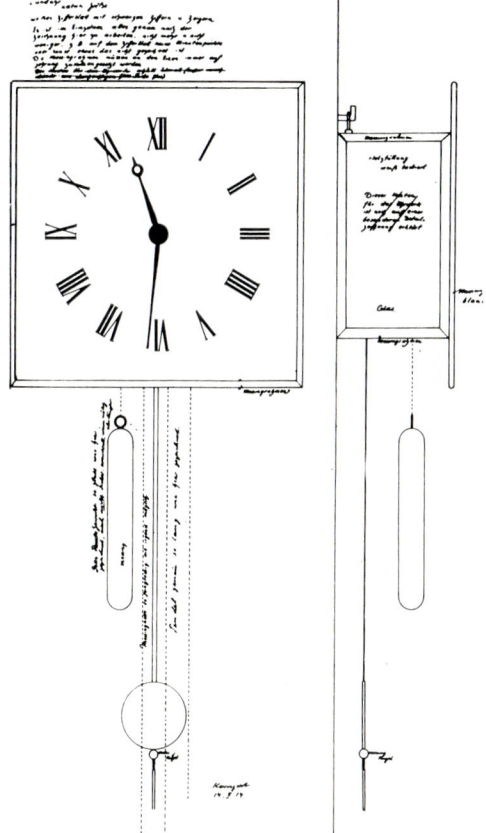

109
Die Detailzeichnung zu der von *Heinrich Tessenow* 1914 gestalteten Wanduhr, die über Jahrzehnte nichts in ihrer Wertschätzung eingebüßt hat. Hinweise und Bemerkungen sind an die betreffenden Stellen geschrieben.
Gerda Wangerin sagt zu diesen Zeichnungen: »Diese bis ins kleinste Detail durchgearbeitete und für *Tessenow* so charakteristische Darstellungsweise lernt man schon damals als selbständige grafische Kunstwerke schätzen.« [39]

Entwurf und Zeichnung: *Heinrich Tessenow*
1876—1950

wird, hat ihre Fortführung vielleicht viel mehr, als wir heute annehmen, in der im Kunstwerk unabdingbaren menschlichen Handarbeit. Das Bedürfnis, in unserer baulich-räumlichen Umwelt die Liebenswürdigkeit und Ausdruckskraft der Hand des Menschen zu spüren, besteht fort.

Zur Entwicklung von Detaillösungen

Die Frage handwerklicher Herstellung und industriemäßiger Produktion hat nicht nur im Hinblick auf baukünstlerische Gestaltungsmöglichkeiten Veränderungen zur Folge, sondern auch auf die Konzipierung von Detaillösungen und ihre zeichnerische Durcharbeitung. Industriell gefertigte Elemente werden nicht mehr für eine spezielle Aufgabe konzipiert und gestaltet, sondern unabhängig davon möglichst allgemeingültig entwickelt und angeboten. Zeichnungen und Aussagen liegen in Katalogen vor. Für Fenster, Türen, Fußböden, Möbel und dergleichen ist die hochproduktive industrie-

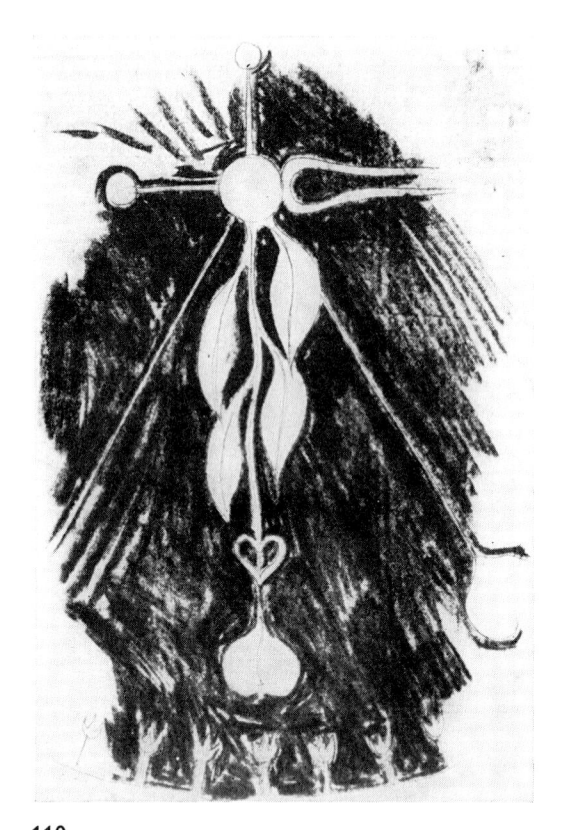

Detailzeichnungen

110
Eine Detailzeichnung von *Erik Gunnar Asplund*, die sich ganz eindeutig mit der künstlerischen Gestaltung eines Zeigers für die Uhr an der Kapelle im Waldfriedhof in Stockholm befaßt. Der Entwurf ist im großen Maßstab mit Bleistift gezeichnet und mit Kohle so angelegt, daß die Wirkung des Zeigers deutlich hervortritt.

Entwurf und Zeichnung: *Erik Gunnar Asplund* 1885—1940

mäßige Angebotsproduktion nicht mehr wegzudenken. Einflüsse auf die Weiterentwicklung und die Frage der Einbeziehung in die Gesamtgestaltung bleiben dabei offen.

Wer meint, das sei eine prinzipiell neue Situation, der irrt. Bei näherer Untersuchung erkennen wir, daß Detailformen über lange Zeitabschnitte stabil und einheitlich, ja typisiert waren. Vergegenwärtigen wir uns die drei großen Säulenordnungen der Antike, die dorische, ionische und korinthische Säule, oder auch den Detailkanon der Gotik und anderer Epochen. Sowohl Fensterkonstruktionen als auch Fensteraufteilungen sind in bestimmten Kulturkreisen und Zeitepochen einheitlich, wenn auch eine den Erfordernissen gemäße Variationsbreite und bei handwerklicher Herstellung Abweichungen in den Abmessungen, der Kombination und der Qualität der Durcharbeitung vorhanden waren. Die Anfertigung von Detailzeichnungen geht deshalb immer von bereits bewährten Lösungen aus. Es ist normal, auf Erfahrungen und Traditionen zurückzugreifen, und es gehört zu den Seltenheiten, neue Details zu erfinden oder — besser — zu entwickeln. Dazu bedarf es eines größeren Erfahrungsschatzes und Könnens sowie eines für einmalige Anwendung unangemessenen Aufwandes an Zeit und Mitteln, der jedoch in wenigen besonderen Fällen gerechtfertigt und auch notwendig ist. Dadurch bleibt die Entwicklung im Rahmen gesellschaftlicher Möglichkeiten und Bedürfnisse gewährleistet.

Damit sind aber das Problem industrieller Massenfertigung und das Angebot von Einzelheiten in Katalogen noch nicht geklärt. Weiter oben wurde bereits vor dem Auseinanderfallen von Detailarbeit und baulichem Entwurf gewarnt. Die Forderung, daß die Detailarbeit mit der Entwurfsarbeit interdisziplinär verbunden sein muß, bleibt bestehen. Der Einfluß des Architekten für die Weiterentwicklung von Angebotserzeugnissen ist für beide Seiten von Vorteil und unabdingbar.

Industrielle Produktion deckt Massenbedarf. Wohnbauten oder Bauten der Industrie beruhen immer mehr auf Massenbedarf und rationeller Wiederholbarkeit. Auf diesem Hintergrund aber wird für die bauliche Umwelt des Menschen das Besondere, die Widerspiegelung menschlicher Gestaltungskraft im Zusammenhang gesellschaftlicher Verhältnisse immer ein Bedürfnis mit ästhetischem Anspruch bleiben und die Weiterentwicklung von Architekturdetails auslösen. Auch tritt nicht der Fall ein, daß es für ein Detail nur eine Lösung gibt, sondern mehrere mit unterschiedlichen Anschlußbedingungen und Konsequenzen, die zeichnerisch zu entwickeln sind, um eine logische und zusammenfassende Lösung ausreifen zu lassen. Schlechtes Niveau im Detail, das den Eindruck baulicher Ensembles in erheblichem Maße herabsetzen kann, beruht im allgemeinen auf der ungenügenden Abstimmung und der nicht sauberen und konsequenten Klärung von Anschlüssen und Knotenpunkten des vorhandenen Angebots. Die Einordnung von Geeignetem wird im Bereich von Rekonstruktions- und Modernisierungsvorhaben ständige Verbesserungen erfordern und auch bieten. Nirgends sonst ist die überzeugende zeichnerische Durcharbeitung für den Bauausführenden eine so wichtige Grundlage für Qualitätsarbeit. Jede Detailzeichnung, die nicht die erste beste Lösung aufweist, sondern Konsequenz und einen straffen Gestaltungswillen, gepaart mit Erfahrungen, erkennen läßt, übt gleichzeitig eine erzieherische Wirkung auf die Bauausführenden aus, ordnet ihre Arbeit und trägt zur Hebung der Baukultur bei.

Zur Entwicklung von Detaillösungen

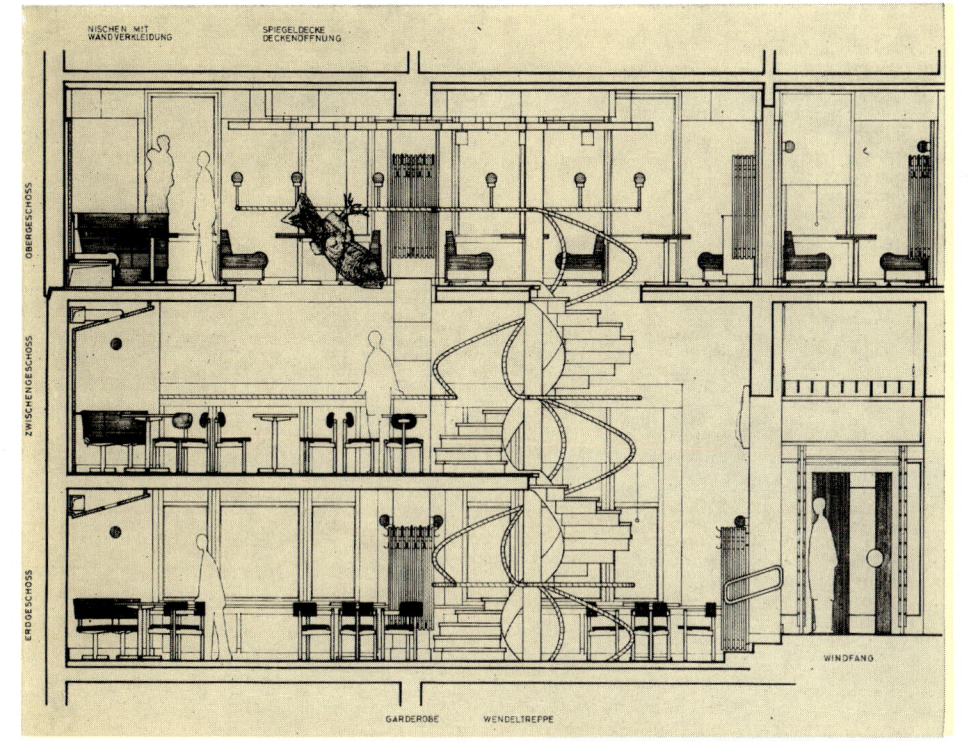

111

Schnitt im Maßstab 1:20 durch ein Café, in dem drei Geschosse durch eine Wendeltreppe und Deckenöffnungen verbunden sind. In einem solchen Maßstab ist es gut möglich, Sitzmöbel, Garderobe, Geländer und Beleuchtung sowie Andeutungen einer bildkünstlerischen Ausstattung in Form eines Fisches, der in der Deckenöffnung schwebt, zeichnerisch zu veranschaulichen. Die strenge lineare Zeichnung erlaubt eine exakte maßstäbliche Darstellung, jedoch weniger eine räumliche und stoffliche Wirkung.

Zeichnung: *Siegfried Hausdorf*

112

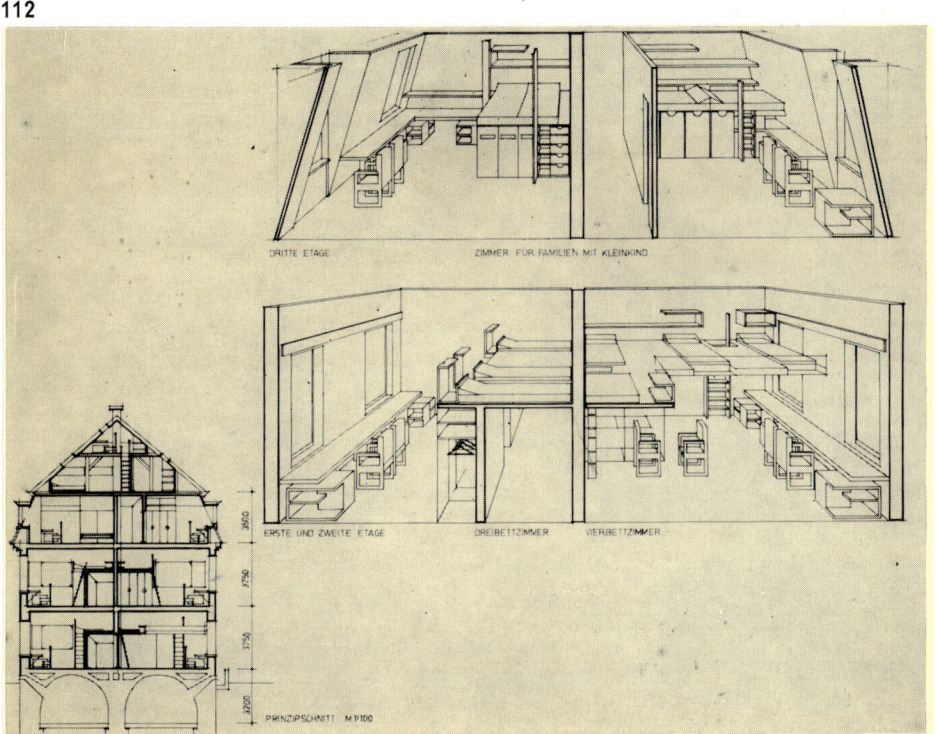

Die Ableitung der Innengestaltung eines Studentenwohnheimes in einem Altbau vom Schnitt 1:100 mittels zentralgefluchteter Perspektive. Die Zeichnung ist in Tusche mit sparsamen Mitteln, aber äußerst exakt ausgezogen.

Zeichnung: *Ullrich Hugk*

Detailzeichnungen

113
Das Detail einer Haustür im Maßstab 1:10 und 1:1, auf einem Blatt im Format A 3 mit seinen wesentlichen Aussagen zusammengedrängt. Die Ansicht und die Schnitte sind an vielen Stellen unterbrochen, wodurch aber die beim Detail sich ohnehin ergebende Unübersichtlichkeit größer wird.

Entwurf und Zeichnung: *Carl Krause*

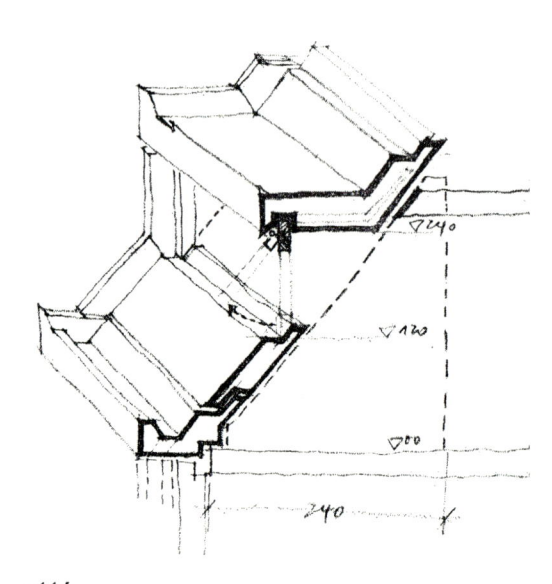

114
Isometrische Skizze eines Dachdetails mit Traufe und Dachgaube, freihändig in Bleistift gezeichnet. Die Skizze veranschaulicht die Möglichkeit, von der *Paul Rudolph* sagt: »... Daher liegt einer der großen Vorteile der Zeichnung darin, daß durch sie unter verschiedenen günstigen Blickpunkten veranschaulicht werden kann, wie ein Detail in der Wirklichkeit wirkt.« (*Paul Rudolph*: Dessins d'Architecture)

Zeichnung: *Ullrich Hugk*

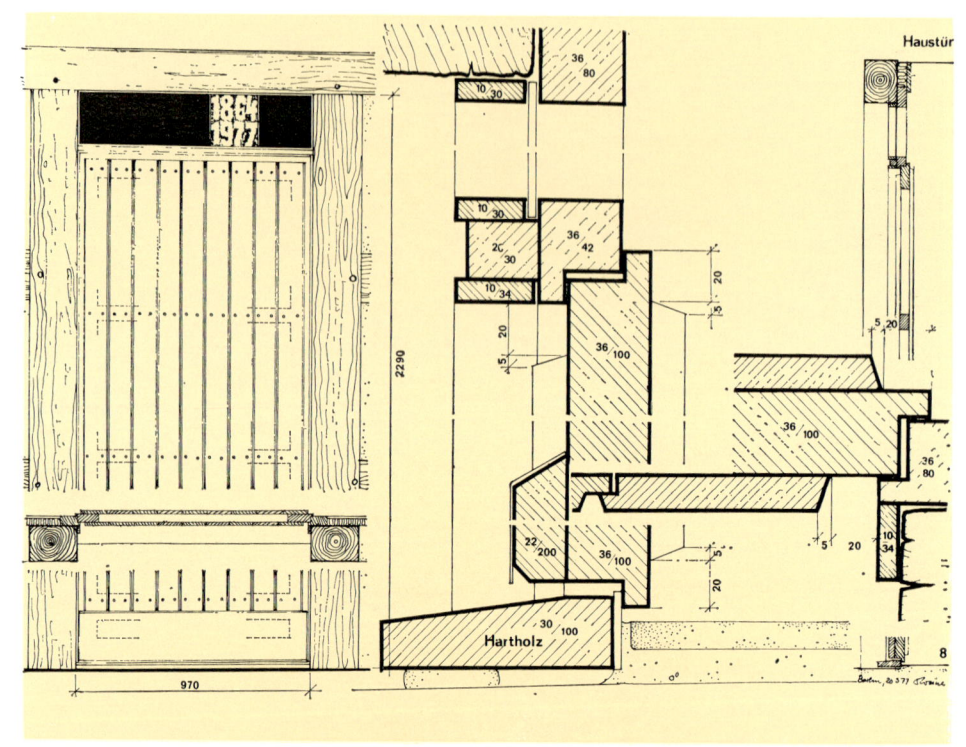

Zur Anfertigung von Detailzeichnungen

Detailzeichnungen erfordern Skizzieren und exakte maßstäbliche Durcharbeitung. Ohne schnelle, sichere und etwa maßstäbliche Skizzen von Knotenpunkten und Ansichten ist eine Übereinstimmung aller Gesichtspunkte bis zur letzten Konsequenz nicht so schnell erreichbar. Die Schwierigkeit besteht darin, daß alle Schnittflächen in den verschiedenen Ebenen gleichzeitig durchdacht und parallel zueinander überarbeitet werden müssen. Es wird zwar maßstäblich skizziert, aber nicht bis ins letzte genau, weil sich Bemessungen und Verhältnisse erst in diesem Prozeß herauskristallisieren. Wenn wir anfangen wollten, mit hartem Strich ganz genau von einigen Querschnitten auszugehen, müßten wir oft korrigieren und würden trotzdem das Gefühl für die richtigen Verhältnisse nur schwerlich gewinnen.

Solange gebaut wird, ist die Ecke als architektonisches Detail ein Kriterium für das Niveau der Baukultur. Da, wo zwei theoretische Ebenen, die nie völlig ebene Fläche sind, sondern immer Relief, aneinanderstoßen, zeigt sich der Grad des Gestaltungsvermögens. Schon bei den antiken Tempelbauten ist diese Frage bis in die optischen Wirkungen ausgewogen worden. Je flacher das Relief, desto unproblematischer scheint die Bewältigung des Eckanschlusses zu sein, aber er wird nur verfeinert, eine Lösung muß immer erst genau durchgearbeitet werden. Hier bewährt sich ein sicheres Vorstellungsvermögen zusammen mit perspektivischen Skizzen.

Erst nach der Vergewisserung mittels Skizze erfolgt die exakte orthogonale Auftragung mit Reißschiene und Winkel. Für das Architekturdetail sind übersichtliche

Zur Anfertigung von Detailzeichnungen

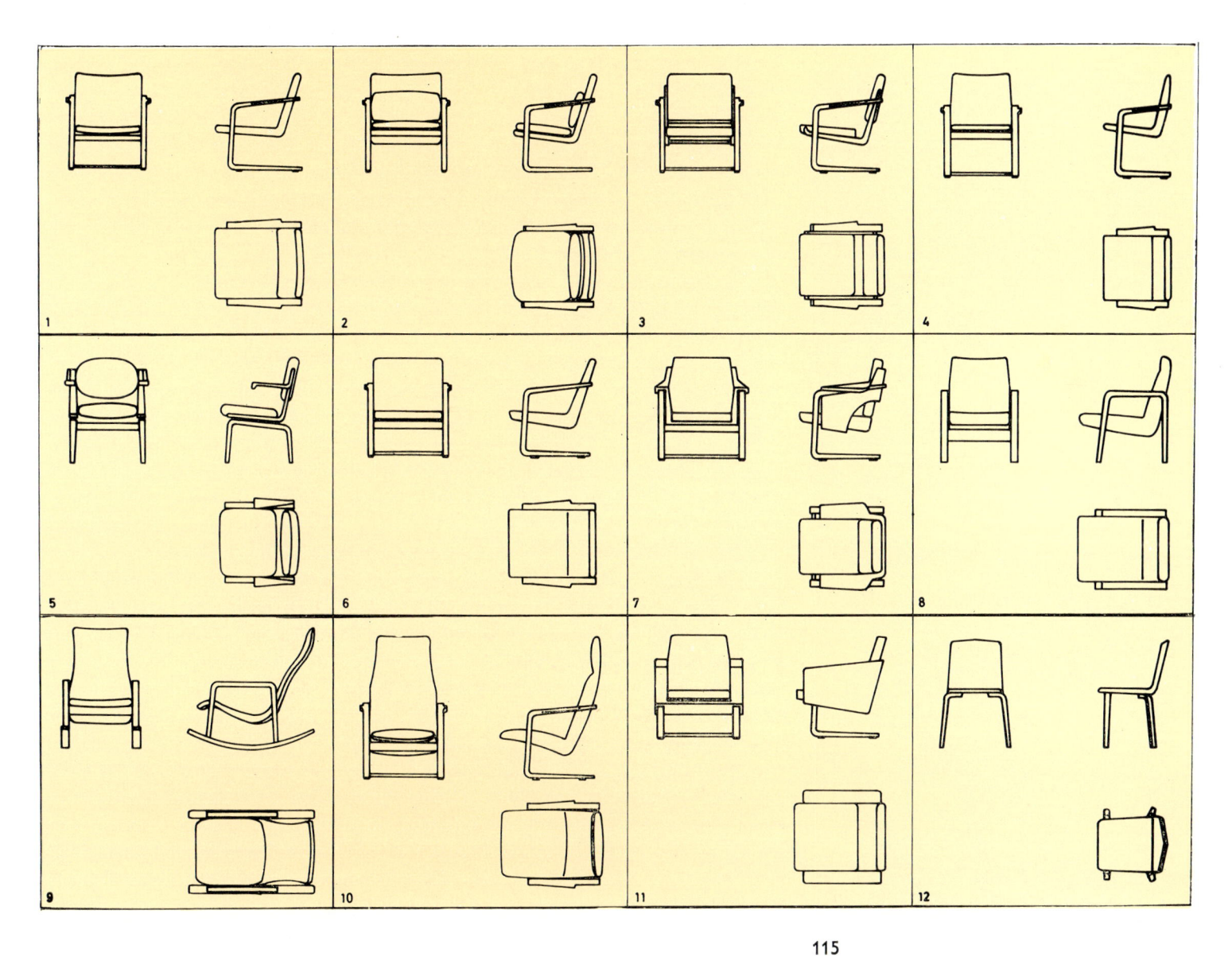

115
Eine rein lineare und orthogonale Darstellung einer Sitzmöbelserie aus einem Konstruktionselement im Maßstab 1:10. Jede Variante ist in Grundriß, Vorder- und Seitenansicht dargestellt und somit eine vollständige Information über die Form gegeben. Die Darstellung der stofflichen Wirkung von Bezügen und dergleichen kann nur andeutungsweise erfolgen und erfordert in jedem Fall anhand von Auswahlmustern eine Entscheidung, die sich auf die Sicherheit des Vorstellungsvermögens stützt.

Zeichnung und Entwurf: *Siegfried Hausdorf*

Detailzeichnungen

116

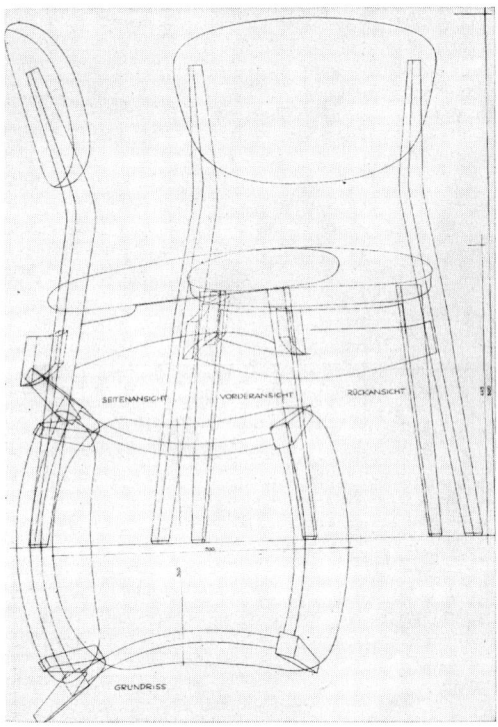

117

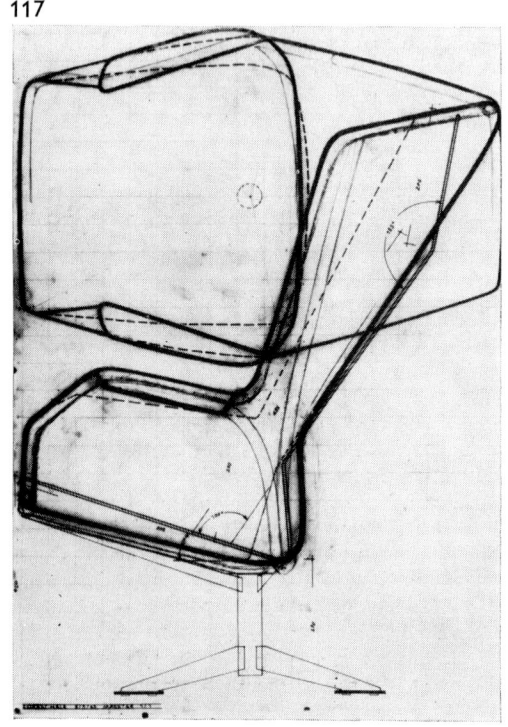

Ansichten und Schnitte im Maßstab 1:10 oder 1:20 das Wichtigste. Dadurch wird der Überblick gegeben und die unbedingt notwendige Verständlichkeit gesichert. Wir dürfen nicht davon ausgehen, daß alle jene, die mit dieser Zeichnung arbeiten oder die sie begutachten wollen, sie auch lesen können. Diese Übersichtszeichnungen in kleinerem Maßstab nehmen fast nie das ganze Blatt ein, so daß noch genügend freie Flächen für die Darstellung von Knotenpunkten, Verbindungen, Anschlüssen, Beschlägen, Profilen und dergleichen im größeren Maßstab genutzt werden können. Am besten dafür ist der Maßstab 1:1.

Da, wo es auf die Linienführung, wie beispielsweise bei einem Stuhl, genau ankommt, muß das Detail in Schnitt, Ansicht und Draufsicht vollständig 1:1 ausgetragen werden. Dazu bedarf es großer Formate, um den Gegenstand in natürlicher Größe wie auf einem Schnürboden aufzureißen. Man verwendet dazu derbes und widerstandsfähiges Papier. Diese Zeichnungen werden nicht vervielfältigt, sondern dienen oft als Grundlage für Schablonen. Es ist üblich, Schnitt und Seitenansicht, Frontalansicht und Grundriß übereinander zu zeichnen. Wenn wir das vollendet haben, finden wir uns selbst nicht mehr durch, deshalb helfen wir uns mit Farbe oder Flächenschraffuren. Jeder Riß eine andere Farbe. Dadurch kann man sie besser auseinanderhalten.

Trotzdem bleiben auch solche Zeichnungen unübersichtlich und lassen die Gestalt nicht ohne weiteres beurteilen, dafür eignen sich die in diesem Zusammenhang erforderlichen Übersichtszeichnungen 1:10 oder 1:20, aber noch besser eine perspektivische Darstellung. Wir spüren beim Auftragen in natürlicher Größe sehr bald, wie unsicher jede Linie macht, weil sie insgesamt weniger überschaubar ist. Es bedarf etwas Mut und Zuversicht, solche Details auszutragen, sie zu beherrschen, doch lassen sich wesentlich mehr Feinheiten herausholen, um nicht nur irgendeinen Stuhl, sondern einen Stuhl mit ausdrucksvoller Form zu gestalten.

Übersichtszeichnungen im Maßstab 1:10 oder 1:20 werden mit dünnen Strichen und hoher Genauigkeit ausgeführt. Arbeiten wir mit Bleistift, wählen wir harte Minen ab 2 H und härter. Ziehen wir die Zeichnung in Tusche aus, wird die dünnste Feder gewählt. Selbst bei Übersichtszeichnungen erhöhen schraffierte Schnittflächen oder auch angelegte Ansichtsflächen den Zusammenhang. Größere herausgezeichnete Details bedürfen eines kräftigeren dickeren Striches und auch differenzierter Strichdicken. Die obengenannten Möbelaufrisse werden kräftig mit weichem Blei gezogen. Keine Angst vor einem dicken, mehrfach nachgezogenen Strich mit 6 B. Die Maßkante ist die Außenkante des Striches, die Dicke fällt nach innen. Beim Zeichnen eines Holzprofils umschreibt die Außenkante der Linie die Holzdicke. So empfinden wir es auch, wenn wir eine solche Zeichnung sehen.

Jede Detailzeichnung enthält Maße und textliche Bemerkungen. Abmessungen von Profilen und Angaben zu verwendeten Halbfertigerzeugnissen wie Beschläge, Winkel oder Befestigungsmittel, wenn sie in ihren Lieferbedingungen bekannt oder bereits ermittelt worden sind, müssen notiert werden. Vorstellungen über das Material wie Holz- und Steinarten sind durch Angaben festzuhalten. Textliche Bemerkungen unterstützen das Verständnis zum Detail. Durch wenige Worte ist es möglich, das Wesentliche der Gestaltungsidee bewußt zu machen.

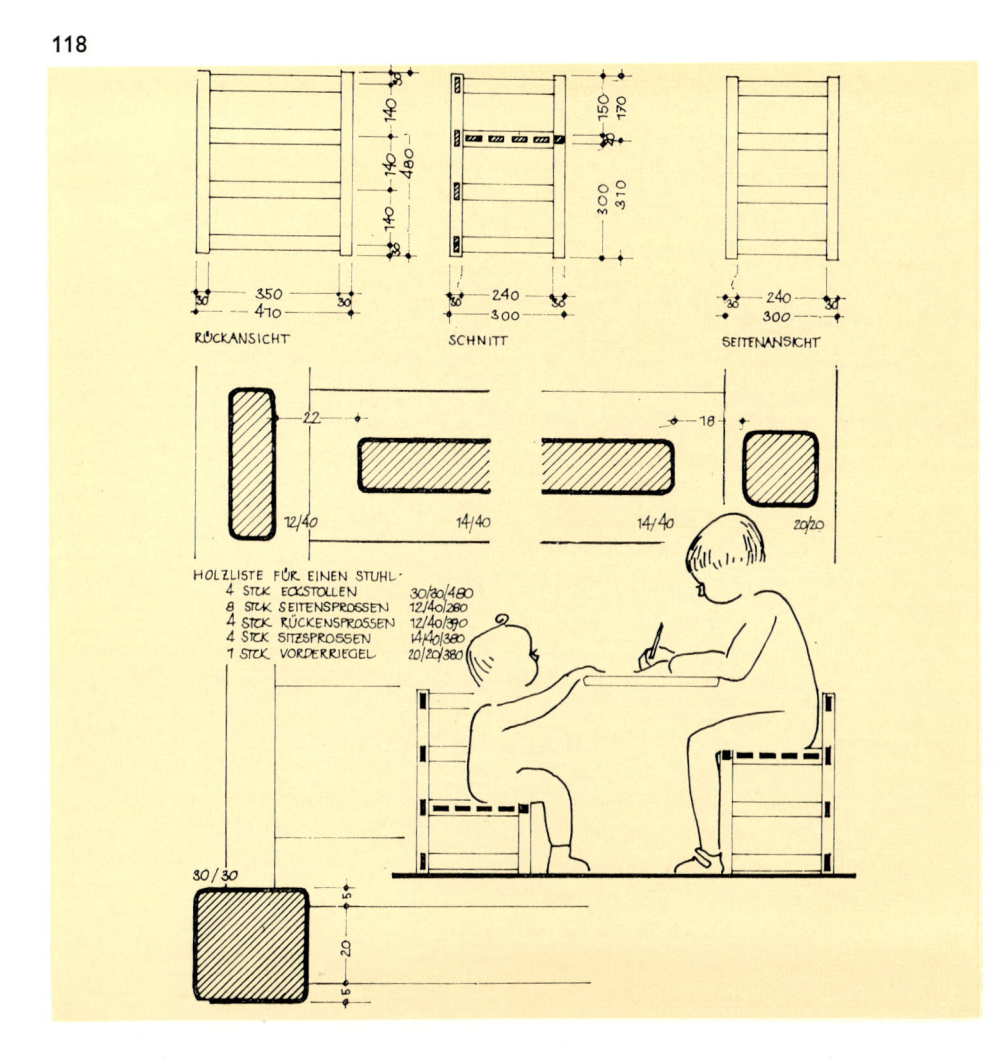

Die Konsequenz des Details

118

116
Ein im Original 1:1 gezeichnetes Detail eines Stapelstuhls. Die wahren Längen der einzelnen Teile werden durch die orthogonalen Risse noch nicht bestimmt. Die Durcharbeitung einer solchen Detailzeichnung stellt noch mehr Anforderungen an das Vorstellungsvermögen als die Betrachtung.

Zeichnung: *Siegfried Hausdorf*

117
Eine im Maßstab 1:1 aufgetragene Detailzeichnung einer Korbschale mit Grundriß und Seitenriß. Die Zeichnung weist sowohl Tusche- als auch Bleistiftlinien auf. Dem Entwurf ist ein Raster von etwa 5 cm × 5 cm zugrunde gelegt. Die dicken Striche sind für die korbgeflochtene Schale durchaus angemessen.

Entwurf und Zeichnung: *Siegfried Hausdorf*

118
Ein Kinderstuhl, dessen Sitzhöhe in einem oben wie unten gleich ausgebildeten Gestell im Drittelpunkt liegt, so daß nur ein Drehen um 180° die Sitzhöhe verändert. Der Stuhl ist einfach, und die einzige Feinheit, auf die es bei der Nutzung durch Kinder ankommt, ist die Abrundung der Profile, die im Maßstab 1:1 mit dicker Umrandung gezeichnet wurde.

Entwurf und Zeichnung: *Carl Krause*

119
Gerätschaften einer Feierhalle, auf Transparent mit Bleistift entworfen.

Zeichnung: *Dietmar Kuntzsch*

Die Konsequenz des Details

Ohnehin vermögen Detailzeichnungen nie ganz die endgültige Wirkung zu veranschaulichen. Das Zusammenwirken von Details zu einer besonderen gestalterischen Einheit, zu einem künstlerischen Raumeindruck, der emotional spürbar ist, erfordert ebensoviel Vorstellungskraft, wenn nicht gar noch mehr, als der Entwurf. Das Gestaltungsproblem besteht darin, über die rein konstruktive Lösung hinaus einen bestimmten Charakter zu suchen, der zwar aus der Detailzeichnung nicht unmittelbar ins Auge fällt, aber in seiner Konsequenz vorhanden sein muß. Die Detailzeichnung eines Architekten muß eine bestimmte Konsequenz verfolgen. Um dies mit Sicherheit zu erreichen, genügt das Vorstellungsvermögen allein noch nicht, sondern die Erfahrungen durch ständige Übung gewährleisten erst, daß das Ergebnis den Absichten entspricht. Das Ergebnis vermittelt neue Erkenntnisse, Anregungen und bildet eine Stufe zur Weiterentwicklung. Die in die Ausbildung des Architekten einbezogene „Bauaufnahme" hat inhaltlich als Hauptzweck die Schulung des Gefühls für die Gestaltung

116 Detailzeichnungen

120
Ausschnitt aus einem Hofbebauungsplan, der im Detail die Bepflanzung durch sinnfällige Symbole, die in einer Legende eindeutig definiert sind, bereits ausweist. Buchstaben sind zur weiteren Festlegung einzelner Sorten eingetragen. Um die differenzierten Symbole deutlich zeichnen zu können, ist ein Maßstab von 1:100 gewählt worden.

Zeichnung: *Karl Wienke*

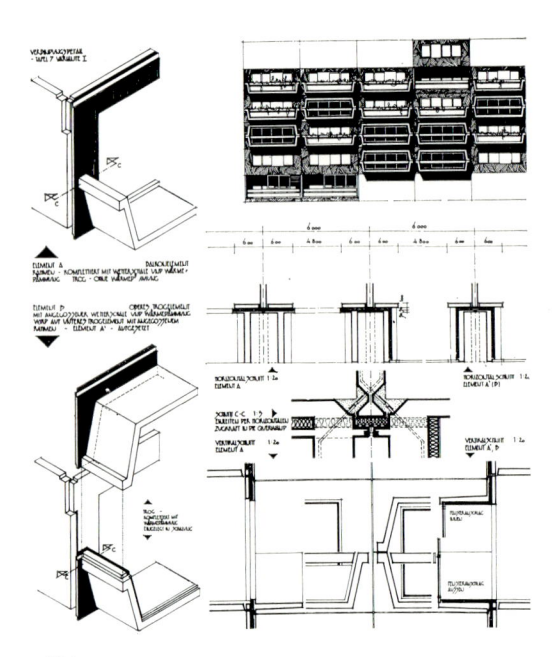

121
Detail zu einer vorgehängten Loggia im Glockengußverfahren. Eine Wettbewerbsarbeit, bei der der gestalterische Gedanke in den konstruktiven und bauphysikalischen Zusammenhängen dargestellt wurde. Es sind keine Ausführungsunterlagen, die einen viel größeren Umfang erfordern, sondern die zeichnerische Darlegung einer Vorstellung mit ihren konstruktiven Konsequenzen.

Zeichnung: *Helmut Lorenz*

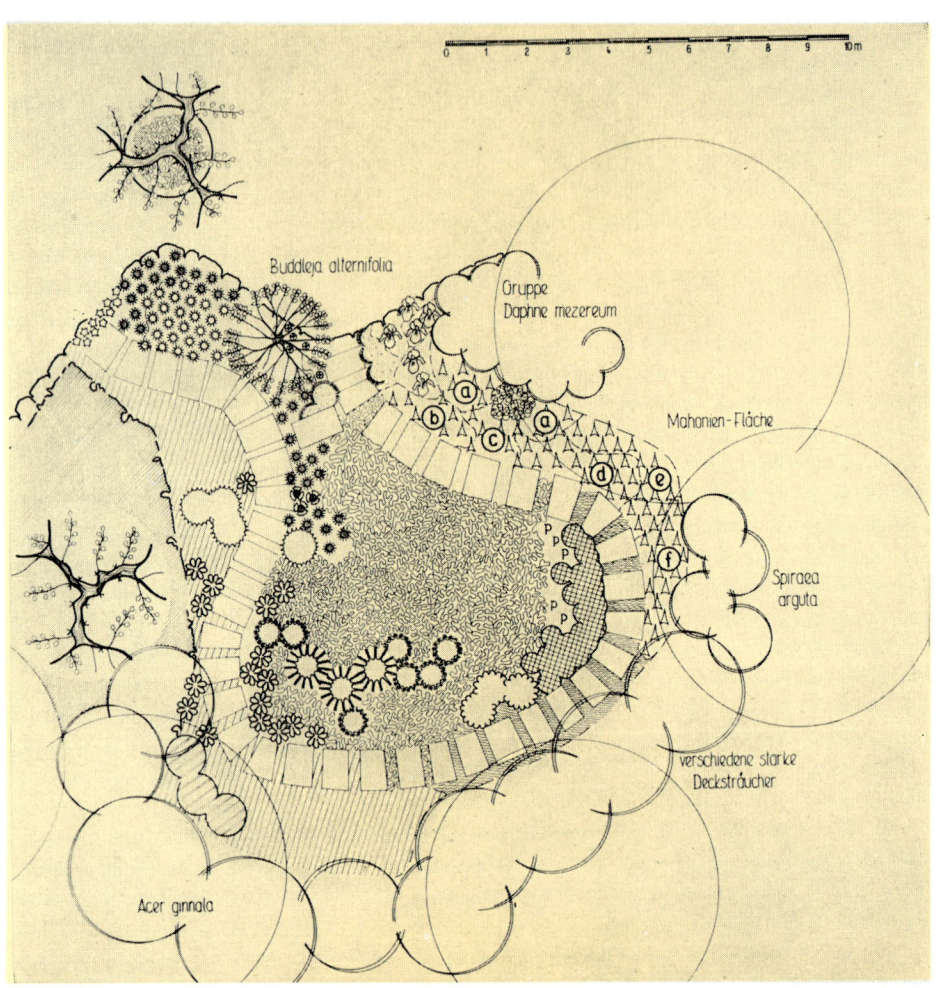

von Details. Die Architektur von Bauwerken bedeutender Architekten ist ohne die Besonderheiten und Konsequenz ihrer Detailarbeit nicht denkbar. Denken wir nur an Bauten von *Mies van der Rohe*. Die für ihn charakteristischen Raumvorstellungen, die er zu verwirklichen suchte, würden nicht in dem Maße beeindrucken, als niveauvoll und in seiner Art vollendet empfunden werden, wenn sie nicht bis in letzte Details verwirklicht worden wären. Abgesehen von der emotional eigenartig wirkenden Raumbildung der Gotik, wird die stark geistige Haltung dieser Architektur auch in hohem Maße durch die Konsequenz von Gestaltungsprinzipien, die im Detail liegen, bestimmt. Auch der Versuch, die Außenwand immer mehr aufzulösen, ist nur mit den für dieses Ziel erfundenen konstruktiven Details lösbar und gelungen. Die besten Werke *Schinkels* setzen sich aus vielen feinen Details und Farbangaben zusammen, bis zu eigens dazu angefertigten Möbelstücken, die ohne seine Zeichnungen nicht in dieser Einheit verwirklicht worden wären. Seine Erfahrungen, daß er ohne die mannigfaltige Feinheit künstlerischer Gestaltung unbefriedigt sei, kommt in folgenden Worten zum Ausdruck: »Sehr bald geriet ich in den Fehler der rein radikalen Abstraktion, wo ich

Die Konsequenz des Details

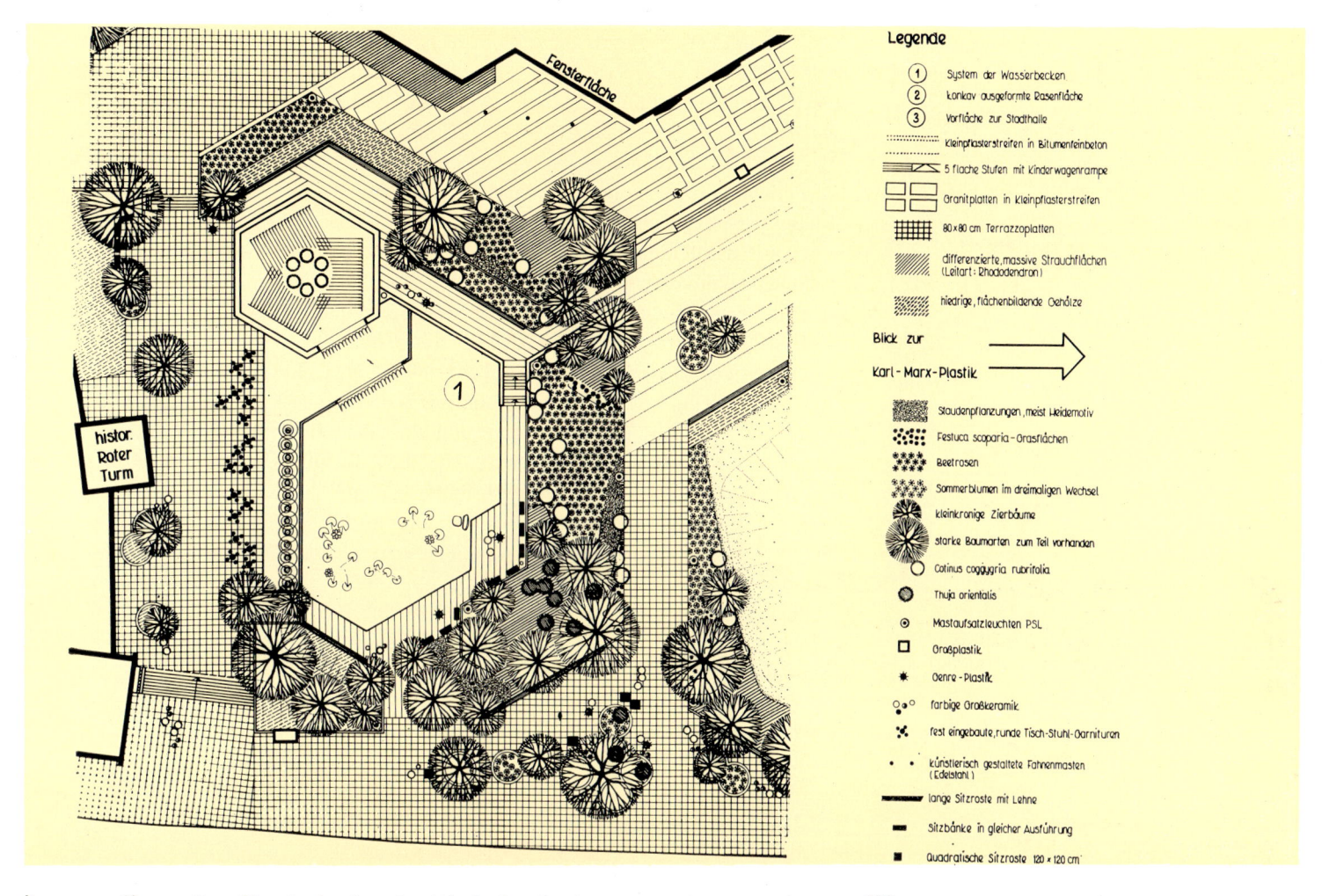

die ganze Konzeption für ein bestimmtes Werk der Baukunst aus seinem nächsten trivialen Zweck allein und aus der Konstruktion entwickelte. In diesem Falle entstand etwas Trockenes, Starres, das der Freiheit ermangelte und zwei wesentliche Elemente, das Historische und Poetische, ganz ausschloß.«

So bleiben im Schaffensprozeß des Architekten die zeichnerische Arbeit am Detail, das unablässige Gestalten und Aufeinanderabstimmen von Details sowie auch deren Weiterentwicklung immer notwendig und von grundlegender Bedeutung. Damit ist das Niveau der Architektur unlösbar verbunden. Schlechtes Niveau im Detail kann die architektonische Qualität insgesamt mindern; und umgekehrt beruht eine hervorragende baukünstlerische Leistung oft auf der Gediegenheit und Wohlausgewogenheit der Details im Gesamtzusammenhang der architektonischen Gestaltung. In dem Sprichwort „Der Teufel sitzt im Detail" drückt sich eine vielsagende Erfahrung sowohl in konstruktiver und funktioneller als auch in baukünstlerischer Hinsicht aus.

122
Ausschnitt aus einem großen Bebauungsplan für die Bepflanzung der Freiflächen vor dem Roten Turm in Karl-Marx-Stadt. Der zeichnerisch exakt, aber auch phantasievoll durchgearbeitete Plan vermittelt bereits eine Vorstellung von der vielfältigen Gestaltung. Die sinnvollen grafischen Symbole, auch von Sitzgarnituren, Bänken, Plastiken oder Keramiken, sind weitgehend differenziert und in der Legende definiert.

Zeichnung: *Karl Wienke*

Architekturdarstellung

*Das wichtigste psychologische Moment
der ästhetischen Wahrnehmung
ist nicht die Klarstellung
der Bedeutung des Abgebildeten,
sondern das Herausholen
und Erleben des individuellen
oder lebensbezogenen Sinnes,
der im Kunstwerk enthalten ist.*

Wladimir Sintschenko

Mit der Architekturdarstellung schließlich unterbreitet der Architekt das Ergebnis seiner schöpferischen Arbeit der Öffentlichkeit. Er nutzt die Möglichkeiten zeichnerischer Darstellung, um zu veranschaulichen, wie es einmal aussehen soll. Wir verstehen unter Architekturdarstellung vor allem die Interpretation seines Entwurfs gegenüber Nichtfachleuten. Hier geht es nicht mehr um Selbstverständigung oder kollektive Abstimmung, sondern um eine weitreichende Vermittlung dessen, was als Lösung der Bauaufgabe angesehen wird.

Die Architekturdarstellung umfaßt alle zeichnerisch abgeschlossenen Darstellungen von Zielvorstellungen. Sie ist das ins unmittelbar Wahrnehmbare übertragene Ergebnis eines Entwurfsprozesses. Im Grunde kann jede Zeichnung, ob Isometrie, Perspektive oder auch Ansichten und Bebauungspläne, als Architekturdarstellung angefertigt werden, obwohl die Perspektive und die Isometrie hier hauptsächlich zum Gegenstand der Architekturdarstellung erklärt werden. Nur eine von der visuellen Vermittlerrolle bestimmte Definition scheint nicht nur die Wahl des Begriffes »Architekturdarstellung« zu rechtfertigen, sondern vielmehr überhaupt diese Art von Zeichnungen ihrem Zweck nach zu kennzeichnen. Man kann sich über Perspektive, Isometrie oder Vogelschau und anderes differenziert auseinandersetzen, muß aber immer davon ausgehen, daß es sich hier speziell um die Aussage und Vermittlung des auf das Auge bezogenen Erlebniswertes, des Erlebniswertes der Atmosphäre, des räumlichen und plastischen Eindrucks handelt. In dieser Zielstellung ist auch der Grund zu suchen, warum gerade Zeichnungen der Architekturdarstellung so nahe an den Bereich der grafischen Kunst heranreichen.

Umstrittene Fragen der Architekturdarstellung

Wie umstritten, wie oft kritisiert, wie rundweg ignoriert und in Abrede gestellt ist der Bereich der Zeichnungen des Architekten, der sein Ergebnis so der menschlichen Wahrnehmung zugänglich zu machen sucht, wie es einmal empfunden werden soll. Verpönende Worte wie »Bildchenmalerei« oder »Effekthascherei« sind in diesem Zusammenhang von Architekten selbst gefallen. Nicht selten bestehen Skepsis und Ablehnung gegenüber grafischem Können und Geschick, statt einer Ermunterung zur vollen Ausnutzung. Andererseits hat kein Bereich der zeichnerischen Tätigkeit des Architekten soviel Aufmerksamkeit erfahren, wie die Konstruktion und zeichnerische Darstellung beispielsweise von Perspektiven. Auftraggeber und Bevölkerung als potentieller Nutzer erlebbarer Architektur haben den Sinn und Wert der Architekturdarstellung nie in Abrede gestellt.

Tatsächlich ist das Bedürfnis nach einer Architekturdarstellung, die im voraus einen Eindruck vermittelt, wie die Umwelt durch Architektur verändert werden wird, seit Jahrhunderten vorhanden und hat zeitweise den Aufwand und die Aufmachung begünstigt. Nicht nur von Baumeistern des Barocks wissen wir,[9] daß sie ihre Bauten in Kupferstichfolgen darstellen ließen, sondern auch, daß spätere Architekten diese Praxis fortsetzten. *Schinkel* hat viele seiner Entwürfe für derartige Stiche vorbereitet. Im Katalog seines zeichnerischen Nachlasses ist zu vielen Zeichnungen seiner Hand

Umstrittene Fragen der Architekturdarstellung

123
Perspektivische Vogelschau für die Gestaltung des Stadtzentrums in Berlin, Hauptstadt der DDR, mit Fernsehturm und dem Palast der Republik. Die Darstellung veranschaulicht nicht den endgültigen Zustand, sondern die Gesamtidee des großen Ensembles in einem Zwischenstadium auf dem Weg zur weiteren Vollendung, eine Zwischenbilanz, vielleicht kann man es eine Leitvorstellung nennen.

Zeichnung: *Dieter Bankert*

Architekturdarstellung

124
Perspektivische Vogelschau der Straße des 18. Oktober, die das Messegelände der Stadt Leipzig mit dem Stadtzentrum verbindet. Vieles im Anschluß an diese Magistrale wird weiter ausgebaut. Diese Darstellung dient der Veröffentlichung der Bilanz eines Entwicklungsprozesses.

Zeichnung: *Wolfgang Müller*

125
Perspektivische Vogelschau zu einem Teilausschnitt von Halle-Neustadt. Die Folge von gesellschaftlichen Einrichtungen, Punkthochhäusern und vielgeschossiger Wohnbebauung mit ihrer vielgestaltigen räumlichen Zuordnung zur Magistrale ist hier für eine Veröffentlichung als Beispiel dargestellt.

Zeichnung: *Carl Krause*

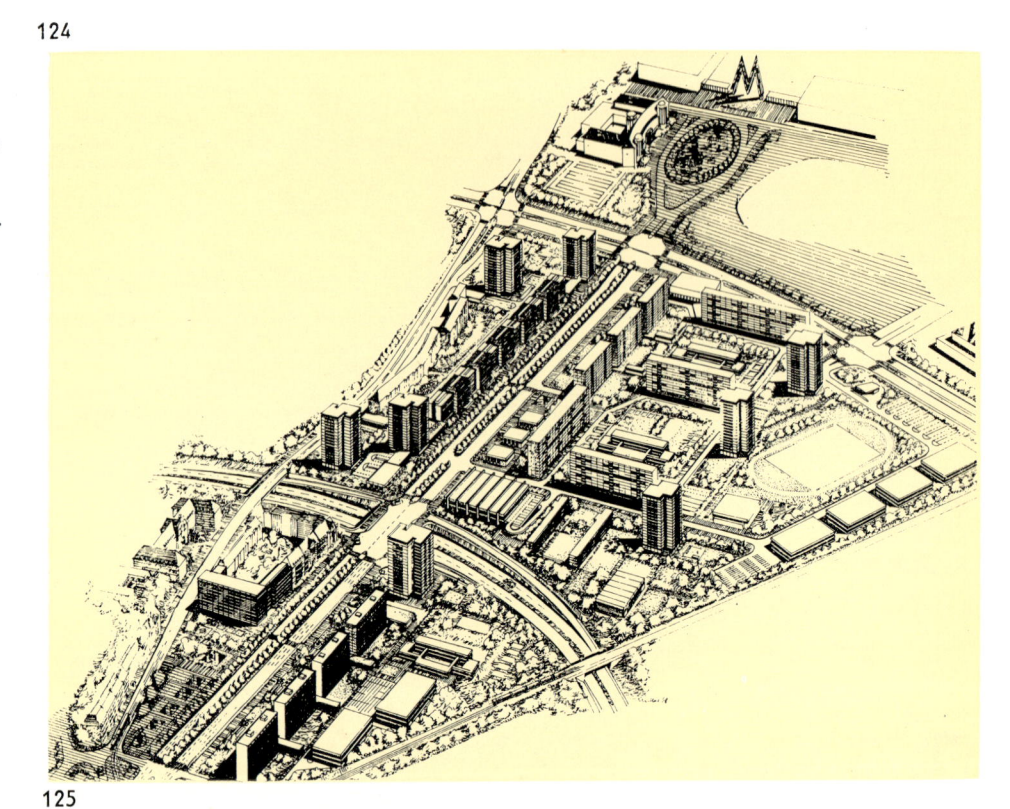

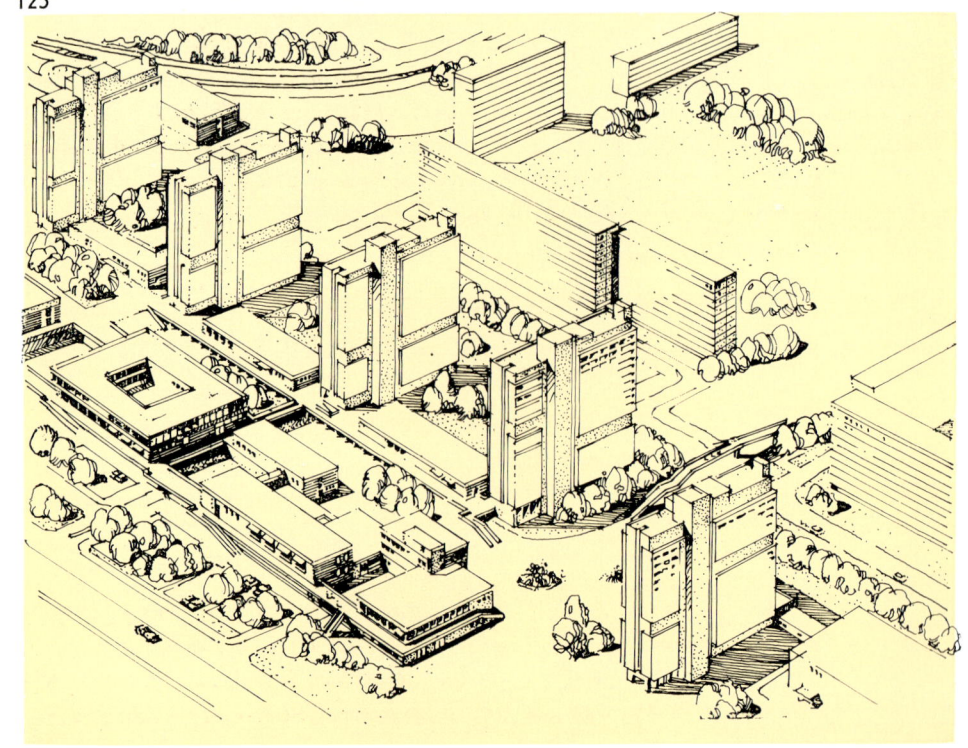

Die künstlerische Seite der Architekturdarstellung

126
Zentralperspektive eines umzugestaltenden Straßenraumes. Alt- und Neubau und der umgestaltete rechte Straßenraum sind in ihrem veränderten Erlebnischarakter dargestellt. Die schwierige Einordnung von Neubauten in die Bebauungsstruktur alter Straßenräume ist dabei ohne die alten Bäume und die Lebendigkeit der Erdgeschoßzone nicht darstellbar.

Zeichnungen: *Carl Krause*

vermerkt, daß sie Federzeichnungen für einen Stich sind. Der Stich ist gleichsam die Methode für die Veröffentlichung. Wenn die Ausführung von Stichen auch durch Spezialisten erfolgte, so sind sie doch von dem Architekten eigenhändig mit großer Feinheit vorgezeichnet worden. Der primäre Anlaß mag sicher durch den Auftraggeber gegeben worden sein. Darüber hinaus aber waren solche Stiche für die Architekturentwicklung nicht ohne Einfluß. Sie bildeten den Geschmack der Menschen und waren nicht ohne Anregung für die Architekten selbst.

Die künstlerische Seite der Architekturdarstellung

Gerade die Architekturdarstellung weist künstlerische Aspekte auf. Das betrifft sowohl die Widerspiegelung des Baues als Kunstwerk als auch in vielen Fällen den künstlerischen Wert der Darstellung selbst. Es mag dahingestellt bleiben, welche Architekturdarstellung Anspruch auf künstlerischen Wert erheben kann, aber zweifellos gibt es Beispiele dafür. Das Ziel, ein Bauvorhaben in seiner emotionalen, unmittelbar lebensbezogenen Erscheinung zu vermitteln, schließt eine künstlerische Leistung nicht nur nicht aus, sondern legt sie als höchste Form des darzustellenden Ausdrucks sogar nahe, allerdings unter Wahrung der zweckbestimmten Bedingungen. Wenn wir auch zu der eingangs vereinbarten Auffassung stehen, daß das Zeichnen des Architekten selbst keine Kunst bedeutet, so schließt das nicht aus, daß wir Blätter der Architekturdarstellung, die ein solches Niveau erreichen, als erstrebenswert erachten.

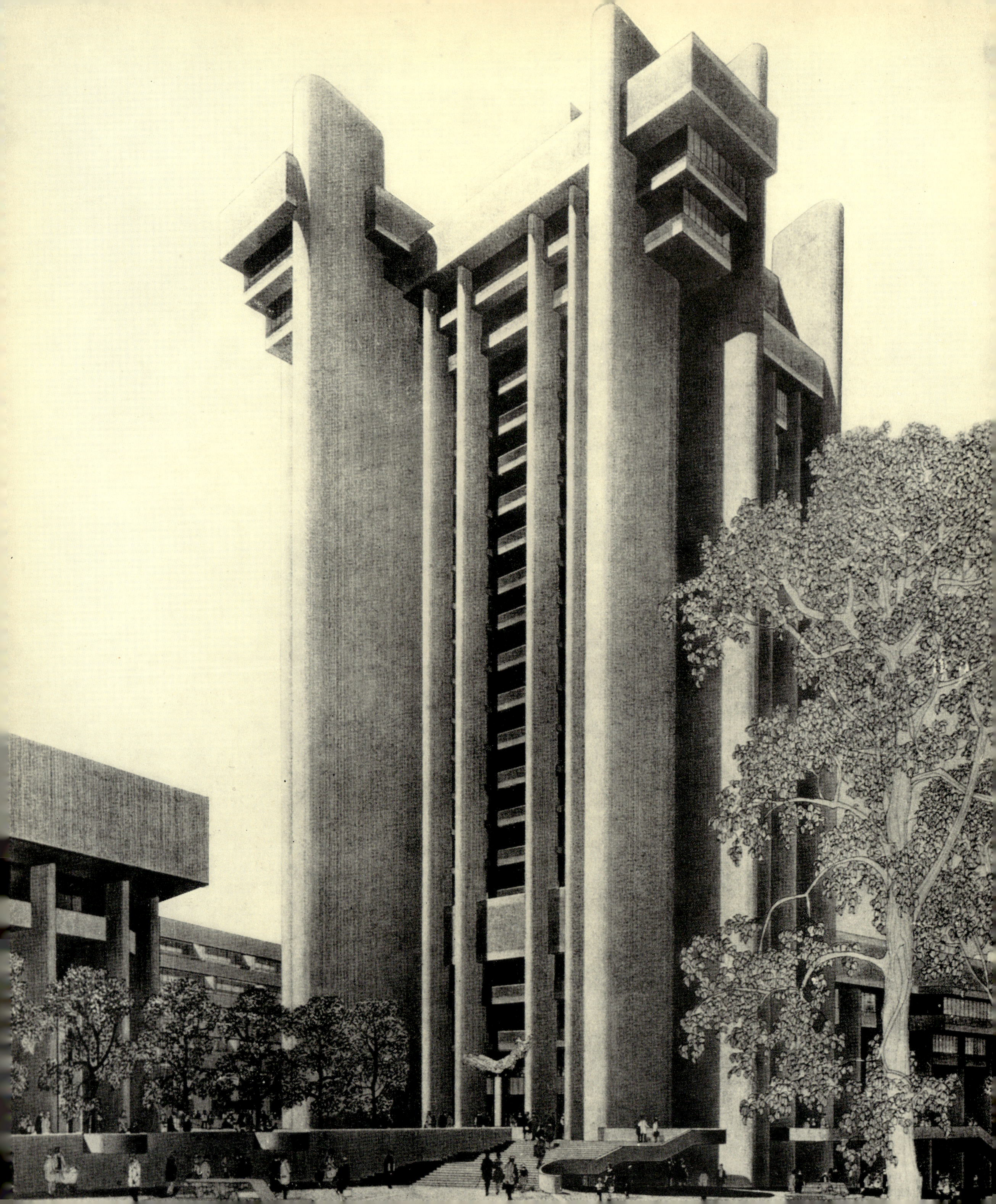

Anforderungen an Architekturdarstellungen 123

Diese Wertschätzungen sind mit die Gründe für die umstrittenen Auffassungen, Ansprüche und die ganze Empfindlichkeit der Architekten selbst gegenüber Architekturdarstellungen. Vielleicht gerade, weil es sich in hohem Maße um darstellerische Fragen handelt und der eigentliche Entwurfsprozeß meist vorher abgeschlossen ist, wird diese Wertschätzung sogar mit moralischen Ansprüchen versehen oder auch in Frage gestellt. Die Ehrlichkeit bei der Darstellung der vorgeschlagenen Lösung wird so weit diskutiert, daß grafische Zurückhaltung oder Vermeidung vordergründiger Grafik gefordert wird. Vor Beschönigung oder der Vortäuschung einer Erscheinung, die das Entwurfsergebnis nicht hergibt, wird gewarnt. Die Übersteigerung von Grün oder die vordergründige Betonung von Figuren, die die Aufmerksamkeit des Betrachters auf sich ziehen und von der Architektur als eigentlichem Sinn und Zweck der Zeichnung ablenken, werden mißbilligt.

Vieles an dieser Diskussion ist überspitzt und nicht immer gerechtfertigt. Darstellungen, die etwas beschönigen oder vortäuschen, sind insofern weniger zu befürchten, da sie doch meist durchschaubar sind und an echter Überzeugungskraft einbüßen. Andererseits sollen solche Zeichnungen doch Vorstellungen, hohe Ziele wecken. Auch die Ausstattung mit Grün und Figuren kann für das Bauwerk weniger verderben, als vielmehr für die Zeichnung selbst Gefahr bedeuten, und es ist für die Architekturdarstellung zum eigenen Schaden, wenn damit Mißbrauch getrieben wird. Das Kriterium für die Qualität einer Architekturdarstellung bleibt das vollendete Bauwerk selbst, ob es schließlich dem Schaubild entspricht und die Darstellung sich vom Foto des fertigen Zustandes kaum unterscheidet.

Anforderungen an Architekturdarstellungen

Abgesehen von emotionalen Wirkungen, muß ein Überblick aus einem günstigen Standort augenfällig werden. Die Baustruktur in ihrer dreidimensionalen Gestalt und die erzielte räumliche Ordnung müssen mit einem Blick erfaßbar sein und dazu die folgerichtige Erschließung durch Straßen und Wege. Die Gliederung der Gebäude, deren Konstruktion, soll ablesbar sein sowie damit verbunden — vielleicht das schwierigste Darstellungsproblem — die Andeutung des vorgesehenen Materials, sei es Holz, Stein, Putz, Beton, Glas oder Metall. Ohne die Durcharbeitung von Details, wenigstens an einigen Stellen, und die Nutzung von Schatten rundet sich der Eindruck nicht vollständig ab.

Jedoch erfüllt die bloße Übersicht und Darstellung der baulichen und räumlichen Zusammenhänge, der Form an sich, noch nicht das eigentliche Anliegen der Architekturdarstellung, wie wir sie weiter vorn gekennzeichnet haben. Ohne den Eindruck der Gesamtidee fehlen der spezifische Sinn, die Erfüllung einer Erwartung, die wir an sie stellen, wobei die Einbindung in die Umgebung, in landschaftliche Besonderheiten, anschließende und vorhandene Bebauung eine große Rolle spielen. Schon die Wahl des Standpunktes kann für einen bestimmten Aspekt der Gesamtidee von überzeugender Wirkung sein, die durch nichts anderes so einleuchtend interpretiert werden kann. Dadurch wird verständlich, daß sie ohne Grün, ohne Figuren, die sogenannte Staffage,

127
Die Darstellung von Gebäuden und Gebäudeensembles ist von *Helmut Jacoby* zu einer besonders ausdrucksvollen und präzisen Methode entwickelt worden. Obgleich Bäume und Staffage mit gleicher Sorgfalt wie die Architektur durchgearbeitet sind, verdrängen sie doch nie die Wirkung der Architektur, die eindeutig dominiert. Der Materialstruktur und der Differenzierung des Schattens wird große Aufmerksamkeit geschenkt. Er verzichtet fast nie auf farbige Lavierung, die der Tönung des Schattens, der Herausarbeitung der Plastik und überhaupt der Hervorhebung der Architektur dient.

Zeichnung: *Helmut Jacoby*

128
Perspektivische Skizze mit fettem schwarzem Pinsel (vielleicht Strich) für den Durchbruch der ehemaligen Jägerstraße (1927). Dafür hat *Peter Behrens* eine Reihe Varianten in dieser Art angefertigt, die sich vorrangig mit der plastischen, baukörperlichen Gestaltung auseinandersetzen, wozu diese kraftvollen Skizzen sehr anschaulich sind und als Grafik ihren eigenen Reiz ausstrahlen.

Entwurf und Zeichnung: *Peter Behrens* 1868—1940

Architekturdarstellung

129
Innenraumperspektive eines Entwurfs für ein »Haus der Mode« in Frankfurt am Main von *Peter Behrens*. Die Zeichnung ist in Kreide ausgeführt und veranschaulicht überzeugend, wie die Lichteffekte damit illusionär vermittelt werden können. Besonders kommt das in dem spiegelnden Fußboden zum Ausdruck. Die Zeichnung verrät den Künstler und Maler *Behrens*.

Entwurf und Zeichnung: *Peter Behrens* 1868—1940

unvollständig bleibt. Das dafür sprachgebräuchliche Wort »Staffage« bezeichnet schon in der bildenden Kunst Figuren und Gegenstände in der Architekturmalerei, die eine lebendige Situation, das Fluidum um Gebäude und in städtebaulichen Räumen veranschaulichen sollen.

Die Ansprüche setzen aber auch voraus, daß die Staffage in Größe und Proportion zum architektonischen Ensemble angemessen erscheint und Maßstäblichkeit vermittelt. Die Architektur dient nicht der Staffage, sondern die Staffage der Architektur, wenn wir bei diesem Begriff bleiben wollen. Stark in den Vordergrund tretende Figuren und Autos dürfen nicht zum Selbstzweck werden, sondern haben nur Berechtigung, wenn die Architektur in genau durchgearbeiteter Darstellung das Übergewicht behält. In Architekturdarstellungen mit unbestrittenem Niveau bleiben Figuren, so gekonnt sie ausgeführt sind, in angemessener Größe im Mittelgrund untergeordnet.

Wenn wir allen Ansprüchen darstellerisch gerecht werden wollen, hat das einen hohen Aufwand zur Folge und zieht fast immer eine besondere Aufmachung nach sich. Deshalb liegt es nahe zu versuchen, mit wenigen Blättern Architekturdarstellung auszukommen. In dieser Hinsicht unterscheiden sie sich eindeutig von Ideenskizzen, auch wenn diese perspektivisch gezeichnet sein sollten.

Bei einer solchen Architekturdarstellung, wie sie in ihren Anforderungen umrissen wurde, handelt es sich zum überwiegenden Teil um isometrische oder perspektivische Projektionen von Entwurfszeichnungen. Das heißt, daß die aus unendlicher Sicht gesehene orthogonale Projektion von Grundrissen, Ansichten und Schnitten in die optische, auf das Auge bezogene Darstellung übertragen wird. Damit werden mehrere Ansichten und die Draufsicht in einem Bild projiziert.

Anforderungen an Architekturdarstellungen

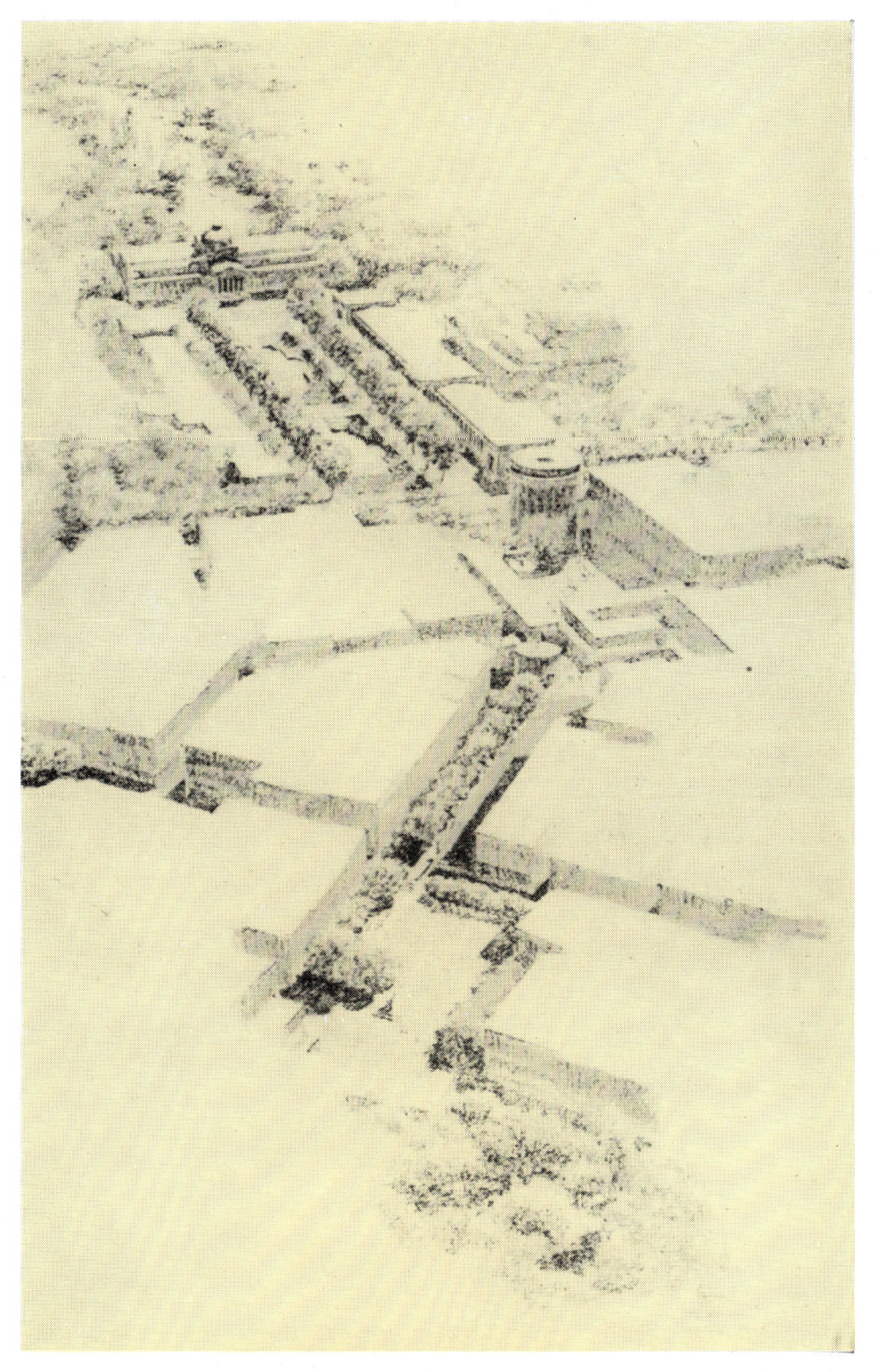

130
Diese zarte und duftige Darstellung einer Vogelschau lenkt das Augenmerk ganz und gar auf die durchsonnten Raumfolgen einer berühmten Kurpromenade. Das wird fast ausschließlich durch die mit Bleistift fein differenzierten Schatten und Reflexlichter erreicht.

Zeichnung: *Werner Eichberg*

131
Zentralperspektive eines gesellschaftlichen Zentrums aus einer Wohngebietsplanung. Gebäude und ihre Architektur bilden nur den Rahmen des städtebaulichen Raumes, in dem Figuren, Bäume, Sträucher und auch Verkehrsmittel in den Vordergrund treten und den kommunikativen Charakter des Raumes unterstreichen.

Zeichnung: *Gerd Wessel*

Architekturdarstellung

132
Perspektivische Übersicht über den gesamten Planungsraum Lütten Klein im Nordwesten der Stadt Rostock. Diese Skizze vermittelt einen Überblick über die kontinuierliche Stadterweiterung, die zu einem großen Teil schon verwirklicht wurde. Kein Luftbild vermag sowohl in der Übersichtlichkeit der Planungsgedanken als auch in der Andeutung von Zielvorstellungen ein adäquates Ergebnis zu erreichen.

Zeichnung: *Rudolf Lasch*

Anforderungen an Architekturdarstellungen 127

133
Architekturdarstellung einer ausgedehnten Anlage mit pavillonartigen Bauten von *Frank Lloyd Wright*. Diese grafisch reizvolle perspektivische Vogelschau ist lange nach Vollendung der Anlage zum Zwecke einer Veröffentlichung entstanden. Der Zeichner ist unbekannt. Die Vogelschau bietet einen beispielhaften Überblick und vermittelt durch die reizvolle Baumdarstellung eine lebendige Vorstellung, wie die Sommerhäuser in die parkähnliche Landschaft eingeordnet sind.

Architekt: *Frank Lloyd Wright* 1869—1959.
Zeichner unbekannt.

Architekturdarstellung

134
Isometrisches Schaubild der Raumfolge der Staatsoper in Ankara von *Paul Bonatz*. In der ihm eigenen freien Art der Federzeichnung, mit der er in seinen besten Jahren zahllose Wettbewerbe gewonnen hat, ist hier der Raumgedanke dieses Spätwerkes, eines Umbaus, in seiner Raumfolge innen und außen überschaubar dargestellt. Das Weglassen von Dächern und Wandteilen beeinträchtigt die Vorstellung vom gesamten Bauwerk nicht.

Entwurf und Zeichnung: *Paul Bonatz* 1877—1956

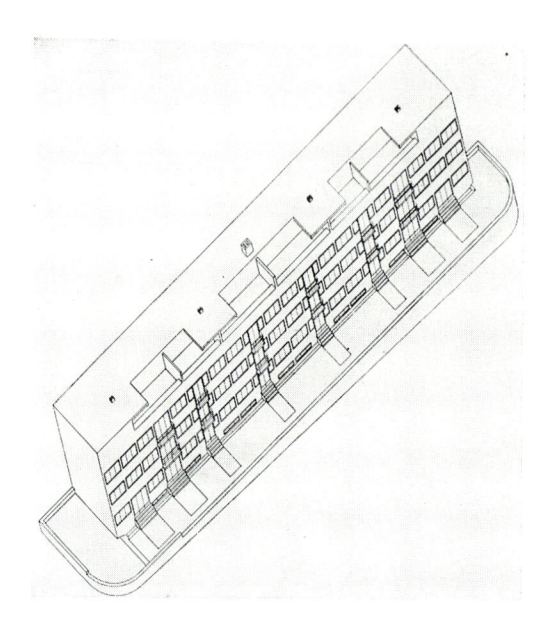

135
Isometrische Darstellung des Gebäudes von *Mies van der Rohe* in der Weißenhofsiedlung in Stuttgart. Axonometrische Konstruktionsprinzipien und lineare Darstellung waren am Bauhaus üblich, aber nicht ausschließlich. Man kann nicht in Abrede stellen, daß diese Art Darstellung dem Charakter der Bauten des Bauhauses und der Weißenhofsiedlung entspricht.

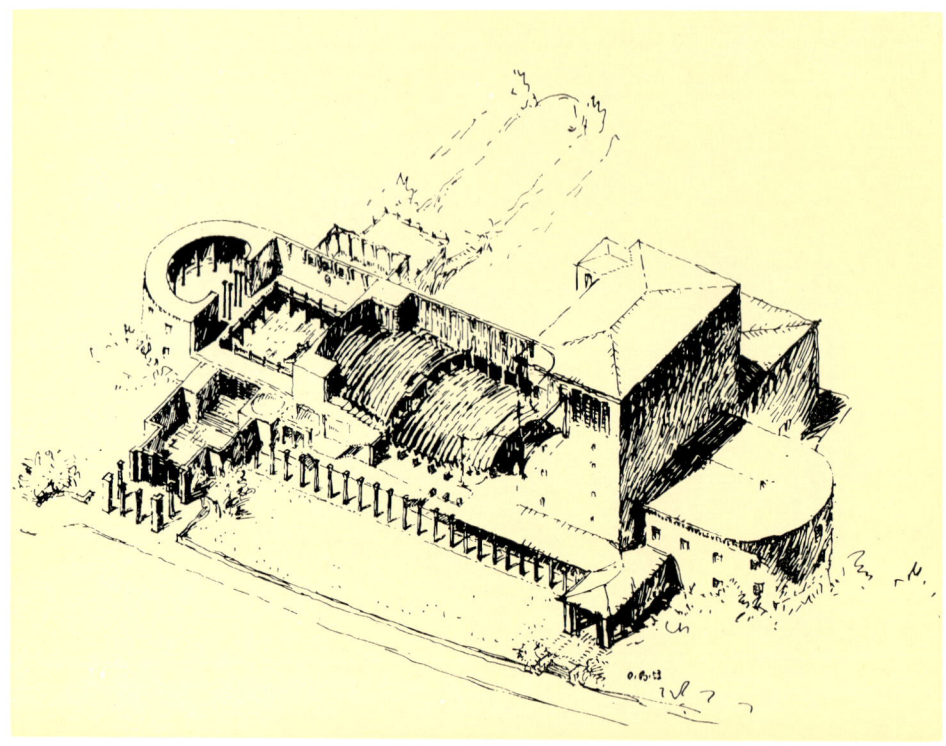

Entwurf und Zeichnung: *Mies van der Rohe*

Isometrie und Axonometrie

Die Vogelschau oder das »Schräg von oben«-Zeichnen bietet zunächst geometrische Projektionsmethoden, die noch nicht reine Perspektiven genannt werden können. Sie sind ein Übergang von der orthogonalen Projektion, dem Sehen aus unendlicher Entfernung, zur gefluchteten Perspektive. Gemeint sind Isometrie und Axonometrie und ihre Verfeinerungen durch Verkürzungen, die wesentliche Verbesserungen der Anschaulichkeit erlauben.

Wenn auch diese geometrischen Übertragungen nie vollständig dem echten perspektivischen Wahrnehmungseindruck entsprechen, so regen sie doch die Vorstellung an und vermitteln einen räumlichen Eindruck. Jedenfalls sind sie einfach und unmittelbar konstruierbar. Gerade für städtebauliche Konzeptionen mit vielfältigen Gebäude- und Raumstrukturen gestatten solche rationellen Projektionen einen informativen Überblick und — wenn auch durch fehlende Fluchtung leicht entstellt — eine Raumvorstellung.

Isometrie oder auch Axonometrie heißt anschauliche Darstellung durch maßgerechte, parallele — also nicht gefluchtete — Projektion auf drei zueinander senkrechten Achsen; das bedeutet, daß drei Flächen eines Würfels sichtbar sind. Der darzustellende Gegenstand wird übereck gedreht und zur Blickrichtung angekippt, so daß zwei Ansichten und die obere Fläche sichtbar sind. Die Kantenlängen jedoch werden in ihrer wahren Länge aufgetragen, und Parallele bleiben Parallele. Darin liegt die Ursache, daß die reine Isometrie weder Fluchtung noch Verkürzung aufweist, weshalb

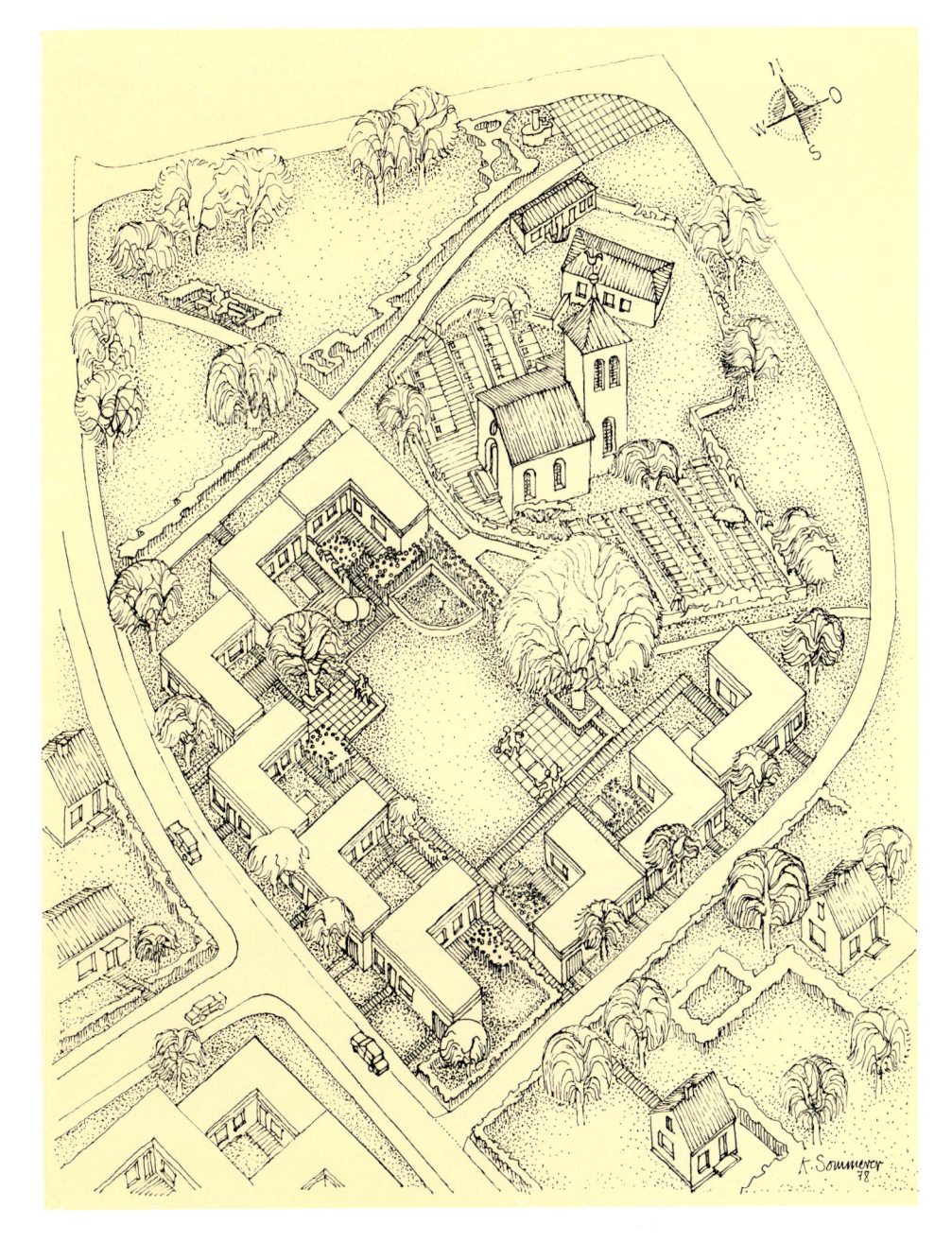

Isometrie und Axonometrie

136
Reine unverkürzte Isometrie einer Siedlung mit Gartenhofhäusern. Der Lageplancharakter bleibt noch deutlich spürbar. Die Differenzierung der Grünfläche ist vollständig ausgearbeitet, hingegen sind die Flachdächer hell belassen. Dadurch hebt sich die Bebauungsstruktur der um einen Grünraum mit großem Baum gruppierten Eigenheime deutlich ab.

Zeichnung: *Karl Sommerer* 1918—1981

Architekturdarstellung

138

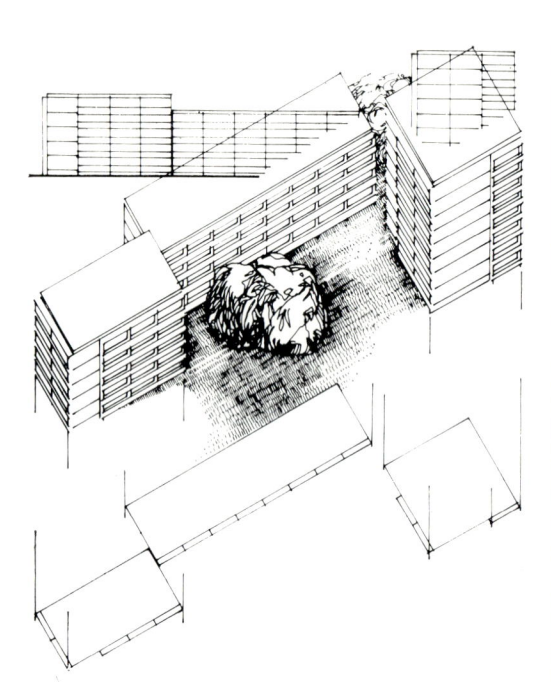

137
Die reine oder unverkürzte Isometrie ist die einfachste Methode, um von einem baulichen Ensemble einen räumlichen Eindruck zu erhalten. Man kann dasselbe auch als Axonometrie bezeichnen Die bauliche Situation wird so gezeichnet, daß ein Blick schräg von oben und schräg von vorn ermöglicht wird. Der maßstäbliche Grundriß der Gebäude wird schräg zur Grundlinie gestellt und darauf senkrecht die Höhen im Maßstab des Grundrisses in ihren wahren — das heißt unverkürzten — Abmessungen unmittelbar aufgetragen. Weil dabei auch im Grundriß sich nichts verändert, entsprechen auch die Längen und Breiten maßstäblich den wahren Abmessungen. Alle Linien verlaufen parallel. Darin liegt das eigentliche Merkmal jeder Isometrie. Die Draufsicht wirkt sehr steil, weil das Dach in wahrer Grundfläche zu sehen ist. Der Eindruck der Gebäude wird überhöht, weil die Höhen unverkürzt bleiben. Besonders für Bebauungskonzeptionen und Grünplanungen in umbauten Situationen sind Isometrien gebräuchlich und genügen selbst dem ungeübten Auge. Man kann alle Maße daraus abgreifen. Die unvermeidlich leicht verzerrende Wirkung wird nur bei größeren Plänen zum Schönheitsfehler und läßt sie etwas linkisch erscheinen. Die Isometrie hat ihren festen Platz in den Methoden der Architekturdarstellung.

Isometrie und Axonometrie

sie etwas ungelenk erscheint. Bei eingehender Betrachtung wird man den Eindruck nicht los, als ob sich die dargestellten Körper nach hinten und unten vergrößern. Isometrie und Axonometrie haben aber den nicht zu unterschätzenden Vorteil, maßstäblich zu sein, und zwar in allen drei Richtungen.

Isometrie und Axonometrie sind theoretisch dasselbe. Im Sprachgebrauch wird das Wort »Isometrie« für die Darstellung städtebaulicher Ensembles bevorzugt und »Axonometrie« mehr für die Veranschaulichung von Baukörpern.

Durch die verkürzte Isometrie wird nun versucht, den tatsächlich bei der Wahrnehmung auftretenden Verkürzungen der Entfernungen und der Senkrechten zu entsprechen. Verkürzungen erfolgen zwar genau nach dem Draufsichtwinkel, jedoch durchweg einheitlich, schematisch, also nicht mit den proportional zur Entfernung notwendigen Abminderungen, auf die wir noch zu sprechen kommen. Demzufolge bedeutet das auch noch keine Fluchtung. Eine solche Isometrie wird auch als eine trimetrische Axonometrie bezeichnet, eine axonometrische Darstellung mit verschiedenen Maßstäben auf allen drei Achsen.

Die konstruktiven Prinzipien sind einfach und den Erfordernissen anpaßbar. Auch vielgestaltige Lagepläne lassen sich ohne besondere Schwierigkeiten systematisch übertragen, unter Vermeidung des doch immer sehr verwirrenden Bündels von Linien, die durch Fluchtung entstehen. Der Neigungswinkel der Blickrichtung zur horizontalen Fläche kann im Prinzip beliebig gewählt werden, jedoch eignet sich ein 30°-Winkel am besten. Die Verkürzungen lassen sich für alle Winkel geometrisch ermitteln, aber auch als Funktion des Winkels errechnen und dann durchgehend anwenden. Bei 30° läuft das etwa auf eine Verkürzung der wahren Länge um 1/3 hinaus.

Mit axonometrischen Mitteln läßt sich der Eindruck einer Vogelschau noch durch einen frei gewählten Fluchtpunkt nach unten erhöhen. Dadurch stürzen alle senkrechten Linien, was wir normalerweise weitgehend zu vermeiden suchen, aber hier erhöht es die Wirkung, vorausgesetzt, wir verlegen den Fluchtpunkt sehr weit nach unten, so weit, daß die Fluchtung der senkrechten Linien nur schwach über die gesamte Bildbreite erfolgt. Wir setzen die gefluchtete Vertikale am Sockel an und lassen sie nach oben abweichen. Je schwächer und kaum wahrnehmbar diese Fluchtung erscheint, desto mehr erhöht sie unbewußt den Eindruck einer Schau von schräg oben, und die axonometrischen Steifigkeiten werden abgemildert.

Jede Isometrie, Axonometrie und erst recht jede Perspektive erfordern zunächst die Beschränkung auf das Wesentliche, das heißt auf bilderzeugende Kanten, Ecken, Traufen oder Geschoßlinien. Alle weiteren Gliederungen der Baumassen, der Räume, der Gebäude, Fassaden und Vor- und Rücksprünge erfolgen danach. Dafür lassen sich dann leicht Bezugspunkte oder Linien finden, die die Darstellung vervollständigen, sowie Interpolationen oder auch freie Einfügungen.

138
Isometrische und aufgeschnittene Darstellung für die Rekonstruktion und den Neuausbau des französischen Doms in Berlin. Es handelt sich um eine in allen drei Richtungen maßstäbliche unverkürzte Isometrie, die allerdings im Grundriß nicht im rechten Winkel aufgezeichnet worden ist, sondern auf 60° bzw. 30° verändert wurde. Dadurch wirkt der Grundriß nach hinten abgekippt, und es entsteht der Eindruck einer schrägen Draufsicht. Der isometrische Einschnitt in drei Ebenen vermittelt den räumlichen Zusammenhang, insbesondere die sehr schwierig darzustellende Neugestaltung der Turmtreppe. Der obere Turmzylinder, der das Aussichtsgeschoß enthält, ist aus optischen Gründen unmerklich überhöht gezeichnet. Die maßstäblichen Figuren in allen Ebenen erlauben die Einschätzung der Raumgrößen; beispielsweise wird dadurch ablesbar, daß die Skulpturen auf den Ecken und Giebeln mehr als doppelt so groß sind. Insgesamt beweist diese Zeichnung sehr überzeugend, wie brauchbar und anpassungsfähig die Isometrie mit ihren Möglichkeiten ist.

Zeichnung: *Wolfgang Pfeiffer*

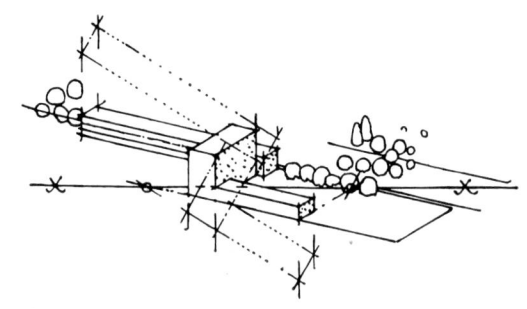

139
Eine verkürzte Isometrie, die sich ganz und gar auf das Kippen um die x-Achse stützt. Zwei Schnittpunkte der rechtwinklig zueinander stehenden Gebäudefluchten sind die Ausgangspunkte der beliebig gewählten neuen Fluchtlinien, durch welche die senkrechten Lote geschnitten werden. Die Höhen werden um dasselbe Verhältnis verkürzt wie die Vertikalen zur Bezugsstrecke.

Zeichnung: nach *Hans Döllgast*

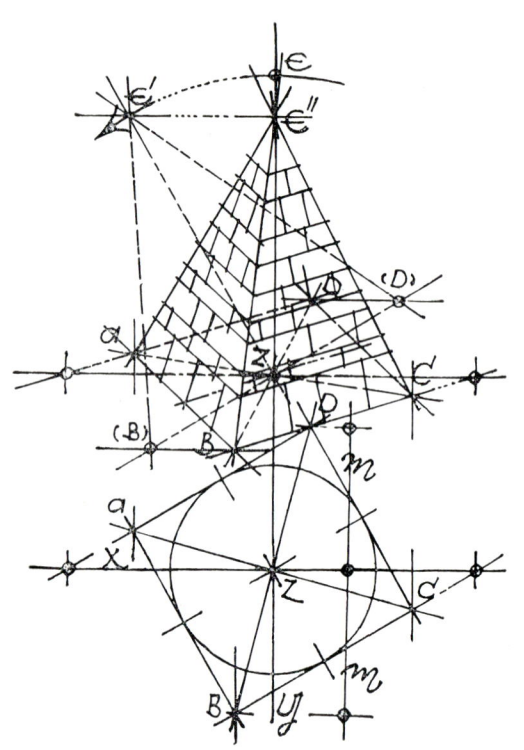

Architekturdarstellung

140
Verkürzte Isometrie einer Pyramide. In dieser Figur wird die Pyramide schräg zur Sehrichtung nach links gekippt, wie es in der gestrichelten Figur E', (B), (D) gekennzeichnet ist. Daraus ergeben sich die Höhe E'', die Lage von D und B in der Ansicht sowie die Punkte a und c durch die Hilfsschnittpunkte auf der x-Achse der Kantenverlängerung im Grundriß.

Zeichnung: nach *Hans Döllgast*

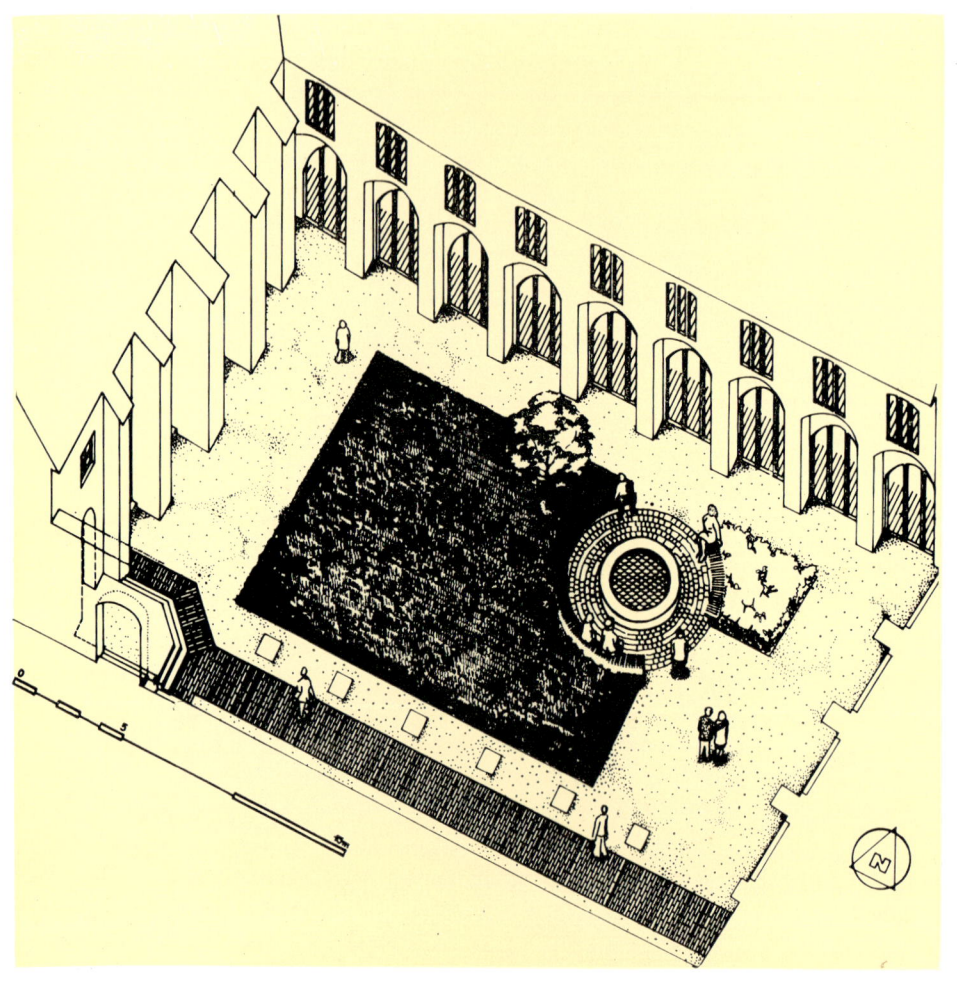

141
Einfache Isometrie zur Umgestaltung des Hofes in einem alten Klosterkreuzgang. Die Eintragung einer Maßstabsleiste ist für eine reine Isometrie angebracht. Die vordere Umbauung des Hofes ist weggelassen worden. Gepflasterter Weg, Bekiesung, Rasenflächen, Strauchgehölz und Baum sind durch diese Isometrie festgelegt.

Zeichnung: *Ludwig Trauzettel*

142
Die skizzenhafte Darstellung eines umzugestaltenden Straßenraumes nach dem Prinzip einer verkürzten Isometrie.

Zeichnung: *Achim Felz*

Isometrie und Axonometrie

142

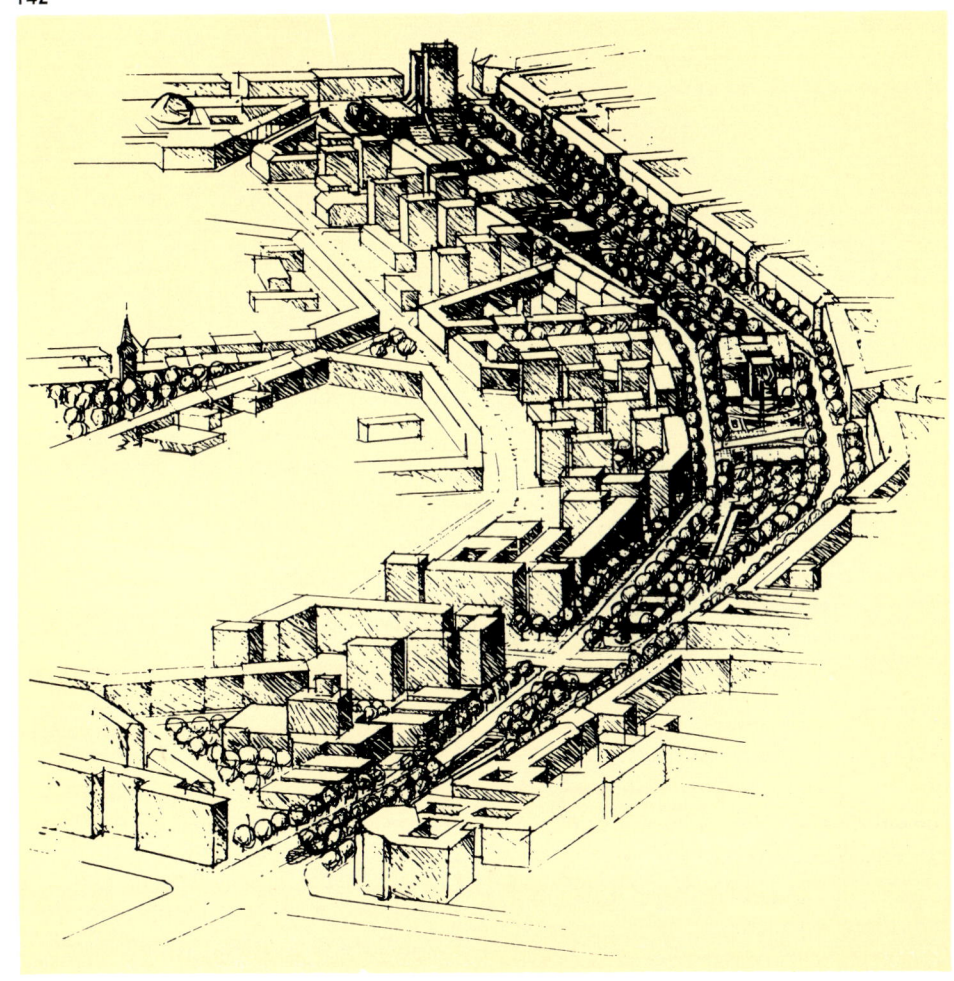

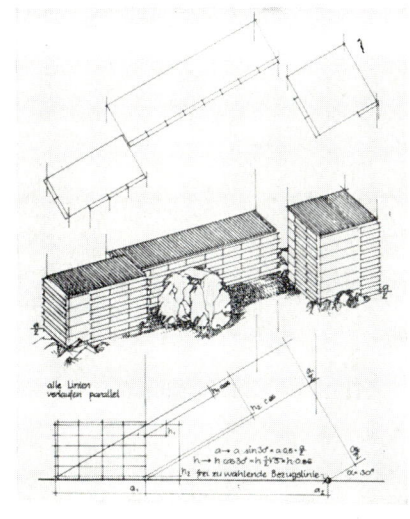

143
Bei der verkürzten Isometrie oder trimetrischen Axonometrie verlaufen zwar alle Linien parallel, weshalb sie nicht als Perspektive angesprochen werden kann, aber sie weist einheitliche Verkürzungen in drei Richtungen auf. Dadurch wird die Darstellung aus einem erhöhten Blickwinkel wirklichkeitsgetreuer. Als Blickwinkel sind in diesem Fall 30° gewählt, aber auch jeder andere Blickwinkel kann angewendet werden. Vom Blickwinkel sind alle Verkürzungen abhängig. Eine Bezugslinie ist irgendwie so zum Grundriß anzuordnen, daß günstig und genügend Platz für die zu konstruierende Vogelschau bleibt. Die Entfernung zwischen Bezugslinie und jedem beliebigen Punkt im Grundriß wird nach einem vom Blickwinkel abhängigen Verhältnis geteilt. Dadurch verkürzen sich zwangsläufig auch die Längen und Breiten des Gebäudes, also in zwei Richtungen. Durch einen Seitenriß der Blickrichtung werden sowohl die Verkürzung senkrecht zur Bezugslinie ($a_1, a_2 \ldots a_n$) als auch die Höhen ($h_1, h_2 \ldots h_n$), nämlich die dritte Richtung, ermittelt. Abgesehen von der geometrischen Ermittlung der Verkürzungen und des Teilungsverhältnisses leuchtet sofort ein, daß der Cosinus des Blickwinkels der Verkürzungsfaktor für jede Höhe und der Sinus der Teilungsfaktor der Entfernung von der Bezugslinie zum Grundriß ist. Der 30°-Winkel bietet sich unter anderem deshalb an, weil der Sinus dieses Winkels 0,5 beträgt, also die Entfernungen vom Grundriß zur Bezugslinie genau halbiert werden. Mit der verkürzten Isometrie ist insofern ein Fortschritt erzielt, als die Baukörper ihren wahren Proportionen entsprechend erscheinen.

134 Architekturdarstellung

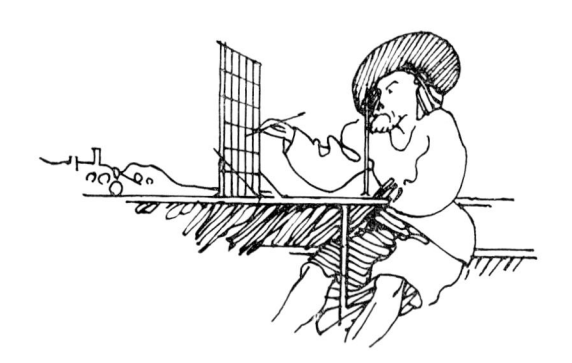

144
ARS PERSPECTIVA — die Kunst hindurchzusehen

Zeichnung: nach *Hans Döllgast*

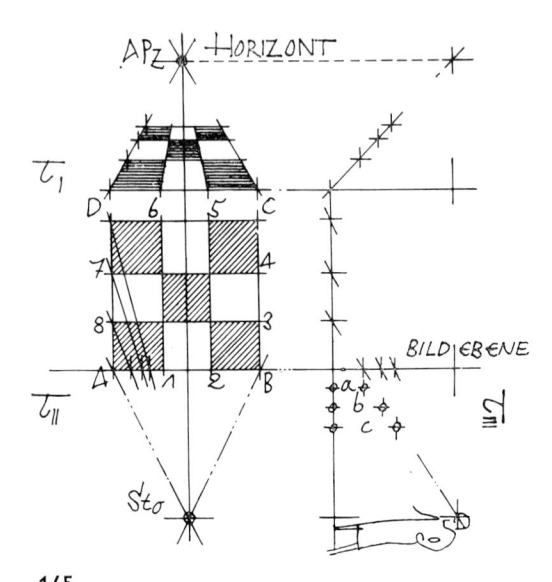

145
Die Skizze zeigt mit den sparsamsten Mitteln, daß eine Perspektive rein durch die Methode des Anvisierens ohne jeden Fluchtpunkt möglich ist. Der Zentrale Fluchtpunkt APZ in der Horizontlinie ergibt sich aus dem ermittelten perspektivischen Bild.

Zeichnung: nach *Hans Döllgast*

Die Perspektive und ihre Grundlagen

Das Wort »Perspektive« ist abgeleitet von ARS PERSPECTIVA — die Kunst hindurchzuschauen, nämlich durch die sogenannte »Bildebene«, die Zeichenfläche, das Fadennetz im Bildrahmen. Diese Herleitung wird verständlich, wenn man sich klarmacht, daß die Perspektive zunächst für die Malerei eine Bedeutung hatte, für das perspektivische Erfassen der Natur, also so zu zeichnen, wie das Auge es wahrnimmt. Dazu imstande zu sein, war keine geringe Errungenschaft der Menschheit. Insbesondere in der Renaissance sind viele Erkenntnisse gewonnen worden. *Leonardo da Vinci* hat eine ganze Lehre von der Perspektive aufgestellt mit eigenen Überlegungen.

Für die Architekturdarstellung geht es aber darum, auf eine Bildebene noch nicht vorhandene bauliche Realität zeichnerisch zu konstruieren, damit sie sichtbar wird. Alle Erkenntnisse über eine der Wahrnehmung unseres Auges entsprechende flächige Zeichnung sind dazu nützlich, das heißt auch die Gesetzmäßigkeiten der perspektivischen Projektion. Wie wir dies nutzen, welche Besonderheiten dabei zu beachten sind, macht die Kunst der Perspektive aus. Darüber gibt es umfangreiche Erkenntnisse, von denen wir nur einige Grundprinzipien für die Zwecke des Architekten hier in Erinnerung bringen wollen.

Die Bildebene ist also jene theoretische Ebene, auf die das räumliche Gebilde, wie es vom Auge gesehen wird, projiziert werden soll; oder praktisch die Ebene des Zeichenblattes. Sie ist die Projektionsfläche der Perspektive. Ihre Ebene steht theoretisch genau rechtwinklig zur Blickrichtung. Das perspektivisch zu erfassende Objekt befindet sich imaginär in unserer Vorstellung dahinter oder durchdringt die Bildebene; aber meistens nur in einem kleineren Maßstab.

Mit der Bildebene hat es noch eine sehr wichtige Bewandtnis, auf die wir uns grundsätzlich beim Konstruieren einer Perspektive immer wieder besinnen sollten: Der für die Perspektive gewählte Maßstab gilt nur in der Bildebene, in dieser theoretisch angenommenen Fläche. Dort, wo der Gegenstand die Bildebene durchdringt, können wir die wahren Abmessungen maßstäblich antragen. Wollen wir die Abmessungen einer Strecke, die nicht in der Bildebene liegt, antragen, müssen wir versuchen, sie erst einmal in die Bildebene zu projizieren und dort ihre Länge anmessen. Was dieser Umstand bedeutet, wie oft man sich damit helfen kann, wie sehr alle weiteren Vorgänge bis hin zur Tiefenteilung darauf beruhen, kann man erst bei einiger Übung ermessen und läßt sich — wie vieles in der perspektivischen Projektion — nicht in wenigen Worten erklären. Ein perspektivisch gesehener Gegenstand ist nur in der Schnittfläche mit der Bildebene maßstäblich.

Die Blickrichtung senkrecht zur Bildebene ist nicht ohne Bedeutung und muß zunächst als eine gedachte Linie fixiert werden. Der Punkt, in dem sie in der Bildebene auftrifft, ist der in der Perspektive wichtige Blickpunkt oder Augpunkt. Durch diesen Punkt führt waagerecht die Horizontlinie. Er liegt in unserer Augenhöhe und begrenzt die waagerechte Fläche genau in der Höhe unseres Auges im Unendlichen.

Mit der Horizontlinie beginnt eigentlich alles, also praktischzeichnen wir immer erst die Horizontlinie auf das Zeichenblatt und müssen nun alles dazu konstruieren und projizieren. Die Lage des Gegenstandes zur Horizontlinie bedeutet die Höhe

Die Perspektive und ihre Grundlagen

146

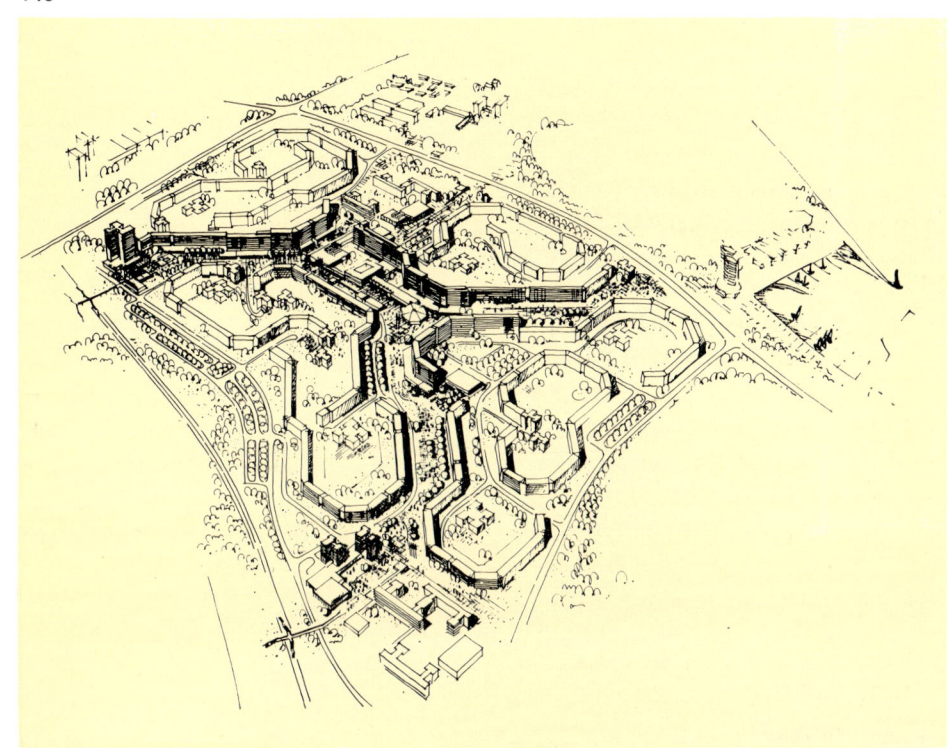

146
Vogelschauperspektive der Planung von Groß-Klein in Rostock mit zwei Fluchtpunkten. Die Hauptstrukturen der Bebauung werden durch eine kräftige Ausbildung des Schlagschattens der Gebäude und auch der Bäume besonders hervorgehoben; die Geschoßlinien heben die Bebauungsstruktur um die Kommunikationsbereiche hervor.

Zeichnung: *Rudolf Lasch*

147
Perspektive eines Gartenraumes in Augenhöhe bei grünender und blühender Vegetation. Eine der schwierigsten Aufgaben für den darstellenden Architekten. Ganz gleich, welchem Zeitgeschmack diese Zeichnung unterliegt, stellt sie eine meisterhafte Beherrschung der Mittel dar. Die verschiedenen Grünflächen sind äußerst diszipliniert differenziert durchgezeichnet. Mit wenigen, aber treffenden Mitteln sind Blütenstände angedeutet. Baulichkeiten und Möbel sind mit sparsamsten Mitteln eingezeichnet, und die Wege treten nur als weiße Restflächen in Erscheinung. Es ist wirklich erreicht worden, den räumlichen Eindruck des Gartens zu vermitteln.

Entwurf und Zeichnung: *F. Bauer*

147

Architekturdarstellung

148
Eine von *Schinkel* selbst angelegte perspektivische Konstruktion, die Einblick in seine Arbeitsweise gewährt. Auf einen für diesen Zweck kleinen Bogen Zeichenkarton von 430 mm × 492 mm hat er mit äußerst feiner Graphitspitze eine Bogenstellung mit zwei Reiterstandbildern entworfen und konstruiert. Am unteren Rand sind Maßstäbe aufgetragen und unmittelbar darüber der Standpunkt. Der Grundriß ist orthogonal nicht zu finden, sondern alle Abmessungen werden offenbar in der Bildebene über dem Teilpunkt links oben im Horizont und dem Fluchtpunkt rechts im Horizont unmittelbar zu einem gefluchteten Grundriß zusammengefügt. Dieser perspektivische Grundriß wird in den Horizont gelotet und in die Tiefe gefluchtet. Nur die wichtigsten Linien werden mit Tusche nachgezogen. Der Aufwand für die Konstruktion steht in keinem Verhältnis zu den meist sehr aufwendigen Architekturdarstellungen seiner Hand.

Zeichnung: K. F. Schinkel 1781–1841

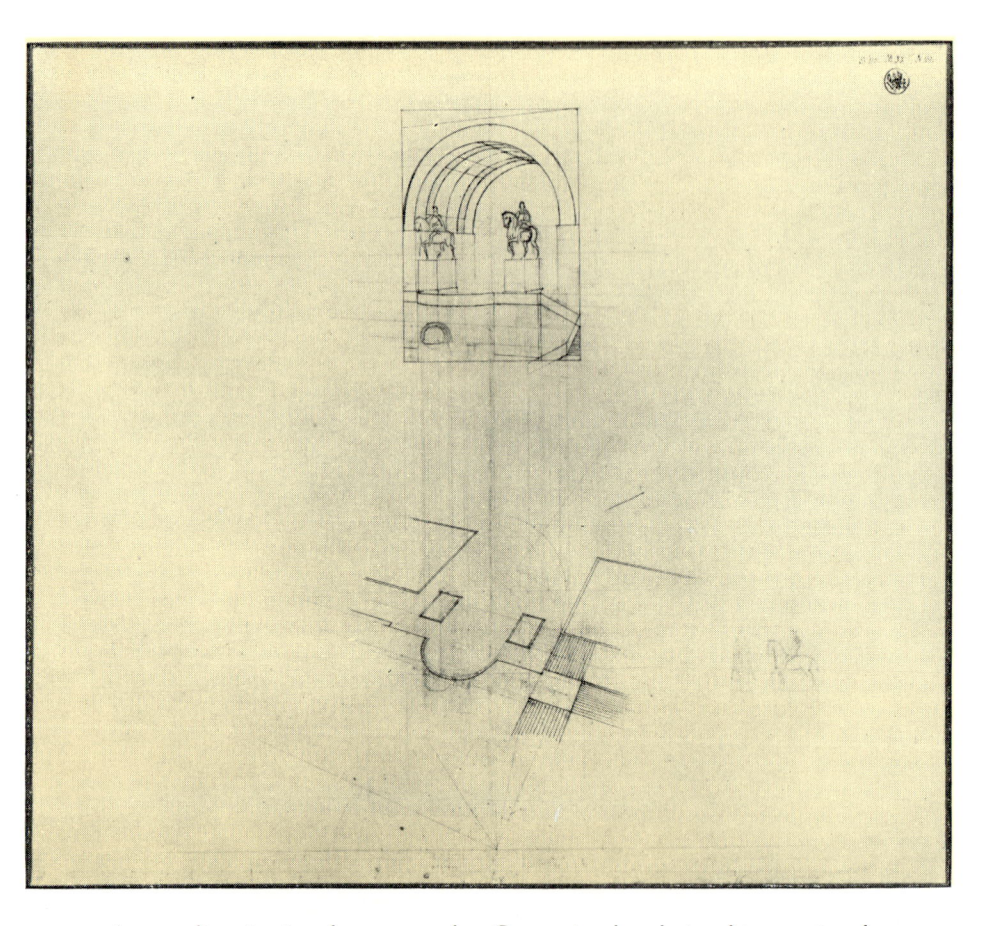

unseres Auges, die wir einnehmen, um den Gegenstand zu betrachten; entweder ganz normal aus der Augenhöhe, wenn wir aufrecht stehen, oder aus irgendeiner Höhe, die uns einen besseren Überblick gewährt, und sei es aus der Höhe eines Vogels. Diese Wechselbeziehung der Lage von Gegenstand und Horizont muß gewählt werden. Bei der Vogelschau rückt der Horizont nach oben, bei der Augenhöhe eines stehenden Menschen in die untere Hälfte des Blattes, je nachdem, welche Höhe der Gegenstand selbst aufweist.

Die Horizontlinie ist auch noch in anderer Hinsicht von besonderer Bedeutung, weil auf ihr diejenigen Fluchtpunkte liegen, in die alle waagerechten Linien der darzustellenden Gegenstände münden, sich im Unendlichen treffen. Auch jede waagerechte Ebene verschwindet demzufolge im Horizont.

Damit ist für die Lage der so wichtigen Fluchtpunkte zumindest die waagerechte Linie auf dem Zeichenblatt gezogen, aber auch nur für die Fluchtpunkte der waagerechten Linien des Gegenstandes. Bei geneigten Flächen wie Dächern oder Treppen verändert sich das. Die Lage der Fluchtpunkte auf der Horizontlinie hängt von der Flucht der Linie zu unserer Blickrichtung und der Bildebene ab. Verläuft sie parallel zur Blickrichtung, so fallen Blickpunkt und Fluchtpunkt zusammen; verläuft sie parallel zur Bildebene, verschwinden die Fluchtpunkte nach den Seiten ins Unendliche; alle

Die Perspektive und ihre Grundlagen

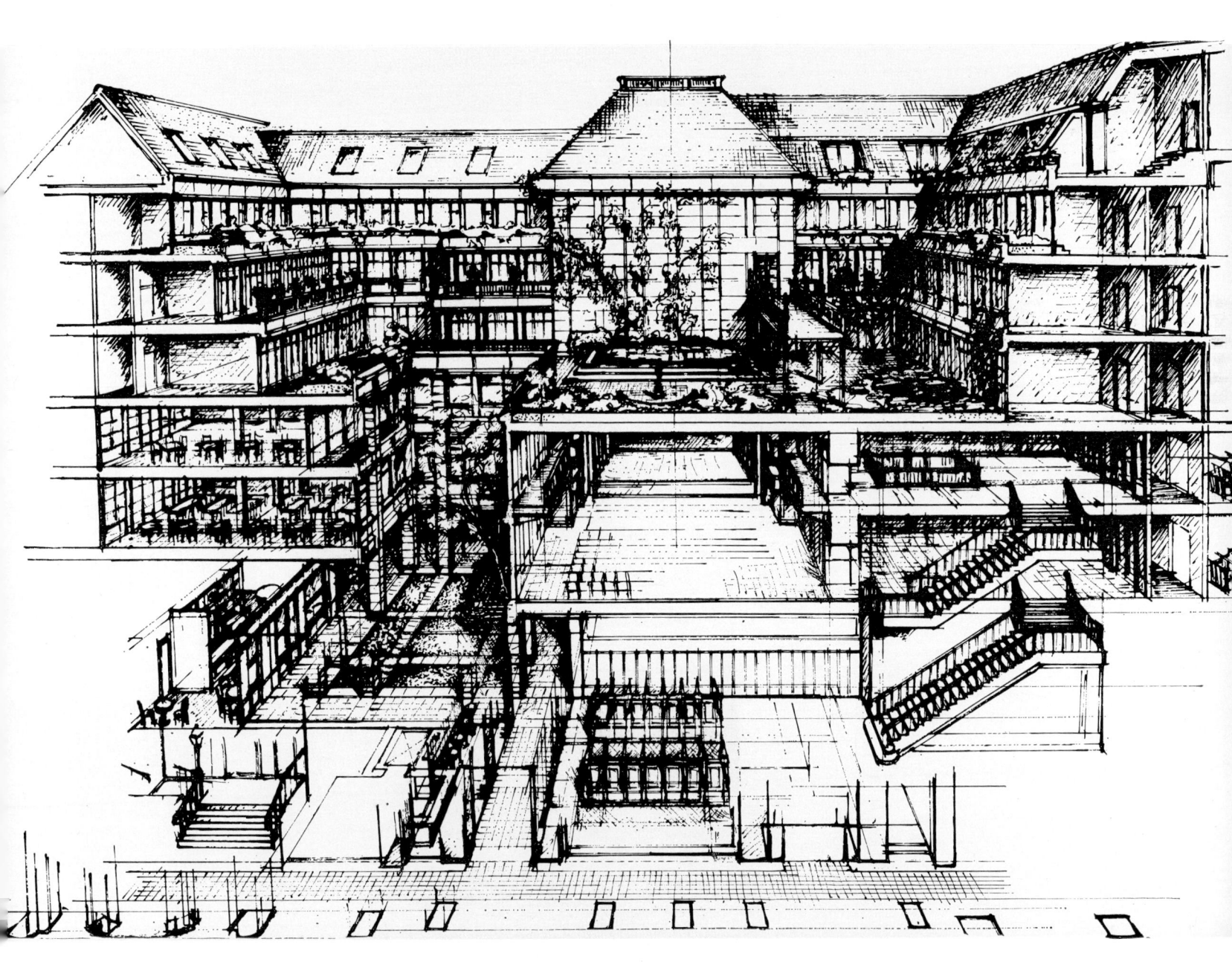

149
Perspektivische Schnittzeichnung zu einem Gebäude mit vielfältigen Funktionen, Terrassen und einem Lichthof. Der Horizont liegt im obersten Geschoß, wodurch sich eine gute Aufsicht auf den Innenhof ergibt. Die Konstruktionsflächen der vorderen Außenwand sind im Grundriß perspektivisch eingetragen, dadurch ist der vordere Gebäudeabschluß vorstellbar.

Zeichnung: *Peter Weiß*

Architekturdarstellung

150

Perspektive der Universität Bagdad nach Entwürfen von The Architects Collaborative. Die Folge der Räume in die Tiefe ist in dieser Perspektive besonders herausgearbeitet. Die Figuren unterstützen die Tiefenwirkung. Die Darstellung der kleinen Wasserflächen erreicht *H. Jacoby* immer durch eine dunklere Tönung, in der sich wenige Architekturelemente spiegeln.

Zeichnung: *Helmut Jacoby*

151

Innenraumperspektive zum Entwurf einer Bibliothek. Um die komplizierte Raumsituation überschaubarer und verständlicher zu machen, ist ein Rahmen links im Vordergrund nur angedeutet und durchsichtig belassen. Der Wechsel in der Fußbodenhöhe ist nur durch zwei Linien markiert, die Standflächen der Möbel und Figuren verdeutlichen den Niveauunterschied zusätzlich. Eine Tönung der Bauglieder und -flächen würde zwar den grafischen Reiz der auf die Linie beschränkten Darstellung mindern, aber das räumliche Verständnis erleichtern.

Zeichnung: *J. Baarß* unter Anleitung von *Siegfried Hausdorf*

Die Perspektive und ihre Grundlagen

152

152
Einen solchen Raum in seiner Zweckbestimmung anschaulich zu machen, erfordert eine starke Vorstellung und einen geschickten Einsatz der Mittel, besonders im Hinblick auf die Beleuchtungseffekte. Die Fotografie ist in diesem Falle der Zeichnung eindeutig unterlegen. Im Gegensatz zu den meisten Innenperspektiven wurde hier mit zwei Fluchtpunkten gearbeitet, wobei der rechte noch innerhalb des Bildes im Horizont liegt. Dadurch wird das Zuschauerkarree am besten erfaßt.

Entwurf und Zeichnung: *Peter Albert*

153
Eine Kommunikationsachse mit neuem Wohngebietszentrum, die über einem Talraum eine alte Dorflage kreuzt. Die Perspektive ist auf Karton mit hartem Blei (2 H) konstruiert und vorgezeichnet und danach mit weicherem Bleistift (HB bis 2 B) zeichnerisch überarbeitet. Der Horizont ist leicht angehoben, auf ihm befinden sich viele Fluchtpunkte. Bäume und Figuren bleiben mit wenigen Ausnahmen im Mittelgrund. Der Schlagschatten der Fußgängerbrücke ist übersteigert. In vielen Glasflächen sind ausgesprochene Kernschattenschwärzen ersichtlich. Der Himmel ist mit Neutraltinte laviert.

Zeichnung: *Carl Krause*

153

154
Variante zur Neugestaltung der Eingangssituation des Pergamon-Museums mit der Brücke über den Kupfergraben. Zentralperspektive mit einem Horizont auf der Höhe der seitlichen Gebäudeeingänge. Dadurch wird die gesamte Hofsituation erfaßt. Die Figuren vermitteln den wahren Maßstab, der durch die Proportionen der seitlichen Fassaden — vergleichen wir dazu die Brüstungshöhen der Bogenfenster — irritierend übersteigert ist.

Zeichnung: Jürgen Meißner

anderen Fluchtpunkte von waagerechten Linien divergierender Richtungen wandern auf der Horizontlinie nach rechts oder links in Abhängigkeit vom Winkel zwischen ihrer Richtung und unserer Blickrichtung und Distanz von der Bildebene.

Die Distanz ist die Entfernung vom Auge zur Bildebene, die im Grundriß maßstäblich aufgetragen wird. Mit der Entfernung vom Auge verändern sich die erscheinende Größe der Gegenstände und die Lage der Fluchtpunkte. Die zu erwartende Entfernung der Augen von Bildbetrachtern sollte möglichst proportional der Entfernung vom Gegenstand in der Wirklichkeit sein.

Mit der Festlegung der Distanz wird auch der Standpunkt fixiert, durch den alle Fluchtlinien laufen, die die Lage der Fluchtpunkte in der Bildebene bestimmen. Der Standpunkt bedeutet im Zusammenhang mit der Distanz den Ausgangspunkt aller Sehstrahlen.

Der Bildausschnitt ist abhängig vom Standpunkt, besonders von seiner Distanz. Der den Bildausschnitt begrenzende Rand bestimmt den Sehwinkel, der nicht beliebig vergrößert werden kann und etwa bei 60° sein Optimum hat. Je größer der Sehwinkel, um so schwieriger die Fluchtung. Das Auge ist hier der Zeichnung weit überlegen und vermag größere Bildausschnitte zu erfassen.

In den Fluchtpunkten treffen sich, konvergieren, alle Geraden von ständig gleichem Abstand, also Parallelen. Die Fluchtpunkte oder die Fluchtung machen zwar die Perspektive aus, obwohl eine Perspektive auch ohne ermittelte Fluchtpunkte, eben nur durch Anvisieren, erreichbar ist, aber damit ist die notwendige Veränderung von Abständen, die in die Tiefe gliedern, noch nicht gelöst.

Die Perspektive und ihre Grundlagen 141

Dies weitere Hauptproblem jeder Perspektive besteht in der Verkürzung aller gefluchteten Strecken von ihrer wahren Länge auf die erscheinende Länge; oder die Einteilungen von Linien und Flächen, Strukturen von Fußböden, Abstände von Stützen und Trägern, Öffnungen und Stufen proportional zur Tiefenflucht abzumindern. Die wahren maßstäblichen Abmessungen in Grundriß, Schnitt und Ansicht sind die Bezugsbasis. Die Verkürzungen betreffen alle in die Tiefe laufenden Abmessungen und Einteilungen, weshalb sie auch Tiefenteilung oder Tiefenmessungen genannt werden. Das Problem kann durch verschiedene Methoden gelöst werden.

Die nächstliegende, logisch am einfachsten ableitbare, der Vorstellung einleuchtende, aber nicht immer praktischste Methode ist die schon erwähnte »Sehstrahlenermittlung«, auch »Anvisierung« oder »Durchstoßverfahren« genannt.[10] Vom Standpunkt aus wird der Sehstrahl mit den wahren Strecken und Teilungen im orthogonalen Grundriß oder Schnitt verbunden. Dort, wo dieser Sehstrahl die gedachte Bildebene schneidet, markiert sich der auf dem Bild erscheinende Punkt, der in Beziehung zu anderen so gewonnenen Punkten die Verkürzung ergibt. Das kann sowohl im Grundriß als auch im Schnitt erfolgen.

Wenn wir jedoch die Tiefenteilung von Fußbodenplatten, Deckenbalken, Fensterreihungen und vielleicht noch Sitzbankreihen derart vom Standpunkt auf die Bildebene beziehen (anvisieren), kennen wir uns bald vor Schnittpunkten kaum noch aus. Das erste Hilfsmittel, auf das wir uns dabei besinnen sollten, liegt in der Beschränkung. Zum Beispiel genügt es, drei Intervalle in der mittleren Bildtiefe zu konstruieren, um davor und dahinter frei fortzusetzen, wie das erfahrene Auge es gestattet. Auch Türen,

155
Perspektive vom Markt eines gesellschaftlichen Zentrums in einem geplanten Wohngebiet, nach dem Netzhautbildverfahren konstruiert. Gerade für solche städtebaulichen Räume eignet sich dieses Prinzip, um ein großes Blickfeld ohne wesentliche Verzerrungen zu erfassen. Die Zeichnung ist freihändig ausgezogen.

Entwurf und Zeichnung: *Günter Andres*

142 Architekturdarstellung

156
Zentralperspektive zur Grundrißdisposition eines Reiheneinfamilienhauses. Die wenigen Andeutungen der stark gefluchteten und verkürzten Wände sowie die perspektivisch gezeichneten Möbel einschließlich eingezeichneter Figuren verbessern die Wahrnehmbarkeit der Räume. Die Bildebene liegt als maßstäblicher Grundriß im Fußboden. Es ist ein leichtes, die Verkürzungen durch diagonale Fluchtpunkte der Außenwände in jeder Hinsicht zu ermitteln.

Zeichnung: *Christa Steinbrück*

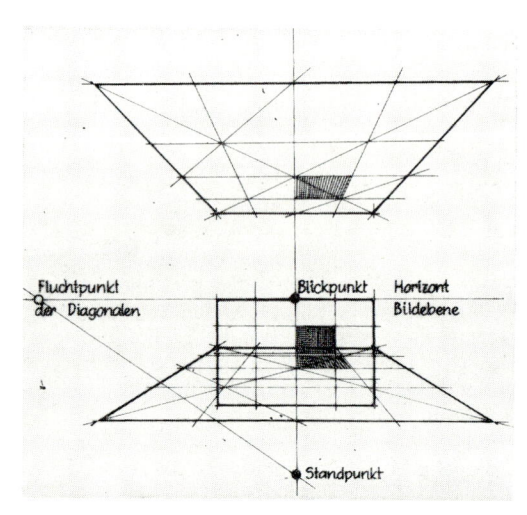

157
Im Prinzip eine Zentralperspektive, die im Grundriß kein quadratisches Schema aufweist. Auch hier kann in derselben Weise wie beim quadratischen Prinzip über den Fluchtpunkt der Diagonalen die Tiefenteilung in allen horizontalen Ebenen erreicht werden. Der Fluchtpunkt der Diagonalen weist entweder einen größeren oder kleineren Abstand zum Blickpunkt auf als die Distanz zum Standpunkt, je nachdem, ob das Rechteck senkrecht oder parallel zur Bildebene liegt. Wenn der Abstand des Fluchtpunktes zum Blickpunkt sich beträchtlich vergrößert, ist es rationeller, nur mit einem Fluchtpunkt auf einer Seite auszukommen. Das ist ohne weiteres möglich, wie es diese Figur zeigt.

Die Zentralperspektive

Bilder oder Fenster, wenn die Hauptstruktur bestimmt ist, können wir frei hineinzeichnen.

Es bedarf schon einiger Kenntnis — läßt sich jedenfalls nicht so ohne weiteres selbst finden —, um die praktischere Methode mit einem zu ermittelnden Punkt, dem sogenannten »Teilpunkt« anzuwenden, um Teilungen auf einer gefluchteten Linie verkürzt vorzunehmen. Der Teilpunkt ergibt sich durch einen Zirkelschlag um den Fluchtpunkt mit der Strecke zwischen Fluchtpunkt und Standpunkt. Der Schnittpunkt dieses Zirkelschlages mit der Bildebene fixiert in der Horizontlinie den Teilpunkt.

Nun wird einfach die wahre Länge oder Teilung parallel zum Horizont und maßstäblich von jenem Schnittpunkt ausgehend angetragen, wo die zu teilende gefluchtete Linie des Gebäudes, etwa die Linie des Fenstersturzes, die Bildebene durchdringt, also an jener Stelle, wo im Grundriß die Fensterflucht des Gebäudes die Bildebene berührt und Maßstäblichkeit angetragen werden kann. Ziehen wir Linien vom Teilpunkt über die parallel zum Horizont angetragene wahre Teilung bis zur gefluchteten Linie, ist die Tiefenteilung bereits erreicht. Das Teilpunktverfahren eignet sich hauptsächlich für zwei Fluchtpunkte; bei nur einem zentralen Fluchtpunkt sieht es etwas anders aus. Es hat den Vorteil, daß wir auf die Ermittlung von Verkürzungen im Grundriß verzichten können und gleich im zu erarbeitenden perspektivischen Bild wahre Längen beliebig maßstäblich hinzuziehen.

Es reicht nicht aus, Längen, Höhen und Abstände mit dem Maßstab aufzutragen und nach geometrischen Methoden entsprechend zu verkürzen, ohne mit dem Auge zu kontrollieren. Einige Teilungen sind immer zu klein, als daß sie über die umständliche Herleitung selbst mit einem spitzen Bleistift eine gleichmäßige Kürzung gewährleisten. Das Empfinden für Verhältnisse muß ausmitteln und korrigieren.

Die Zentralperspektive

Alles auf einen Fluchtpunkt zu beziehen, der in der Mitte des Bildes, also zentral auf dem Horizont liegt, deshalb auch Zentralperspektive genannt, ist für Architekturperspektiven eine sehr gebräuchliche Form. Die Zentralperspektive ist die wichtigste in Augenhöhe und besonders für Innenräume und Höfe geeignet. Auch Vogelperspektiven können zentral gefluchtet sein. Der Blick in die Tiefe von Straßenräumen mit den zwei Baufluchten rechts und links kann ebenso als räumliches Objekt für die Zentralperspektive verwendet werden. Der zentrale Fluchtpunkt wandert dabei auf der Horizontlinie um so viel hin und her, als die Bauflucht der Straße es diktiert.

Wie leicht läßt sich eine plastische Fassade mit den Vor- und Rücksprüngen von Loggien durch Fluchtung auf einen zentralen Fluchtpunkt in Augenhöhe so darstellen, daß ihre Plastizität sofort und ohne Schatten erfaßbar wird. Die darzustellende Hauptfläche wird zur Bildebene. Sämtliche Höhenmaße werden davon ausgehend projiziert.

Eine grundlegende Voraussetzung — ein Merkmal — für Zentralperspektiven ist darin zu sehen, daß die räumlichen Objekte für die Perspektive mit einer ihrer Grenzflächen parallel zur Bildebene liegen und die in die Tiefe gehenden Flächen hauptsächlich senkrecht dazu. Dadurch unterscheidet sie sich von der doppelt gefluchteten Perspektive. Darin liegt auch der Grund, weshalb sich Räume besser als

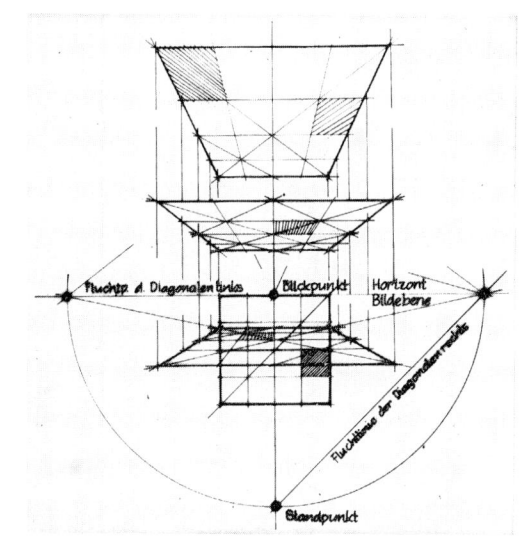

158
Das Prinzip der Zentralperspektive, auch Frontalperspektive genannt, beruht auf einem zentralen Fluchtpunkt, auf den alle senkrecht zum Bild verlaufenden Linien fluchten. Die parallel zur Bildebene verlaufenden Linien verbleiben auch zum Horizont parallel. Alle Teilungen auf den parallelen Linien in der Bildebene lassen sich als wahre Längen eintragen. Diese Teilungen, wenn sie sich von der Bildebene entfernen, werden zentral gefluchtet. Schwieriger verhält es sich mit den Teilungen senkrecht zur Bildebene, also denjenigen, die auf den gefluchteten Linien eingetragen werden müssen. Im vorliegenden Falle ist ein Quadratnetz im Grundriß eingetragen, und die Fluchtpunkte rechts und links aller Diagonalen sind ermittelt worden. Diese Fluchtpunkte sind, weil es sich um Diagonalen von Quadraten handelt, vom Blickpunkt genauso weit entfernt wie der Standort. In diese Fluchtpunkte fluchten auch alle Diagonalen der in verschiedenen Höhen zum Horizont perspektivisch erwünschten Quadrate. Damit ergeben sich genügend Anhaltspunkte und Möglichkeiten, die Tiefenteilung zu vollziehen. Es ist erstaunlich, wie die Diagonalen, die Parallelen und zentral gefluchteten Linien vielfältig zusammenwirken. Beim Durchzeichnen entdecken wir immer neue Zusammenhänge, die übereinstimmen müssen. Benötigt wird nur ein Teil davon. Das Grundprinzip eignet sich in vielfältiger Weise für konkrete Zentralperspektiven, wenn wir es entsprechend auf den besonderen Fall umsetzen.

Architekturdarstellung

159
Dies ist nur der Ausschnitt aus einer zentralperspektivisch konstruierten Gegenüberstellung von Altbau und Neubau am Stadtrand. Die Öffnung zur Landschaft wird durch die in den Vordergrund reichenden Bäume nach rechts weiter fortgesetzt.

Zeichnung: *Gerd Wessel*

160
Diese Innenperspektive mit zwei Fluchtpunkten ist so angelegt, daß der eine Fluchtpunkt (F_1) noch im Raum liegt. Die Bildebene schneidet die Rückwand; von dort werden alle Höhenmaße bezogen. Es ist durchaus möglich, den Aufwand mit dem zweiten Fluchtpunkt zu vermeiden und eine Zentralperspektive mit einem leicht aus dem Blickpunkt exzentrisch verlagerten Fluchtpunkt zu erarbeiten. Die Rückwand kann dann orthogonal aufgetragen werden. Dadurch vereinfacht sich manches, aber auch vom Reiz der doppelten Fluchtung gehen viele Feinheiten verloren.

Zeichnung: *Walter Nitsch*

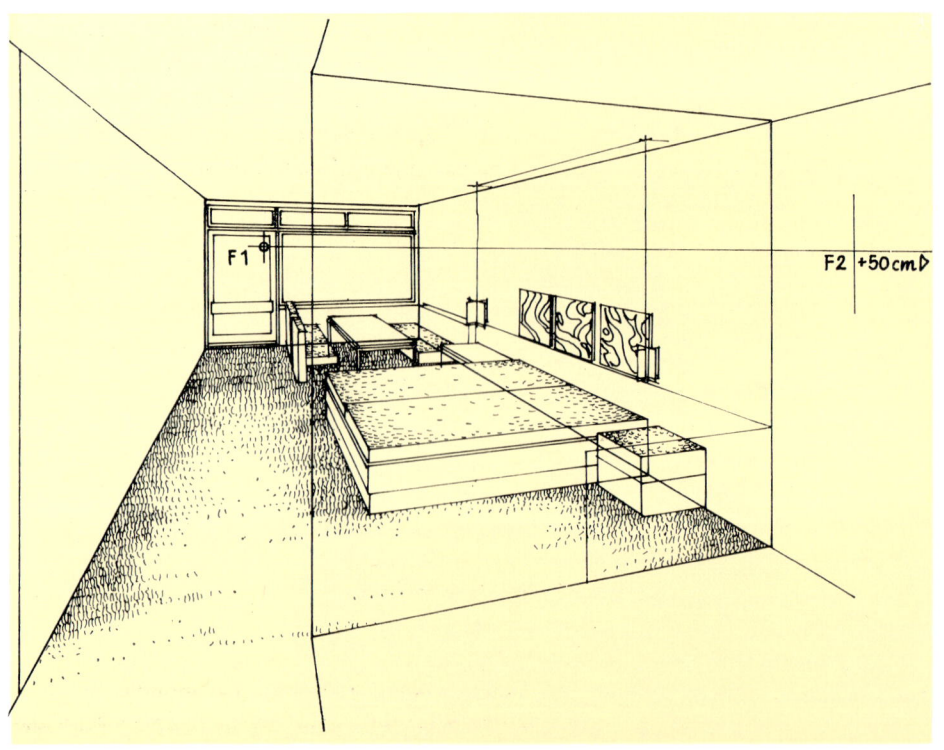

Die Perspektive mit zwei Fluchtpunkten

161
Eine normale Fassade aus dem industriellen Wohnungsbau, jedoch mit vor- und zurückgesetzten Loggien. Um die Plastizität unmißverständlich darzustellen, wurden die Vor- und Rücksprünge der zunächst rein orthogonal angelegten Ansicht auf einen zentralen, hier etwas nach links gelagerten Fluchtpunkt in Augenhöhe, nach vorn und zurückgefluchtet. Alle Höhen sind vorhanden, die Verkürzung erfolgt nach Augenmaß; das Ganze ist kaum ein Mehraufwand.

Zeichnung: *Ruth Krause*

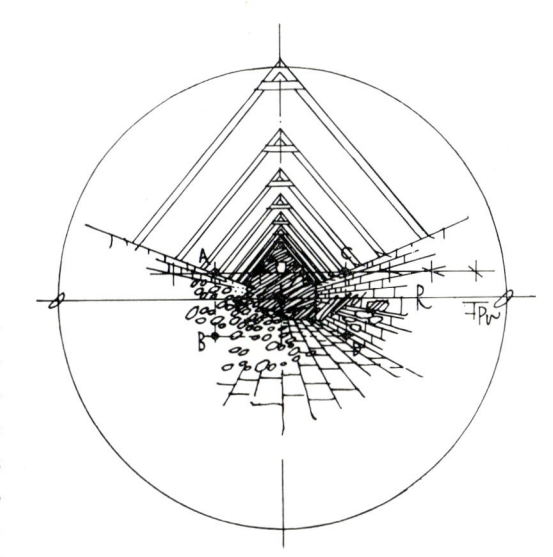

Körper für die Zentralperspektive eignen. Bei einem Würfel beispielsweise würde man nur die Vorderfront ohne Seiten abbilden können, seinen Innenraum hingegen mit drei Seiten, der Decke und dem Fußboden.

Bei der Zentralperspektive läßt sich die Tiefenteilung durch zwei neue Fluchtpunkte für Diagonale rechts und links, die vom zentralen Fluchtpunkt grundsätzlich dieselbe Distanz haben, leicht erreichen. Sie fungieren ähnlich den sogenannten Teilpunkten, aber man kann sie in diesem Falle auch als Fluchtpunkte aller Diagonalen von Rechtecken oder Quadraten ansehen, welche in beliebiger waagerechter Ebene perspektivisch projiziert sind. Die senkrecht zur Bildebene verlaufenden Linien konvergieren zum zentralen Fluchtpunkt; die parallel zur Bildebene liegenden Linien genau waagerecht, und die Diagonalen fluchten nach rechts und links in die neuen Fluchtpunkte auf der Horizontalen. Sind es liegende Rechtecke, wandern die Fluchtpunkte ihrer Diagonalen nach außen, sind es stehende Rechtecke, weiter nach innen.

Diese Zuhilfenahme der Diagonalen erweist sich in vielerlei Hinsicht als brauchbar. Sie kann für die Tiefenteilung von Fußböden, Fenstern, Stützen, Querlinien irgendwelcher Art von Vorteil sein. Wenn man es weiter durchdenkt, liegt darin der praktische Schlüssel für alle Tiefenteilungen der Zentralperspektive. Das Gesetz für die Lage der Fluchtpunkte ist einfach: So wie das Seitenverhältnis ändert sich das Verhältnis Distanz zur Entfernung der Fluchtpunkte zum zentralen Fluchtpunkt. Die wahren Abmessungen können leicht, wie beim Teilpunktverfahren, parallel zum Horizont genau von der Stelle, wo die in die Tiefe gehende waagerechte Fläche die Bildebene berührt oder dahin verlängert wird, nach rechts oder links angetragen werden.

Die Perspektive mit zwei Fluchtpunkten

Das Prinzip der Perspektive mit zwei Fluchtpunkten beruht ganz allgemein auf einer Schrägstellung rechtwinkliger Objekte zur Bildebene. Also wenn beispielsweise die

162
Zentralperspektive, bei der die Tiefenteilung mit Hilfe des Fluchtpunktes der Diagonale eines Quadrats vorgenommen wurde. Die Sparrenabstände sind in Höhe der Mauerkante in der Bildebene maßstäblich angetragen. Die Verbindung zum Fluchtpunkt rechts (Fluchtpunkt der Diagonale) markiert auf der fluchtenden Mauerkante die Fußpunkte der Sparren.

Zeichnung: nach *Hans Döllgast*

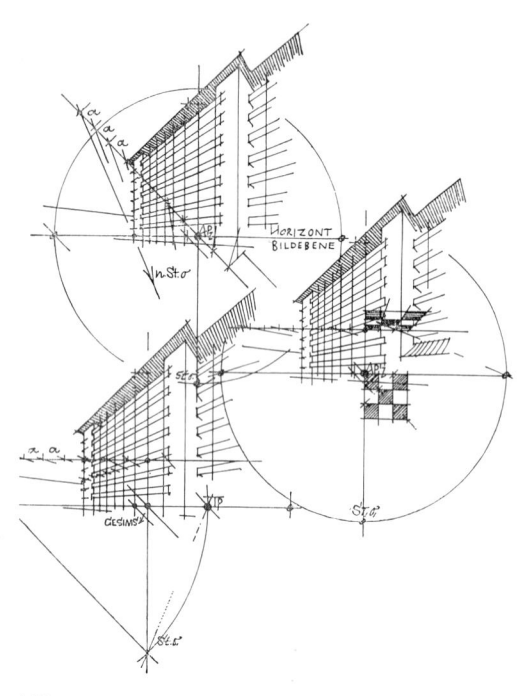

Architekturdarstellung

163
Die Darstellung zeigt drei Methoden der Tiefenteilung am gleichen Objekt. Von oben nach unten werden die Methoden immer zeitsparender. Ganz oben wird die Tiefenteilung durch Anvisieren der wahren Teilung in der Grundrißflucht erreicht; in der Mitte wird die wahre Teilung als Diagonale eines quadratischen Rasters aufgefaßt und über deren Fluchtungen auf die gefluchteten Linien des Objekts verkürzt; und zuunterst ist die Teilpunktmethode angewendet.

Zeichnungen: nach *Hans Döllgast*

164
Die Perspektive von der Bühne in den Zuschauerraum des Berliner Schauspielhauses. Eine klassizistische Architekturdarstellung, von der wir in diesem Falle wissen, daß sie von *Schinkel* und von *Berger* gezeichnet worden ist. Die Rundungen der Ränge haben ihre Schwierigkeiten und müssen frei gezogen werden. Der Fluchtpunkt der Zentralperspektive liegt in Augenhöhe des Schauspielers. Die Prosceniumswände weichen zum Zuschauerraum auseinander und haben jeweils einen gesonderten Fluchtpunkt.

Federzeichnung: *Schinkel* und *Berger*

Gebäude »übereck« stehen und gesehen werden sollen, dann verlaufen ihre Seitenflächen nicht senkrecht oder parallel, sondern schräg zur Bildebene und erfordern nach jeder Seite eine Fluchtung. Verschieben wir im Grundriß diese irgendwie schräg zur Bildebene liegenden Gebäudefluchtlinien so weit parallel, daß sie durch den gewählten Standpunkt verlaufen, so finden wir im Schnittpunkt mit der Bildebene auf der Horizontlinie diese zwei Fluchtpunkte. Neben diesen zwei Hauptfluchtpunkten, die das Prinzip dieser Art von Perspektiven bestimmen, gilt es ja oft, wie wir schon sahen, noch weitere Hilfsfluchtpunkte — wenn wir sie einmal so nennen wollen — zu ermitteln, beispielsweise für schräge Dachflächen, Treppen, Rampen, Abknickungen jeder Art, irgendwelche Steigungen oder Neigungen. Die Perspektive mit zwei Fluchtpunkten wird auch Akzidentperspektive genannt.

Liegen die zwei Fluchtpunkte im Horizont gleich weit vom Blickpunkt entfernt, wird das Gebäude also genau 45° übereck gesehen und abgebildet, entstehen meist langweilige Perspektiven, die nur selten befriedigen. Die Blickrichtung, und damit auch die Bildebene, sollte immer so zum baulichen Objekt gestellt werden, daß die Entfernungen der beiden Fluchtpunkte vom zentralen Blickpunkt sehr unterschiedlich sind. Das bewirkt, daß die Häuserfluchten an einer Seite steil in den Horizont fliehen, hingegen in der anderen Richtung der Fluchtpunkt gar nicht weit genug entfernt sein kann und die Ansichten nur schwach zurückweichen.

Aus all diesen Erklärungen ist auch immer wieder erkennbar, daß sich Perspektiven mit zwei Fluchtpunkten für die Darstellung ganzer Gebäude und Ensembles, mehr oder weniger übereck gestellt, anbieten: also für Körper, weniger für Räume, für die sich — wie wir sahen — die Zentralperspektive eignet. Trotzdem sind auch Innenraumperspektiven mit zwei Fluchtpunkten in bestimmten Fällen angebracht; beispielsweise, wenn es sich um einen seitlich angeordneten Kamin oder eine Treppe handelt, die besonders in ihrer Wirkung zur Geltung gebracht werden soll. In solchen Fällen empfiehlt sich auch, einen Fluchtpunkt nah und den anderen entfernt anzuordnen, weil sonst nur zwei statt drei Seitenwände sichtbar bleiben und der Blick sich direkt in einer Ecke verfängt.

Wenn es also von Vorteil ist, einen Fluchtpunkt möglichst nah, den anderen möglichst weit anzuordnen, dann kann das für den weit entfernten zu einem Platzproblem werden; das Reißbrett und die Reißschiene sind zu kurz. Wir fragen uns, ob es nicht Wege und Möglichkeiten gibt, ohne ihn auszukommen. Ein Weg besteht darin, alles auf den nahen Fluchtpunkt zu beziehen und die Höhen der nach dem entfernten Fluchtpunkt schwach nach hinten fliehenden Wand an zwei Stellen in die Bildebene zu projizieren und darauf die wahren Höhenmaße anzutragen. Eine dieser senkrechten Maßlatten bietet sich ohnehin im echten Schnittpunkt mit der Bildebene an, und die andere wird über den nahen Fluchtpunkt in die gefluchtete Gebäudewand zurückgenommen. Dadurch vermindern sich die Höhenmaße. Verbinden wir nun die auf den Senkrechten in der Gebäudewand projizierten Höhenmaße, so ergeben sich gefluchtete Linien, die sich — wenn genau gearbeitet wurde — in dem entfernten, aber außerhalb der Zeichnung liegenden Fluchtpunkt treffen müßten. Dieser Vorgang ist in den Abbildungen 170 und 171 angewendet worden und bei genauem Studium nachvollziehbar. Die Maßstäblichkeit in der Bildebene wird genutzt.

Die Perspektive mit zwei Fluchtpunkten

164

165

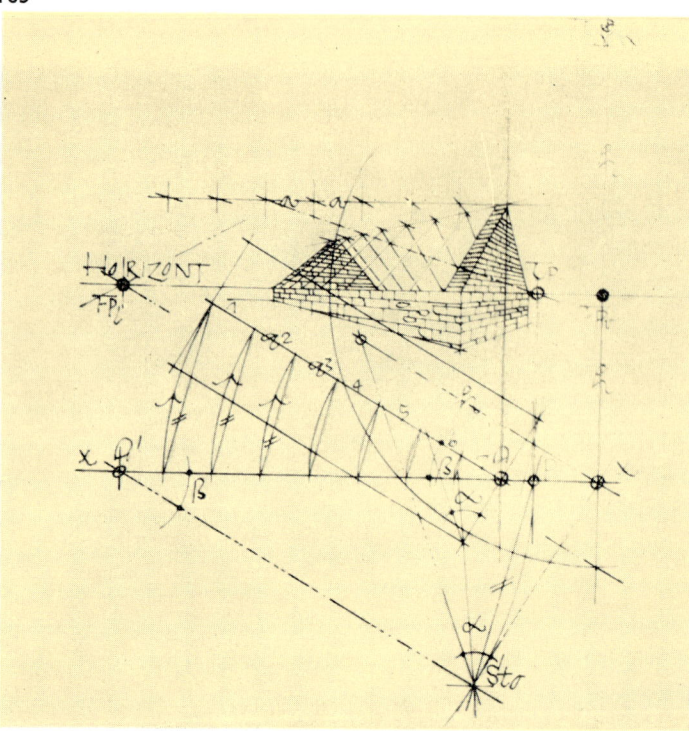

Das Teilpunktverfahren unter Hinzuziehung des Grundrisses sowie die Ermittlung der Fluchtpunkte für die Dachschräge (Sparren). Die Zeichnung läßt eindeutig erkennen, daß der sogenannte Teilpunkt weiter nichts ist als der Fluchtpunkt jener Bogensehnen, die durch die Zirkelschläge zur Projektion der Sparrenteilung in die Bildebene gegeben sind. Deshalb funktioniert der so praktische Teilpunkt für die perspektivische Tiefenteilung.

Zeichnung: *Hans Döllgast*

166

Die Tiefenteilung bei einer Perspektive mit zwei Fluchtpunkten wird durch Verbindungslinien vom Auge zur jeweiligen Teilung (a) am darzustellenden Gegenstand in einer Grundrißprojektion erreicht. Dort, wo diese Verbindungslinie die Bildfläche schneidet, erscheint die Teilung im darüber konstruierten Bild. Die Schnittpunkte werden einfach nach oben in den Horizont projiziert. Diese Verbindungslinien sind Sehstrahlen, die den Gegenstand »anvisieren«, sie führen zum »Gesicht«, weshalb sie auch Gesichtslinien genannt werden. So naheliegend und einleuchtend diese Methode auch sein mag, sie erfordert immer eine aufwendige Grundrißprojektion. Dasselbe kann auch im Seitenriß erfolgen. Im Prinzip kann man alle Perspektiven darauf zurückführen, ohne jede Fluchtpunkte. Diese Methode ist aber umständlich, und im Prinzip stellen alle Fluchtpunkte, auch Teilpunkte, eine Rationalisierung dessen dar.

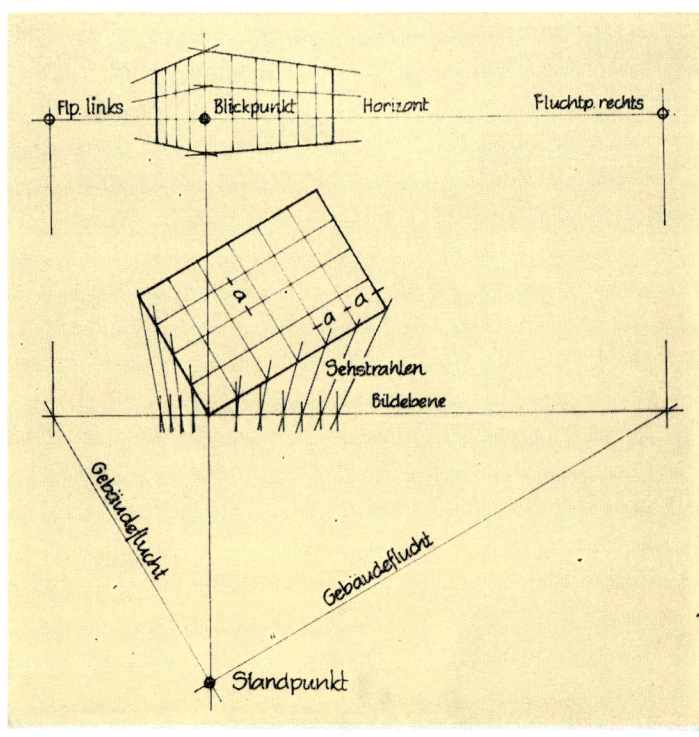

Verkürzung und Tiefenteilung

167

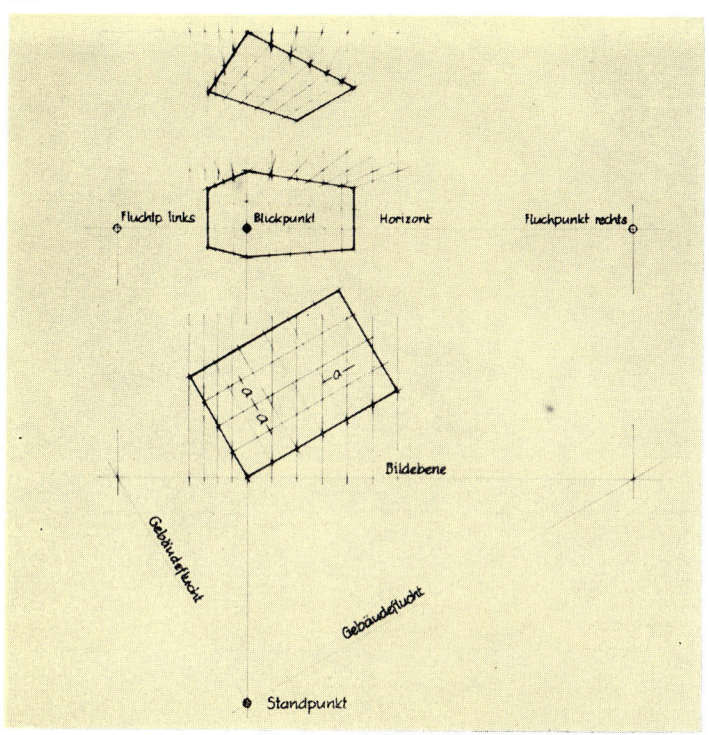

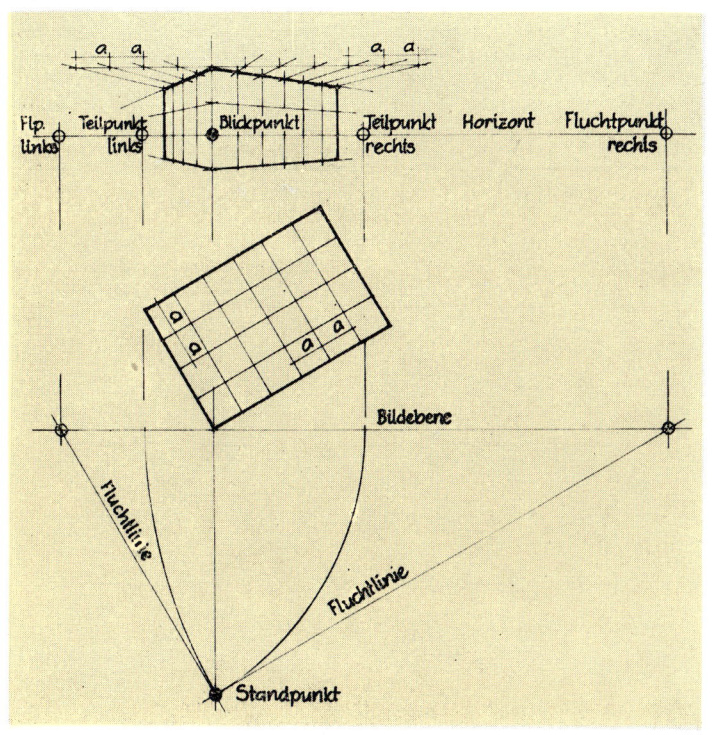

167
Ähnlich der Teilung durch Sehstrahlen kann durch Fluchtung auf den Blickpunkt eine perspektivische Verkürzung erreicht werden, aber zuvor muß eine orthogonale Projektion der Abstände (a) auf die Bildebene vorgenommen werden. Grundriß oder Seitenansicht bleiben notwendig. Diese Variante hat den Vorteil, daß bei sehr steilen Fluchten eindeutige Schnittpunkte erzielt werden. Die Methode hat eher praktische Vorteile als Einsparung an zeichnerischem Aufwand. Auch hier muß darauf geachtet werden, daß die Skala mit den gleichmäßig verkürzten Abständen an den Schnittpunkt der Fluchtlinie in der Bildebene angetragen wird.

168

Die sogenannten Teilpunkte werden so bezeichnet, weil sie eigens für die Tiefenteilung hergeleitet werden. Sie entstehen durch einen Zirkelschlag um den jeweiligen Fluchtpunkt mit der Strecke zum Standpunkt. Der Schnittpunkt mit der Bildebene muß in den Horizont übertragen werden. Die wahren Abstände (a) werden maßstäblich in der Bildebene im Schnittpunkt der zu teilenden gefluchteten Linien angetragen. Die wahren Abstände, auf die Teilpunkte gefluchtet, ergeben die verkürzte Teilung auf der gefluchteten Linie. Damit ist es möglich, die perspektivisch verkürzte Teilung unmittelbar auf bereits gefluchtete Linien zu projizieren. Auf den in dieser Figur vollständig gezeichneten Grundriß kann im Prinzip verzichtet werden. Damit kann bei vielfältigen Perspektiven überall dort, wo eine Teilung erforderlich ist, die Verkürzung schnell vorgenommen werden. Es muß nur darauf geachtet werden, daß ein Schnittpunkt in der Bildebene gefunden wird, und sei es auch nur durch Verlängerung des gefluchteten Strahls.

169

Die Zeichnung zeigt eine Zentralperspektive mit der Besonderheit, daß ein Treppenlauf perspektivisch einzuzeichnen ist. Die Bildebene liegt an der Rückwand. Dort bietet sich auch die Möglichkeit, die Geschoßhöhe mit dem Maß der Treppensteigung zu teilen. Um den Treppenlauf, die Handläufe und anderes in ihrer perspektivischen Linienführung fluchten zu können, wird der Fluchtpunkt des Treppenlaufes gesucht. In diesem Falle ist das insofern denkbar einfach, weil die Treppe senkrecht zur Bildebene liegt. Der Fluchtpunkt »Treppenlauf« muß also auf derselben Vertikalen wie der zentrale Blickpunkt liegen, nur dem Steigungsverhältnis entsprechend höher. Der Zirkelschlag bezweckt weiter nichts, als eine Seitenansicht zu erhalten, mit derselben Distanz Standpunkt — Blickpunkt, an der das Steigungsverhältnis angetragen wird. Der Sehstrahl im Steigungsverhältnis ist die Fluchtlinie Treppe, und ihr Schnittpunkt mit der Vertikalen über dem Blickpunkt ergibt den gesuchten Fluchtpunkt. Die diagonalen Fußbodenplatten sind wieder nach den Fluchtpunkten der Diagonalen gefluchtet, der mit dem Augpunkt des von der Seite gesehenen Standpunktes übereinstimmt. Im Fußboden ist die erste Antrittsfläche mit eingezeichnet, die in Wirklichkeit nicht in Erscheinung tritt.

170

Diese perspektivische Skizze ist zwar nach zwei Seiten zum Horizont gefluchtet, aber nur über dem Fluchtpunkt links, der sehr nah am Objekt liegt. Es ist also durchaus möglich, bei einer Fluchtung nach zwei Seiten nur mit einem Fluchtpunkt auszukommen. An beiden Giebelseiten werden die Höhen im Schnittpunkt mit der Bildebene angetragen und auf den linken Fluchtpunkt gepolt in die Vorderfront gebracht. Die Verbindung der an beiden Giebeln vorgetragenen Höhen ergibt die Fluchtung nach rechts. Solange es wenige Höhen sind, kann man sich den Aufwand leisten; bei zu fluchtenden horizontalen Mauerschichten würde man sich einen Fluchtpunkt rechts wünschen, genauso wie für die gefluchtete Dachschraffur. Die Dachflächen ergeben sich schon mit der Austragung der zwei Giebel, deshalb bedarf es noch keines erhöhten Fluchtpunktes der Dachneigung, sondern nur, um die vielen Linien der Dachschraffur gleichmäßig zu fluchten. Bei einem so schief in der Bildebene stehenden Gebäude ist das nicht so einfach wie bei der Zentralperspektive. Die Dachneigung ist zunächst in der Fluchtlinie der Giebel durch den Stand-

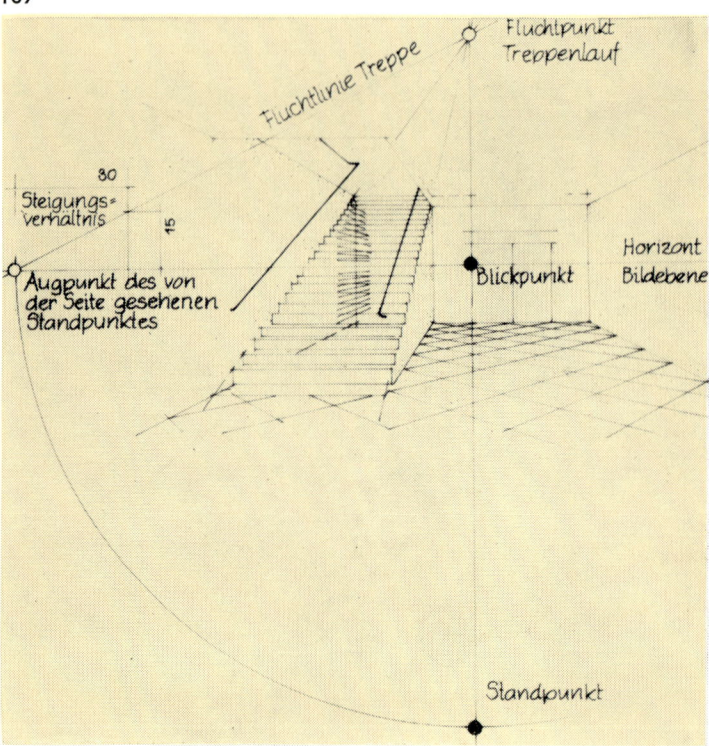

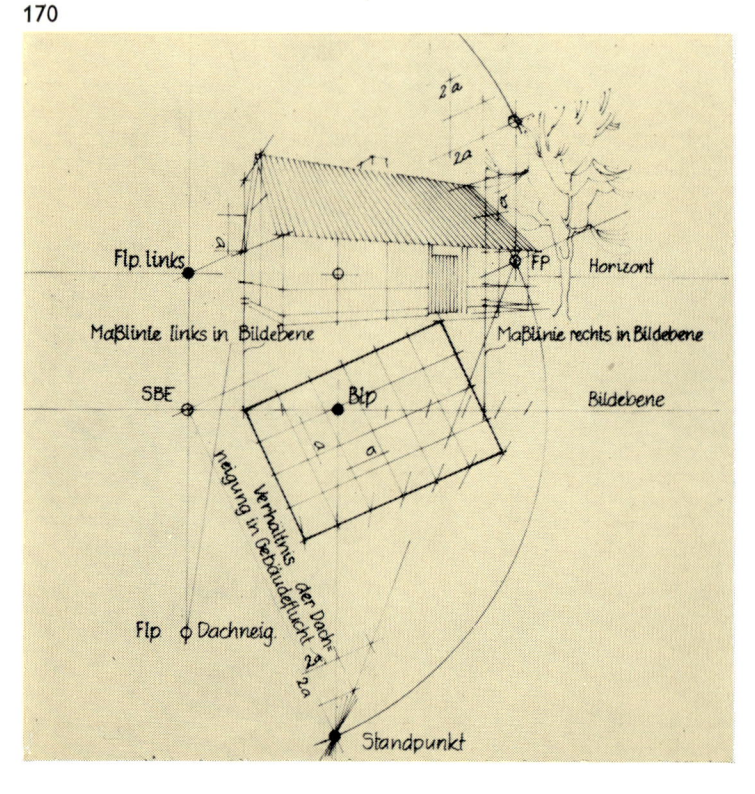

Fluchtpunkte

171

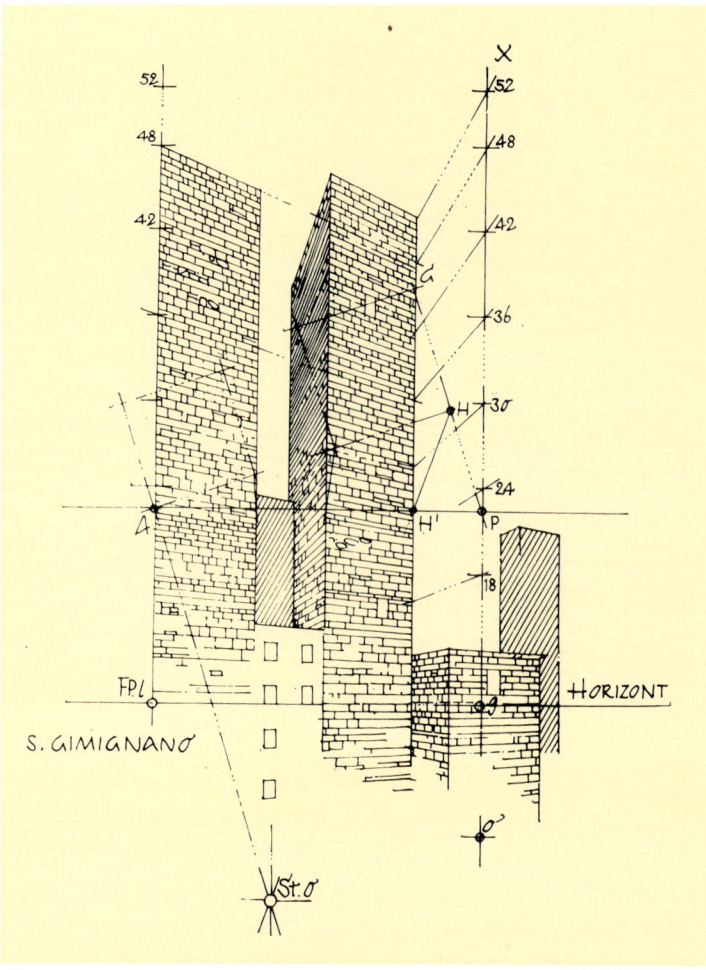

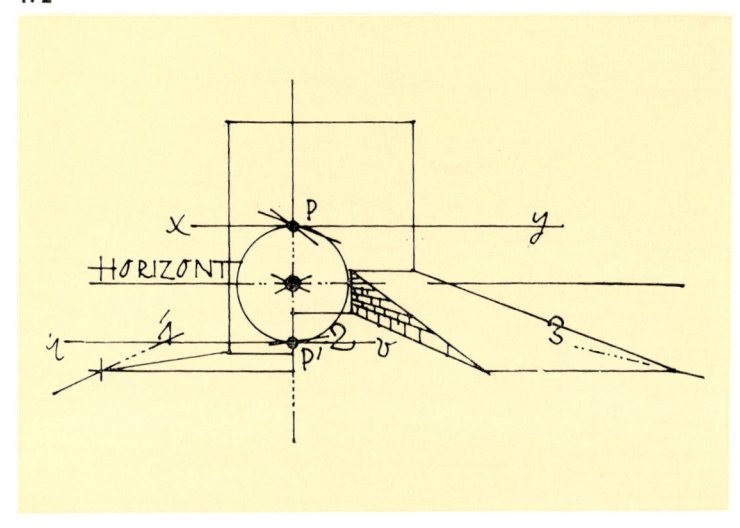

punkt aufzuklappen, um eine orthogonale Seitensicht zu erhalten. Über den Schnittpunkt mit der Bildebene (SBE) ist dazu senkrecht der Firstpunkt (FP) zu ermitteln, der im Schnittpunkt mit der angetragenen Dachneigung liegt. Basis (SBE-Standpunkt) und Firsthöhe (SBE – FP) sind in diesem Falle gleich, weil das Dachneigungsverhältnis 2a:2a beträgt. Die Firsthöhe (SBE – FP) wird vom Horizont in der Vertikalen durch den Fluchtpunkt links (Flp) nach oben und unten abgetragen. Wir können uns die Ermittlung des Fluchtpunktes auch vereinfachen, indem die Giebellinien so weit verlängert werden, bis sie sich schneiden. Die geringfügigen Ungenauigkeiten, die dabei auftreten, bringen nichts durcheinander.

Zeichnung: *Carl Krause*

171

Beispiel einer Perspektive mit einem naheliegenden und einem weit entfernten, aber nicht sichtbaren und nicht verwendeten Fluchtpunkt. An der linken Turmkante und der rechten in die Bildebene projizierten Turmkante sind die Höhen angetragen. Durch die Verbindung der rechten Höhenmaße mit dem Fluchtpunkt ergeben sich an der rechten Turmkante die perspektivischen Höhen, die, mit den linken Höhenmarkierungen verbunden, die Fluchtung der Mauerwerksschichten angeben. Dazwischen wurde frei interpoliert.

Zeichnung: *Hans Döllgast*

172

Zentrale Fluchtpunkte für geneigte Rampen. Die Achsen x–y und u–v sind die Augenhöhen, die sich parallel der geneigten Ebenen in der Bildebene ergeben. Im Schnittpunkt mit der zentralen Vertikalachse liegen die Fluchtpunkte.

Zeichnung: *Hans Döllgast*

Architekturdarstellung

173
Eine zentralperspektivische Entwurfsvariante von *P. Behrens* zur Umgestaltung des Alexanderplatzes (1928–1929), die dann auch nach seinen Entwürfen vorgenommen wurde und heute noch in ihrer raumbildenden Anordnung wirkt. Diese Vorstudie zeigt deutlich, wie er durch perspektivische Skizzen die Baukörperstruktur raumbildend zu gestalten suchte. Auch hier wirkt keine Figur vordergründig, sondern ordnet sich dem Raum und der Architektur unter.

Entwurf und Zeichnung:
Peter Behrens 1868–1940

Für die wichtigsten Höhen, wie Sockelhöhe, Geschoßhöhen, die Linie der Traufhöhe, die Brüstungshöhe und dergleichen, geht das schon, aber für horizontale Schraffuren, wie Mauerwerksschichten, fehlt der vorteilhafte Fluchtpunkt doch, in den wir eine Reißzwecke heften könnten und mittels einer langen Reißschiene sicher wären, daß unsere Schraffur gefluchtet ist. In solchen Fällen muß frei interpoliert und mit dem geschulten Auge kontrolliert werden.

Die perspektivische, also »echte« Vogelschau kann sowohl als Zentralperspektive als auch mit zwei getrennten Fluchtpunkten ausgeführt werden, je nachdem, ob die Hauptstruktur oder deutlicher, das Straßennetz oder Netz der Gebäudestruktur »parallel-senkrecht« oder »schräg« zur Bildebene erwünscht ist. Die Möglichkeit, gleichermaßen zwischen den zwei Hauptprinzipien wählen zu können, läßt unter anderem erkennen, daß bei einer Vogelschau Räumliches und Körperliches gleichwertig werden, das Relief der Bebauung sowohl erhaben als auch vertieft gesehen werden kann oder sowohl die Gebäude als auch die Zwischenräume von Bedeutung sind. Beides überschaubar darzustellen, ist die besondere Aufgabe der Vogelperspektive.

Die Perspektive mit zwei Fluchtpunkten

174 Bei dieser Architekturdarstellung beruht die vorwiegend frontale Wirkung auf der unterschiedlichen Anordnung der zwei Fluchtpunkte, einmal sehr nah und zum anderen sehr weit vom Gegenstand entfernt, sowie dem niedrigen Standpunkt, auch Froschperspektive genannt. Dadurch kommt auch die eigenartige Blattaufteilung zustande und die Untersicht der Traufe. Beispielhaft oder zumindest anregend wirkt die Darstellung des Grüns. Bäume und Stauden im Vordergrund bleiben auf Umrißlinien beschränkt, lassen somit die Architektur dominieren, vermitteln aber trotzdem Tiefe und Üppigkeit der Vegetation. Die Sträucher und Stauden am Sockel sind dagegen voll durchgezeichnet und unterstützen die Wirkung der Terrasse. Verschiedene Varianten zeigen, wie Stauden gezeichnet werden können.
Architekt: *Frank Lloyd Wright* 1868—1959, Zeichner unbekannt.

Architekturdarstellung

175
Die Sehstrahlen werden im Auge auf die hohlkugelförmige Netzhaut projiziert. Diesem Sehvorgang mit der perspektivischen Konstruktion eines Bildes zu entsprechen, versucht das Prinzip der Netzhautbildperspektive.

176
Die Projektion eines Bildes auf eine kreisrunde Projektionsfläche nach *Max Riegel*. Die in den Randbereichen entstehenden konzentrischen Verzerrungen werden durch eine Projektion von einem Hilfsstandpunkt (*HStp*) aus der Mitte des hinteren Kreisbogens korrigiert. Er nennt sie deshalb sphärisch korrigierte Weitwinkelperspektive.

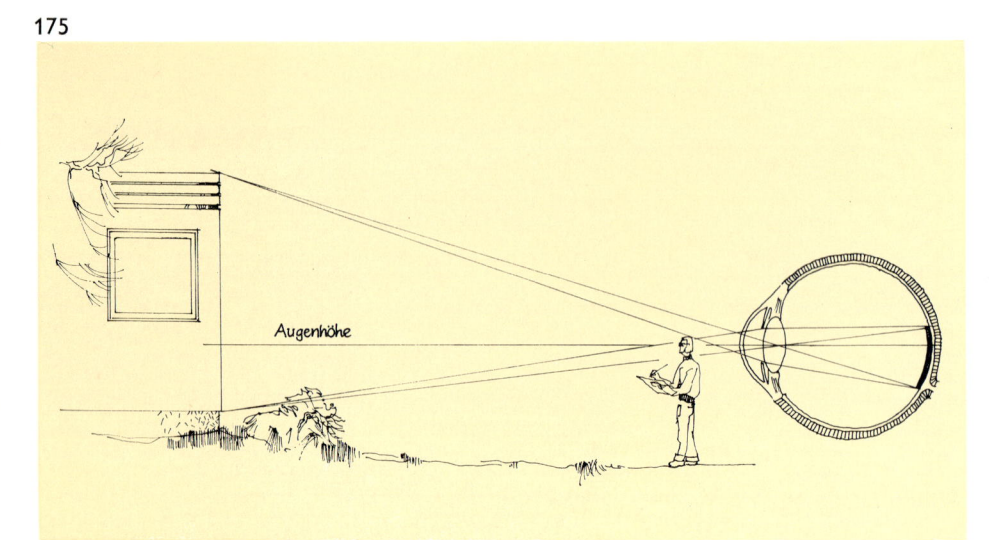

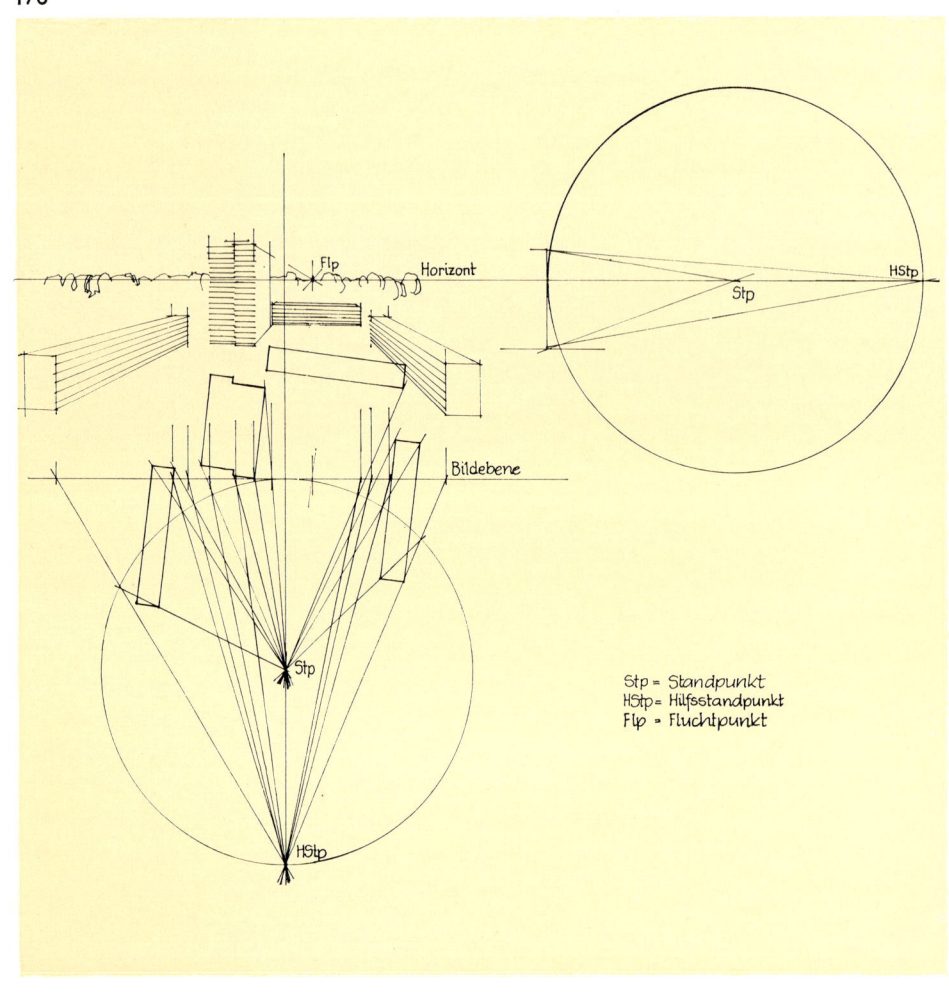

Die Netzhautbildperspektive

Die Netzhautbildperspektive

Die bisherigen Projektionen einer baulichen Situation auf eine völlig ebene Bildfläche vermögen dem Sehvorgang im Auge nicht voll zu entsprechen. In den Randbereichen werden die Verzerrungen immer größer, und deshalb müssen wir uns auf einen Blickwinkel von höchstens 60° und den dafür notwendigen Abstand vom Objekt beschränken. Die höhere Leistungsfähigkeit des Auges liegt unter anderem in der allseitig gekrümmten Netzhaut. Der Gedanke liegt nahe, durch eine allseitig gekrümmte Bildfläche — wir nennen sie Projektionsfläche, im Gegensatz zur Bildebene — dem tatsächlichen Sehvermögen des Auges näherzukommen. Eine gekrümmte Projektionsfläche versucht also der gekrümmten Netzhaut zu entsprechen, um eine Projektion des Bildes analog zu erreichen.

Nun zeigt sich aber, daß eine allseits kreisrund gekrümmte Projektionsfläche Verzerrungen im umgekehrten Sinne ergibt, das Bild wird in den Randzonen konzentriert, ineinandergeschoben, es entsteht eine konzentrische Verzerrung, im Gegensatz zur exzentrischen. Um dieses auszugleichen, sind verschiedene Methoden entwickelt worden, von denen wir hier zwei anführen, wobei die zweite sich als die praktischere und auch im Bildergebnis als die gefälligere erweist.

Die erste Methode nach *Max Riegel* bedient sich der allseitig kreisrund gekrümmten Projektionsfläche, auf die die über den Gegenstand visierten Sehstrahlen projiziert werden. Um die konzentrischen Verzerrungen in den Randbereichen abzumildern, wird von einem um die doppelte Entfernung zurückliegenden Hilfsstandpunkt (HStp) das auf die allseitig kreisrund gekrümmte Projektionsfläche anvisierte Bild weiter auf die Bildebene gefluchtet. Dadurch mildern sich die Verzerrungen in den Randbereichen. *Riegel* nennt das eine sphärisch-korrigierte Weitwinkelperspektive, der er einen Gesichtswinkel von 120° zubilligt. Die zweite Fluchtung über den Hilfsstandpunkt erhöht den Aufwand und beeinträchtigt in bestimmten Fällen die Übersicht.

Die zweite Methode nach *Fritz Stark* bedient sich einer allseitig gekrümmten Projektionsfläche, die zwischen der Bildebene und der kreisrunden Projektionsfläche ähnlich der Netzhaut einfach konstruiert wird, auf die über den Gegenstand die Sehstrahlen visiert, um von da senkrecht auf die Bildebene übertragen zu werden. Dadurch werden die Verzerrungen der Randbereiche noch besser ausgeglichen, und der Gesichtswinkel kann gegenüber der ersten Methode noch vergrößert werden. Dieses Verfahren nähert sich der eigentlichen Projektion auf der Netzhaut des Auges und der Wahrnehmungserfahrung des Auges weitgehend, vermag jedoch auch noch nicht vollständig den physiologischen und psychologischen Wahrnehmungsfeinheiten des Auges zu entsprechen. *Fritz Stark* nennt dieses Verfahren die Netzhautbildperspektive. Aufwand und Übersicht verhalten sich günstiger.

Beide Verfahren wenden die Krümmung der Projektionsfläche sowohl im Grundriß, also in der Horizontalen, als auch in der Seitenansicht, in der Vertikalen, an. Der Aufwand ist geringer, als es scheint, auch die annähernd parabolisch gekrümmte Projektionsfläche läßt sich einfach konstruieren. Um die Linie, die den Schnitt durch die Projektionsfläche markiert, über einen Sehbereich von 180° zu zeichnen, werden Zirkelschläge mit zwei Radien gezogen. Im mittleren Sehbereich mit insgesamt 90°

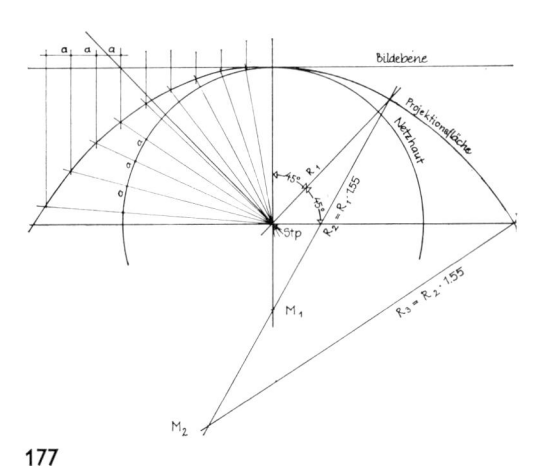

177
Die Skizze zeigt, nach welchen Prinzipien die Schnittlinie einer Projektionsfläche für die Netzhautbildperspektive über einen Sehwinkel von 180° konstruiert wird. Der Radius R_2 ist der um das 1,55fache verlängerte Radius R_1 und der Radius R_3 wiederum um das 1,55fache des Radius R_2. Meist reicht der Sehbereich von 90° bis 100° aus, so daß die Projektionsfläche mit R_2 genügt.

Architekturdarstellung

178
Konstruktion einer Innenraumperspektive nach dem Netzhautbildverfahren mit einem großen Sehwinkel. Die Randzonen verzerren sich nicht in dem Maße, wie das bei einer gefluchteten Perspektive direkt auf eine Bildebene der Fall wäre.

Zeichnung: *Walter Nitsch*

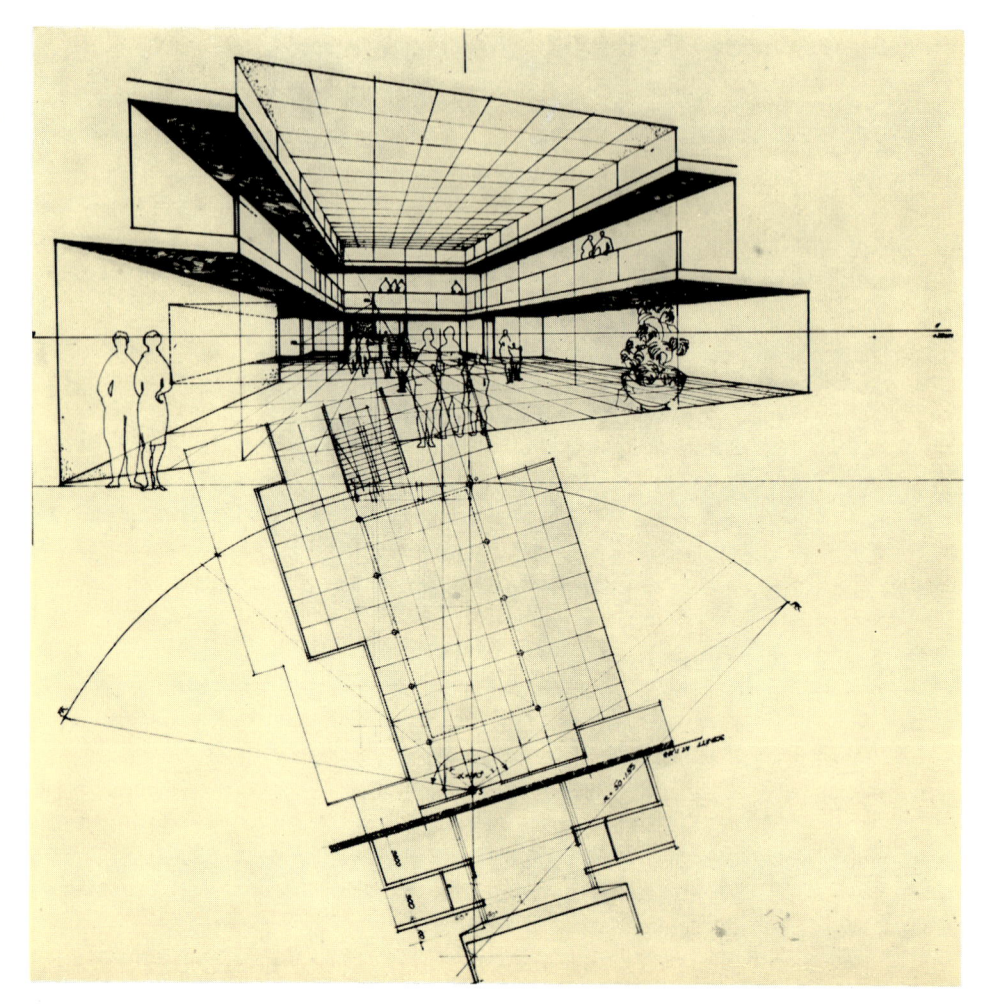

(je 45° rechts und links von der Senkrechten zur Bildebene) wird die Strecke zwischen Standpunkt und Bildebene (R_1 = Radius des Netzhautkreises) um den Faktor 1,55 verlängert. Der Mittelpunkt (M_1) des mittleren Zirkelschlages für die Schnittlinie der Projektionsfläche liegt also etwa um die Hälfte der Distanz des Betrachters zur Bildebene vom Standpunkt zurück; demzufolge wird der Zirkelschlag mit einem Radius $R_2 = R_1 \cdot 1{,}55$ ausgeführt. Ebenso wird für den anschließenden äußeren Sektor der Radius (R_2) mit dem Faktor 1,55 verlängert, dessen Mittelpunkt (M_2) jedoch auf der Linie senkrecht von der Projektionsfläche über M_1 liegen muß. Mit diesen Zirkelschlägen läßt sich die Linie der Projektionsfläche umgehend herstellen. Um sie in der Größe den Erfordernissen anzupassen, brauchen wir den großen Zirkel einschließlich der Verlängerungsstange und erreichen damit einen Radius (R_3) von maximal etwa 60 cm. Dies reicht für eine größere Perspektive von 75 cm Breite.

Das Objekt oder der darzustellende Raum wird sowohl im Grundriß als auch mit der Seitenansicht maßstäblich zwischen Standpunkt und Projektionsfläche eingetragen und die für das Erscheinungsbild wichtigen Punkte vom Standpunkt aus auf die Projek-

Die Netzhautbildperspektive

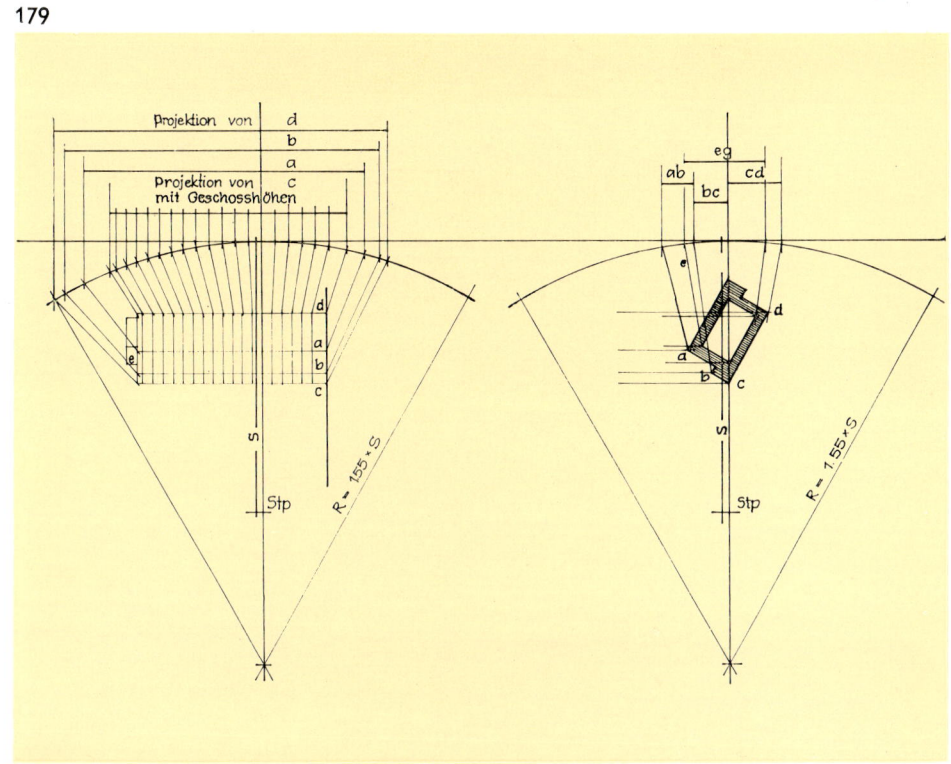

179

179
Projektion eines Hochhauses nach dem Netzhautbildverfahren im Grundriß und in der Höhenentwicklung. Vom Standpunkt (Stp) werden die Eckpunkte auf die Projektionsfläche projiziert und die Schnittpunkte senkrecht in die Bildebene gelotet. Dadurch werden die perspektivischen Längen der Kantenstrecken des Hochhauskörpers ermittelt sowie die Geschoßhöhen. Es ist deutlich zu erkennen, daß die oberen und unteren Geschoßhöhen sich leicht gegenüber dem Bereich der Augenhöhe verkürzen; so entspricht es auch der Wahrnehmung des Auges.

Zeichnung: *Carl Krause*

180
Die aus der Grundriß- und Seitenprojektion des Netzhautverfahrens ermittelten scheinbaren Längen sind in diesem Bild angetragen. Die Fluchtpunkte rechts und links ergeben sich einfach aus der Verlängerung der bereits ermittelten Trauflinien und Basislinien. Mit Hilfe der Fluchtpunkte lassen sich die Geschoßhöhen von einem Punkt aus fluchten.

180

Architekturdarstellung

181
Perspektive eines städtebaulich polygonalen Raumes, nach dem Netzhautbildverfahren konstruiert, also ohne Fluchtpunkte. Der Sehwinkel ist weit über 90°. Durch einen Radius, R = Distanz vom Standpunkt (S) zur Bildebene (O) um 1,55 vergrößert, kann mit einem Zirkelschlag über 90° die Linie der Projektionsfläche ermittelt werden.

Zeichnung: *Walter Nitsch*

tionsfläche projiziert. Vom Schnittpunkt der Sehstrahlen mit der Projektionsebene wird in die Bildebene gelotet. Die dadurch in der Bildebene erhaltenen Längen werden abgegriffen und in das perspektivisch angestrebte Bild übertragen.

Dieser Vorgang der Ermittlung eines perspektivischen Bildes ist einfach und anpaßbar. Er beruht auf dem einfachsten Prinzip der Erzeugung eines perspektivischen Bildes, nämlich ohne Fluchtpunkte, durch Anvisieren von Punkten mit sogenannten Gesichtslinien, also immer vom Augpunkt im Standpunkt aus. Fluchtpunkte können zu Rate gezogen werden, um Geschoßlinien und dergleichen von nur einem ermittelten Punkte aus zu fluchten und durchzuziehen. Dabei ergeben sich die Fluchtpunkte nicht aus dem Grundriß, sondern einfach durch Verbinden zweier ermittelter Punkte der Basis oder der oberen Begrenzung, die bis in den Horizont verlängert wird und ihn schneidet.

Das Netzhautbildverfahren hat den Vorteil, daß wir einen breiteren Sehwinkel anlegen können und damit den Ausschnitt für das Bild erweitern aus einem relativ nahen Standpunkt. Für städtebaulich-räumliche Situationen oder auch für Innenräume bietet sich das Netzhautbildverfahren vorteilhaft an. Im allgemeinen kommen wir bei einem Sehwinkel von 90°, der noch bis 100° erweitert werden kann, mit nur einem um das 1,55fache erweiterten Radius für die Austragung der gekrümmten Projektierungsfläche aus.

Verschiedene Aspekte der Architekturdarstellung

Mit diesen Grundprinzipien der Perspektive läßt sich eine Vielfalt von Architekturdarstellungen konstruktiv vorbereiten, die sich auf wenige Kategorien zurückführen lassen, die immer wiederkehren: also auf die Darstellung von Gebäuden und Gebäudeensembles, auf die Innenräume der Gebäude, ähnlich von städtebaulichen Räumen, wie Straßen oder Plätze; und es geht um Übersichten aus der Vogelschau. Eine besondere Kategorie stellen vielleicht noch die Darstellungen von Grünanlagen dar, wo es im Prinzip auch um Raumdarstellungen oder um Übersichtsvermittlung geht, aber mit Bäumen und Pflanzen, die sich nicht geometrisch konstruieren lassen.

Gebäude oder Gebäudeensembles lassen sich durch orthogonale Ansichten bereits ausgezeichnet veranschaulichen und im Zusammenhang mit anschaulichen Grundrissen und Schnitten leicht ablesbar dokumentieren. Einer perspektivischen Darstellung verbleibt dann hauptsächlich die Aufgabe, den gesamten Kubus in seinen Verhältnissen auf einen Blick zu vermitteln, indem zwei Gebäudeseiten und der Boden in der Abbildung erfaßt werden. Damit bietet sich an, die Einordnung in die Umgebung und in die städtische Nachbarschaft, die Verkehrssituation und die Landschaft in die Darstellung einzubeziehen. Das Relief der Gebäudeseiten anzudeuten, gelingt dabei viel besser. Schließlich gehört es auch zum Sinn einer solchen Gebäudedarstellung, Material, Transparenz, Oberflächenstruktur und andere, den Charakter des Gebäudes bestimmende Elemente — und sei es auch nur andeutungsweise — anschaulich zu vermitteln. Die Darstellung der vorhandenen Umwelt, in die das Bauvorhaben eingeordnet wird, bleibt immer ein wichtiger Aspekt.

Architekturdarstellung

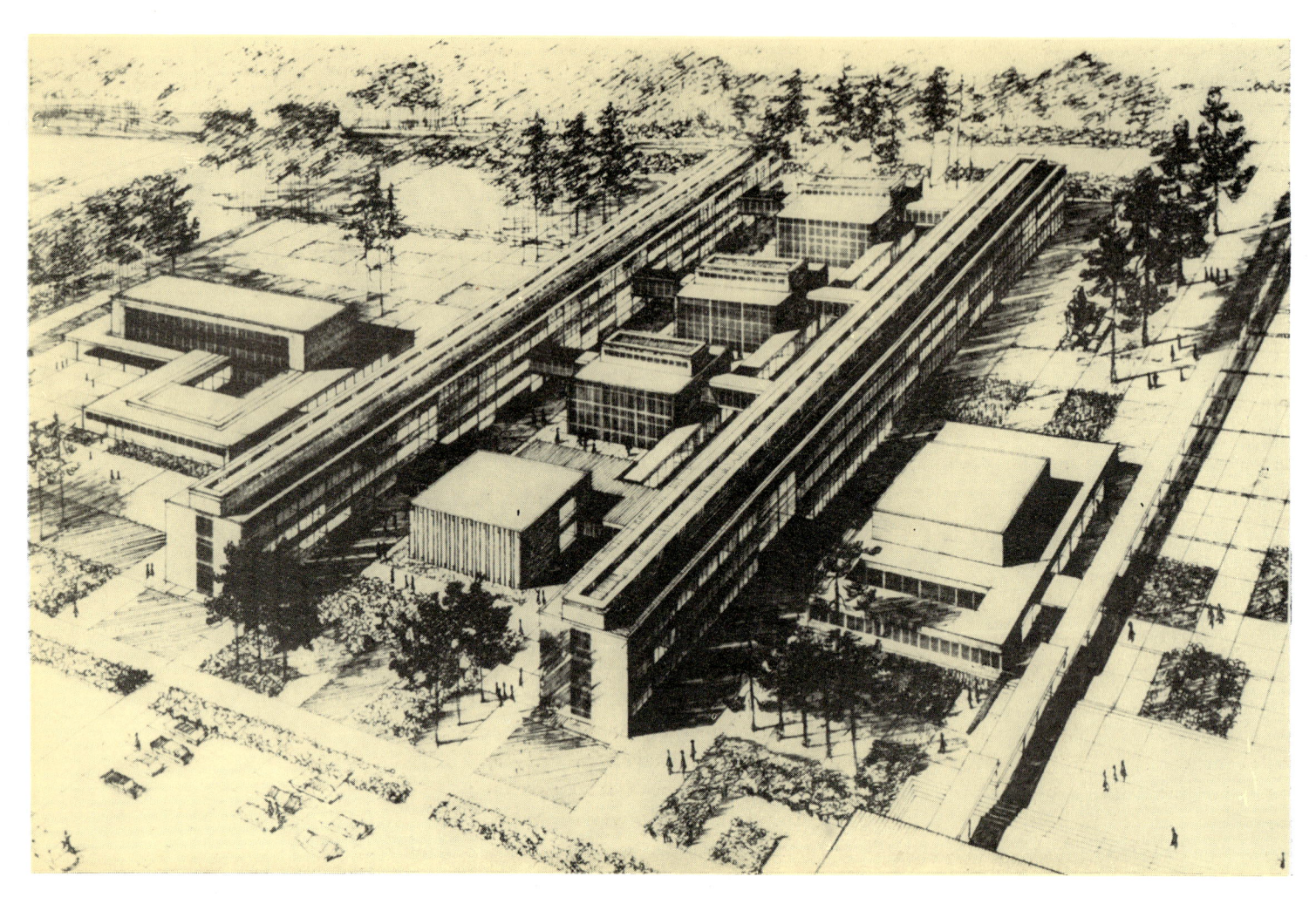

182
Vogelperspektive der chemischen Institute der
Kopernikus-Universität in Toruń

Architekt: *Ryszard Karlowicz*

Verschiedene Aspekte der Architekturdarstellung

Perspektiven von Innenräumen haben in erster Linie und mit hohem Anspruch zum Ziel, einen Eindruck vom Raum zu vermitteln, den erlebbaren Raum darzustellen. Abgesehen von der räumlichen Dimension, die durch perspektivische Fluchtung und Verkürzung zugänglich wird, beeinflussen den Erlebniswert der Innenarchitektur die Materialwahl, die Ausstattungsgegenstände, Oberfläche und Gliederungen. Sie machen die Gestaltung eines Innenraumes aus und sind für die Darstellung der Innenraumarchitektur viel mehr von Bedeutung als in irgendeiner anderen Perspektive. Die Darstellung der Lichtführung durch Öffnungen oder Beleuchtungskörper spielt nur in besonderen Fällen eine Rolle, hingegen kann auf die Andeutung der Beschaffenheit von Raumwänden, Fußböden und Decken sowie der Ausstattung fast in keinem Fall verzichtet werden.

Bei der Darstellung städtebaulicher Räume, wie Straßen und Plätze, stehen Baumassen und ihre Gliederungselemente, die eine Vorstellung vom Maßstab und der Tiefe des Raumes unterstützen, im Vordergrund der Darstellung. Auch Licht und Schatten sind für ihre plastische Akzentuierung unerläßlich. Insgesamt erfordert das nicht nur zeichnerisches Können, sondern oft auch eine schöpferische Leistung, weil die Einzelheiten in der städtebaulichen Konzeption noch nicht in dem Maße vorliegen. Die Anforderungen an Konzeptions- und Vorstellungsvermögen werden oft unterschätzt, manchmal als Leistung gar nicht erkannt. Die Ausarbeitung kann auch kein Grafiker übernehmen, sondern bleibt dem Architekten vorbehalten; er orientiert damit auf die Zielvorstellung von zu realisierender baulicher Umwelt. Auch jede automatisch gezeichnete Perspektive erfordert die Darstellung durch einen Architekten, der mit der Gestaltvorstellung von der Bebauung eng vertraut ist.

Übersichten aus der Vogelperspektive müssen so gezeichnet werden, daß sich der Betrachter möglichst mühelos und aufschlußreich darin zurechtfindet. Einprägsame Besonderheiten, die auch in der Realität eine Orientierung gewährleisten, sind die Hauptbestandteile solcher Übersichten, denen die meiste Sorgfalt zu widmen ist und denen sich andere Partien unterordnen sollten, damit der Zusammenhang klarer wird.

Auch für die inneren räumlichen Zusammenhänge eines Gebäudes lassen sich zeichnerisch gut Übersichten darstellen, indem Wände durchsichtig gelassen werden oder der Standpunkt hoch genug gezogen wird, um soviel Einblick zu erhalten, daß der räumliche Zusammenhang einleuchtet und sich einprägt. Damit können Gesamtideen der Gestaltung dem Beschauer nähergebracht werden, was sonst nur durch spezielle Modelle möglich wäre.

Grünanlagen, Gärten oder ganze Landschaftsplanungen perspektivisch darzustellen hat vielleicht die höchsten Schwierigkeiten. Es kommt hinzu, daß solche Darstellungen nur dann einen Überblick oder eine räumliche Vorstellung zu vermitteln vermögen, wenn die differenzierte Vegetation zeichnerisch wirklich beherrscht wird.

183
Es gilt als eine alte Weisheit — schon für das freie Zeichnen städtebaulicher Ensembles —, das Gebäude zum oberen Abschluß hin durch verstärkte Schraffuren gegen den Himmel abzusetzen. Die Schwärzen in den Schatten des Flachbaues am Fuße des Hochkörpers bilden dazu das Gegengewicht, die Basis, in der auch die Horizontlinie verläuft. Der schraffierte Himmel unterstützt mit den freien Strukturbegrenzungen die Hauptfluchtung der Perspektive. Die Spiegelungseffekte in der vertikalen Fensterreihe an der Stirnseite des Hochkörpers sind einfach dadurch erreicht, daß die Himmelsschraffuren teilweise wieder aufgenommen wurden.

Entwurf und Zeichnung: *Manfred Zumpe*

Architekturdarstellung

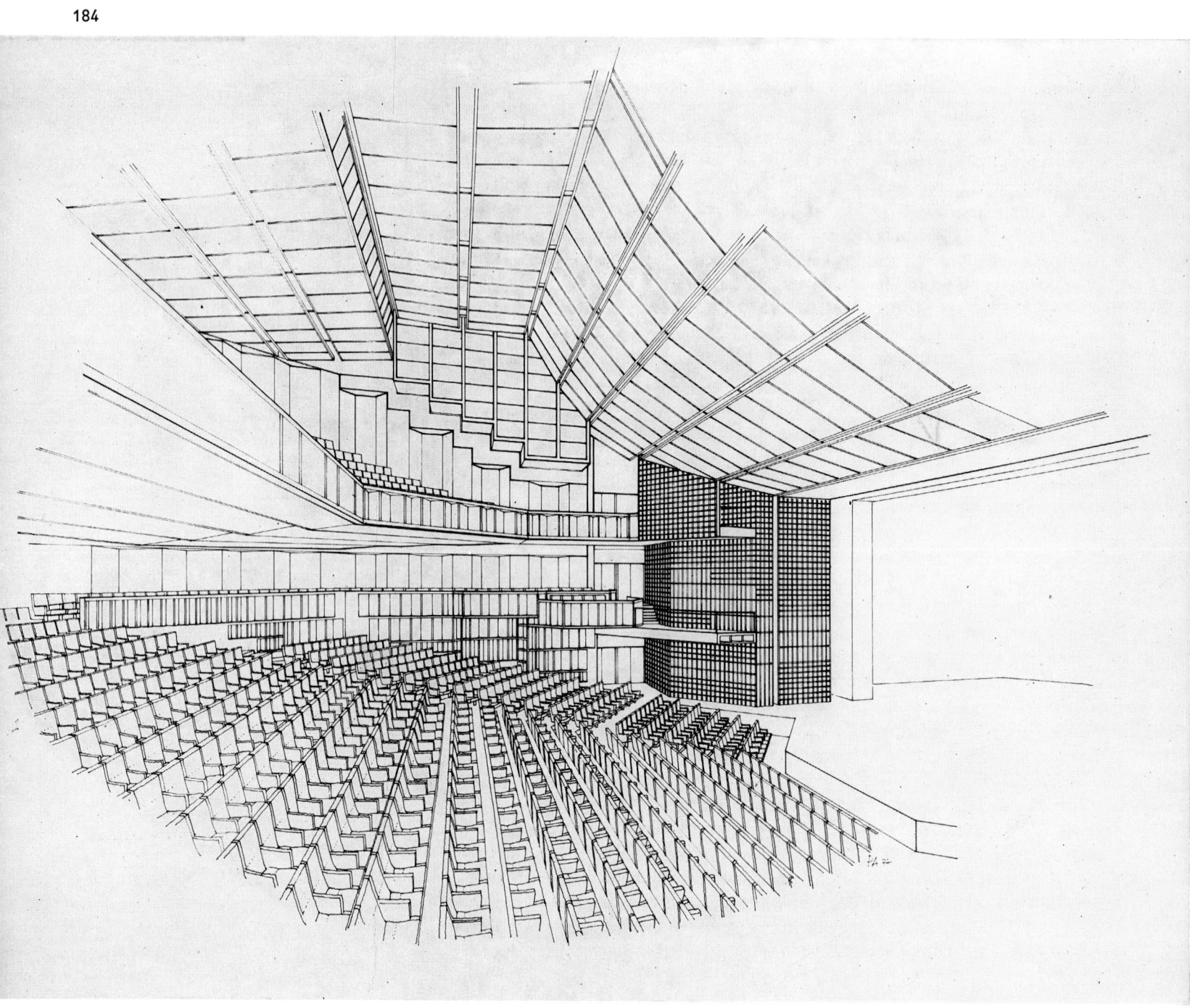

184

Verschiedene Aspekte der Architekturdarstellung

185

186

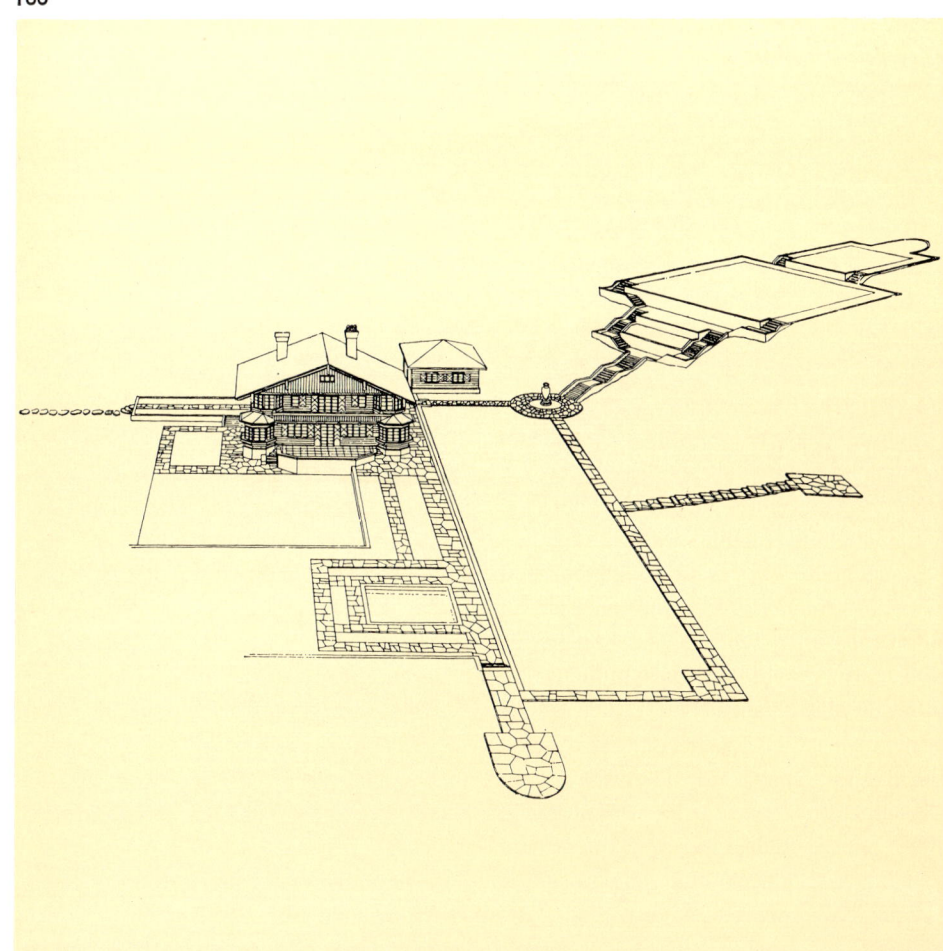

184
Eine rein lineare Durchzeichnung des Zuschauerraumes eines Theaters ohne Schatten und ohne Personen. Obwohl zum größten Teil mit Schiene und Winkel gezeichnet wurde, sind die Sitzreihen nach säuberlicher Vorzeichnung frei ausgezogen, um wenigstens dem Stoffcharakter der Bestuhlung entgegenzukommen. Plastizität und auch die Wirkung der Gliederung raumbegrenzender Elemente verselbständigen sich und bekommen durch die Grafik der Linien ein nicht immer den tatsächlichen Wirkungen entsprechendes Gewicht.

Zeichnung: *Peter Albert*

185
Diese perspektivische Vogelschau einer Gartenanlage aus den 20er Jahren von *Albert Esch* versucht, den räumlichen Eindruck des Gartens nach voller Entwicklung der Vegetation durch bewußt zurückhaltende Umrißlinien der Pflanzen anzudeuten. *Esch* bezeichnet dies als eine »gärtnerische« Perspektive. Die Darstellung selbst läßt die Schwierigkeit erkennen, verschiedene Flächen zu differenzieren und die Schönheit eines solchen Gartens zu veranschaulichen. Die Terrassierung des geneigten Geländes tritt wenig hervor.

Zeichnung: *Albert Esch*

186
Esch bezeichnet dies eine »technische« Perspektive, die am klarsten den Grundgedanken der Gartenlösung zeigt. Durch die Reduzierung auf einen als perspektivische Vogelschau konstruierten Wegeplan wird die Überschaubarkeit der räumlich sehr differenzierten Gartenanlage erreicht. Eingezeichnete Bäume und andere Gehölze würden es fast unmöglich machen, diesen Landschaftsgarten in seiner Gliederung überhaupt zu erfassen, obwohl der Verzicht auf jegliche Andeutung der landschaftlichen Gegebenheiten die Sinnfälligkeit der Anlage an einigen Stellen nicht verständlich werden läßt.

Zeichnung: *Albert Esch*

187
Blick aus einem Innenraum in die räumlich gegliederten Gärten zwischen den Gebäuden. Durch allerhand Staffage und eine minutiöse Durcharbeitung von Details wird der Erlebniswert der Gärten deutlich.

Zeichnung: *Helmut Jacoby*

Meist geben gut dargestellte Lagepläne einen viel besseren Aufschluß. Eine Garten- oder Landschaftsgestaltung stellt ohnehin hohe Anforderungen an das Vorstellungsvermögen, weil das Wachstum der Bäume und Sträucher über einen großen Zeitraum im voraus zu berücksichtigen ist. Diese Vorstellungen zeichnerisch vorwegzunehmen, ist genaugenommen nur annähernd möglich. Glücklicherweise entfaltet sich das Grün viel schöner und reichhaltiger, als man es je zu zeichnen vermag. Einerseits ist eine naturalistische Darstellung anzustreben, andererseits wird eine Verallgemeinerung von Blatt- und Baumstrukturen unumgänglich, um die Fülle und Vielfalt zu bewältigen. Gelungene reine Gründarstellungen sind selten, obwohl eigentlich fast jede Architekturdarstellung etwas davon einbeziehen muß.

Zur Technik der Architekturdarstellung

Wir sehen, für die Architekturdarstellung spielen neben der Konstruktion nach den Gesetzen der Perspektive sowie der Axonometrie gleichermaßen die Technik der Darstellungsweise und damit verbunden ihr Stil eine große Rolle. Die zeichnerische Durcharbeitung erfordert mehr Zeit, Aufwand und Können als die Ermittlung der perspektivischen Grundlage.

Eine rein lineare Darstellung in Tusche und Feder kann beispielsweise ohne Schatten auskommen, selbst wenn die plastische Augenfälligkeit dadurch abgemindert und um so anspruchsvoller wird. Lineare Federzeichnungen in Tusche erfordern wegen der Härte des Striches viel Disziplin und viel Übung, um eine starre Darstellung zu vermeiden und doch bei aller Strenge einen Reiz oder eine locker erscheinende Zeichnung zu gewährleisten. Diese notwendige Disziplin des Striches legt zunächst eine weitgehende Anlehnung an Schiene und Winkel nahe. Scheuen wir uns aber nicht, eine mit Schiene und Winkel gezogene Architekturdarstellung freihändig zu ergänzen, weiterzuzeichnen, hineinzuzeichnen, vorausgesetzt, der freihändige Strich ist in seiner Qualität adäquat. Selbst die völlig frei gezogene Federzeichnung ist legitim; es gibt dafür hervorragende Beispiele, bei denen der Strich spielerisch leicht wirkt, aber tatsächlich im Gesamtzusammenhang mit äußerster Konzentration, trotzdem gelöst und nicht verkrampft, gezeichnet ist. Das freihändige Zeichnen erfordert mehr wache Aufmerksamkeit als die Anlehnung an Lineale.

Viel mehr Ausdrucksmöglichkeiten als mit Tusche und Feder sind mit dem Bleistift für die Architekturdarstellung erreichbar. Zu Unrecht ist die Bleistiftzeichnung dafür nur noch wenig üblich. Die Ursache liegt wahrscheinlich in den Nachteilen für die üblichen Vervielfältigungstechniken. Eine mit der Feder ausgezogene Tuschezeichnung bereitet auch für den Druck weniger Schwierigkeiten; Bleistiftzeichnungen hingegen mehr, da bei deren Reproduktion und Druck eine Veränderung der Erscheinung oft unvermeidlich bleibt. Die Schwierigkeiten beginnen schon damit, daß eine gute Bleistiftzeichnung auf hochwertigen Karton gezeichnet werden sollte. Verschmutzungen durch den Graphit selbst sind mit einiger Sorgfalt vermeidbar.

Die Bleistiftzeichnung gehört nicht der Vergangenheit an, sondern kann über die fotografische Reproduktion vielen Vervielfältigungsmethoden zugänglich gemacht werden, obwohl damit Veränderungen ihrer Wirkung in Betracht gezogen werden

Zur Technik der Architekturdarstellung

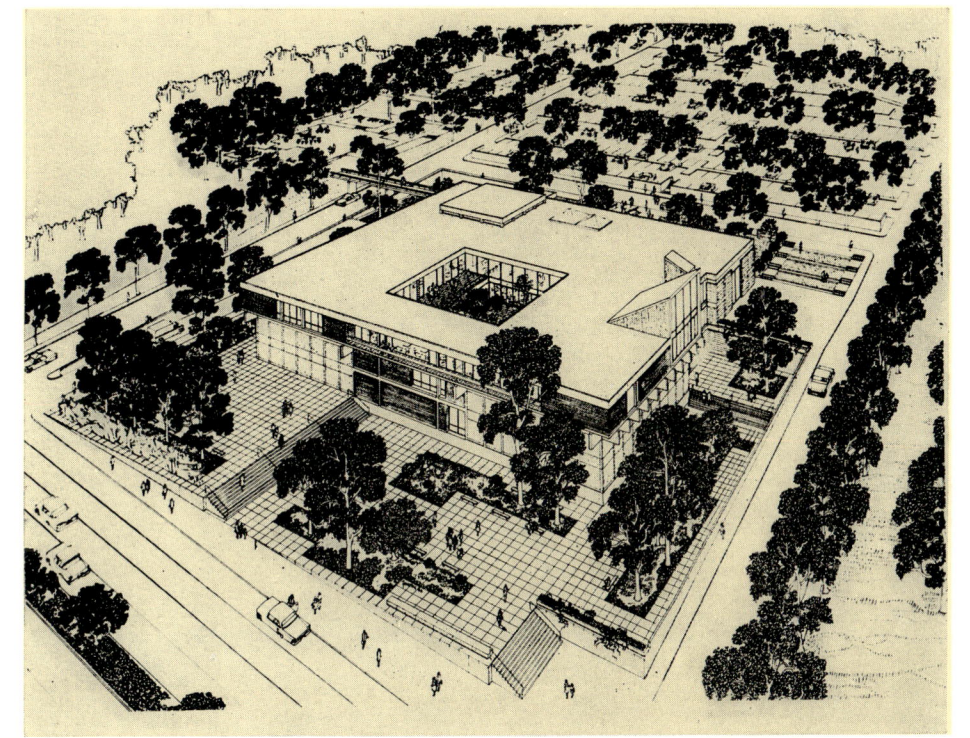

188

188
Lineare Durchzeichnung einer Architekturdarstellung ohne Schatten

Zeichnung: *Helmut Jacoby*

189
Dieselbe Zeichnung wie Bild 188, doch farbig getönt und damit sehr unterschiedliche Abstufungen von Schatten, Reflexen und auch Spiegelungen eingearbeitet. Plastizität, Übersichtlichkeit und der räumliche Eindruck erhöhen sich wesentlich. Die Tönung ist fleckenlos aufgetragen, aber sie weist Aufhellungen auf, um Reflexe und Kontraste zu Anschlußflächen zu gewährleisten. Die Vielfalt der Tonstufen ist genau ausgewogen.

Zeichnung: *Helmut Jacoby*

189

Architekturdarstellung

190
Helmut Jacoby ist die Durcharbeitung der Umgebung für die Architektur genauso wichtig wie diese selbst, weil sie nie unabhängig voneinander existieren, ganz gleich, ob in der Großstadt oder in einer ganz bestimmten Landschaft, wie hier in Colorado. Die Baumdarstellung und die Andeutung des Hintergrundes vermitteln dazu eine sehr konkrete Vorstellung.

Zeichnung: *Helmut Jacoby*

müssen. Diese Veränderungen können hinsichtlich Prägnanz oder Augenfälligkeit sogar ein Gewinn sein, obwohl vom duftigen Original einer Bleistiftzeichnung viel verlorengeht. Doch oft ist eine unbedingt originalgetreue Wiedergabe gar nicht erwünscht, sondern die Steigerung der schwarzweißen Zeichengrafik. Das Original selbst würde, auf eine Ausstellungstafel aufgezogen, in seiner feinen Bleistifttönung nicht so ausstellungswirksam sein wie eine fotografische Reproduktion. Ist wirklich Originaltreue erwünscht, und sie wird fototechnisch weitgehend erreicht, dann stellt sie an die Klischeeherstellung doch sehr hohe Anforderungen.

Ungeachtet dieser Probleme ist die Modulationsfähigkeit mit dem Bleistift sehr groß. Allein die Wahl des harten oder weichen Bleis bedeutet eine entsprechende Variationsbreite; der harte Blei eignet sich für eine feine Durcharbeitung mit genauen Details und der weiche für den Zwang zur Beschränkung auf große Zusammenhänge.

Zur Autorschaft von Architekturdarstellungen

Die Hell-dunkel-Werte ein und desselben Bleistifts sind um so differenzierbarer, je weicher die Mine ist. Für Flächenstrukturen — und nicht zuletzt für die Darstellung von Schatten — bietet sich eine viel größere Variabilität an.

Von Einfluß auf die Darstellungstechnik, die Bildauffassung, die Art der Perspektive, die Wahl der Blattgröße, des Papiers oder Zeichengeräts ist zweifellos der weitere Verwendungszweck der Architekturdarstellung. Es wird von Vorteil sein, von vornherein zu klären, ob die Perspektive veröffentlicht, zur Schau gestellt, einmalig für einen Wettbewerb dienen oder auf eine andere gebräuchliche Weise vervielfältigt werden soll, um darauf die zweckmäßige Form, Größe und Technik der Darstellung abzustimmen.

Zur Autorschaft von Architekturdarstellungen

Diese Ausführungen über Architekturdarstellungen lassen erkennen, wie viele Voraussetzungen erfüllt sein müssen, um den Ansprüchen gerecht zu werden. Die Begabung — zweifellos eine Voraussetzung dafür — muß über den für den Architekten notwendigen Sektor hinausreichen. Nicht jeder gute Architekt muß ein guter Architekturdarsteller sein. Von dem Anspruch auf ein sicheres und hohes Vorstellungsvermögen, das auch für die Architekturdarstellung unerläßlich ist, werden keinerlei Abstriche gemacht, aber wir haben gesehen, daß das Darstellungsvermögen selbst noch eine andere Sache ist. Damit wird die Frage der Verselbständigung der Architekturdarstellung durch Spezialisten, ja sogar durch spezielle, dafür auftragsmäßig arbeitende Ateliers aufgeworfen.[11]

Es liegt auf der Hand und ist üblich, daß in einem Architektenkollektiv der dafür Talentierteste die Architekturdarstellung übernimmt. Darin liegt die Ursache, daß hervorragende Architekturdarstellungen — oft durch viele Publikationen hervorgehoben — nicht von bekannten Architekten selbst angefertigt wurden, sondern von einem Mitarbeiter. Oft sind es Schüler oder Mitarbeiter, die sich mit Talent und Muße der Darstellung des Entwurfs annehmen konnten, und möglicherweise hat in jungen Jahren mancher namhafte Architekt ähnlich gearbeitet. Der Einfluß des Meisters, auch in darstellerischer Hinsicht, liegt in vielen Fällen offen zutage.

Die Spezialisierung kann aber nicht so weit gehen, daß Grafiker oder gar eine EDV-Anlage die Ausführung von Architekturdarstellungen übernehmen, sondern immer ein Architekt, der dafür auch namentlich signieren und als Autor genannt werden soll. Schließlich sind Architekturdarstellungen auch Kontrollen, die Rückwirkungen auslösen, und sei es nur auf die Weiterentwicklung des Dargestellten. Denn nicht das vom Computer dargestellte »Bild« mit allen Angaben ist für den Menschen das Wesentliche, sondern das, was der Architekt für den Menschen vorempfindet und bildlich macht, ist für den Betrachtenden begreifbar und damit interessant.

191
Beispiel einer exzellenten Darstellung von Glas mit Spiegelungen. Schatten nur auf den Konstruktionsteilen, ganz schwache Spiegelungen und Innenarchitektur (Vorhänge, Brüstungen und dergleichen) gehen ineinander über, überlagern sich in einer kaum zu überbietenden Weise. Bäume und gegenüberliegende Fassaden, die drei Tonnenschalen, die zwei vorgelagerten frei stehenden Pfeiler sind in ihrer Spiegelung subtil dargestellt. Das sichtbare, vorgelagerte Fassadenrelief dagegen ist ohne jeden Schatten, und die sonst von ihm gebrauchten Materialstrukturen sind rein linear belassen. Dadurch wird die Wirkung dieser Glasfläche noch verdoppelt.

Zeichnung: *Helmut Jacoby*

Grundelemente des architektonischen Zeichnens

*Die Linie ist eine Erfindung.
An der Grenze eines Körpers
sehen wir eine Linie,
in Wirklichkeit gibt es sie nicht,
sie wird immer neu erdacht.
Sie ist abstrakt,
das Ergebnis jener Wahrnehmung,
drei Dimensionen wie zwei zu sehen.
Die Linie trennt, teilt,
und wenn sie eine Fläche einschließt,
nennen wir sie Kontur.*

Kurt Wirth

Linien, gezogen durch Striche, Flächen, erzeugt von Linien und differenziert durch zeichnerische Strukturen, sind die eigentlichen Grundelemente, mit denen Architektur gezeichnet wird und in die wir noch den Schatten zur Andeutung der dritten Dimension einbeziehen wollen.

Die Linie

Durch Linien werden Architekturvorstellungen umrissen und sichtbar, weshalb für den Architekten das zeichnerische Prinzip und nicht das malerische den Vorrang hat. Linien werden zeichnerisch durch Striche verwirklicht. Aber selbst in Darstellungen, die den Strich verschiedentlich eliminieren, bleibt die Linie im Grenzbereich kontrastierender Flächen das eigentlich erzeugende Element von Architektur, also die Zeichnung. Die Hauptwerkzeuge des Architekten — der Bleistift, die Ausziehfeder, ganz gleich welcher Art — sind auf die Erzeugung von Linien ausgelegt, sekundär wird das auch durch Reißschiene und Winkel symbolisiert.

Im Gegensatz zum großen Bereich des technischen Zeichnens ist das Zeichnen des Architekten in vielen Bereichen — wie wir sahen — nicht unbedingt an Reißschiene und Winkel, also an Lineale, gebunden, sondern erfolgt auch freihändig. Im Gegensatz zur Zeichnung des Ingenieurs erscheint die Zeichnung des Architekten in manchen Bereichen lockerer, sensibler, vielleicht, weil die räumliche Festlegung annäherungsweise gesucht wird. Das zeigt sich auch in dem freihändigen Ausziehen vieler Konzeptionen, die das erlauben. Das freihändige Ziehen von Linien vermag in vielen Fällen den Anforderungen an die Genauigkeit gerecht zu werden, sofern wir imstande sind, sie gerade zu ziehen. Trotzdem wird sich eine freihändig gezogene Linie immer von einem am Lineal gezogenen Strich unterscheiden. Durch eine lockere Führung ist eine bessere Kontrolle der Hand möglich und eine Gerade eher erzielbar als mit einem steifen Strich, der irgendeinen leichten Bogen zur Folge hat. Freihändiges Zeichnen oder Ausziehen ist für kleinere Entwürfe, für Vorstudien und Varianten im geeigneten Maßstab genau genug und kann nicht zuletzt eine sehr lebendige Zeichnung ergeben. Eine geübte Hand für freihändige Linien gewährleistet eine intensive Entwurfsarbeit.

Dazu ist die sachgemäße Übung der Handhabung des Zeichengerätes eine Grundvoraussetzung. Wir können nicht erwarten, die Handhabung der Zeichengeräte von vornherein zu beherrschen. Dazu gehört schon die richtige Haltung des Gerätes in der Hand. Die Güte der Strichführung ist davon eindeutig abhängig. Die erste bequeme Haltung des Gerätes ist nicht diejenige, die den wachsenden Ansprüchen gerecht zu werden vermag. Jeder Unterricht für ein Musikinstrument achtet von Anfang an streng auf eine richtige Haltung des Instrumentes. Die Haltung der linken Hand beim Geigenspiel wird beispielsweise für die Meisterung der hohen Schwierigkeiten im fortgeschrittenen Stadium ausschlaggebend. Haltungsfehler können zu unüberwindlichen Barrieren werden.

Der erste naheliegende Fehler entsteht dadurch, daß vorbehaltlos die Haltung des Federhalters beim Schreiben, die jedem seit der Schulzeit geläufig ist, auch für das

Die Linie

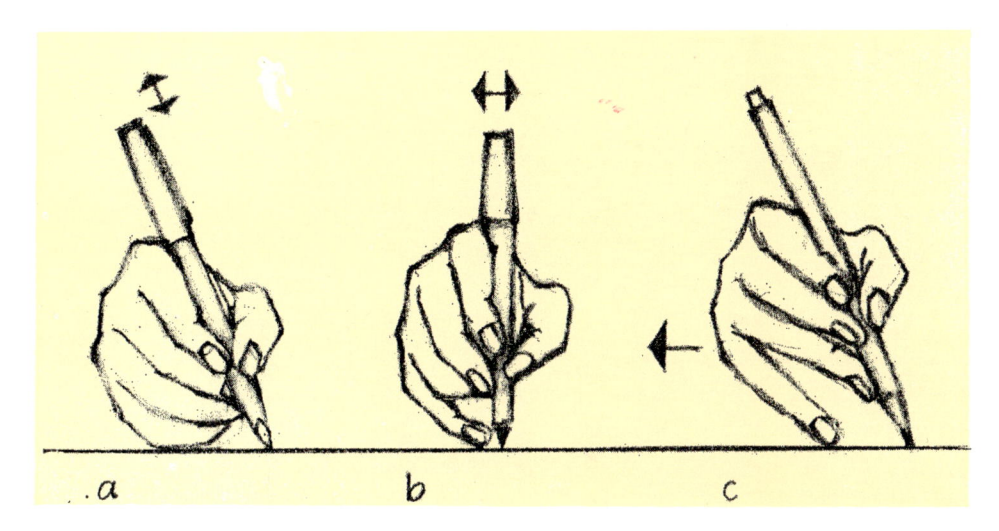

Zeichnen beibehalten wird. Darin liegt sicher die Ursache verborgen, daß viele meinen, zum Zeichnen eine schwere Hand zu haben, daß größere Zusammenhänge nicht bewältigt werden, weil die Hand mit dem Gerät nur für einen kleinen Aktionsradius festgelegt ist. Sicher fällt es schwer, die Hand aufzulockern, sich an andere Haltungen des Zeichengerätes zu gewöhnen, um sie für eine großzügigere Strichführung zu befähigen.

Vor allem muß die Beweglichkeit im ganzen Unterarm gelöst werden. Die Hand darf nicht mehr mit dem Ballen schwer auf der Unterlage liegen. Nur der kleine Finger behält Berührung mit der Unterlage und beruhigt die Führung der Hand. Das Zeichengerät, ganz gleich, ob Bleistift, Kohle, Kreide oder Feder — obgleich jedes noch eigene Anforderungen stellt —, muß lockerer und vor allem beweglicher in Hand und Fingern liegen.

Beim Ziehen eines Striches am Lineal, an Reißschiene oder Winkel kommt es darauf an, das Zeichengerät ständig im gleichen Winkel senkrecht zur Ebene und zur Strichführung zu halten. Durch die Drehung des Unterarms verändert sich dieser Winkel leicht, was eine kontinuierliche Korrektur sowohl der Vertikalen als auch in der Richtung der Strichführung erfordert. Zudem soll der Winkel möglichst steil sein. Dafür eignet sich die zunächst ungewohnte Dreipunkthaltung mit Zeige- und Mittelfinger gegenüber dem Daumen. So kann nicht nur die Steilheit korrigiert werden, sondern auch das Zeichengerät unablässig langsam gedreht werden, was für einen Bleistift unabdingbar wird, um die feine Spitze gleichmäßig abzunutzen. Durch diese Haltung kann das Zeichengerät bereits viel beweglicher und trotzdem sicherer geführt werden.

Das vierfache Festlegen des Stiftes mit Zeige-, Mittel- und Ringfinger gegenüber dem Daumen verbindet den Stift sehr fest mit der Hand und zwingt zur Bewegung aus dem Unterarm und dem Handgelenk heraus. Dadurch wird eine großzügige Linienführung für Freihandzeichnungen oder Ideenskizzen gewährleistet.

Diese bewußte Handhabung des Zeichengerätes fördert auf die Dauer die Variabilität und höhere Qualität beim Zeichnen.

192
Die Haltung der Hand beim Zeichnen ist die Voraussetzung für eine einwandfreie, sichere und leistungsfähige Ausführung von Zeichnungen. Die bequemste Haltung bietet nicht immer die Gewähr für ein exaktes und schnelles Zeichnen.

a) Diese Haltung der Hand stellt ein dreiseitiges punktförmiges Festhalten des Gerätes dar, so daß kurze Auf- und Abwärtsbewegungen gut möglich sind. Der Handballen ruht auf der Unterlage und rutscht langsam in Zeilenrichtung weiter. Für einen beschränkten Bereich kann man so auch zeichnen. Aber diese Haltung reicht nicht aus; sie setzt den zeichnerischen Möglichkeiten Grenzen.

b) Die zweiseitige Halterung des Zeichengerätes mit drei Fingern ist für das Ausziehen an Schiene und Winkel unerläßlich. Das Zeichengerät wird durch Zeige- und Mittelfinger gegen den Daumen gedrückt, der als Drehpunkt wirkt. Dadurch entsteht eine Dreipunktlagerung des Stiftes, die eine senkrechte Stellung zum Lineal ermöglicht sowie leichte Korrekturen der Vertikalen. Der kleine Finger berührt dabei das Lineal oder den Zeichenboden und gibt damit der Hand etwas mehr Freiheit und Ruhe; der Handballen kann sich von der Unterlage lösen. Diese Haltung von Zeichengeräten ist zwar ungewohnt, aber für jede Art zu zeichnen leistungsfähiger und richtiger als die Schreibhaltung.

c) Für jedes freie Zeichnen und freie Ausziehen von Zeichnungen eignet sich sogar ein dreifaches Festlegen des Stiftes gegenüber dem Daumen durch Zeigefinger, Mittelfinger und Ringfinger. Dadurch wird das Gerät weitgehend arretiert und abgesichert. Jede Bewegung erfolgt aus dem Unterarm heraus. Der kleine Finger bleibt in Berührung mit der Unterlage. Der Handballen dagegen darf die Unterlage nicht berühren, um den Bewegungsfluß frei zu halten. Die Haltung ist für große ruhige Formen unerläßlich, aber weniger für kleinzeilige Detailausführungen geeignet. Das Zeichnen mit Kohle und Kreide zwingt zu einer solchen großzügigen Führung der Hand.

170 Grundelemente des architektonischen Zeichnens

193

Die Fläche 171

Die Linien in der Architekturzeichnung sind hauptsächlich gerade Strecken zwischen zwei Schnittpunkten, in bestimmtem Abstand und geeigneten Maßstäben aufgezeichnet. Deshalb müssen Striche — ob frei oder an der Schiene gezogen — begrenzt sein, das heißt, sie müssen bis zu den Schnittpunkten durchgezogen werden. Striche, die vor Schnittpunkten enden, sind unzulänglich und lassen die gesamte Skizze oder Zeichnung unfachmännisch und flüchtig erscheinen. Eher sollte der Strich über den Schnittpunkt geführt werden, um bei schnellem Zeichnen sicher zu sein, daß die Schnittpunkte, die maßgenau liegen müssen, ohne Ausnahme erreicht werden.

Eine Zeichnung kann durchgehend mit einer dünnen Strichdicke von etwa 0,2 bis 0,3 mm gleichmäßig durchgezogen werden. Das hat den Vorteil, daß dünne Wanddicken oder Feinheiten ohne besondere Überlegungen gezeichnet werden können. Eine einheitliche dünne Strichdicke verdirbt nie eine Zeichnung, sondern mindert höchstens die Übersichtlichkeit. Unterschiedliche Strichdicken dagegen erfordern eine deutliche Differenzierung. Wenige Abstufungen und eindeutiger Kontrast, wobei der fettere Strich sparsamer anzuwenden ist, sichern ein ausgeglichenes Zeichnungsbild.

193
Der weiche Graphitstrich aus der Hand *Aaltos* moduliert Grundriß, Querschnitt und die Idee eines grazilen Turmes in der Perspektive und anderes in der Vorderansicht und in Abwandlung der scheibenartigen, gestaffelten Turmspitzen. Vieles ist unklar und zunächst unverständlich, aber für die Verständigung mit wenig Worten als plastische Gestalt vorstellbar.

Ideenskizze: *Alvar Aalto* 1898—1976

Die Fläche

Linien grenzen Flächen ein, sie erzeugen Wandflächen, Dach-, Konstruktions-, Rasen-, Verkehrs- und andere Flächen. Die Fläche ist die zweite Dimension, in die die dreidimensionalen Bauwerke bei ihrer zeichnerischen Darstellung transponiert werden. Nicht nur für orthogonale, sondern auch für gefluchtete Projektionen spielt die Differenzierung von Flächen eine große Rolle. Jede Architekturdarstellung ist die Bewältigung von Flächen durch Differenzierung in ihren Verhältnissen, Hervorhebungen, Abstufungen und ihren Bewegungen, erzeugt durch die Linienführung und die architektonische Gliederung.

Flächen lassen sich durch Strukturen wie Schraffuren, Punkte und andere zeichnerische Symbole mit unterschiedlichen Absichten integrieren. Einerseits erfolgt dadurch eine Differenzierung, um augenfällige Informationen über Art und Beschaffenheit der Flächen zu geben, und andererseits, um durch dementsprechende Abstufungen mehr Klarheit in die dargestellte Situation zu bringen, um Zusammenhänge herauszustellen, um hervorzuheben oder zurückzudrängen und auch — besonders bei Architekturdarstellungen — um der plastischen Wirkung der endgültigen Erscheinung Ausdruck zu verleihen. Eine oder auch mehrere Flächen — Wand-, Dach-, Weg- oder andere Flächen — können dabei unbehandelt bleiben.

Auch hier gilt die Regel, die Flächenstrukturen bis zur Kontur durchzuzeichnen, eher im Bereich der umrandenden Linie zu verstärken und im Feld abzuschwächen als umgekehrt. Bei den für Architekturflächen weitverbreiteten und geeigneten Methoden, durch Punkte Flächenhaftigkeit zu erzielen, sollten sich diese in den Randbereichen verdichten. Im Feld genügen wenige Punkte, um die Integration anzudeuten. Die Methode, zu punktieren, läßt in vieler Hinsicht auch eine Materialstruktur veranschaulichen, wie Putz, Beton oder auch Rasen, und sie hat wie Schraffuren den großen

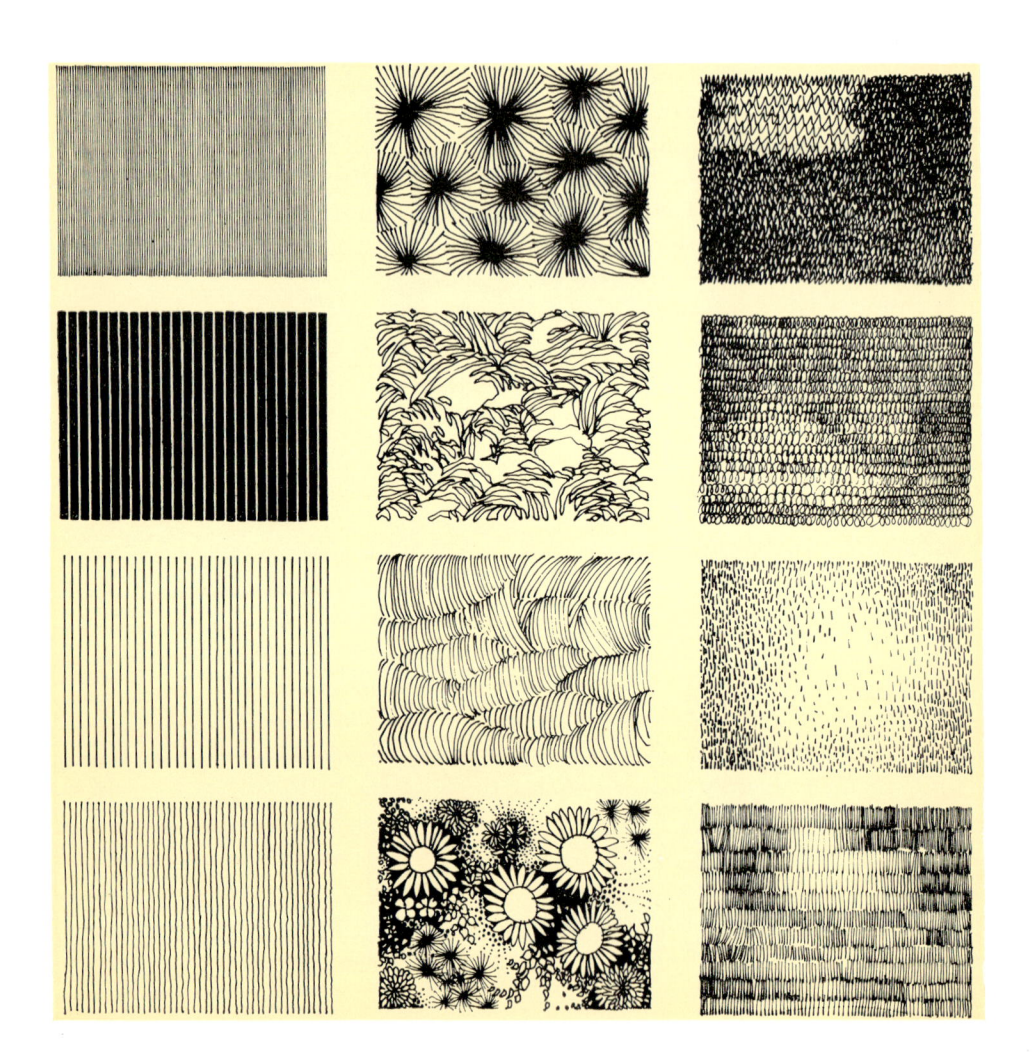

Grundelemente des architektonischen Zeichnens

Die Fläche 173

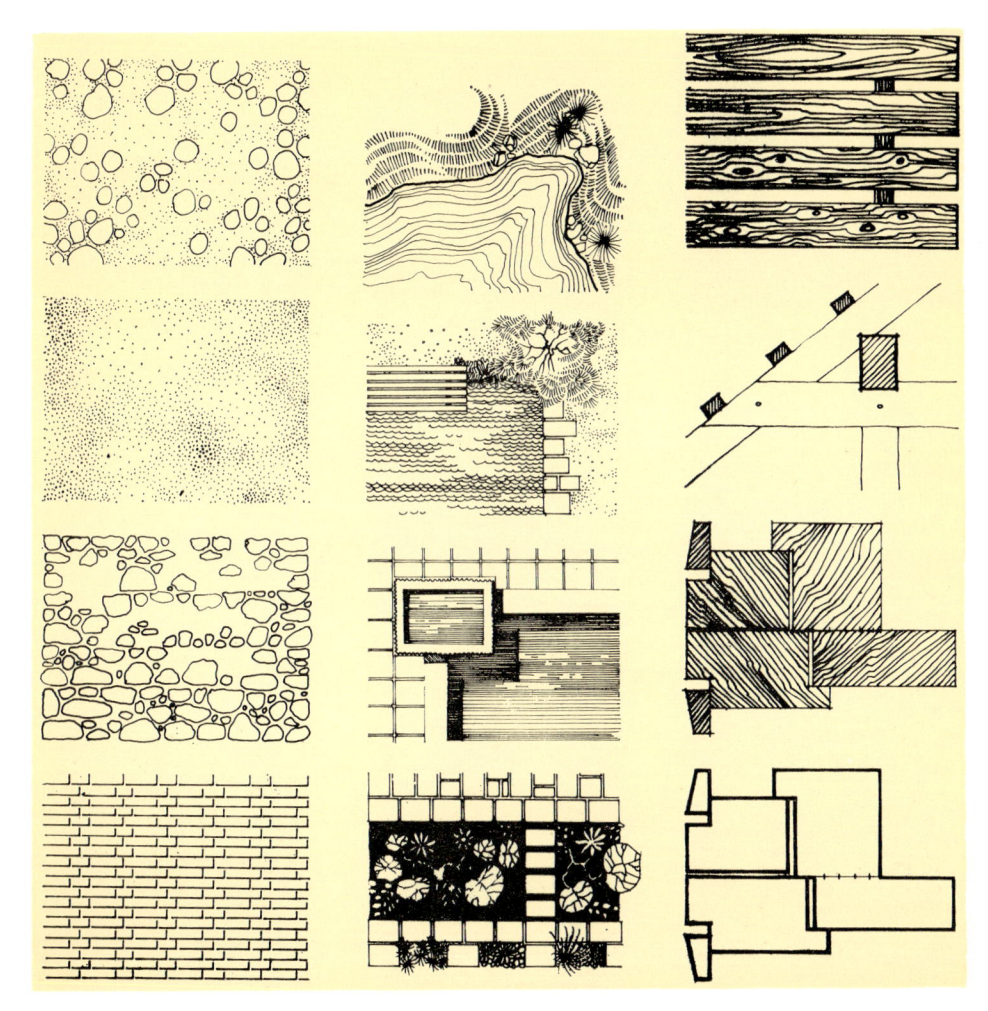

194
Verschiedene Flächenstrukturen als Anregungen, die sich beliebig und mit anderen Akzentuierungen, Verdichtungen und Strukturen fortsetzen lassen.

195
Flächenstrukturen gehören zur Architekturzeichnung, auch wenn sich mit der Beschränkung auf lineare Konturen sehr viel erreichen läßt. Das Vokabular der Flächenstrukturen bleibt überschaubar, auch wenn mit Phantasie viele Variationen gefunden werden. Hauptsächlich handelt es sich um Schraffuren und punktierte Flächen. Bei Kreuzschraffuren ist Vorsicht geboten. Strichstärken und Wahrung gleichmäßiger oder modulierender Verteilung erfordern ein feines Einfühlungsvermögen in den Gesamtzusammenhang.

Übung eines Architekturstudenten der HAB Weimar

Die Fläche 175

196
Die Möglichkeiten, durch differenzierte Flächenstrukturen verschiedenster Art die Plastik von komplizierten Körperdurchdringungen zu verdeutlichen, ohne Konturen und ohne Schatten, sind viel größer, als wir oft annehmen oder gar anwenden. Der zeichnerische Aufwand ist sehr groß, und durch Architekturglieder in der Fläche ergeben sich zusätzliche Schwierigkeiten. Doch manchmal bieten sich Materialstrukturen dazu an, dies sinnvoll zu nutzen.

Übung eines Architekturstudenten der HAB Weimar

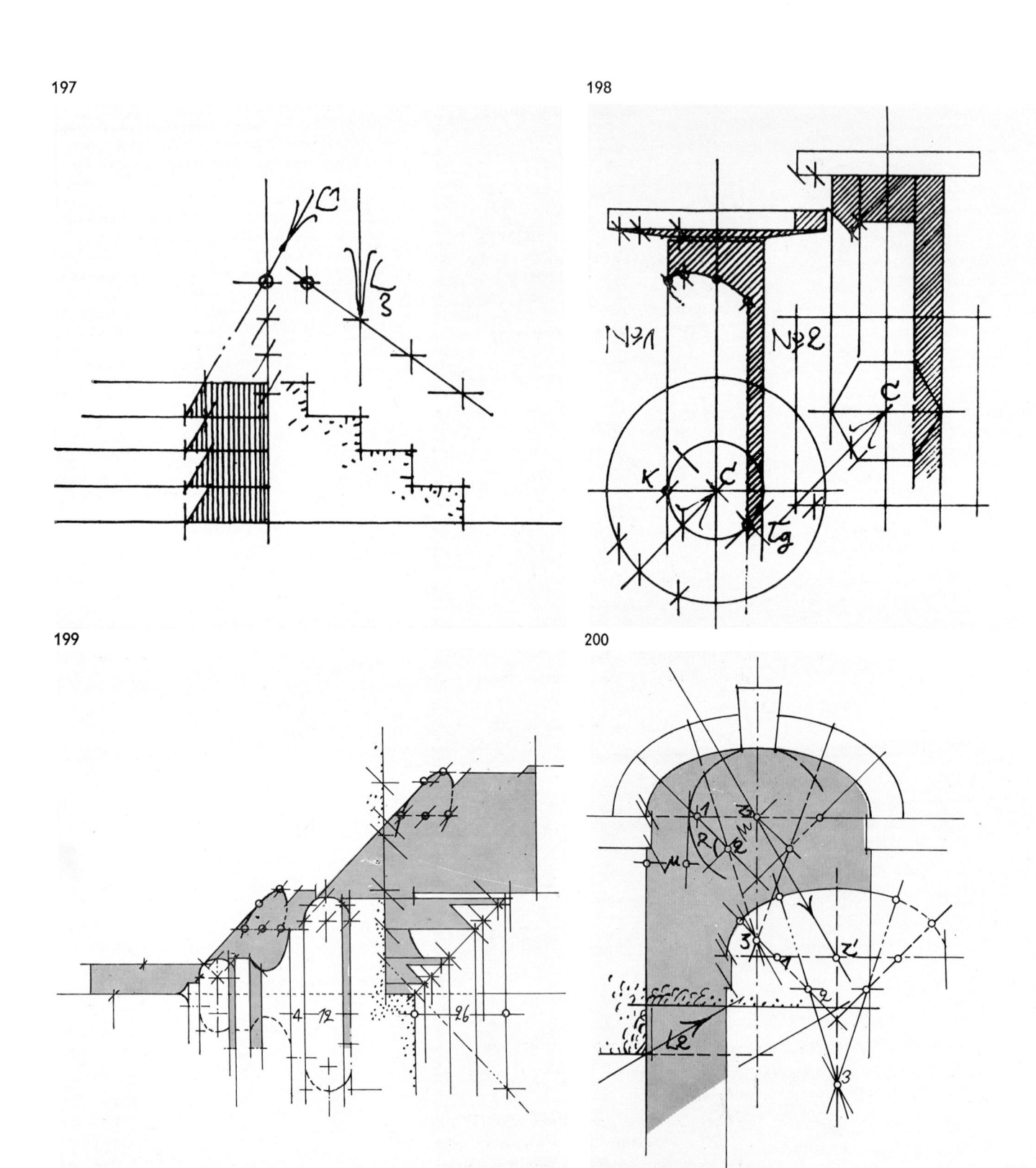

Grundelemente des architektonischen Zeichnens

197

198

199

200

Die Fläche

Vorteil, unterschiedliche Tonwerte je nach der Dichte der Punkte zu ermöglichen. Bei Schraffuren ist es noch wichtiger, sie bis zur begrenzenden Linie durchzuziehen und gleichmäßige Abstände — oder zumindest Abstufungen — anzustreben.

Vorsicht vor jeder Kreuzschraffur, insbesondere schrägen Kreuzschraffuren! Davor warnen viele Zeichner, die genügend eigene Erfahrungen haben. Trotzdem ist sie natürlich möglich, sowohl freihändig, als auch an den Winkel gebunden. Gekreuzte Strichlagen führen in der Regel dann zum entsprechenden Eindruck, wenn auf Konturen vollständig verzichtet wird.[12]

Flächen, die mit Tuschelinien eingefaßt sind, mit den Mitteln der Tuschezeichnung so zu differenzieren, daß die Spezifik ihres Charakters oder Materials hervorgehoben wird, macht das eigentliche grafische Problem der Flächendarstellung aus. Die Mittel dazu sind begrenzt und überschaubar, aber es ist erstaunlich, welche Vielfalt der Wirkung durch eine sparsame Anwendung erreicht werden kann. Es handelt sich um grafische Flächenstrukturen, die wegen der Assoziationen zu dem tatsächlichen Flächencharakter unterschiedlich stilisierend eingesetzt werden können. Durch feine Abwandlungen, durch Ausgewogenheit im Gesamtzusammenhang der Darstellung kann bereits viel für ihre plastische Wirkung, für die Wirklichkeitsvermittlung, für die Anregung der Phantasie und letztlich für das Verständnis der Gestaltungsidee erreicht werden.

Mit Lavieren läßt sich eine Tönung der Flächen am einfachsten erreichen. Die Gründe, weshalb es kaum noch üblich ist, liegen weniger in der unzulänglichen Kennzeichnung von Flächenbedeutungen, wie Material oder Struktur, als vielmehr in der Verwendung von Transparentpapier und der mangelnden Eignung für Reproduktionen. Lavieren geht weniger mit Tuschezeichnungen zusammen, sondern besser mit dem Bleistiftstrich.

Man soll nicht glauben, dies seien nur formale, grafische, bildgestalterische Belange, vielmehr ist das Kriterium solcher Bemühungen die künstlerische Sicherheit und Vorstellungskraft bei der architektonischen Gestaltung, der Materialwahl und -wirkung, der Abwägung von Kontrasten oder der Vielfalt und Sparsamkeit der Mittel, die sich im Gelingen der strukturellen Flächenabstimmung zwangsläufig niederschlägt.

Für Entwurfszeichnungen reichen Flächenstrukturen, wie sie in gesetzlichen Bestimmungen vorgeschlagen werden, nicht aus, um Gestaltungsvorstellungen zu vermitteln. Diese Vorgaben sind für Ausführungszeichnungen bestimmt, und selbst darauf wird in diesem Standard hingewiesen, daß sie die genaue Werkstoffangabe auf der Zeichnung oder anderen Fertigungsunterlagen nicht ersetzen.

Der Erfolg des Einsatzes von Flächenstrukturen in Architekturdarstellungen ist nicht so sehr vom Erfindungsreichtum, von der Vielfalt, von flotter oder exakter Ausführung abhängig als vom Durchhalten eines bestimmten Duktus für jede gewählte Struktur, von der Aufwertung und Abminderung des Hell-dunkel-Wertes zur Erzielung leichter Abstufungen oder ausgesprochener Kontraste.

Grünflächen bieten sich zur freien Strukturierung immer vielfältiger an und sind oft geeignet, den Gegensatz zu linearen, rechtwinkligen Bauflächen zu bilden. Es liegt auf der Hand, die dunkleren Tonwerte von Grünstrukturen gegen die Helltöne von Bau-

197
Der Schatten einer schrägen Brüstung auf den Treppenstufen erhöht die Plastizität der orthogonalen Ansicht des Treppenlaufes.

Zeichnung: *Hans Döllgast*

198
Eigenschatten am Säulenschaft und Schlagschatten der Abdeckplatte gehen an runder und sechseckiger Säule ineinander über. Zu ermitteln ist der Punkt, wo Eigenschatten und Schlagschatten sich treffen, wo der Schlagschatten der Platte seinen höchsten Punkt erreicht und die Stelle, wo er an der Lichtkante verschwindet, also in dieser Zeichnung an der linken Kante der Säule. Damit ist das Schattenbild im wesentlichen erfaßt. Bei der sechseckigen Säule entsteht durch die quadratische Abdeckplatte eine Schattenecke auf der linken Schaftseite, die durch den Lichtstrahl in Grundriß und Ansicht ermittelt wird.

Zeichnung: *Hans Döllgast*

199
Das Schattenbild eines reich gegliederten Pilasterfußes. Der Einfall des Lichtes wurde in Grundriß und Ansicht unter 45° angenommen. Für den Schatten in der Hohlkehle dient das Profil an der Ecke. Die kreisrunden Wulste (Zylinder) ergeben im Schlagschatten Konturen, die einer Ellipse entsprechen, die in der Zeichnung angedeutet sind. Der Schlagschatten der Hohlkehle im Grundriß setzt am Verschwindungspunkt an der unteren Kante an, der durch den Lichteinfall über den unteren Eckpunkt des Eigenschattens im Grundriß gefunden wurde.

Zeichnung: nach *Hans Döllgast*

200
Der Schatten einer Türleibung, die in einen Korbbogen übergeht. Die Sonne fällt im Grundriß mit 30° zur Bauflucht und in der Ansicht mit 60° zur Horizontalen ein. Der Korbbogen ist mit drei Zirkelschlägen der Drehpunkte 1, 2 und 3 geschlagen. Der senkrechte Schatten ergibt sich im Grundriß. Der Kämpfer wird mit dem Einfallswinkel in der Ansicht mit der senkrechten Schattenkante zum Schnitt gebracht. Von diesem Schnittpunkt aus vollzieht sich die Konstruktion des Korbbogens genauso wie vordem. Das Kämpferprofil wird analog ermittelt.

Zeichnung: nach *Hans Döllgast*

Grundelemente des architektonischen Zeichnens

201

202

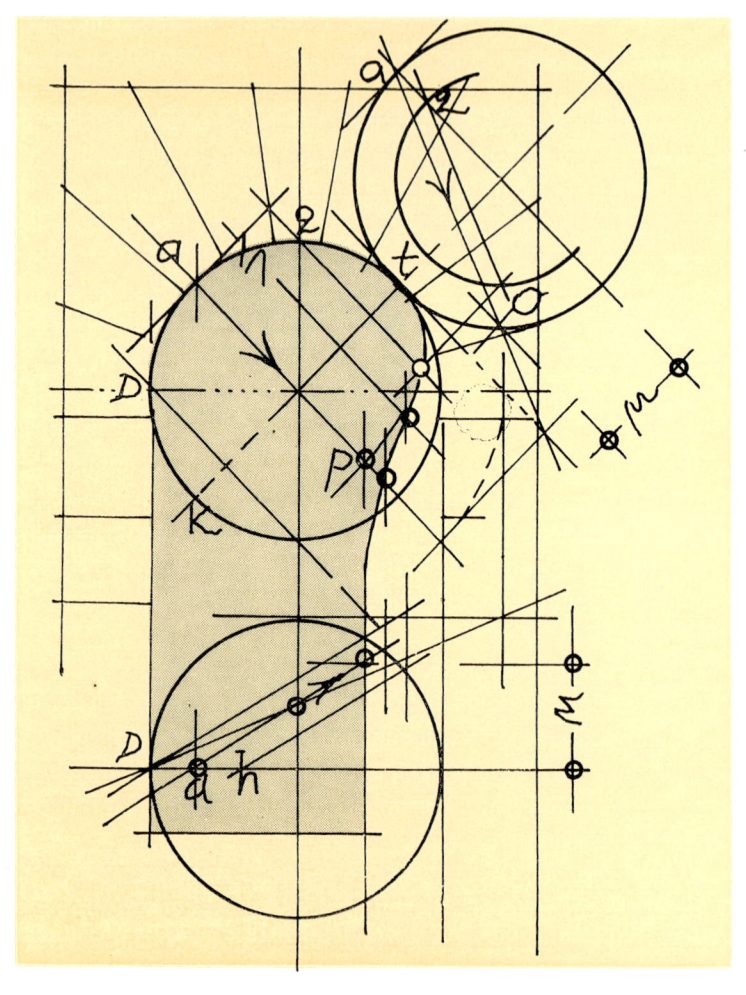

werken zu setzen und für die Hervorhebung der Plastik sowie der Ensembles zu nutzen. Das betrifft nicht nur die perspektivischen Darstellungen, sondern ebenso Lagepläne, Grundrisse und besonders Ansichten. Die Differenzierung von Grünflächen selbst ist viel mehr gegeben — wie wir noch sehen werden — als die der Umhüllungsflächen von Bauwerken.

Der Schatten

Während die perspektivische Darstellung durch die Fluchtung den räumlichen Eindruck mehr dem Auge zugänglich macht, entfällt dies bei der orthogonalen Darstellung. Durch die Wirkung von Licht und Schatten läßt sich viel über die plastischen Verhältnisse eines Baukörpers vermitteln. Rein zeichnerisch reduziert sich das praktisch auf die Darstellung des Schattens, womit schon bei sparsamer Anwendung viel erreicht werden kann.

Allem gibt der Schatten erst Form und Tiefe.

Michelangelo Buonarroti

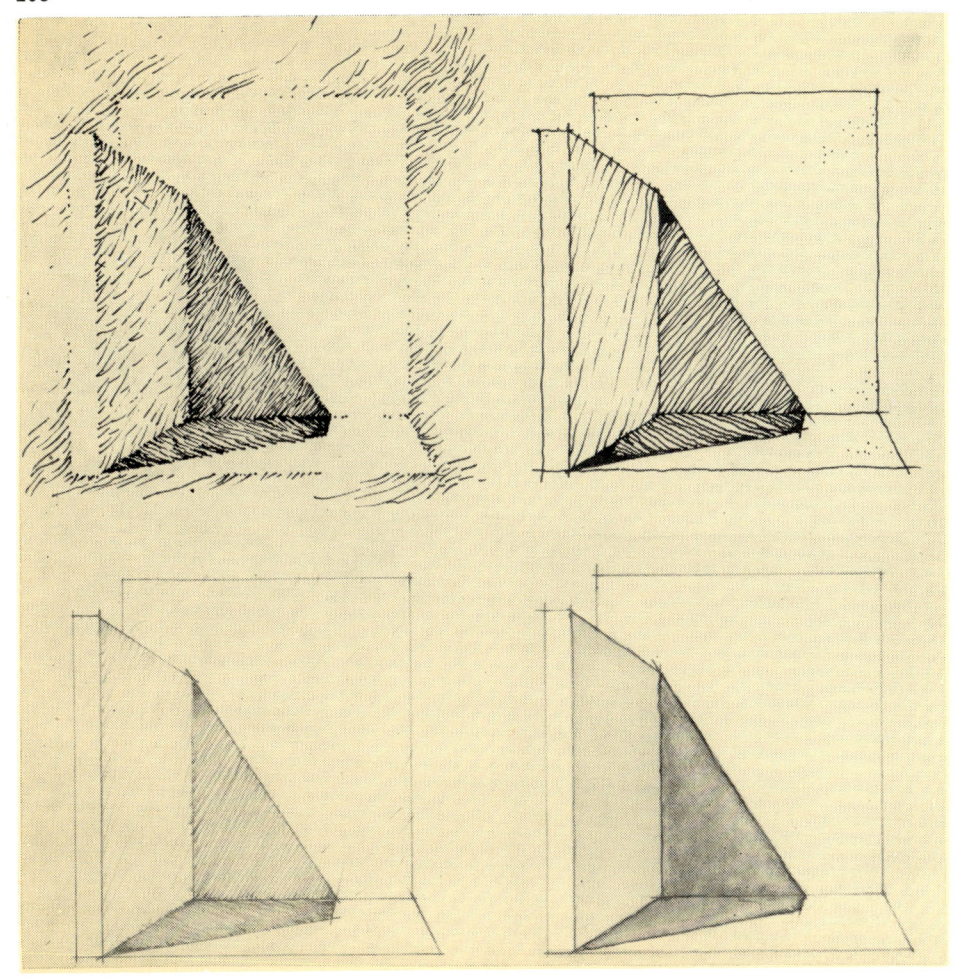

Der Schatten

203

201

Das Schattenspiel an einem sehr plastischen Portal mit tiefer Leibung, die sich in einem Kreisbogen wölbt, mit ausladenden Gesimsen und einem ausgeprägten Fugenschnitt. Der Drehpunkt des Kreises versetzt sich entsprechend dem Einfallswinkel nach rechts unten. Die Schatten der Profile fallen deshalb so tief, weil sie sich entsprechend dem Lichteinfall im Grundriß verlängern. Der Fugenschnitt bereitet keine Probleme.

Zeichnung: *Hans Döllgast*

202

Die Schattenlinie in einer zylindrischen Nische, die oben von einer halben Hohlkugel überwölbt ist, bereitet einige Schwierigkeiten. Der obere s-förmige Teil der Schattenlinie entsteht durch die Rundung der Öffnung und fällt teilweise auf den Hohlzylinder und anderenteils auf die Hohlkugel. Wichtig sind die Übergangsstelle unten und die Austrittsstelle oben, die sich leicht ergeben, sowie der Wendepunkt. Den Verlauf zwischen diesen drei Punkten sollte man frei vollziehen.

Zeichnung: nach *Hans Döllgast*

203

Eigenschatten und Schlagschatten mit etwas übersteigerter Reflexaufhellung im Eigenschattenbereich. Der Versuch ist sowohl in Tusche, Bleistift und mit Aquarellfarben mit freihändiger Flächenbehandlung vorgenommen worden. Viel mehr, als es in dieser Skizze zum Ausdruck kommt, sind Bleistift und die Lavierung von Flächen der Tuschezeichnung für die durchsichtige, flächige Abtönung von Schattenpartien geeignet.

Zeichnung: *Carl Krause*

Der Schatten wird heute in Entwurfszeichnungen selten dargestellt, für bestimmte Zwecke ist jedoch zu keiner Zeit darauf verzichtet worden. Ausführungszeichnungen verzichten grundsätzlich und berechtigt darauf, aber auch perspektivische Darstellungen eliminieren leider manchmal den Schatten. Für orthogonale Darstellungen von Ansichten sowie auch für Lagepläne oder Bebauungskonzeptionen sollte eine Schattendarstellung immer erwogen werden. Freihandzeichnungen gewinnen durch Schattenandeutungen sowohl an Licht, Luft und Sonne als auch an grafischem Reiz allgemein; aber der Hauptgrund, weshalb wir bei Freihandzeichnungen nach der Natur nicht darauf verzichten sollten, besteht einfach darin, daß wir ihn nach der Natur studieren können und uns Kenntnisse, Gefühl und Sicherheit für das eigenartige, interessante und vielfältige Spiel des Schattens aneignen.

Der Sinn der Schattendarstellung — das muß einmal deutlich gesagt werden — liegt nicht primär in der »Bildgestaltung«, sondern in der Kontrollierbarkeit der wahren körperlich-räumlichen Wirkungen. Die rein formalen, oft als »sachlich« be-

Grundelemente des architektonischen Zeichnens

204

Es handelt sich um ein nach Süden pfeilförmig gestaffeltes Gebäude mit dreieckigen Loggien in den Zwickeln. Das Gebäude ist terrassenförmig an das Gelände angeschlossen. Hier ist der Sonnenstand etwas nach Norden überzogen, einfach um einen Schatten zu erhalten, der die Plastizität des Gebäudes zur Geltung bringt. Weiterhin ist die umgrenzte Schattenfläche ganz unterschiedlich angelegt und manchmal überhaupt nicht. Die dicke Grundlinie ist immer gut.

Entwurf und Zeichnung: *Manfred Zumpe*

205

Zwei perspektivische Darstellungen zweier ähnlicher Varianten eines Terrassenhauses von *Peter Behrens*. Eine Variante ist in Tusche, die andere in Bleistift und Kreide gezeichnet. Beide sind freihändig ausgezogen. Die Unterschiede, auch in der Wirkung der Ergebnisse der beiden Zeichenmittel, treten besonders in den Schattendarstellungen hervor. Die Bleistiftzeichnung vermag mehr Atmosphäre einzubeziehen und der wirklichen Erscheinung solcher Bauten näherzukommen.

Zeichnung: *Peter Behrens* 1868—1940

204

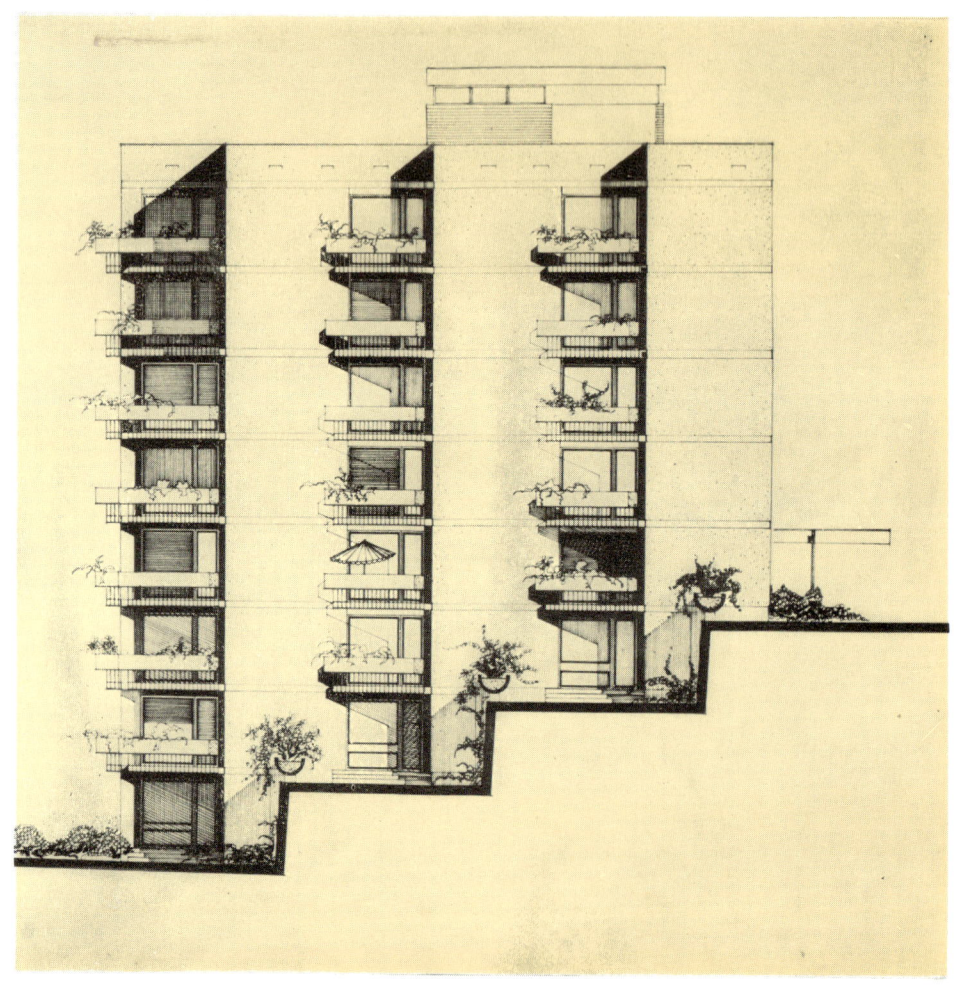

gründeten puren Strichzeichnungen sind viel mehr Formalismus als die durch Schatten zu plastischem Ausdruck vertieften Darstellungen.

Leider erfolgt die Verkümmerung der Darstellung, die oft als größere Sachlichkeit deklariert wird, auch bei Lageplänen und städtebaulichen Plänen.

Für die Tonabstufung des Schattens ist es nicht ohne Belang, daß wir drei Schattenarten unterscheiden:

    den Eigenschatten
    den Schlagschatten
    den Kernschatten.

Eigenschatten entsteht bei all jenen Gebäudeflächen, die auf der lichtabgewandten Seite — also im Schatten — liegen. Dabei braucht es sich nicht einmal um Sonnenschein zu handeln. Der Schlagschatten dagegen bedarf einer starken Sonnen- oder Lichteinstrahlung, weil er von einem Gebäude oder Gebäudeteil auf einer fremden Fläche entsteht. Als Kernschatten verstehen wir einen Eigenschatten, der ohne Reflexauf-

Der Schatten 181

205a

205b

hellung unmittelbar mit Schlagschatten vereint ist. Davon sind besonders offene Fenster und dergleichen betroffen, deren Hintergrund von keiner anderen Seite Licht erhält, etwa wie bei einem Tunnel. Sie sind die »Schwärzen« in einer Zeichnung.

Der Eigenschatten darf nur gering abgetönt werden, weil er vom Reflexlicht aufgehellt wird. Je schwächer ein Eigenschatten getönt wird, um so mehr Licht und Atmosphäre scheint die Zeichnung zu vermitteln. Architekturelemente wie Öffnungen, Gewände, Fugen, Kehlen und andere ausgeprägte Flächenstrukturen bleiben voll erhalten und wahrnehmbar. Schraffuren, verstärkte Strukturierungen oder das Anlegen der Flächen sind die modulierbaren Mittel.

Der Schlagschatten wirkt an der Schattenkante durch den Kontrast zur erleuchteten Fläche infolge der Blendung am dunkelsten und hellt sich nach innen auf. Die Konturen von Schlagschatten verlangen einen exakten und bestimmten Umriß, der meist als Linie ausgezogen wird. Die scharfe Begrenzung wird um so notwendiger, je kürzer der Schlagschatten fällt. Auch sollte die Zeichnung im Schatten nie vollständig verdeckt werden. Mit einer Schraffur parallel zum Lichtstrahl lassen sich die

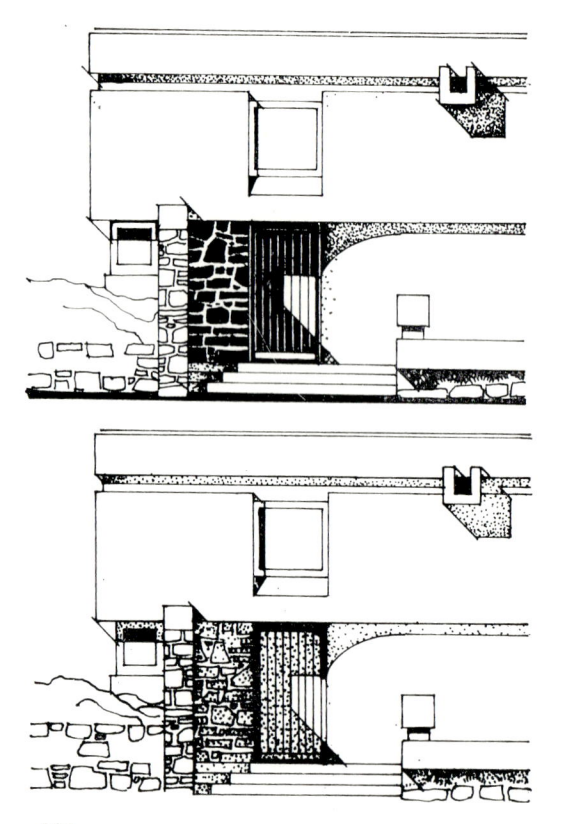

Grundelemente des architektonischen Zeichnens

206
Die Schattendarstellung von Gebäuden mit kräftiger plastischer Durchbildung und unterschiedlichen Materialstrukturen der Oberfläche erfordert eine differenzierte Behandlung der Schattenpartien, die sowohl kräftig als auch zurückhaltend sein kann. Die Hervorhebung bestimmter Elemente ist dabei auf unterschiedliche Art möglich.

Zeichnung: *Carl Krause*

207

meist vertikalen und horizontalen Zeichnungen im Schatten am problemlosesten wahren. Doch genügt das für die Darstellung des Schlagschattens oft nicht, er erfordert weitere grafische Differenzierungen. Sie erhöhen zwar den Reiz der Darstellung, aber wir laufen sehr leicht Gefahr, daß der eigentliche Sinn, eine plastische räumliche Wirkung zu erreichen, im Verhältnis zum Aufwand nicht erreicht wird.

Schlagschatten lassen sich konstruieren. Wenn man es genau nimmt, kann das bei perspektivischem Konstruieren zu besonderen Entdeckungen führen. Bei aufmerksamem Naturstudium im Freihandzeichnen und den Kenntnissen einiger exakt durchgeführter Schattenkonstruktionen kommen wir immer mehr mit wenigen Anhaltspunkten und geringem Aufwand aus. Wichtig bleibt, daß die Lichteinfallsrichtung einheitlich durchgezeichnet wird und, davon abhängig, Tiefen und Höhen sich proportional im Schatten widerspiegeln. Bekanntlich verändert sich der Schatten ständig, und wir sollten uns auf Einfallswinkel von 45° oder 60° festlegen.

Kernschatten treten selten auf, wir können darauf völlig verzichten, zumindest sollten wir uns auf wenige beschränken. Sie können aber in der Architekturdarstellung

Der Schatten

208

207
Perspektive des Hauptaufgangs einer Bibliothek. Der sehr plastische und reich gegliederte Baukörper, der zudem mehr auf sechseckiger Grundlage als auf rechtwinkliger beruht, erfordert mehrere Fluchtpunkte und eine Schattierung der Flächen. Von Schlagschatten, Eigenschatten bis zum Kernschatten ist alles reich vertreten. Die Tönung der Schatten wird aber hauptsächlich von dem Gedanken kontrolliert, die vielfältige Plastizität des Baukörpers bildhaft und eindeutig herauszustellen.

Zeichnung: *Peter Albert*

208
Drei verschiedene Schattendarstellungen einer durch Loggien plastisch gestalteten Fassade. Die obere Schwarzweißdarstellung wirkt sehr hart; um die Konturen der Fenster im Schattenbereich erkennbar zu lassen, müssen sie ausgespart bleiben. Die Schrägschraffur im Einfallswinkel des Lichtes ist am gebräuchlichsten und erübrigt eigentlich die fragwürdigen Reflexumkehrungen im Fensterbereich. Punktierte Schattenflächen lassen sich zwar grafisch sehr ansprechend ausführen, aber sie vermitteln am wenigsten die Schattigkeit und assoziieren auch dann eine rauhe Oberfläche, wenn sie gar nicht vorhanden ist.

Zeichnung: *Carl Krause*

zur Akzentuierung von Schwerpunkten dienen. Unmittelbar zur Verbesserung der Plastizität tragen sie nicht bei, vielleicht eher zur Erzeugung von Wirklichkeitsillusion. Da sie doch in der Regel völlig schwarz angelegt werden, eignen sie sich nicht für jede Auffassung der Darstellung. Hauptsächlich werden sie in Fenstern und anderen Glasflächen glaubhaft. Doch gerade da besteht das Problem darin, eine durchgängige, schematische Anwendung zu vermeiden.

Immer stehen wir bei Schattendarstellungen vor der Frage nach korrekter Vollständigkeit, ob alle auftretenden Schatten zu erfassen und gleichmäßig durchzuzeichnen sind, was einmal einen hohen Arbeitsaufwand bedeutet und andererseits eine Zeichnung totmachen kann. Andeutungen genügen durchaus, und Abstufungen von kräftigen Schatten im Vordergrund bis zum völligen Vernachlässigen im Hintergrund sind angebracht.

Ausstattungselemente von Architektenzeichnungen

*...Neureuther,
der die Münchener Akademie gebaut hat,
ließ sich von Kobell
die Figuren in seine Perspektiven zeichnen,
feine Herren zu Pferde mit Zylinder
und Damen unter Sonnenschirmen.
Was da zu unserer Zeit
geleistet wird, ist kümmerlich,
entweder falsch oder unter jeder Würde.*

Hans Döllgast

Architekturzeichnungen, die architektonisch-räumliche Vorstellungen zum Ausdruck bringen sollen, bedürfen einer Ausstattung mit menschlichen Figuren, Fahrzeugen, Möbeln und mit Bäumen, Sträuchern und Pflanzen. Den Bäumen, Sträuchern und Pflanzen kommt dabei, wie wir sehen werden, noch eine viel weitergehendere Bedeutung zu. Diese Ausstattung von Architekturzeichnungen wird allgemein als »Staffage« bezeichnet. Sie wird dadurch als eine Art Zutat deklariert, was zumindest für Bäume und Möbel nicht zutrifft. Wir wollen sie hier unter dem Begriff »Ausstattungselemente« zusammenfassen.

Es kommt in diesem Zusammenhang darauf an, ihre zeichnerische Darstellung in Übereinstimmung mit der Architekturzeichnung herauszustellen. Anerkannte Architekturdarstellungen haben die Ausstattung so sehr dem Ziel naturalistischer Vorwegnahme untergeordnet, daß weniger von einer künstlerischen Handschrift als vielmehr von einer perfektionierten Methode gesprochen werden kann.[14] Alle Ausstattungselemente von Architekturdarstellungen bedürfen der Stilisierung und Vereinfachung, ohne ins Schematische und Banale abzugleiten. Vereinfachte Ausstattungselemente müssen flexibel bleiben und die Phantasie durch Ähnlichkeiten und treffende Widerspiegelung einer konkreten Lebensumwelt anregen.

Figuren

Die für den Menschen geplante bauliche Umwelt soll durch die Einbeziehung menschlicher Figuren in Beziehung gesetzt und durch charakteristische Bewegungssituationen belebt werden. Nicht zuletzt vermittelt die menschliche Figur den Maßstab.

Die gezeichnete menschliche Figur muß in den Proportionen stimmen, man muß zwischen Mann, Frau und Kind unterscheiden können, die Bewegungen müssen natürlich sein, und sie müssen verschiedenen Maßstäben angepaßt sein oder die perspektivische Tiefenwirkung verstärken. Menschenunähnliche Abstraktionen sind zu unterlassen.

Durch Frisuren und Kopfbedeckung, Kleidung und unterschiedliche Proportionen werden männliche, weibliche und kindliche Darstellungen mit wenig Mitteln angedeutet. Abgesehen von der Größe kennzeichnet Kinder das andere Verhältnis von Kopf und Körper, aber auch Bewegungssituationen besonderer Art. Keine Angst vor modischer Kleidung, aber sie darf nur angedeutet werden; Architekten sind keine Modezeichner. Bei der Darstellung festlicher Innenräume ist der Zusammenhang mit festlicher Kleidung zu veranschaulichen.

Für menschliche Figuren zur Demonstration von Funktions- und Bewegungsflächen genügen stilisierte Grundrisse und Umrisse mit charakteristischen Bewegungen, die den Bewegungsraum demonstrieren.

Menschliche Figuren lassen sich durch ein gelöstes Einfühlungsvermögen als Strichfiguren entwickeln und daraufhin weiter durchzeichnen oder umgekehrt von vielschichtigen Skizzen auf klare zusammenhängende Umrisse reduzieren. Durch Übung ist eine rationelle Darstellung durchaus möglich. Figuren im Maßstab 1:100 oder im Maßstab 1:200 sind leichter zu zeichnen und müssen auf wenige wesentliche

Figuren

209
Figuren und Bäume in einem Ausschnitt einer Perspektive

Gezeichnet von *Dietrich Wellner*

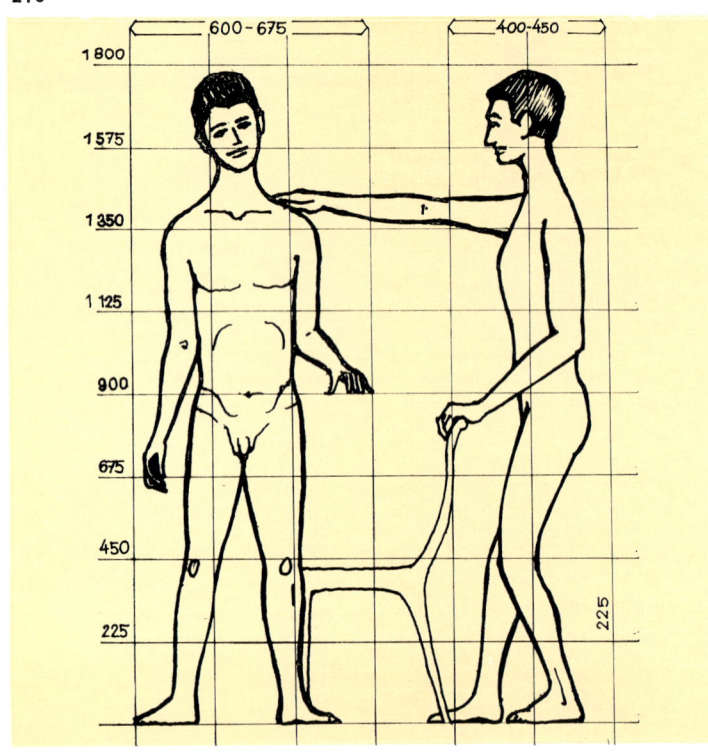

Ausstattungselemente von Architektenzeichnungen

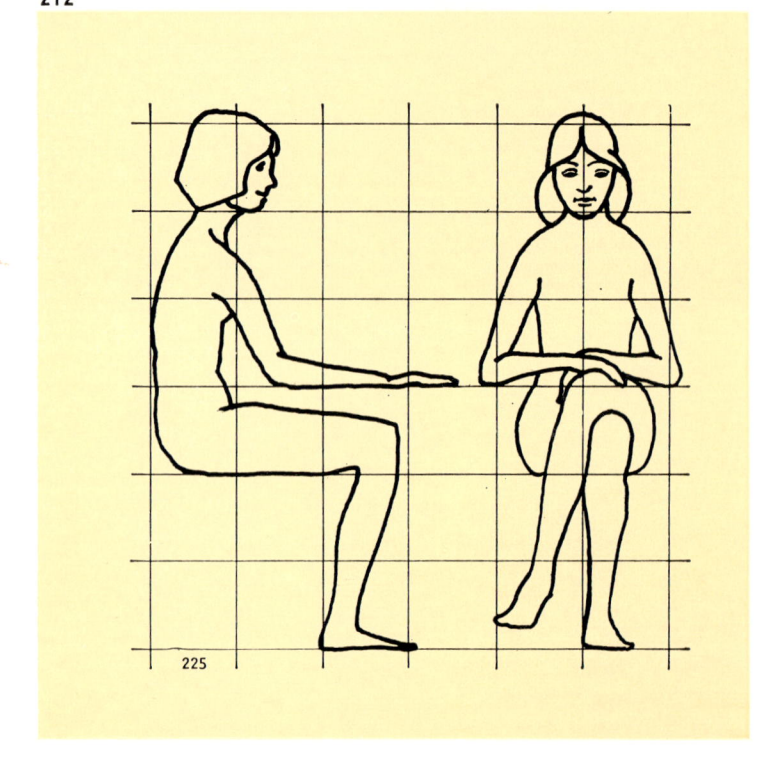

210
Die Verhältnisse der stehenden menschlichen Figur. Das zugrunde gelegte Raster von 225 mm erlaubt ungefähr die wichtigsten Proportionen, die sich nie ganz auf den Zentimeter festlegen lassen.

211
Die wichtigsten Verhältnisse der menschlichen Figur im Grundriß; stehend, sitzend, liegend

212
Proportionen der menschlichen Figur im Sitzen, etwa auf einen Modul von 225 mm bezogen

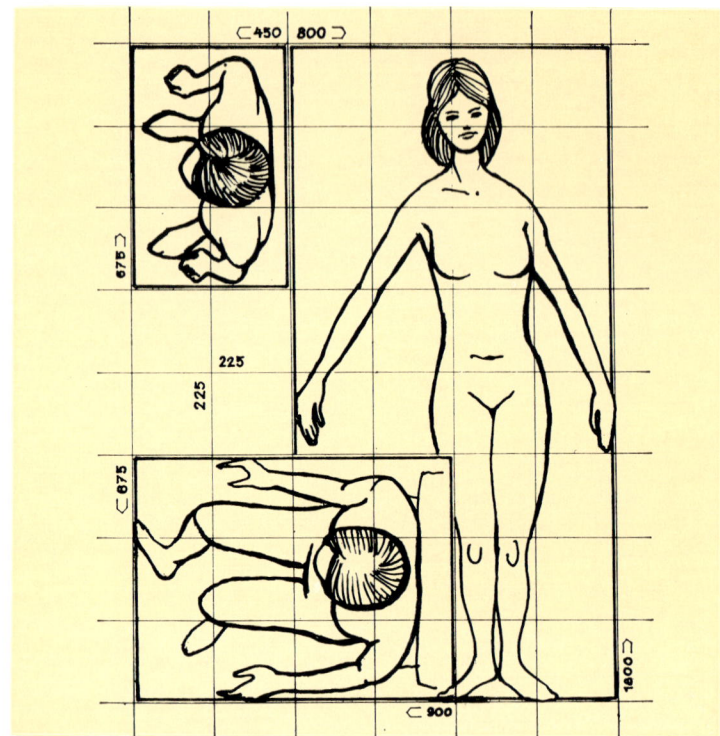

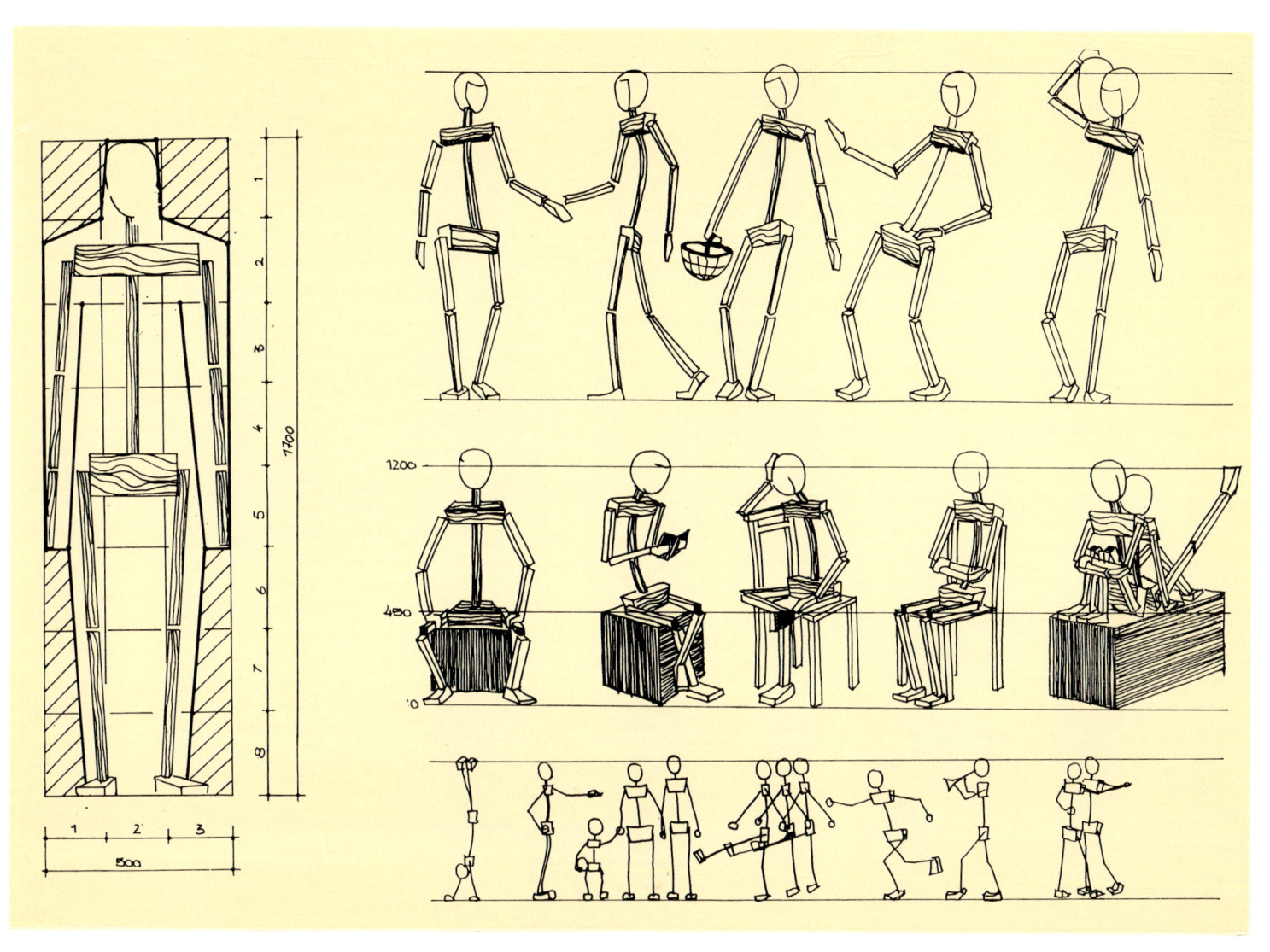

Figuren

213
Zur Vermeidung unbeholfener figürlicher Bewegungsdarstellung sind das Studium der Proportionen menschlicher Gliedmaßen sowie die systematische Klärung möglicher Lebensstellungen des Menschen nützlich. Bei Beherrschung einiger Grundprinzipien sind wir immer in der Lage, die erforderlichen oder geeigneten Bewegungsmomente zu finden.

Studentenarbeit an der HAB Weimar

Ausstattungselemente von Architektenzeichnungen

214
Figuren im Fußgängerbereich im Gegenlicht

Zeichnung: *Werner Eichberg*

215
Figuren in einer Bleistiftzeichnung vor einer durch Reflexlicht aufgehellten Innenhoffassade

Zeichnung: *Werner Eichberg*

216
Figuren für den perspektivischen Zusammenhang mit erhöhtem Horizont. In solchen Fällen erzeugt ein kleiner Körperschatten eine Vorstellung von der Fußbodenebene.

Zeichnung: *Carl Krause*

Figuren

217
Figuren im Maßstab 1:100 mit unterschiedlicher Durcharbeitung und Darstellungsart

Zeichnung: *Carl Krause*

218
Figuren im Maßstab 1:200 mit unterschiedlicher Durcharbeitung und Darstellungsart

Zeichnung: *Carl Krause*

Ausstattungselemente von Architektenzeichnungen

219
Zwei Ausschnitte
mit Figuren und Bäumen

Zeichnung: *Dietrich Wellner*

Umrisse beschränkt bleiben. Vorwiegend Architekturzeichnungen in diesen Maßstäben sollten mit Figuren ausgestattet werden. Nur im Vordergrund einer Perspektive sind größere Figuren gebräuchlich, die aber Sicherheit erfordern.

Das Aktzeichnen dient dem Studium der Proportionen menschlicher Gestalt und ihrer Haltung in alltäglichen Situationen, meist stehend, gehend oder kommunizierend. Für den Architekten kommt es nicht darauf an, ein Aktgemälde vorzubereiten oder auszuarbeiten, sondern Sicherheit mit der menschlichen Figur zu erlangen und ihren Bewegungen, den dabei entstehenden Verkürzungen und Verdrehungen. Nicht zu lange an einer Stellung arbeiten, sondern schneller erfassen und mehr Stellungen üben. Kleine Skizzen von bekleideten Passanten auf der Straße, in Parkanlagen, auf Bahnhöfen können dieses Studium nützlich ergänzen. Solche Skizzen sind ein unschätzbarer Fundus für zu zeichnende Figuren in Architekturdarstellungen. Füße und Hände sind nicht zu vergessen. Was auch not tut, sind Studien »schräg von oben« über irgendeine Balustrade. Wir brauchen sie für Figuren aus der Vogelschau. Es hilft schon viel, wenn wir aus diesem Blickwinkel den Schatten der Figur einbeziehen, der den Eindruck der »Draufsicht« unterstützt.

Nicht in jedem Maßstab ist die Einbeziehung menschlicher Figuren üblich, beispielsweise nicht in Zeichnungen 1:50. Dagegen in Ansichten und Schnitten kleinerer Maßstäbe wie 1:100 und 1:200 sollten einzelne Figuren in vereinfachter Darstellung eingefügt werden. Im Detail 1:20 oder 1:10 sind nur selten Figuren im Verhältnis zu den Möbeln und Bewegungsräumen gebräuchlich. Dafür genügen reine Umrisse.

Fahrzeuge

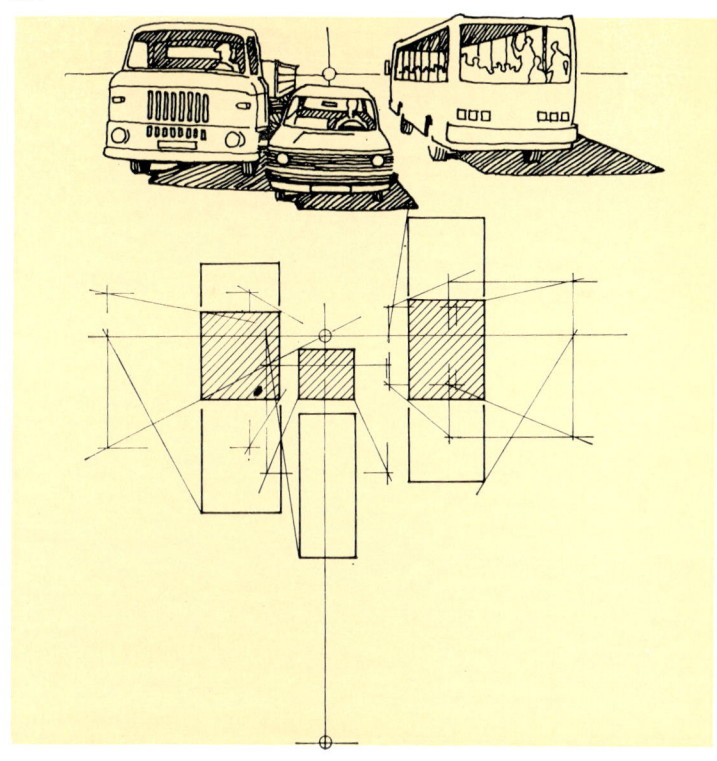

Hauptsächlich in großen Schaubildern vermittelt die Darstellung von Menschen die Beziehung zu Räumen, Baukörpern und der Tiefe. Besonders städtebauliche Perspektiven von Kommunikationszonen bedürfen dieser Bereicherung, hingegen ist dies bei landschaftsgebundenen Bauten oder auch Innenräumen nicht in dem Maße der Fall. Die Figuren müssen so gezeichnet und angeordnet sein, daß sie sich nicht vordrängen und die Zeichentechnik von Umgebung und Figuren übereinstimmt. In Perspektiven mit dem Horizont in Augenhöhe ist es leicht, durch die Staffelung der Figuren in die Tiefen die räumliche Wirkung zu erhöhen. Jede Figurengröße kann so angeordnet werden, daß sich der Kopf in Horizonthöhe befindet; ausgenommen sind Kinder und sitzende Figuren. Je nach der Größe wirken die Figuren nah oder fern.

Fahrzeuge

Fahrzeuge sind vor allem für städtebauliche Perspektiven mit verkehrsreichen Straßen notwendig. Ihre Größenverhältnisse richtig in Perspektiven einzubeziehen ist weniger problematisch, als die Straßenlage des Fahrzeuges so zu zeichnen, daß nicht der Eindruck einer steigenden oder fallenden Straße entsteht, wo sie in Wirklichkeit horizontal verläuft oder umgekehrt. Auch für das Zeichnen von Fahrzeugen ist ein Naturstudium nützlich, obwohl der Schwierigkeitsgrad bei weitem nicht so groß ist wie bei einer menschlichen Figur, besonders weil der Bewegungsreichtum von Figuren bei der un-

220
Etwa die Proportionen eines Pkw. Sie verändern sich ohnehin durch neue Konzeptionen. Fast immer beständig bleibt der Radabstand von annähernd 2,50 m, der in das Verhältnis zur Gesamtlänge von mehr oder weniger als 4 m zu bringen ist. Dies maßstäblich zu berücksichtigen, Räder und Karosserie in das richtige Verhältnis zu bringen, ist vielleicht das schwierigste. Für die Formgebung selbst ist der Phantasie freier Raum gegeben.
Zeichnung: *Carl Krause*

221
Die Darstellung von Fahrzeugen in Perspektiven hat meist zwei Hauptprobleme: die starke Fluchtung und Verkürzung in Fahrtrichtung und die Straßenlage. Die perspektivische Konstruktion bereitet — wie wir sehen — viel Umstände, die wir uns nicht bei jedem Auto leisten können, das wir in eine Perspektive einzeichnen wollen. Vielleicht hilft es etwas, wenn man sich in der Figur die Lage des Augenhorizonts zum Querschnitt und des Fluchtpunktes einprägt und beim Zeichnen berücksichtigt.
Zeichnung: *Carl Krause*

222
Diese Baumstudien mit Kreide sind nur bis zu einem schemenhaften Ergebnis geführt und haben mehr malerischen Charakter, als daß sie gezeichnet sind. Trotzdem vermitteln die Konturen der Bäume und Sträucher im Mittelgrund eine lebendige Vorstellung. Es genügen nur wenige Elemente der Baumstruktur, wie sie sich links im Vordergrund andeuten, um den Baumcharakter zu vervollständigen.

Studentenarbeit unter Anleitung von *Achim Seifert*

veränderlichen kubischen Form von Fahrzeugen nicht auftritt. Es hilft viel, die Fahrzeuge auf die sie umschreibenden rechtwinkligen Kuben zurückzuführen und diese in den Fluchtpunkt der Straße zu fluchten. Niemand erwartet von einem Architekten, daß er die neuesten Pkw-Typen beherrscht. Viel mehr Sinn hat es, wenn neben Pkw auch Lkw und Busse mit anderen Abmessungen und Proportionen das Straßenbild vervollständigen.

Bäume und Pflanzen

Bäume und Pflanzen sind viel mehr als die menschliche Figur oder Fahrzeuge unabdingbarer Bestandteil städtebaulich-räumlicher und architektonischer Gestaltung. Landschafts- und Gartenarchitektur, städtebauliche Konzeptionen, aber auch die Umgebung jedes Gebäudes, selbst Eigenheime mit Gärten oder Wochenendhäuser in der Nähe von Baumbeständen sind überhaupt oder zu einem wichtigen Teil in ihrer

Bäume und Pflanzen

223

Eine weitgehend auf dem Naturstudium beruhende Darstellung von Bäumen und Sträuchern erfordert sehr viel Beobachtung und kommt trotz des naturalistischen Eindrucks nicht ohne eine gewisse disziplinierte Verallgemeinerung aus. Wir müssen einen dem Charakter des Baumes angemessenen Zeichenkanon zu finden suchen und diesen jeweils locker, aber diszipliniert durchhalten. Solche Darstellungen eignen sich nur für die Veranschaulichung des Zusammengehens von Architektur mit landschaftlichen oder parkartigen Gegebenheiten sowie für die perspektivische Darstellung von Grünräumen.
Zeichnung: *Carl Krause*

Wirkung von der Bepflanzung oder der Wahrung von bestehendem Grün abhängig. Der gesamte Bereich von Zeichnungen für Garten- und Landschaftsarchitektur hat Bäume, Gehölze neben Stauden, Rasen und anderen Pflanzen primär zum Gegenstand der Raumgestaltung. Wege, Pergolen, Bänke oder andere bauliche Maßnahmen sind von untergeordnetem Rang. Gehölze sind plastisch und wirken raumbildend. Wollen wir unsere Aussage jedoch nur auf das Bauwerk beschränken, dann wird der Baum oder anderes Gehölz transparent darzustellen sein. Wir sehen, daß wir Bäume keinesfalls als »Staffage« bezeichnen können. Die Fülle zeichnerischer Anforderungen bei der Gründarstellung in Grundrissen, Bebauungskonzeptionen, Ansichten, Perspektiven und Isometrien steht in keinem Verhältnis zu der geringen Aufmerksamkeit, die wir dem Baumstudium, dem Bäumezeichnen und allem, was dazu gehört, widmen. Bedeutende Gartenarchitekten, ich denke vor allem an *Peter Josef Lenné*, haben das in beispielhafter Weise beherrscht.

Bäume und Pflanzen zu zeichnen, zählt nicht zu den einfachsten zeichnerischen Aufgaben. Mit Schemata und Schablonen kann nur in kleinem Maßstab ausgekommen

224
Bäume so zu zeichnen, daß man erkennen kann, um welche Arten es sich handelt, ist für Architekturdarstellungen normalerweise nicht erforderlich. Architektenbäume sind immer mehr oder weniger stilisiert. Jedoch bildet das Studium der spezifischen Charakteristik von Baumarten oft die Voraussetzung, die spezifische Stimmung, die Bäume zu vermitteln vermögen, darzustellen. Für Landschaftsarchitekten kann das in bestimmten Fällen dienlich sein.
a Kiefern, b Fichten, c Lärchen, d Kastanien, e Birken, f Linden, g Eichen, h Robinien, i Buchen

Zeichnungen: *Carl Krause*

werden. Die Schwierigkeit besteht darin, daß kein Baum oder Strauch in seiner natürlichen Vielfalt zeichnerisch wiedergegeben werden kann, sondern auf seine charakteristischen Merkmale und Strukturen zurückzuführen ist. Dazu kommt, daß sie ständigen Veränderungen durch Wachstum und durch die Jahreszeiten unterworfen sind. Für den Architekten ist es nutzlos, einen Baum genau wiedergeben zu wollen, sondern er steht immer vor dem Problem, ihn in seinen Wesenszügen neu zu erfinden. Das erfordert Studium und Methode zugleich.

Es geht nicht ohne das freie Naturstudium, aber schon da zeigen sich die Besonderheiten des Sujets, welches eine Methode zum Erfassen des Wesentlichen herausfordert. Eine Vielfalt von Astwerk und Blättern im Vordergrund stellt für den Anfang viel schwierigere Probleme als ein Baum im Mittelgrund. Für Architekturzeichnungen sind Bäume des Mittelgrundes die wichtigsten. Ihre Umrisse müssen erfaßt und vereinfacht werden, die Stamm-Ast-Struktur ist auf wenige Andeutungen zu beschränken und eine ruhige, doch lebendige Flächenstruktur zu suchen. Nur auf große Formen ist zu achten, nicht auf verwirrendes Kleinwerk. Am Anfang schleichen sich meist eine zu große Unruhe und ein mangelnder Gesamteindruck ein. Die Flächenstrukturen werden sich zwar bei belaubten Bäumen von denen unbelaubter unterscheiden, aber das Prinzip einer gleichmäßigen, aufeinander abgestimmten Struktur, die diszipliniert und ruhig durchgehalten werden muß, gilt für beide Fälle.

Je mehr der Baum in die Nähe rückt — das sollte man nur bei Perspektiven und einiger Erfahrung wagen —, desto lebendiger, bewegter und vielfältiger erscheint er und muß auch so gezeichnet werden. Bäume und Sträucher des Vordergrundes müssen mehr durchgezeichnet werden, bis zur Blattdarstellung. Aber übertragen gilt dasselbe: Das Wesentliche ist zu erfassen, nicht alles. Ist erst einmal ein Duktus gefunden, dann sollte er ruhig weitergesponnen werden, aber unter ständiger Kontrolle des Gesamteindrucks.

Der unbelaubte Baum eignet sich für orthogonale Architekturzeichnungen mittleren Maßstabes. Er ist wie eine reich gegliederte Architektur in seinen Verhältnissen zu studieren und zu stilisieren. Für Ansichten von Entwurfszeichnungen wird diese stilisierte Ast- und Zweigstruktur bevorzugt, hingegen weniger für Perspektiven, wo das Blattwerk im Vordergrund und Mittelgrund weniger Schwierigkeiten bereitet und auch ruhiger wirkt.

Der voll entwickelte Zustand von Bäumen, der erst nach Jahrzehnten zu erwarten ist, muß im voraus gewußt, sich vorgestellt und gezeichnet werden. Darin besteht die große Leistung des Landschaftsarchitekten, den zukünftigen Eindruck des entfalteten Grüns sichtbar zu machen. Insofern geht es auch nicht um irgendwelche Baumdarstellungen, sondern um eine wahrscheinliche. Neue Wohnensembles sind oft in ihrem Eindruck so lange unbefriedigend, solange die Grünanlagen nicht nur nicht fertiggestellt, sondern auch in ihrer Vegetation noch nicht entfaltet sind. Erst dann werden Baustruktur und Raum in ihrer gedachten Einheit erlebbar. Deshalb erweist sich auch der Wert vorhandener Bäume oder landschaftlicher Gegebenheiten so unmittelbar von Vorteil.

Die Darstellung des Grüns in Architektenzeichnungen gliedert sich im Grunde in Bäume, Sträucher, Stauden und Rasen, wobei selten alle vier Kategorien in einer

Bäume und Pflanzen 195

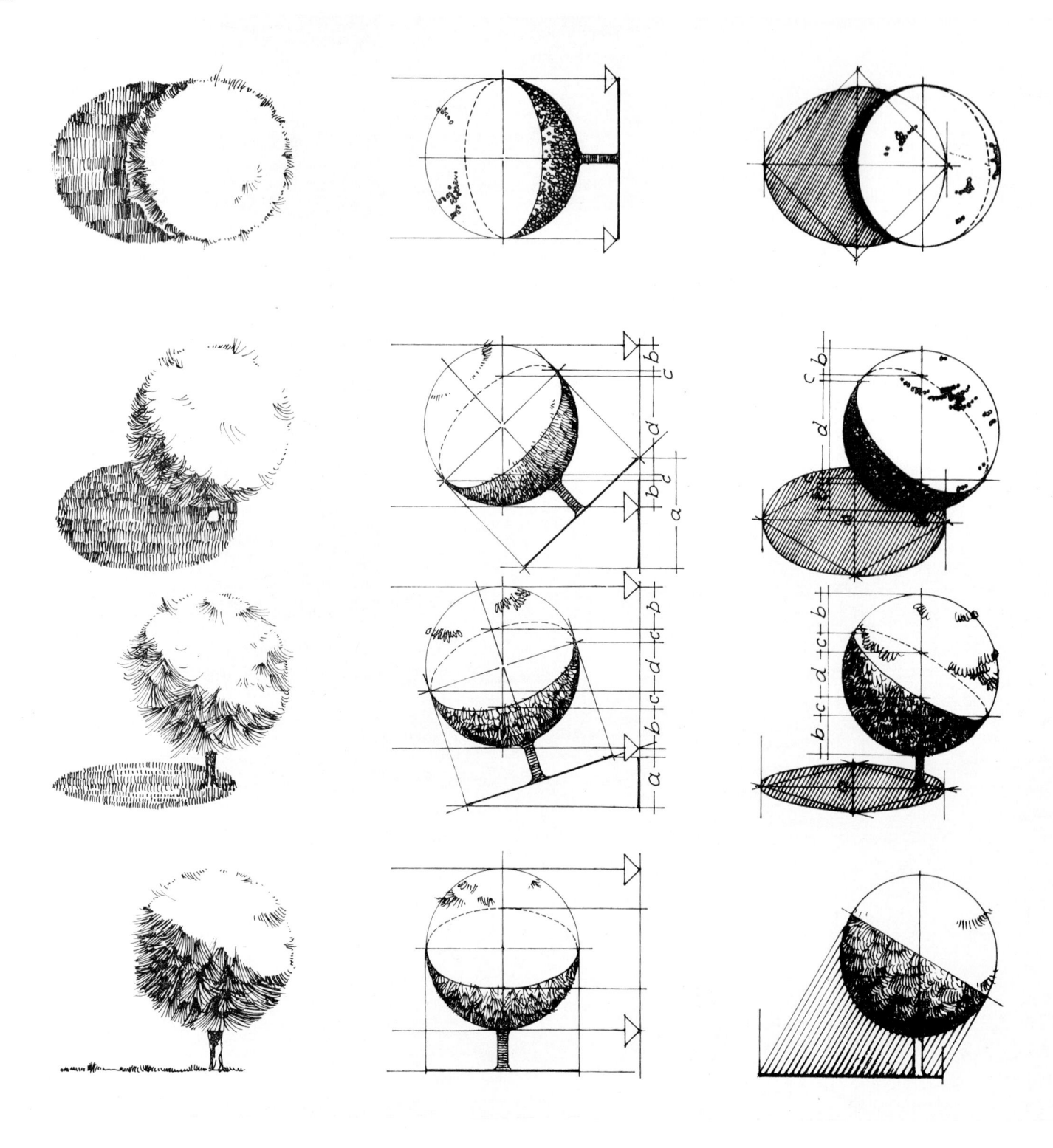

Ausstattungselemente von Architektenzeichnungen

225

Bäume und Pflanzen

226

225
Die Darstellung von Bäumen in Isometrien und Schaubildern aus der Vogelperspektive wird durch kugelartige Bäume vereinfacht. Eigenschatten und Schlagschatten, entsprechend der jeweiligen Blickrichtung, bewirken den Eindruck der schrägen Draufsicht. In den vier gezeichneten Fällen sind diese Schatten konstruiert, was im Prinzip nicht nötig ist, sondern hier nur zum Verständnis dienen soll. Der Sonneneinfall wurde einheitlich mit 60° von rechts angenommen. Die Beispiele zeigen den Kugelbaum:

— senkrecht von oben
— 45° schräg von oben
— 20° schräg erhöht von der Seite
— rechtwinklig von der Seite.

Zeichnung: *Carl Krause*

226
Eine Isometrie, der deutlich der maßstäbliche Grundriß zugrunde liegt. Mit einfachen Mitteln ist die manchmal nicht einfache Aufgabe gelöst, den Kiefernbestand in der Uferzone darzustellen. Die disziplinierte Baumdarstellung in Tusche geht sehr gut mit der am Lineal ausgezogenen Zeichnung der Gebäude, Wege und strukturierten Flächen zusammen und bildet eine Einheit.

Entwurf und Zeichnung: *Hubert Matthes*

Ausstattungselemente von Architektenzeichnungen

227

228

229

Bäume und Pflanzen 199

Zeichnung darzustellen sind. Jedenfalls lohnt es sich grundsätzlich, diese vier Gruppen des Grüns zeichnerisch klar zu differenzieren und voneinander abzusetzen. Damit wird der Vermittlung der räumlichen Idee, die dem Entwurf zugrunde liegt, gedient. Dem dient auch bei ausgesprochenen Grünplanungen die farbige Differenzierung. Gartenbebauungspläne aus der Zeit *Peter Josef Lennés* sind alle farbig in warmen Gelb-, Grün- und Brauntönen.

Es besteht ein Unterschied darin, für welche Art der Zeichnung, ob Lageplan oder Isometrie, Grundriß oder Ansicht, ob es sich um eine Perspektive handelt sowie in welchem Maßstab Bäume und Pflanzen darzustellen sind.

Für den Landschaftsarchitekten stellt der Bebauungsplan die wichtigste Grundlage dar, die zeichnerisch auszuarbeiten ist. Durch symbolhafte Darstellungen von Bäumen und Pflanzen wird eine räumlich wirkende Klarheit angestrebt, die wenig zeichnerische Schwierigkeiten bereitet. Demgegenüber verlangt die zeichnerische Darstellung des Grüns in der Isometrie viel mehr Geschick. Einzelbäume schräg von oben werden leicht verkürzt, und auch hier kann der Schatten den Eindruck der Draufsicht verstärken. Wald und zusammenhängende Gehölze in einer Isometrie darzustellen erfordert, ihre Gesamtwirkung als Teil der Stadt zu erreichen, ohne jeden einzelnen Baum zu zeichnen.

Erdgeschoßgrundrisse, die den Anschluß des Gebäudes an die Grünplanung einbeziehen, erfordern teilweise Baum- und Strauchdarstellungen, besonders auch Hecken als Einzäunung und Stauden. Auch bei ziemlich großem Maßstab, 1:100 oder 1:50, und einer genauen zeichnerischen Durcharbeitung bleibt jedoch die Gründarstellung auf Grundrissen immer symbolhaft. Sie kann aber dabei einen geradezu ornamentalen Reiz erhalten.

Das trifft ebenso für Ansichten zu, aber hier kann der Übergang zu einer lebendigen Baumdarstellung die Vorstellung mehr veranschaulichen. Wer es vermag, kann damit die Gestaltung des Ansichtsblattes durchaus auf das Niveau einer Architekturdarstellung heben und bewußt steigern.

Unverzichtbar ist das jedoch bei Perspektiven. Perspektivische Darstellungen von städtebaulich-architektonischen Situationen weisen zum Teil hervorragende echte künstlerische Darstellungen von Bäumen, Sträuchern und Staudenbeeten auf. Die Darstellung von Zweigen und Blättern, die vorstellungsvermittelnde Andeutung von Pflanzenstrukturen sind in ihrer Art manchmal beispielgebend oder nähern sich mitunter grafischen Studien, die eigenständigen, künstlerischen Wert besitzen. *Heinrich Tessenows* Baumdarstellungen vermitteln in den besten Beispielen einen nicht zu überbietenden Eindruck von Raum und Tiefe und stehen mit dem Charakter seiner Architektur in überzeugender Übereinstimmung. Die zeichnerische Darstellung von Bäumen und Sträuchern bedeutet ein Kriterium für die Zeichenkultur des Architekten. Viele Architekturdarstellungen bestätigen den hohen Rang, den eine vollendete Baum- und Strauchdarstellung verdient. Vielleicht kann man sagen, daß in der Gründarstellung als Hauptsinn die Kunst der Erhöhung des Erlebniswertes von Räumen, der Raumwirkung zum Ausdruck kommt, das Wohltuende einer lebendigen Ordnung, das Wechselspiel einer ruhigen Fläche, die gefaßt wird von einer geordneten Vielfalt durchsonnten und farbigen Pflanzenwuchses. Die Einbeziehung der Vegetation in die

227
Eine Baumstudie nach der Natur im Gegenlicht. Die Schraffur folgt locker der Baumstruktur, die von den lang aufgeschossenen Stämmen ausgeht. Vor der hohen Baumkulisse befindet sich ein kleinerer, einzelner Baum, dessen lichtes Laub durchsonnt wirkt und bis auf das strukturelle Grundgerüst keine Flächenstruktur aufweist. Die dadurch deutliche Differenzierung vom dahinter aufragenden Baum ist für die Darstellung gestaffelten Grüns oft wichtiger als die Strukturierung selbst.

Zeichnung: *Carl Krause*

228
Beim Studium von belaubten Bäumen kommt es neben Konturen und dem Hauptgerüst der Bäume, wie Stamm und abzweigende Hauptäste, auf die Durchzeichnung von Schattenpartien an. Dadurch wird die Plastizität von Bäumen mit wenig zeichnerischen Mitteln ausgedrückt. Die Schattenpartien können durchaus flächig schraffiert werden, eine Zweigstruktur wie in dieser Skizze ist nicht unbedingt nötig und muß in Maßstab und Modulation abgestimmt sein.

Zeichnung: *Carl Krause*

229
Sitzgruppe unter drei weit ausladenden Bäumen. Diese Zeichnung gehört zu den unnachahmlichen Baumdarstellungen *Heinrich Tessenows*, die bei der Anwendung in Architekturzeichnungen von ihm auf das Wesentliche beschränkt wurden. Mit einfachen Mitteln hat hier der Baum als ein für das menschliche Empfinden raumbildendes, beschirmendes Element einen künstlerischen Ausdruck in einer Zeichnung gefunden.

Zeichnung: *Heinrich Tessenow 1876–1950*

30

städtebaulich-architektonische Gestaltung hat vielleicht keinen höheren oder geringeren Sinn, als einen freundlichen Eindruck zu erreichen, wie Pflanzen und Blumen im Innenraum oder auf einer festlichen Tafel. Und schließlich schätzen wir die Verbindung von Bäumen und Architektur, weil jede Heimstatt des Menschen durch die Nähe eines Baumes wohltuender wird. Deshalb ist es nicht nur recht und billig, sondern unerläßlich, daß der Architekt alle seine zeichnerischen Fähigkeiten aufbietet, um diesen Erlebniswert mit einzubeziehen und zum Ausdruck zu bringen.

Ausgerechnet dieser schöne Gestaltungsgegenstand erfordert viel Übung, Studium, Mühe und bringt auch manche Enttäuschung. Ohne die Überwindung von Unzulänglichkeiten wird nichts daraus. *Fritz Beckert*[15] sagt zu den Mühen, Bäume zeichnen zu lernen, schließlich sehr schön:

» Wer sich recht darein vertieft, für den kann es eine Quelle der reinsten Freude werden.«

Möbel

231

230
Weite Landschaft und Stadtsilhouette von Kraków, von der Kosciuszki-Höhe aus gezeichnet. Die Baumreihen im Mittelgrund gliedern und vermitteln in vielfältiger Weise die räumliche Weite bis zu den reichen Akzenten historischer Ensembles am Horizont. Offenbar waren alle Bäume unbelaubt (18. April), doch nur im Vordergrund wird die kahle Baumstruktur angedeutet und für den Gesamteindruck dienlich. Mit wenigen Mitteln, Konturen und Strukturandeutungen staffeln sich und führen die Baumgruppen in die Tiefe. Links im Mittelgrund wird das nur mit Konturenstrichen erreicht.

Reiseskizze: *Helmut Trauzettel*

231
Die perspektivische Differenzierung von Bäumen, Sträuchern, Stauden und Rasen. Hier sind die Baumdarstellungen in der Kontur durch den Bildrand angeschnitten und stehen zum Teil nah im Vordergrund. Dadurch wird die Raumwirkung verstärkt.

Zeichnung: *Carl Krause*

Möbel

Genauso wie Bäume und Pflanzen die Gestaltung baulicher Umwelt in hohem Maße mitbestimmen, so wird ein Innenraum erst durch Möbel in seiner Nutzbarkeit und Erlebbarkeit vollendet. Möbel zu zeichnen hat einen ganz anderen Charakter, als Bäume zu zeichnen. Bäume kann der Architekt nicht entwerfen oder herstellen lassen, sie wachsen nach eigenen Gesetzen; Möbel jedoch, auch wenn sie aus einer Serienproduktion stammen, müssen wir erst entwerfen und entwickeln; sie werden nur so schön, wie wir sie entwerfen, hingegen kann ein Baum viel schöner und vielfältiger wachsen, als wir es uns je hätten auszudenken vermögen.

Möbel zu zeichnen ist anders und fällt leichter, sie zu entwerfen jedoch nicht. Möbel müssen in bestimmten Fällen bis zu Detailzeichnungen durchgezeichnet werden, wovon schon ausführlich die Rede war; Vorstellungen und fertiges Stück müssen übereinstimmen. Aber auch für Möbel trifft es wie für Bäume zu, daß wir nicht in der Lage sind, den naturgetreuen Eindruck zeichnerisch genau wiederzugeben, weil das

Ausstattungselemente von Architektenzeichnungen

232
Die Perspektive zu einem Wohnhaus mit parkähnlicher Umgebung, in ihrer Struktur fein abgestuft, nur wenige hell belassene Baumstämme und Äste vermitteln den Baumcharakter. Der Vordergrund ist mit wenigen Blättern links oben und dem Rosenstock angedeutet. Vieles in dieser bis ins Detail durchgezeichneten Darstellung kann als beispielhaft gelten; nicht zuletzt die Einbeziehung der bildenden Kunst oder die wenigen Figuren im Mittelgrund.

Architekt: *Otto Wagner* 1841—1918

233
Diese Studentenzeichnung zeigt sehr deutlich, wie mit einer lockeren, aber sehr disziplinierten Strichkultur eine Landschaft moduliert wird und Gehölze in derselben Handschrift kräftig hervorgehoben wurden. Die Arbeit stammt aus einer Zeit (1904), in der diese Strichtechnik sich besonders entwickelt hatte.

Studentenarbeit

232

Material, das Stoffliche, der Glanz oder die Mattigkeit, die Wärme oder Kühle fühlbarer Bezüge und die Vielfalt ihrer perspektivischen Erscheinung letztlich zeichnerisch nicht vollständig vermittelt werden können. Dafür sind Entscheidungen durch Absprache anhand von Mustern besser.

Die Darstellung von Möbeln in Entwurfszeichnungen — das zeichnerische Entwerfen haben wir schon bei Detailzeichnungen abgehandelt — ist meist nur symbolhaft notwendig und höchstens durch angedeutete Flächenstrukturen üblich sowie vielleicht mit Schattenkanten zu versehen, die eine Vorstellung von der räumlichen Wirkung vermitteln. In Schnitten entfallen Möbel oft ganz, sofern sie nicht einen größeren Maßstab, etwa 1:10 oder 1:20, haben. Üblich ist, in diesen größeren Maßstäben Einzelheiten und Gesamteindruck der Ausstattung zu zeichnen.

Bei Innenperspektiven dient der Aufwand, Möbel einzuzeichnen, der Vermittlung des Raumeindrucks. Möbel vermitteln dem Raum Maßstab und Größenvorstellungen, können aber auch in Einzelfällen den Gesamteindruck des Raumes zurückdrängen. In den 20er Jahren waren aquarellierte Innenperspektiven mit allem Mobiliar üblich.

Möbel

233

Die perspektivische Darstellung des Möbelstückes selbst, beispielsweise eines Sessels, erfolgt nach dem Detailentwurf. Aus der Zeit des Klassizismus sind von *Friedrich Gilly* und *Karl Friedrich Schinkel* Zeichnungen dieser Art überliefert.

Möbelzeichnen betrifft also sowohl die Ausstattung von Grundrissen im mittleren Maßstab, verbunden mit einem sicheren Gefühl für das Material und geleitet von den Vorstellungen eines bestimmten Raummilieus, als auch die Innenperspektive. Wenn uns zum Studium die Natur eine Vielfalt von Bäumen bietet, so das Erbe innenarchitektonischer Meisterwerke eine Fülle von Sujets für das Studium von Möbeln; denn auch für Möbel geht es ohne eine Schulung des Sehens und Zeichnens nicht, insbesondere, weil die perspektivische Konstruktion eines Sessels beispielsweise nicht lohnt und auch nicht üblich ist.

Das künstlerische Fluidum eines tektonisch schönen Raumes vollendet sich erst und gewinnt an Leben durch die Möbel, durch ihren besonderen Charakter und ihre Anordnung.

Ausstattungselemente von Architektenzeichnungen

234

235

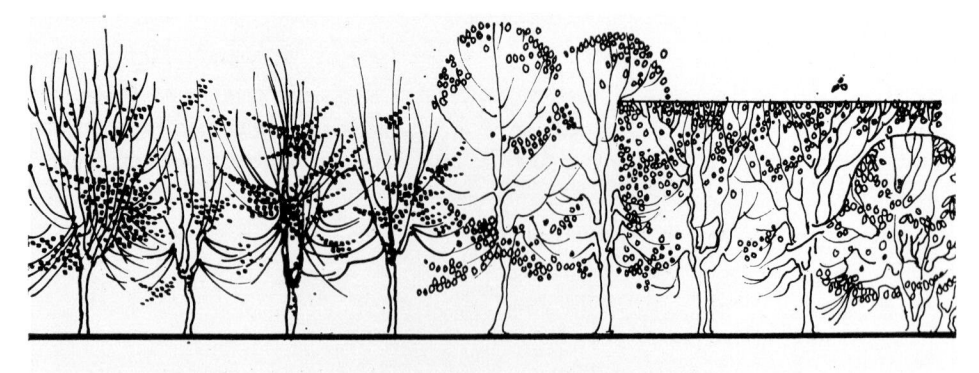

234
Diese perspektivische Skizze aus der Vogelschau veranschaulicht die Lage eines Sporthafens und eines Sportplatzes am waldreichen Ufer des Werbellinsees. Das Gehölz ist wie die ganze Skizze mit einfacher, lockerer Tuschezeichnung dargestellt und vermittelt die harmonische Eingliederung der Anlagen in die landschaftlichen Gegebenheiten.

Entwurf und Zeichnung: *Johannes Greiner*

235
Durch geometrische Straffung der Umrisse und der Ast- und Blattstruktur läßt sich die Vielfalt von Gehölzen etwas besser beherrschen und in die Architekturzeichnung einbinden.

Zeichnung: *Carl Krause*

Beschriftung

Beschriftung

Schreiben ist etwas anderes als Zeichnen, aber sehr damit verwandt, und schließlich gehört zu jeder Zeichnung des Architekten die Schrift und steht damit im Zusammenhang. Es geht hier nicht um Schriftgestaltung, das ist ein Tätigkeitsfeld für sich, aber es geht um die Wechselwirkung von Schrift und Zeichnung. Schrift ist auch ein Element der Ausstattung von Zeichnungen. Gedanken oder Erklärungen auf Ideenskizzen werden immer mit der uns geläufigen Handschrift notiert. Schriftliche Notizen auf Architektenskizzen sind legitim und nützlich. Je mehr die Zeichnungen exakten und endgültigen Charakter annehmen, um so mehr wird analog die Schrift exakter und auf wesentliche Aussagen beschränkt.

Es gibt heute genügend Hilfsmittel und Rationalisierungsmittel, die Schrift exakt, modern und perfektioniert einzutragen, wie Schablonen, Abreibebuchstaben oder spezielle Schreibmaschinen zum unmittelbaren Auftippen der Buchstaben auf die Zeichnungen. Sie haben ihre Berechtigung und gewährleisten eine tadellose Beschriftung. Aber sie haben einen unpersönlichen, perfektionierten, nicht gestaltbaren und anpaßbaren Charakter. Sie sind neutral und langweilig. Obwohl das Schreiben mit diesen Hilfsmitteln auch gelernt sein will, läßt sich jedenfalls damit alles Unvermögen zur Schriftgestaltung überspielen, ja das Vermögen, für eine besondere Architekturgestaltung Schrift zu gestalten, verkümmert nahezu. Aber das Erstaunliche dabei ist, daß — bis auf jene Schreibmaschinen — die handgeschriebene Schrift erwiesenermaßen die schnellste und effektivste bleibt. Wenn schon kein anderer Grund

236
In dieser Uferansicht aus der Planung für ein Pionierlager am Scharmützelsee sind Wasser, Sträucher, hochstämmige Kiefern, Sportboote und Figuren mit einfachen Mitteln und in einer orthogonal angelegten Projektion so gezeichnet, daß die Einbindung der Bauwerke in die schöne Landschaft lebhaft zum Ausdruck kommt. Obgleich die Uferzone den belebten Vordergrund bildet, ist sie nicht vordergründig gezeichnet.

Zeichnung: *Peter Skujin*

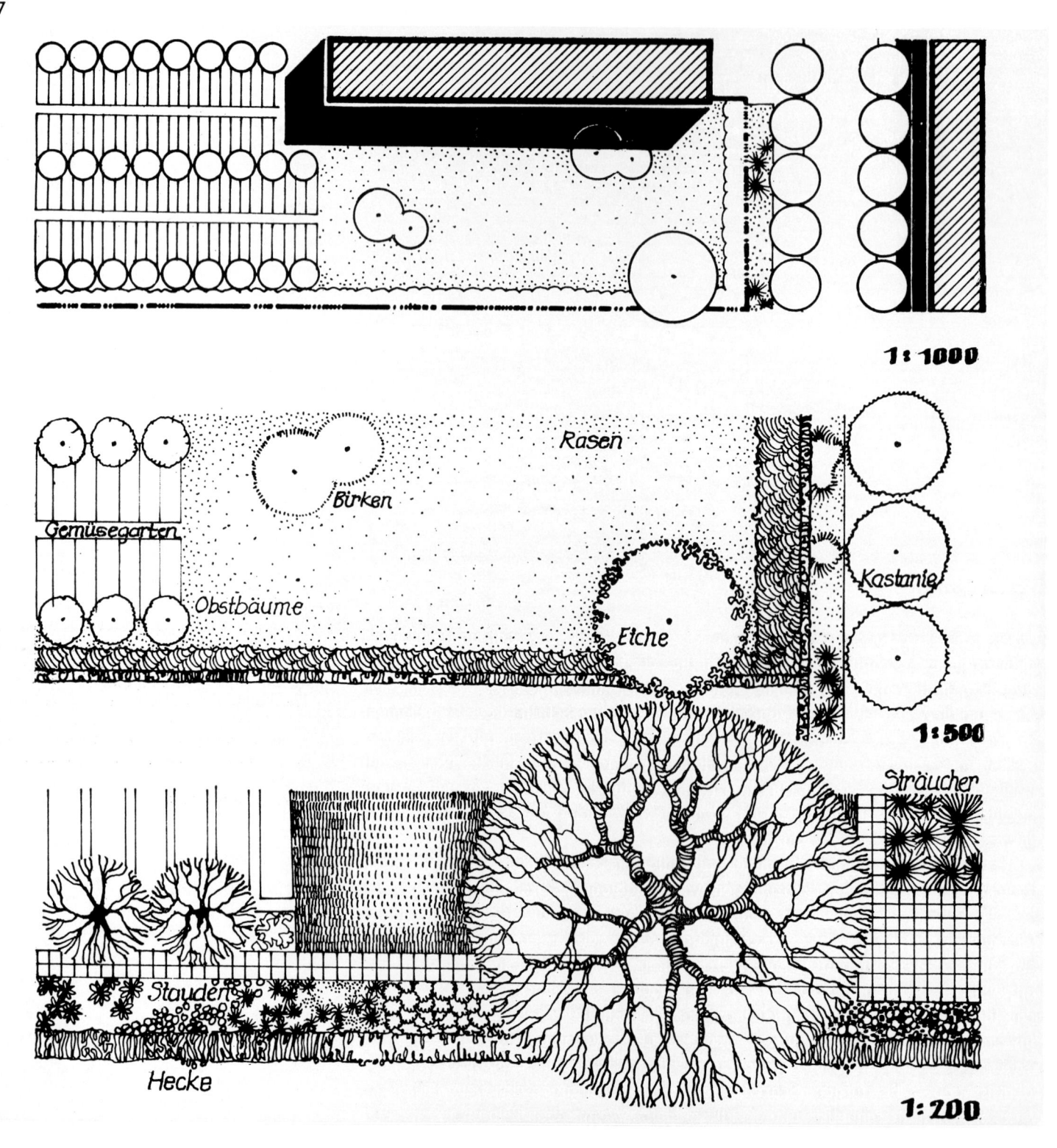

Ausstattungselemente von Architektenzeichnungen

237

1:1000

Gemüsegarten Birken Rasen
Obstbäume Eiche Kastanie

1:500

Stauden Sträucher
Hecke

1:200

Beschriftung

237

Die große Breite der notwendigen Zeichnungsmaßstäbe für Grünplanungen verändert die Möglichkeiten und Bedingungen für die zeichnerische Darstellung der Grünelemente in hohem Maße. Im Maßstab 1:1000 bleibt die Darstellung von Bäumen, Hecken, Sträuchern und Stauden in einfachsten symbolischen Zeichen möglich. Flächen wie Rasen und Gemüsegarten unterscheiden sich in symbolischen Flächenstrukturen. Im Maßstab 1:500 sind alle Gartenelemente zeichnerisch darstellbar, aber im einzelnen nicht näher differenziert, es sei denn durch Bezeichnungen. Im Maßstab 1:200 ist eine für die Einzelheiten wesentlich differenziertere Darstellung sogar im Bereich der Stauden möglich.

Zeichnung: *Carl Krause*

238

Auf der Zeichnung ist eine ganze Reihe von stilisierten Bäumen mit einfachsten Mitteln dargestellt. Ein einzelner Baum ist größer im Vordergrund zeichnerisch bis in die Details durchgearbeitet.

Zeichnung: *Hans-Peter Schmiedel*

239

Die Bäume in einer Perspektive von *Peter Behrens* sind mit denselben sparsamen, fast malerischen Mitteln gezeichnet wie seine städtebaulich so überzeugend wirkenden Baukörper. Einfache Umrißlinien des Blattwerkes, wenig beschattete und besonnte Stamm-Ast-Struktur und eine lockere Flächenschraffur des Blattwerkes, wie er sie auch in den Fassaden anwendet. Die Erdgeschoßzone weist die kräftigsten Schatten auf, was in dem Strauchwerk seine Entsprechung findet.

Entwurf und Zeichnung:
Peter Behrens 1868—1940

ANSICHT DES THORS VON AUSSEN·

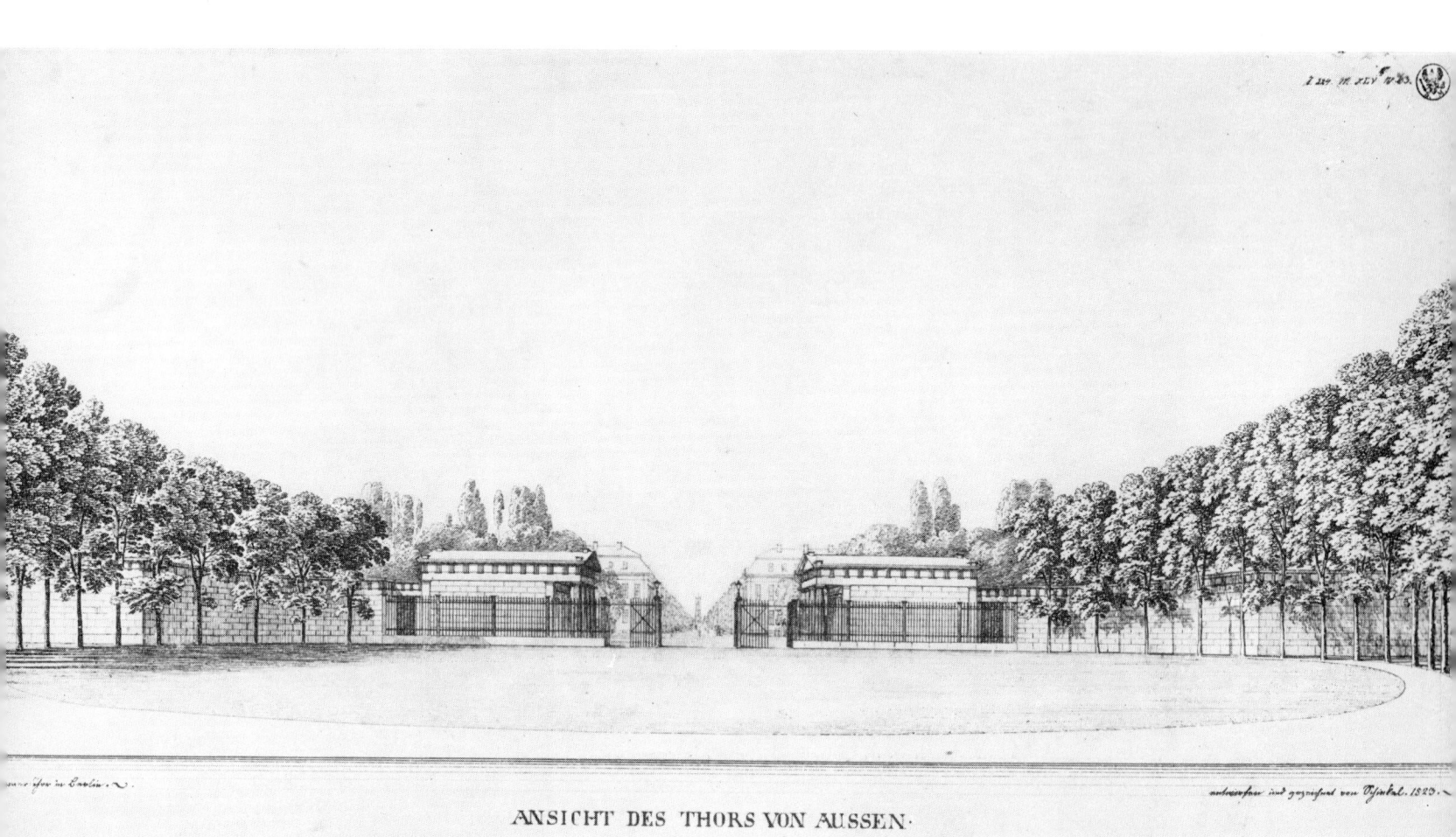

240
Eine vollständig axiale und symmetrische Zentralperspektive vom Potsdamer Tor. In dieser Darstellung treten die relativ kleinen Torhäuser weitgehend zurück, und durch Bäume wird der Raumgedanke vor dem Tor veranschaulicht. Die Bäume sind in der *Schinkel* eigenen Art gezeichnet, durchaus naturalistisch; wenn man genau hinsieht, gleicht kein Baum dem anderen, und trotzdem sind sie stilisiert. *Schinkel* mischt in dieser Zeichnung Tusche und Graphit, um die Abstufung des Hintergrundes zu erreichen.

Entworfen und gezeichnet von *K. F. Schinkel* 1823

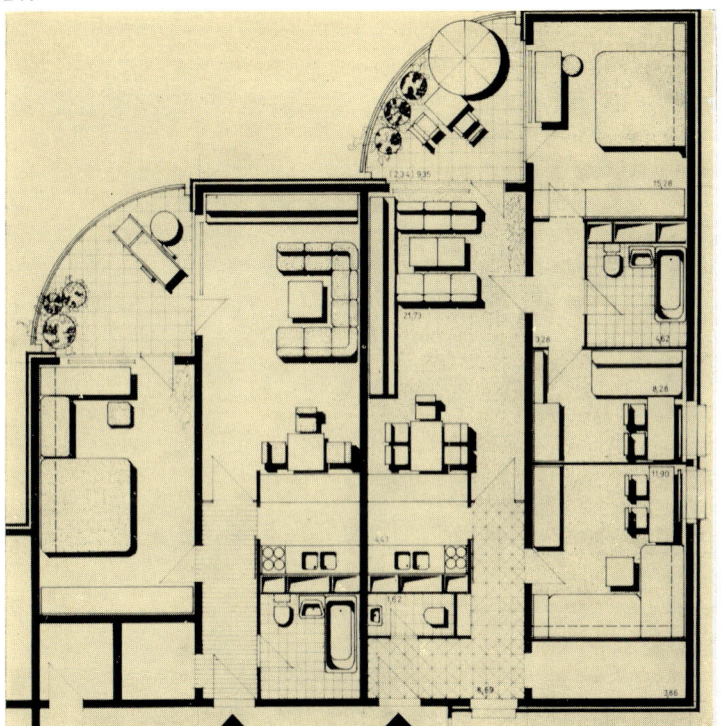

Beschriftung

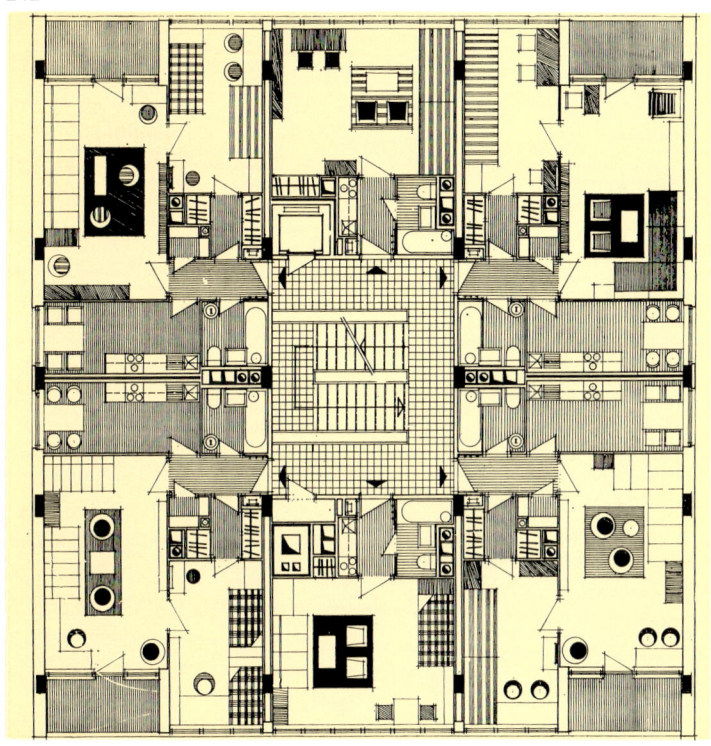

stichhaltig genug ist, so sollten wir wenigstens für die ganze Palette von Zeichnungen im Entwurfsprozeß die handgeschriebene Beschriftung nach wie vor als relevant ansehen, einfach, weil es schneller geht.

Die Schrift auf Zeichnungen von Architekten lehnt sich nach wie vor an die klassischen Schriftvorbilder an. Sie muß eindeutig lesbar sein, also in der Hand liegen und schließlich mit der Zeichnung zusammengehen. Wir sollten daran festhalten, mit Bleistift eine oder zwei Linien dünn vorzuzeichnen, die Buchstaben mehr zu zeichnen als zu schreiben, um nicht unleserlich zu werden. Wir müssen uns ständig so weit zusammennehmen, daß alles für jeden lesbar bleibt, auch nach der Vervielfältigung oder Reproduktion. Exakte Übung und lange Praxis ergeben von ganz allein eine Beschriftung mit eigenem Charakter.

Für die Gestaltung der gesamten Zeichnung sind die Belange der Schrift nicht ohne Einfluß. Form, Schriftgröße, Einteilung und Anordnung auf dem Blatt sind mit der Zeichnung in Einklang zu bringen. Sie muß mit dem Duktus der Zeichnung zusammengehen und darf kein neues oder sogar störendes Element darstellen. Schließlich ist die Schrift der i-Punkt auf der Zeichnung.

241
Um die plastische Anschaulichkeit der räumlichen Wirkung zu erhöhen, sind alle Möbel und Ausstattungsgegenstände mit einem kurzen Schlagschatten versehen. Im Gegensatz dazu sind die Wände ohne Schattenkanten sehr hart schwarz angelegt. Sehr interessant ist der geschickte Wechsel von leicht strukturierten Flächen, entweder des Fußbodens oder der Möbel, niemals beides zusammen. Die zurückhaltenden, aber deutlichen Zahlen betreffen die Flächengrößen der Räume.

Entwurf: *Manfred Zumpe*

242
Grundrißdarstellung mit Möblierung

Studentenarbeit
unter Anleitung von *Antal Reischl*

Die Mittel zum Zeichnen

Das Zeichnen beginnt nicht mit dem ersten Strich, sondern mit der Wahl des Mittels.

G. Gollwitzer

Die Mittel des Architekten zum Zeichnen — sein Material und Handwerkszeug — sind überschaubar, technisch vervollkommnet, rationalisiert und ergänzt. Es gibt dazu Auffassungen, die vielleicht am prägnantesten von *Döllgast* in seiner grotesken Art zu formulieren mit dem Satz gekennzeichnet wurden, in dem er von einem geschätzten Kollegen sagt: »... dem nichts zuwiderer war als elegante Technik und jede rostige Feder recht, ...«[16]. Trotzdem sind dessen Zeichnungen von höchstem Reiz — um nicht zu sagen elegant —, und vielleicht war ihm auch nicht jede »rostige Feder« recht.

Wir wollen uns von solchen Formulierungen nicht verwirren lassen, sondern auf unser Werkzeug halten, es pflegen und einsatzfähig zur Hand haben. Merken wir uns, das alte Reißzeug des Architekten bestand immer aus Präzisionsgeräten, und die beste Tusche war gerade gut genug.

Zeichenpapier und Zeichenkarton

Der in der Praxis stehende Architekt stellt sich die Frage nach dem Papier kaum noch. Für ihn kommt nur das Transparentpapier von genormter Qualität in Betracht. Vier triftige Gründe sind es, die eine solche Wahl zur Selbstverständlichkeit werden lassen: die Möglichkeit der Vervielfältigung durch das Lichtpausverfahren; die einwandfreie Eignung zum Ausziehen mit Tusche und allen dafür geeigneten Zeichengeräten, viel besser als Karton; seine Radierfestigkeit sowie der Vorteil, immer ein neues Transparentblatt darüberlegen zu können.

Wenn wir das Xeroxverfahren zur Vervielfältigung auch für größere Formate allgemein verfügbar hätten, würden vielleicht andere Papiere als Unterlage verwendet werden und das Ausziehen in Tusche nicht mehr in dem Maße üblich sein.

Trotzdem, einfach ein neues Transparentblatt auf eine vorausgegangene Zeichnung zu legen und noch einmal neu zu beginnen, um eine Veränderung oder Variante durchzuarbeiten oder um den erreichten Stand, der kaum noch deutlich erkennbar ist, unverzüglich sauber nachzuziehen, ein verwischtes Blatt zu erneuern und schließlich unmittelbar die endgültige Lösung auszuziehen, ist unbestritten ein Vorteil. Die Zeichnung wird auf dem Transparentpapier mit hartem Bleistift vorgezeichnet. Das Transparent wirkt wie eine Schmirgelfläche, die die Graphitspitzen schnell abstumpft. Davor kann man sich nur retten mit extrem harten Minen, 5 H und noch härter zum exakten Vorzeichnen oder extrem weichen Minen, die nicht angespitzt werden, zum Skizzieren und Kopieren von Lösungsmöglichkeiten. Lichtpausfähig ausgezogene Bleistiftzeichnungen erfordern zumindest eine mittlere Härte mit kräftigem Strich, der schnell dicker wird, weil die Spitze nicht fein bleibt. Sie entbehren der Feinheit und verwischen als Original schnell; ein Grund dafür, weshalb auf Transparent gezeichnet und später mittels der Fotografie auf das blendende Weiß des Fotopapiers übertragen wird, welches sich gut auf Schautafeln aufziehen läßt.

Das spricht alles für das Transparentpapier, und trotzdem bleiben die vielen Ausdrucksmöglichkeiten und die Leichtigkeit, um nicht zu sagen die Freude, auf Karton zu zeichnen, bestehen. Beim Freihandzeichnen verwenden wir ohne Frage Karton; niemand würde auf die Idee kommen, dafür Transparentpapier zu verwenden. Im

Zeichenpapier, Zeichenkarton und über den Bleistift

Gegensatz zu diesem ist der Karton gerade für Bleistift geeignet und weniger für Tusche. Mit weichem Bleistift auf gutem Karton zu zeichnen eröffnet eine begeisternde Skala von grafischen Nuancen. Oft erreichen solche Bleistiftzeichnungen auf Karton einen Reiz, der durch jede weitere Bearbeitung oder gar durch Ausziehen mit Tusche unwiderruflich verlorengeht. Leider wird der Wunsch, wenn nicht gar die Notwendigkeit, eine Bleistiftzeichnung auf Karton mit Tusche auszuziehen, durch die sich sehr leicht einstellende Verschmutzung oder das Verwischen des Graphits beeinflußt. Kartonzeichnungen, die in Blei belassen bleiben sollen, erfordern große Sorgfalt, Sauberkeit und wenig Nacharbeit. Auf Karton hat das Ausziehen mit Tusche einige Nachteile. Die Federn können hängenbleiben oder fasern, und wenn es notwendig wird, Tusche zu radieren, erweist sich das als schwieriger, und Spuren sind meist nicht ganz zu vermeiden. Natürlich steht das im Zusammenhang mit der Qualität des Zeichenkartons, die viel größere Unterschiede aufweist als die von Transparentpapier, wo man auf eine bestimmte Qualität zwar achten sollte, aber im allgemeinen diese Frage nicht so ausschlaggebend ist. Zeichnungen mit Bleistift auf Karton können fotografisch für repräsentative Darstellungen und auf Kartostatfilm zur Vervielfältigung reproduziert werden. Aber mit dem Lichtpausverfahren läßt sich eine Zeichnung auf Karton eben nicht vervielfältigen.

Darüber hinaus aber erweitert sich die Palette von Papieren für das Skizzieren von Ideen und für jede Art von Freihandzeichnungen beträchtlich, mit vielen Kriterien für die Auswahl zu bestimmten Zwecken, mehr aus praktischen Gründen als aus Anspruch auf Gültigkeit und Dauerhaftigkeit. Jeder Architekt weiß die Rückseite von ausgesonderten Lichtpausen für Skizzen jeder Art zu schätzen. Sie eignen sich vorzüglich dafür. Nur in dem Falle, wo wir gewillt sind, die Idee oder Lösung ins reine zu zeichnen, benutzen wir solche durchaus brauchbare Makulatur nicht. Wer gewillt ist zu zeichnen, sollte Papiere und Karton sammeln und verfügbar halten.

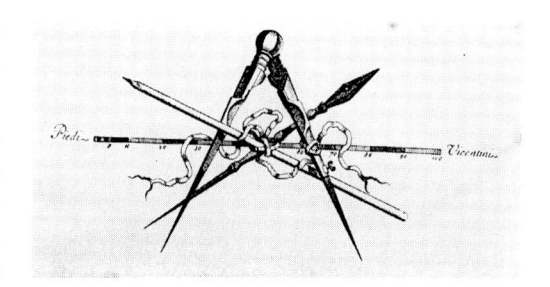

243
Eine Vignette aus der Zusammenstellung von *Hermann Schmitz* »Baumeisterzeichnungen des 17. und 18. Jahrhunderts in der Staatlichen Kunstbibliothek zu Berlin«.

Der Bleistift

Der Bleistift ist das Grundzeichengerät des Architekten, abgesehen von Reißbrett, Schiene, Winkel und Zirkel. Er ist schon lange modernisiert als Fallstift und wird mit Minen verschiedener Härtegrade von 9 H (sehr hart) bis 6 B (sehr weich) und sogar darüber hinaus mit besonderen Graphit-, Kohle- oder Sepiaminen ausgestattet. Die Härtegrade lassen sich nur für die wichtigsten Anwendungsbereiche empfehlen. Sie können in drei Gruppen eingeteilt werden: harte, mittlere und weiche Bleistifte (s. Übersicht). Danach sind die harten Bleistifte für das exakte, genaue Vorzeichnen geeignet, bei dem eine scharfe Spitze möglichst lange vorhalten soll; die gezogene Linie kann blaß und zurückhaltend bleiben. Die mittleren Härtegrade lassen gerade noch die erwünschte Präzision zu und erzielen eine lichtpausfähige Schwärze. Feinminenstifte erübrigen das Aespitzen. Weiche Bleistifte sind nicht für hohe Präzision geeignet, sondern für das freie Zeichnen, für Skizzieren, für die künstlerische Seite des Zeichnens, die visuellen Vorstellungen nachgeht. Das maßstäbliche Zeichnen mit weichem Bleistift kann nur in den Verhältnissen genau erfolgen.

Die Mittel zum Zeichnen

Übersicht der Härtegrade von Bleistiften

hart

9 H	Harte Bleistifte	vorwiegend für	Eignung für die	Anwendung für
8 H	werden vorwie-	Transparent-	Maßstäbe:	Lagepläne, Be-
7 H	gend zum Vor-	papier	1:5000; 1:2000;	bauungspläne,
6 H	zeichnen verwen-		1:1000; 1:500;	Grundrisse,
5 H	det. Sie lassen	vorwiegend für	1:200; 1:100	Ansichten,
4 H	sich gut anspitzen	Zeichenkarton	1:50; 1:10; 1:20	Detailzeichnungen
3 H	und halten die			in kleinerem Maß-
2 H	Spitze um so länger,			stab, Konstruk-
	je härter sie sind,			tionen von Per-
	sie verleiten leicht			spektiven
	zum Eingravieren			
	der Zeichnung.			

mittel (zu fixieren bei langer Benutzung der Zeichnung)

H	Mittlere Härte-	für Transparent	Eignung für die	Anwendung für
	grade von Blei-	ausreichend	Maßstäbe:	Lagepläne, Grün-
	stiften werden	für Karton	1:2000; 1:1000;	pläne, Bebauungs-
F	vorwiegend zum	geeignet	1:200; 1:100;	pläne, Grundrisse,
	Ausziehen (Nach-		1:50; 1:20;	Ansichten,
H B	zeichnen) ver-		1:10	Details, Perspek-
	wendet. Fein-			tiven
	minenstifte er-			
	übrigen häufiges			
	Anspitzen.			

weich (zu fixieren, wenn die Zeichnung erhalten werden soll)

B	Weiche Bleistifte	sowohl für Trans-	Eignung für die	Anwendung für
2 B	werden besonders	parentpapier als	Maßstäbe:	Freihandzeichnun-
	zum freien Zeich-	auch für Zeichen-	1:100; 1:50;	gen, Ideenskizzen
	nen verwendet so-	karton geeignet.	1:20; 1:10	für Grünpläne,
	wie für künstleri-	Je weicher der	1:5;	Grundrisse, Details,
	sche Grafik. Auf	Blei, desto gröber	1:1	Perspektiven,
3 B	Grund der Weich-	kann die Unter-		Architekturdar-
4 B	heit weisen sie ver-	lage sein. Leicht		stellungen
5 B	schiedene Dicken	verwischbar.		
	auf. Je weicher,			
	um so weniger			
	lohnt ein Anspitzen			
	der Minen.			

6 B	Der 6 B wird in	besonders für	1:50; 1:10;	Ideenskizzen,
	der Regel nicht	grobes, rauhes,	besonders	Architekturdar-
	angespitzt.	faseriges Papier	1:1	stellungen, Detail-
		geeignet, aber		zeichnungen im
		auch für Trans-		großen Maßstab
		parent		

Tuschezeichengeräte

Die feinen Differenzierungen innerhalb dieser Gruppen sind für unterschiedliche Papiere, persönliche Erwägungen und sogar unterschiedliche Grade von Luftfeuchtigkeit aufgefächert. Beispielsweise macht der Unterschied von Transparentpapier zu normalem Zeichenkarton mindestens zwei bis drei Härtegrade aus. Ebenso kann der Druck der Hand, der leicht ein Gravieren des Bleistifts zur Folge hat, die Wahl einer weicheren Mine nahelegen. Ebenso verhält es sich mit dem großen Bereich weicher Gradationen, wobei eigene Vorstellungen und Auffassungen von der Skizze die Wahl zwischen 2 B und 6 B mitbestimmen. Der wesentliche Unterschied zwischen dem Zeichnen mit extrem hartem und extrem weichem Bleistift ist schon durch die augenfällige Wirkung gekennzeichnet, die beim weichen Blei die prinzipiellen Zusammenhänge sofort ersichtlich werden läßt, entgegen einer Zeichnung mit hartem Blei, die erst bei eingehender Betrachtung die gezeichnete Vorstellung vermittelt, aber dann in der Regel viel genauere Auskunft zu geben vermag. Mit dem 6 B moduliert es sich besser, lassen sich plastische Wirkungen schnell andeuten, wesentliche Strukturen flott herausarbeiten, er erlaubt mehr, das Fluidum künstlerischer Ziele anzustreben. Der harte Blei dagegen ist prädestiniert für die sachlich exakte Zeichnung ohne Effekte und Wirkungen, die vom Vorstellungsvermögen erst nachvollzogen werden müssen; Raumwirkungen, Lichtwirkungen, Plastizität, baukünstlerische Absichten lassen sich selbst durch Können und Beherrschung nicht in dem Maße veranschaulichen. Er zwingt zu disziplinierter Durcharbeitung, erlaubt genauere Dimensionierungen und Durchbildung der Einzelheiten konstruktiver Art.

Tuschezeichengeräte

Nach dem Bleistift spielen diejenigen Zeichengeräte eine immer größere Rolle, die letztlich das Ausziehen der Zeichnung, aber auch das Skizzieren mit Tusche rationell, mit hoher Genauigkeit und unterschiedlichen Strichdicken ermöglichen. Die sogenannte Ziehfeder im Reißzeug diente eindeutig der Endfertigung einer Zeichnung. Inzwischen sind viele Zeichengeräte entwickelt worden, die eine hohe Präzision erreicht haben, praktisch sind und ständig weiterentwickelt werden, die sich sowohl für das Ausziehen mit Tusche als auch für skizzenhafte Vorstudien bis zum Freihandzeichnen in vorzüglicher Weise eignen. Sie haben den Trend zur harten brillanten Tuschezeichnung in den letzten Jahrzehnten unterstützt. Aufbau und Durcharbeitung der Zeichnung sind davon bestimmt worden.

Viel mehr aber haben die zunehmende Notwendigkeit der Vervielfältigung im Lichtpausverfahren und andere Reproduktionen zur sauberen exakten Tuschezeichnung geführt. Hauptsächlich hat sich für den ständig wachsenden Umfang von Ausführungszeichnungen diese Zeichenmethode bewährt, und nicht zuletzt hat das gute Angebot an Zeichengeräten selbst dazu beigetragen. Aber obwohl die Tuschezeichnung nicht mehr wegzudenken ist und in vieler Hinsicht perfektioniert wurde, bleibt das Zeichnen mit dem Bleistift nach wie vor geeignet, zeitsparend; und nicht zuletzt wird damit vorgezeichnet.

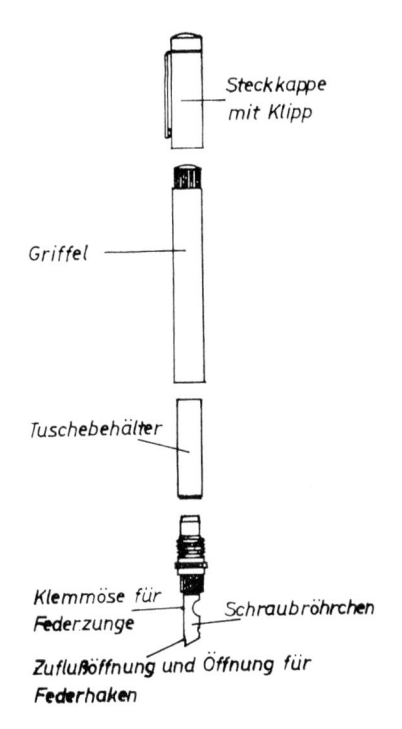

244

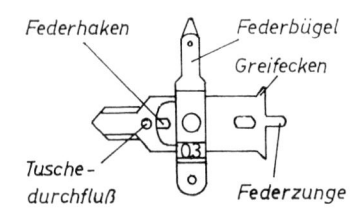

245

244 u. 245 zeigen ein Zeichenprinzip, welches auf der alten Ausziehfeder beruht und für technische Zeichnungen, beispielsweise Kartographie, geeignet ist sowie auch für verschiedene Tuschen.

Die Mittel zum Zeichnen

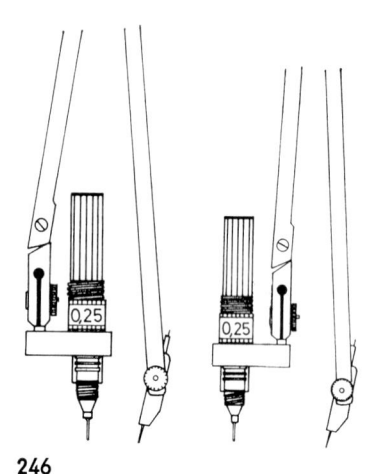

246
Das Zeichengerät, eingeschraubt in Zirkelklemmen für große und kleine Kreise.

247
Pflege und Reinigung des Zeichengerätes sind für seine Funktionstüchtigkeit und die Qualität des Striches ausschlaggebend. Dazu ist es notwendig, ab und an den Tuscheleiter mit einem Messer oder ähnlichem am Klemmniet herauszudrücken.

248
Der Tuscheleiter wird mit einem Läppchen erfaßt und vorsichtig herausgezogen und kann entsprechend gesäubert werden.

Im wesentlichen behaupten sich zwei Prinzipien von Ausziehfedern. Das eine Prinzip beruht noch immer auf der alten präzisen Ausziehfeder des Reißzeuges, aber mit einem Füllsystem für die Tusche gekoppelt und festgelegten Strichdicken der auswechselbaren Federn. Das andere moderne Prinzip beruht auf einem Röhrchenschreiber, durch dessen feine Kanüle mit einem beweglichen Stift, der durch ein Fallgewicht funktioniert, die Tusche ständig nachläuft, entgegen dem alten Ausziehfederprinzip mit den zwei auf die Strichdicken abgestimmten Zungen. Das Röhrchenprinzip erfordert für jeden Strichdickeneinsatz einen unmittelbar damit verbundenen Tuschebehälter.

Das Röhrchenprinzip gewährleistet einen gleichmäßigen Strich, die Veränderung der Strichdicken erfordert keine besonderen Maßnahmen und kann beliebig oft und unmittelbar vorgenommen werden, da jedes Gerät mit einer Fülleinrichtung versehen ist. Der wichtigste Vorteil aber, der dieses System so modern macht, besteht im allseitig gleich dicken Strich. Diese Zeichengeräte, nicht gerade die mit der dünnsten Feder, eignen sich auch ausgezeichnet zum Skizzieren. Der präzise Strich ermöglicht eine unmittelbare und durch die Tusche klar erkennbare Zeichnung, der Wiederholung und Korrektur nichts schaden. Trotzdem bedarf es einiger Übung und einer bestimmten Sicherheit des Striches, einer senkrechten Haltung des Gerätes, um damit einwandfrei zu zeichnen.

Das Ausziehfederprinzip des »Lineator«-Zeichengerätes gilt zwar als das unmoderne und erfordert beim Wechseln der Strichdicken immer auch das Wechseln der Federn, aber dafür steht eine viel größere Auswahl von Federn zur Verfügung. Insbesondere im Bereich von Strichbreiten zwischen 0,8 und 10,0 mm bietet dieses Prinzip gegenüber dem Röhrchen breitere Anwendungmöglichkeiten durch den Einsatz verschiedener Federarten, beispielsweise N-, Z-, O-Federn. Jedoch zum Skizzieren eignet sich dieses Zeichengerät weniger. Mit viel Geschick gelingt es zwar, sogar mit eigenartigen Effekten, und es sind eigens dafür Federn im Sortiment enthalten, aber das Zusammenfügen ist umständlich, und die vielen anderen Schreibgeräte, die umherliegen, tun's auch und manchmal sogar besser. Für Schriftgestaltung eignet sich der Lineator jedoch in vielfältiger Weise.

Zum Skizzieren eignen sich auch Faserschreiber, Kugelschreiber und für manche Bereiche des Freihandzeichnens auch der Füllfederhalter in vorzüglicher Weise, ob mit einer weichen, breiten oder dünnen, harten Feder. Der Faserschreiber ist etwa mit dem weichen Bleistift zu vergleichen und der Kugelschreiber mit der harten Mine.

Damit sind die Zeichengeräte keineswegs erschöpft. Wir kennen Kohle, Sepiastifte, Lithokreide oder Buntstifte aller Art, die aber für das Zeichnen des Architekten keine vordergründige Rolle spielen.

Das Reißzeug

Die beschriebenen Zeichengeräte haben das Reißzeug, das alte Präzisionswerkzeug zum Anfertigen exakter Zeichnungen verschiedenster Art, für den Architekten in den Hintergrund treten lassen. Darin liegt auch die Ursache, daß mit der Reißfeder kaum

Das Reißzeug

noch Zeichnungen in Tusche ausgezogen werden. Dabei gibt es verschiedene Reißfedern, die sich auf bestimmte Strichdicken einstellen lassen und an Strichqualität eher allen modernen Systemen überlegen sind.

Aber das Reißzeug besteht nicht nur aus Reißfedern, sondern sein wichtigster Bestandteil ist der Zirkel, das Wahrzeichen konstruktiv-technischer Entwicklungsarbeit überhaupt. Ohne die verschiedenen Zirkel aus dem Reißzeug kommen wir nicht aus. Die modernen Zeichengeräte sind mit einem Zusatzteil ausgerüstet, mit dem sie an den normalen Zirkel des Reißzeugs angeschlossen werden können. Schon das zeigt, daß auf die Zirkel des Reißzeugs zurückgegriffen werden muß. Neuerdings werden für oft wiederkehrende kleine Kreise maßstäbliche Schablonen in reichhaltigen Variationen angeboten, die den Zirkel für die betreffenden Kreisdurchmesser erübrigen und sehr praktisch sind. Trotzdem können wir auf den Nullenzirkel nicht verzichten.

Es gibt verschiedene Zirkel im Reißzeug, und für die hier umrissenen Aufgaben beim Zeichnen des Architekten brauchen wir alle. Im Prinzip handelt es sich um

— den großen Einsatzzirkel
— den kleinen Einsatzzirkel
— den Nullenzirkel für kleinste »nullenförmige« Kreise und
— den Federeinsatzzirkel, bei dem durch eine querliegende Gewindewelle feinste Streckenabmessungen mit einem Wellenrädchen sicher eingestellt und nur damit wieder verstellt werden können, also festgelegt sind.

Die Zirkel können mit
— einem Bleistifteinsatz
— einer Ziehfeder und, mit Ausnahme des Nullenzirkels, mit
— Stichnadeln und
— farbigen Tubetten versehen werden.

Damit sind alle Kombinationen, die gebraucht werden, möglich. Im Handel werden dafür geeignete Sortimente angeboten, bei denen die Zusammenstellung der Zirkel mit dem Zusatzteil zur Befestigung eines Zeichengeräts am Zirkel sowie ihre Beschaffenheit zu beachten sind.

Wir brauchen diese Zirkel hauptsächlich für Detailzeichnungen, aber noch mehr für die verschiedenen geometrischen Konstruktionen einer Perspektive. Für andere Zeichnungen beim Entwerfen tritt die Verwendung des Zirkels gegenüber den praktischen Schablonen immer mehr zurück. Für die Konstruktion einer Perspektive jedoch brauchen wir alle drei Arten von Zirkeln meist mit Bleimineneinsatz, aber auch mit der Ausziehfeder für Tusche. Die Belastung eines Drehpunktes auf der Konstruktionsfläche kann so groß werden, daß sich das Loch ausweitet und erhebliche Ungenauigkeiten unvermeidbar zur Folge hat. Dafür liefern die Präzisionsreißzeuge feinste einsteckbare Zentrierzwecken, die eine hohe Belastung von Drehpunkten bei höchster Genauigkeit gewährleisten.

Die Brauchbarkeit und Präzision aller Zeichengeräte hängt von ihrer Pflege und sachgemäßen Sauberhaltung ab. Die Präzision jeder Feder kann durch zu harte Maßnahmen beim Entfernen eingetrockneter Tusche leiden. Jede Ausziehfeder hat dafür

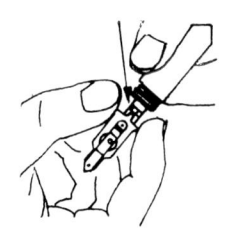

249
Das Aufsetzen der Feder

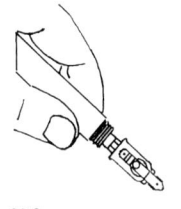

250
Die Federzunge muß in die Klemmöse und der Federhaken in die Öffnung eingreifen.

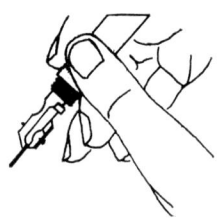

251
Durch leichtes Schütteln mit der Feder nach unten Tusche in die Federspitze bringen.

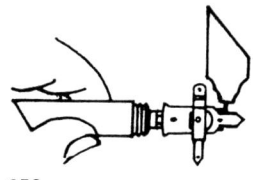

252
Durch einen Tuschetropfen zwischen Feder und Zuführkanal kann der Tuschefluß herbeigeführt werden.

Die Mittel zum Zeichnen

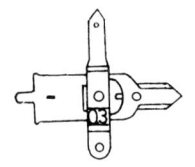

253
Für die Reinigung der Feder ist sie vom Halter abzunehmen und der Federbügel quer zu stellen. Angetrocknete Tusche mit lauwarmem Wasser erweichen und abwischen. Dazu kann auch ein Tuschereinigungsmittel verwendet werden.

254
Schraubröhrchen und Tuscheleiter vor jeder neuen Füllung durch Spülen mit lauwarmem Wasser von Tuscherückständen befreien.

255
Durch Eintauchen in ein spezielles Tuschereinigungsmittel (erhältlich im Fachhandel) kann angetrocknete Tusche erweicht werden.

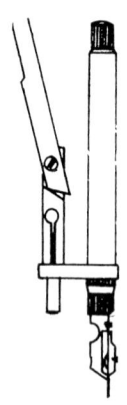

257
Verschiedene Federtypen

256
Kombination des Zeichengeräts mit dem Zirkel des Reißzeuges

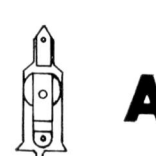

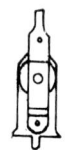

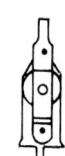

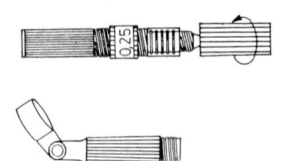

Feder   Sorte

A
O
N
Z
T

Gelenkstück

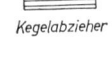

Zeichenkegel

Fallgewicht

Tuschebehälter

Schräubchen

Kegelabzieher

Kappe mit Hygroeinlage

Griffstück

258
Bestandteile eines Zeichengerätes des Röhrchenprinzips

Das Reißzeug

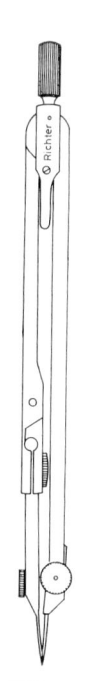

259
Großer Einsatzzirkel

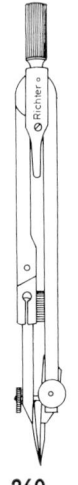

260
Kleiner Einsatzzirkel

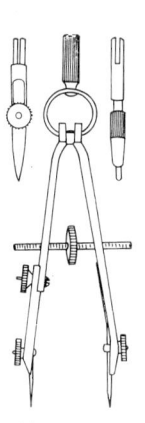

261
Einsatzfederzirkel mit Spitzen-, Blei- und Reißfedereinsatz mit Kreuzscharnier

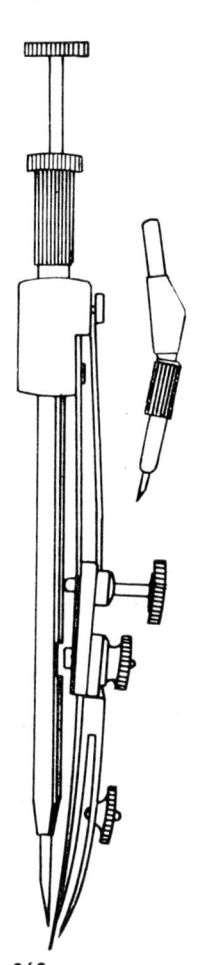

262
Nullenzirkel mit Blei- und Reißfedereinsatz

263
Verlängerungsstange

264
Reißfeder mit Kreuzscharnier und Teilscheibe. Das Kreuzscharnier ist für die Reinigung geöffnet.

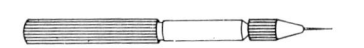

265
Kopiernadelhalter zur genauen Festlegung und Übertragung von Punkten, beispielsweise von Drehpunkten bei perspektivischen Konstruktionen

ein Kreuzscharnier zum Öffnen und Säubern. Als Reinigungsmittel kann sogenannter »Wiener Kalk« verwendet werden, der in Drogerien erhältlich ist, aber nicht die handelsüblichen Metallreinigungsmittel.

Wer keinen Sinn und keine Freude an seinem Werkzeug hat und es nicht pflegt, dem kann auch die Freude am Zeichnen versagt bleiben. Das Präzisionsreißzeug gehört zu den schönsten Zeichengeräten, die menschlicher Entwicklungsgeist hervorgebracht hat, und wird auch dann noch ein hohes Zeugnis davon ablegen, wenn bequemeren Geräten längst der Vorzug gegeben wurde.

Vervielfältigungsverfahren

Die Wahl des Papiers, der Zeichentechnik und des Zeichenmittels sowie die Frage des Formats sind nicht zuletzt im Hinblick auf die Art der Vervielfältigung von vornherein für die Anfertigung von Zeichnungen von Bedeutung. Für den Architekten sind im Prinzip drei Vervielfältigungsverfahren, die bestimmte Bedingungen stellen, in Betracht zu ziehen:

— das Lichtpausverfahren
— die Xerografie und
— der vielfältige Bereich fotografischer Reproduktionen für verschiedene Veröffentlichungsformen und Ausstellungen.

In der Projektierungspraxis ist immer noch das Lichtpausverfahren vorherrschend. Nicht nur für den Bereich der Ausführungsunterlagen für die Bauproduktion hat das Lichtpausverfahren seine Vorteile, sondern auch für viele Zwischenergebnisse im Entwurfsprozeß eignet sich diese Art der Vervielfältigung, um allen daran beteiligten Fachingenieuren zur weiteren Durcharbeitung Lösungsvarianten zur Verfügung zu stellen. Sogar Ideenskizzen, die Vorschläge zur Lösung bestimmter Fragen aufzeigen, können für die interdisziplinäre Kontrolle und Weiterbearbeitung schnell in den notwendigen Exemplaren verfügbar vervielfältigt werden. Um dafür die erforderliche Lesbarkeit zu erreichen, sind entsprechende Schwärzen der Striche mittlerer und weicher Bleistifte notwendig, oder die Striche müssen in Tusche ausgezogen werden. Auch Grauwerte in Abstufungen sind ohne weiteres möglich. Lichtpausen lassen sich im Gegensatz zu den Originalen falten und in handlichen Formaten abheften. Nicht nur deshalb ist es ratsam, sich an genormte Formate zu halten und sie möglichst nicht größer als erforderlich zu wählen. Das stehende A4-Format eignet sich für Architektenzeichnungen bekanntlich wenig, hingegen können im querliegenden A3-Format erstaunlich viele Lösungen zeichnerisch aufbereitet werden, insbesondere Detailzeichnungen, und für zusammengeheftete Zeichnungen gilt es ungefaltet noch als handlich für Nutzung und Aufbewahrung. Ebenso kann beim A2-Format noch die umständliche und arbeitsaufwendige Faltung vermieden werden, obgleich Projektmappen in diesem Format für die Aufbewahrung in normalen Regalen und Schränken schon zu groß sind und Zeichnungsschränke erfordern. Noch mehr trifft das für A1 zu. Die Anwendung von genormten Formaten bietet noch den Vorteil, liegende, zugeschnittene, handelsübliche Blätter zu verwenden und auf Material von der Rolle zu

Zur Vervielfältigung

verzichten, welches durch die Neigung zum Zurückrollen manchen Ärger bereitet und immer zu größerer Papierverschwendung führt.

Die Xerografie wird international immer mehr üblich. Sie hat den Vorteil, daß sich jede Strichzeichnung in Bleistift, teils mit erstaunlich geringen Schwärzegraden, eignet. Der Strich wird kräftiger als im Original wiedergegeben, aber niemals tiefschwarz. Demgegenüber können flächige Tönungen bis zu reinen Schwärzen nicht einwandfrei wiedergegeben werden. Es müssen immer Strichzeichnungen sein. Bei der Xerografie braucht nicht auf Transparentpapier gezeichnet zu werden, da es sich um eine Ablichtung der Oberfläche, nicht um eine Durchleuchtung handelt. Es kann fast jedes, auch minderwertiges Papier zum Zeichnen verwendet werden. Auch lassen sich Montagen aus verschieden getöntem Papier, zusammengeklebte und überklebte Zeichnungen so wiedergeben, daß nur die Striche auf einheitlicher Grundtönung erscheinen, also flächenhafte Unansehnlichkeiten in der Regel verschwinden. Auch hier gilt es, sich an genormte Formate zu halten.

Sowohl das Lichtpausverfahren als auch die Xerografie reproduzieren maßstabsgetreu. Bei der fotografischen Reproduktion ist es allerdings ein Problem, im Endeffekt maßstabsgenaue Reproduktionen zu erreichen. Die fotografische Reproduktion bietet dagegen jedoch immer den Vorteil, eine Zeichnung von einem großformatigen Original auf ein kleineres Format umzuwandeln, wobei von der Zeichnungsaussage meist etwas verlorengeht. Maßstäbliche Verkleinerungen müssen von vornherein berücksichtigt werden. Zum Beispiel gibt eine A2-Zeichnung genau auf A4 verkleinert eine Halbierung des Maßstabes, also von 1:100 auf 1:200. Die Fläche wird dabei um das Vierfache, die Strecke nur um die Hälfte verkleinert. Wie wichtig eine derartige Überlegung ist, wird deutlich, wenn wir eine A3-Zeichnung auf A4 verkleinern und einen völlig ungewöhnlichen Maßstab erhalten. In solchen Fällen ist es wirklich nötig, wenigstens eine Maßstabsleiste auf der Zeichnung vorzusehen, um das Abgreifen der Größenverhältnisse zu gewährleisten.

Fotografische Reproduktionen für Veröffentlichungen, also für den Druck, verändern den grafischen Eindruck der Originalzeichnungen. Die Striche werden schwärzer und etwas fetter; die Zeichnung wird also plakativer und gröber. Verschmutzungen, aber auch dünne Striche verblassen fast völlig. Feinheiten oder eine bestimmte reizvolle »Duftigkeit« gehen bis zu einem gewissen Grade verloren. (Alle Reproduktionen in diesem Buch sind davon betroffen. Die Originale weisen oft viel größere grafische Feinheiten auf.) Viele Originale, die fotografisch reproduziert werden, sind überhaupt nicht unter diesem Aspekt angefertigt worden, bereiten demzufolge einige Probleme, die große Unterschiede zwischen Original und Reproduktion unvermeidlich nach sich ziehen. Berücksichtigt man die fotografische Reproduktion von Anfang an, kann man einiges vermeiden und andererseits die Prägnanz und Wirkung des Fotos unterstützen und besser nutzen

Höchste Ansprüche an eine Architekturdarstellung — und dessen muß man sich in bestimmten Fällen bewußt sein — lassen sich nur durch das entsprechend ausgearbeitete Original erfüllen. Doch wenn solche Originale nicht entsprechend behandelt werden, verlieren sie bald ihren Glanz, nicht selten gehen sie verloren. Hauptsächlich Originale sind zur Archivierung zu bestimmen, weniger die Vervielfältigungen.

Praktische Hinweise für das Zeichnen und die Anfertigung von Zeichnungen

*Nicht nur
auf die Begabung verlassen,
Begabung gibt es
wie Sand am Meer.
Arbeiten ist alles.*

Otto Niemeyer-Holstein

Sozusagen als Ausklang oder, vielleicht treffender, als Übergang zur Arbeit selbst werden noch einige Hinweise zusammenhanglos angefügt. Sicher wird jeder während des Zeichnens seine eigenen Erfahrungen machen, die seine Schnelligkeit und Sicherheit beim Zeichnen erhöhen. Aber vielleicht können diese wenigen Hinweise doch verschiedentlich dienlich sein und noch etwas zur Intensivierung des Zeichnens beitragen. Es ist erstaunlich, wie wenig praktische Prämissen für die Technik des Zeichnens und die Anfertigung von Zeichnungen wir uns bewußt machen. So kann auch dieser kleine Anhang keineswegs Anspruch auf Vollständigkeit erheben.

Bespannen des Reißbretts

Das Reißbrett wird mit weißem Karton bezogen. Die Befestigung des Kartons kann mit Reißzwecken erfolgen, nachdem der Karton über allen Kanten geknickt und erforderlichenfalls an einigen Stellen ausgeschnitten wurde. Der Karton kann aber auch traditionsgemäß naß aufgespannt und mit Klebestreifen befestigt werden. Das ergibt noch immer die beste Fläche ohne Aufwölbungen. Eine so bespannte Fläche dient nicht nur als Unterlage, sondern auch direkt als ausgezeichnete Zeichenfläche für besondere Arbeiten.

Die Methode, den Karton naß aufzuziehen, ist zwar alt und wenig üblich, bietet aber für ein sauberes und exaktes Zeichnen die beste Voraussetzung. Karton wird — das Blatt nicht größer als das Reißbrett, sondern immer etwas kleiner — mit Reißstiften befestigt und mit dem Schwamm oder nassen Lappen von außen nach innen gleichmäßig angefeuchtet. Durch das Quellen wellt und vergrößert sich das Papier und wird so mit einem breiten Klebestreifen am Rand auf das Reißbrett aufgeklebt. Beim Trocknen spannt es sich von selbst glatt. Wurde der Karton zu stark angefeuchtet, kann es passieren, daß durch die Spannungen beim Trocknen eine oder zwei Kanten sich mit lautem Knall wieder befreien. Wird der Karton ungleichmäßig angefeuchtet, entstehen Wellen oder sichtbare Figuren.

Einfacher und gebräuchlicher ist das Aufspannen des Zeichenbogens mit Reißzwecken, für Transparentbögen ohnehin notwendig, da ein Anfeuchten nicht möglich ist. Die Befestigung mit den Reißzwecken erfolgt zuerst unten links, dann rechts oben, danach rechts unten und schließlich links oben. Das diagonale Vorgehen soll weitgehend die Faltenbildung verhindern. Durch Rändelband kann man die Stellen, wo die Reißbrettstifte eingedrückt werden sollen, verstärken. Reißbrettstifte bilden — so flach sie auch sein mögen — leichte Erhebungen, die stören. Deshalb ist das Aufkleben des Zeichenblattes mit Rändelband vorteilhaft, was sich aber nur für kleinere Blätter eignet und die Gefahr von Verschiebungen nie ganz ausschließt, weil die Klebekraft des Rändelbandes beschränkt ist.

Wird das aufzuspannende Papier von der Rolle genommen, so kann das Bestreben, immer wieder einzurollen, lästig sein und das Aufspannen beeinträchtigen. Das trifft vor allem für Karton zu. Deshalb sollten wir vor dem Aufspannen etwas glätten, indem wir es entgegengesetzt zur Rollwölbung über die Tischkante ziehen. Dadurch wird die Neigung zum Rollen mehr und mehr beseitigt.

Bespannen, Zeichnen und Radieren 221

Hinweise für das Tuschezeichnen

Eine gestrichelte Linie in Tusche auszuziehen gelingt am besten, wenn die Linie zunächst durchgezogen und erst danach mit der Rasierklinge unterbrochen wird. So kann besonders auf Transparentpapier eine höhere Gleichmäßigkeit der verbleibenden Striche erreicht werden.

Sind gekrümmte und gerade Linien aneinanderzufügen, dann ist es ratsam, zuerst die Rundungen auszuführen und dann die Geraden an die Endungen anzufügen. Das trifft sowohl für mit dem Zirkel geschlagene als auch für freihändige und auch für die mit einem Kurvenlineal gezogenen Rundungen zu.

Stellen, wo Tusche auf dem Transparentpapier mit dem Glaspinsel oder Rasiermesser radiert wurde, sind immer so aufgerauht, daß darauf die Tusche ausläuft. Um dies zu vermeiden, ist die Stelle mit einem harten Bleistift zu glätten. Der Graphit bindet offensichtlich die aufgerissenen Fasern so weit, daß die Tusche nicht mehr ausläuft. Nachdem der Tuschestrich ausgezogen und getrocknet ist, kann radiert werden.

Auf einem fetten weichen Graphitstrich mit Tusche zu zeichnen birgt die Gefahr in sich, daß der Tuschestrich beim Wegradieren des Bleis stark in Mitleidenschaft gezogen wird und nicht mehr steht. Entweder ist vorher der dicke Graphitauftrag mit dem weichen Radiergummi aufzunehmen, und es ist nachzuzeichnen; besser ist es jedoch, von vornherein mit keinem weichen Blei Linien vorzuziehen, die mit Tusche ausgezogen werden sollen, sondern nur mit Härtegraden von 2 H bis 7 H.

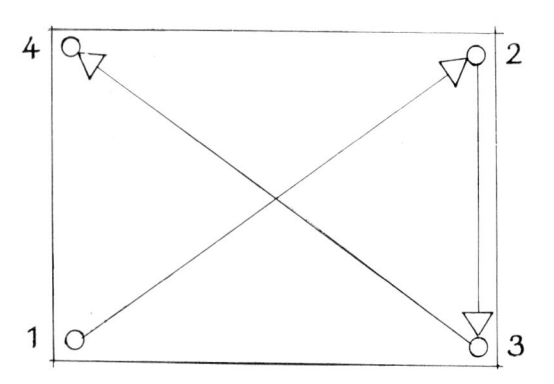

266
Beim Aufspannen eines Zeichenbogens wird mit der Befestigung links unten begonnen, der Bogen mit dem Handrücken diagonal nach rechts oben glatt gestrichen, leicht gespannt und befestigt. Danach erfolgt dasselbe nach der rechten unteren Ecke. Dabei ist darauf zu achten, daß in dem Dreieck zur Diagonale keine Falte verbleibt. Dasselbe gilt für das Dreieck über der Diagonale bei der Befestigung der linken oberen Ecke als Abschluß.

Vermeidung von Verschmutzungen bei Bleistiftzeichnungen

Beim Arbeiten mit Bleistift, Reißschiene und Winkel entstehen mehr oder weniger Verschmutzungen auf dem Zeichenblatt. Wenn auf der Zeichnung nicht mehr radiert werden soll und vor allem mit Blei auf Karton gezeichnet wird, wünschen wir das weitgehend zu vermeiden. Es hilft schon, wenn die Lineale ab und zu an der Unterseite feucht abgewaschen werden; Plastlineale sollten danach mit einem Antistatiktuch behandelt werden. Bei kleinen Zeichenflächen hilft auch ein aufgebördelter Rand an der linken Kante des Reißbretts und nicht zuletzt ein teilweise untergelegtes Papier. Gut eignet sich, eine mit der Rückseite nach außen gefaltete Lichtpause unter die Reißschiene zu legen, so daß der Karton darüber frei bleibt, aber unterhalb der Reißschiene bis über den Rand abgedeckt wird.

Zum Radieren

Tusche kann auf Transparentpapier am besten mit der Rasierklinge weggekratzt werden, mit dem Glaspinsel wird nachgearbeitet und schließlich mit dem Radiergummi gesäubert. Transparent fasert nur wenig, aber es ist schnell durchgescheuert. Dafür hat es den Vorteil, daß hinterher kaum noch etwas zu sehen ist. Karton fasert mehr, aber was viel schlimmer ist, sind die verbleibenden Flecke, die man unweigerlich sieht.

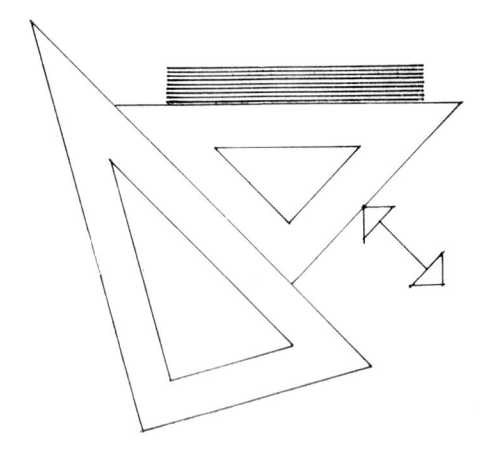

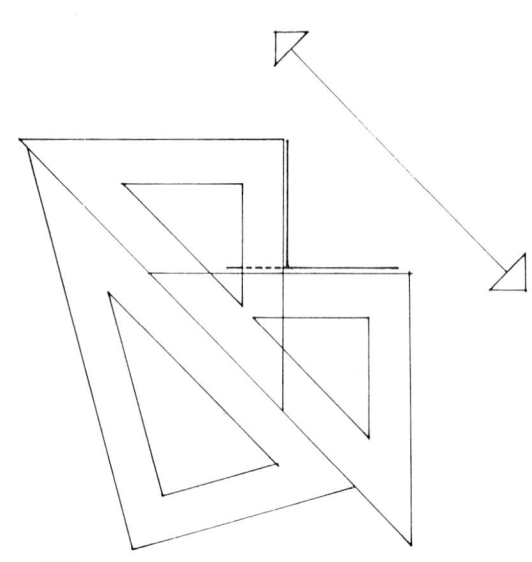

Bald schwieriger als Tusche sind fette schwarze Striche von weichem Blei zu radieren. Meist ist das bei Skizzen auch nicht notwendig, aber Architekturdarstellungen mit weichem Blei erfordern doch an manchen Stellen das Radieren. Es muß nicht einmal ein 6 B sein, um beim Radieren mit dem Gummi einen schmierenden Effekt auszulösen. Das Aufnehmen des Graphits mit dem Knetgummi vermeidet die Gefahr nicht ganz, aber erlaubt flächenhafte Korrekturen. Feine scharfe Eingriffe sind jedoch mit der Rasierklinge erstaunlich gut möglich, wenn auf Transparentpapier gezeichnet worden ist. Das geht so gut, daß es naheliegt, weiße Linien oder andere Aufhellungen aus dem Graphit-Auftrag auszukratzen. Bei Tusche ist das nicht einwandfrei möglich; bei Graphit jedoch fällt es nicht auf.

Maßeinteilungen

Das Auftragen einer Entwurfs- oder Detailzeichnung erfolgt mit einem Maßstab, der mit seiner Skala flach aufliegen muß. Der Maßstab kann mehrere Skalen enthalten, auf denen bereits die jeweils maßstäblich transponierten Maßeinteilungen eingetragen sind. Jeder Maßstab jedoch (also 1:5, 1:10, 1:20, 1:50, 1:100, 1:200 usw.), der im Abschnitt Entwurfszeichnungen näher abgehandelt wurde, kann ohne weitere Mühe mit einer Zentimetereinteilung aufgetragen werden; die Umrechnung jeden Maßstabes mit der Zentimetereinteilung ist immer schnell erreicht.

Schwierigkeiten bereiten stets die Einteilungen gebrochener Maße. Beispielsweise tritt dies bei Treppenläufen im Grundriß und Schnitt 1:200, 1:100 und auch 1:50 auf. Nehmen wir als Beispiel eine Freitreppe an, die in dem relativ großen Maßstab 1:50 mit 10 Steigungen von 140 mm und 9 Auftritten von 340 mm im Grundriß wie in der Ansicht oder im Schnitt aufzutragen ist. Mit dem Maßlineal ist das nicht exakt möglich. Dafür können wir uns sehr gut helfen durch die Ableitung der Teilung von einer Skala mit geraden Zahlen nach dem Strahlensatz, beispielsweise von einem Zentimeter für jede Treppenstufe. Sie wird entsprechend der Anzahl der Steigungen oder Auftritte in die volle Höhe bzw. Länge der Treppe schräg angeschlagen und die Teilung senkrecht zu Höhe oder Länge abgeleitet. Es ist ratsam, solche Hilfskonstruktionen mit hartem Blei ganz leicht aufzutragen, um einerseits durch den scharfen Strich eine hohe Genauigkeit zu erreichen und andererseits die sehr blasse Hilfskonstruktion leicht wieder entfernen zu können.

Schraffuren

Die Gleichmäßigkeit enger Schraffuren kann nicht mehr durch Messungen, sondern nur durch Übung und visuelle Kontrolle erreicht werden. Anfänglich kann man sich damit helfen, mit dem harten Blei leicht vorzuzeichnen und mit geringfügigen Korrekturen auszuziehen. Der Aufwand ist jedoch zu groß. Es hilft schon viel, wenn wir vor den letzten drei Strichen der Schraffur kurz einschätzen, wie die Abstände gleichmäßig geteilt werden müssen, auch wenn sich damit der Rhythmus gegenüber der bereits

267
Zeichnen unter flexibler Nutzung eines 30°- und 45°-Winkels hat viele Vorteile und ist für große Lagepläne oder Bebauungspläne unerläßlich, wenn die Bebauung nicht nur nach dem rechten Winkel angeordnet wird, was meist der Fall ist. Die Loslösung von der Reißschiene mit Hilfe von zwei Winkeln ist aber auch für viele andere zeichnerische Aufgaben vorteilhaft. Die gegenseitige Zuordnung und Handhabung der zwei Winkel sind vielfältig möglich und praktisch erleichternd.

Maße, Höhen und Schraffuren

ausgeführten Schraffur ändert; denn das Problem einer gleichmäßigen Schraffur besteht hauptsächlich im Abschluß.

Schraffuren aneinanderliegender Bauteile in Schnitten, wie beispielsweise bei Fensterschnitten der feststehende Blendrahmen und der bewegliche Öffnungsflügel, werden durch eine rechtwinklig veränderte Richtung der Striche differenziert.

In großen Maßstäben, wo die Schnittflächen entsprechend groß werden, erfordern volle Schraffuren zuviel sturen Zeichenaufwand; wenn sie zur Kennzeichnung des Materials oder anderem als notwendig erachtet werden, genügt es, wenn wir uns auf einen Streifen längs der Umrißlinie beschränken. Sparsame Andeutungen erfüllen ihren Zweck oft erstaunlich gut. Filigrane, fleißige und konsequente grafische Durcharbeitung von Flächen erfordern viel Können und eine Vorstellung, die das sichere Gefühl verleiht, daß sich der Aufwand auch lohnen wird, sowie die ständige Kontrolle, um ein »Totzeichnen« zu vermeiden. Trockene, vollständige und gleichwertige Schraffuren können leicht die Übersichtlichkeit beeinträchtigen statt erhöhen.

Maßangaben

Maßangaben von Längen und Breiten in Lageplan, Grundriß, Schnitt, Ansicht und Detail werden Maßlinien und Maßhilfslinien zugeordnet. Die Zahlen werden über oder in die unterbrochene Maßlinie geschrieben. Es ist ratsam, für die Zahlen unmittelbar beim Vorzeichnen Zeilenlinien dünn mit Bleistift vorzugeben. Maßlinien und Maßhilfslinien sind die dünnsten Linien in der Zeichnung. Für die Begrenzung einer Maßstrecke hat sich ein kleiner Punkt im Schnittpunkt von Maßlinie und Maßhilfslinie bei Entwurfs- und Detailzeichnungen durchgesetzt. Wenn durchgehend vermieden wird, daß die Maßlinie von einer unmaßgeblichen Linie geschnitten wird, können wir auf jede Markierung von Maßbegrenzungen verzichten. Bei der Eintragung von Maßen in schrägen Flächen von axonometrischen oder perspektivischen Darstellungen ist die Senkrechte der Zahlen senkrecht zu den Maßhilfslinien anzunehmen. Damit entsteht der Eindruck, sie liegt in der perspektivisch gesehenen Ebene.

Höhenangaben

Höhenangaben, Höhenmaße oder auch Ordinaten genannt, zu klären und festzulegen, fängt schon bei Ideenskizzen an und spielt für jede Entwurfslösung eine große Rolle. Die verschiedentlich für Bauzeichnungen übliche Pfeilsymbolik eignet sich rein zeichnerisch weniger als eine zwischen Grundriß und Schnitt differenzierende Kennzeichnung durch einfaches Pfeildreieck und Umrandung im Grundriß. Es ist ratsam, die Höhenangaben durch Anfangsbuchstaben einer genaueren Niveaubezeichnung hervorzuheben, wie beispielsweise:

OFG = Oberfläche Gelände
OFT = Oberfläche Terrain

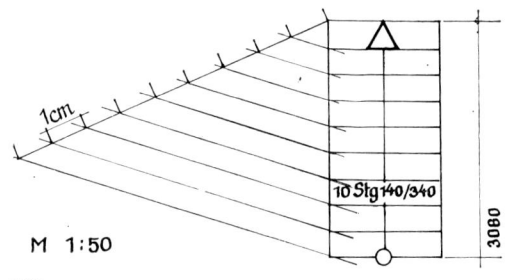

268
Die Teilung einer Freitreppe mit 9 Auftritten von 340 mm Auftrittsbreite im Grundriß 1:50 ist nicht ohne weiteres mit dem Maßlineal exakt möglich. Durch die geometrische Ableitung der Teilung von einer Skala mit einer Maßeinheit von einem Zentimeter durch Parallelverschiebung nach dem Strahlensatz wird die Teilung schnell und genau erreicht. Die leicht absteckbare Länge der Treppe von 9 Auftritten mit 340 mm Auftrittsbreite beträgt 3060 mm. An einem Ende dieser Strecke wird beliebig schräg ein Strahl angetragen, der in 9 (Zahl der Auftritte) gerade Maßeinheiten (1 cm) geteilt wird. Die Verbindungslinie des letzten Teilstriches mit dem anderen Endpunkt der Treppenlauflänge bildet die Ausgangslinie der Parallelverschiebung durch jeden Teilpunkt. Die Schnittpunkte in der Treppenlaufkante bedeuten die Stufeneinteilung.

Praktische Hinweise für das Zeichnen und die Anfertigung von Zeichnungen

269
Höhenmaße, oder auch als Ordinate bezeichnet, beziehen sich auf eine als ±0 für alle Zeichnungen einer Entwurfsaufgabe einheitlich festgelegte Höhe (Grundrisse, Schnitte) oder auf NN, Normal-Null (Lageplan). Die Festlegung auf ±0 muß an einer passenden Stelle die Höhe zu NN ausweisen. Die Maße sind in Meter mit drei Dezimalen anzugeben
Das Höhenmaß wird einem Pfeil zugeordnet, dessen Spitze die betreffende Höhenlinie berührt. Für Grundrisse genügt es, wenn die zahlenmäßige Angabe der Höhe in irgendeiner Weise umrandet oder hervorgehoben ist.

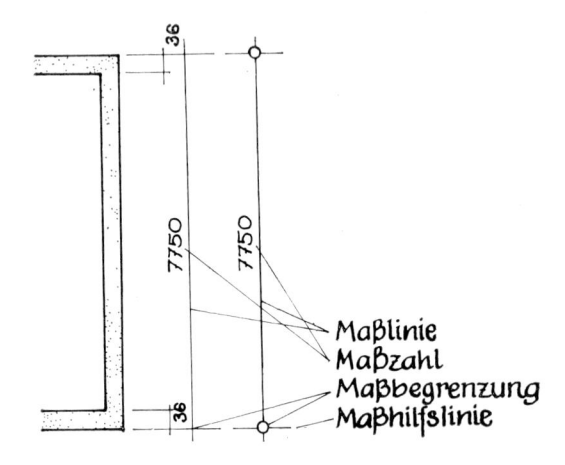

270
Jedes Maß ist dort einzutragen, wo es zuerst gesucht und verstanden wird. Die Maßzahlen sind über den zugeordneten Maßlinien parallel zu den Maßstrecken einzutragen. Bei kleinen Maßstrecken dürfen die Maßzahlen unter den zugeordneten Maßlinien oder seitlich davon eingetragen werden. Maßbegrenzungen durch Punkte sind zulässig, wenn sie in allen Zeichnungen einer Zeichnungsfolge einheitlich ausgeführt werden.

OFF = Oberfläche Fußboden
OFR = Oberfläche Rohbau
OFSt = Oberfläche Stufe
und ähnliche Flächenbezeichnungen, wenn sie an exponierter Stelle verständlich definiert sind.

Im Schnitt werden die Angaben über Dreiecken oder Pfeilspitzen eingetragen. Im Grundriß genügt schon eine Zahlenangabe in m (Meter), versehen mit einem Plus- oder Minusvorzeichen. Umrandungen heben die Niveauangabe noch hervor. Es kann auch sein, daß Ordinaten besonders in Lageplänen auf bestimmte Punkte bezogen bleiben müssen. Die Punkte sind dann durch einen Kreis zu umranden.

Treppensteigungsverhältnisse

Neigungen sind durch Pfeile, immer in Richtung der Steigung, also entgegen der Gefällerichtung anzugeben, mit dem Vermerk des Steigungsverhältnisses oder der Prozentzahl.

Bei Treppen wird das Steigungsverhältnis durch die Anzahl der Steigungen, Steigungshöhe und Auftrittsbreite angegeben. Zum Beispiel: 8 Stg. 175/280 (halber Treppenlauf im Wohnungsbau).

Man muß dabei berücksichtigen, daß ein Treppenlauf immer eine Steigung mehr aufweist als Auftritte. Die Summe der Steigungen ergibt jeweils die Treppenhöhe; die Summe der Auftritte die Lauflänge der Treppe im Grundriß vom Strich der Antrittsstufe bis zum Strich des Austritts. Eine Angabe des Steigungsverhältnisses in umgekehrter Reihenfolge, also Anzahl, Auftrittsbreite und Steigungshöhe der Stufen, kann zu Mißverständnissen führen.

Es zeugt eigentlich von Unkenntnis der sauberen, konstruktiv durchdachten Lösung, wenn bei Podesttreppen die Antritts- und Austrittslinie beider Läufe gerade durchgezogen wird, was spätestens beim Handlauf unschön in Erscheinung tritt. Der Antritt muß immer etwas weiter in das Podest hineingezeichnet werden. Wir sollten es bei einer Podesttreppe vermeiden, die Stufen beider Läufe unüberlegt in einer Flucht durchzuzeichnen.

Nordpfeil und Maßstabsleiste

Auf Grundrissen und Lageplänen dürfen Nordpfeile nicht fehlen, auch dann nicht, wenn das Blatt genau eingenordet ist. Der Nordpfeil verleitet zu einer reizvollen grafischen Darstellung, die aber mit der Zeichnung eine Einheit bilden sollte.

Den Maßstab nicht nur in Zahlen, sondern auch als Skala aufzuzeichnen, war bei alten Zeichnungen, wo es noch um Fuß, Ellen oder andere, nicht dezimal aufeinander abgestimmte Maßeinheiten ging, unerläßlich. Durch die dezimale Übersetzbarkeit unseres Maßsystems gibt die Zahlenangabe des Maßstabes eine so einfache Vorstellung und Handhabe, daß auf den grafischen Maßstab immer mehr verzichtet

Treppensteigungen, Nordpfeil, Maßstab sowie Fixieren und Schneiden

wurde. Doch immer dann, wenn eine Veröffentlichung oder andere Reproduktion in unmaßstäblicher Größe erfolgt, fehlt ein Maßbezug. Der grafische Maßstab auf einer Zeichnung ermöglicht schnell eine Kontrolle der eigenen Größenvorstellung.

Fixieren

Je weicher der Bleistift, um so mehr wird es notwendig, eine Zeichnung zu fixieren, wenn sie erhalten bleiben soll und mit starken Beanspruchungen zu rechnen ist. Noch mehr ist das Fixieren von Kohle, Kreide oder Rötelzeichnung unerläßlich. Fixativ können wir aus 20% Kollophonium oder 5% weißem, gebleichtem Schellack und Spiritus selbst herstellen. Wir können uns auch mit einfachem Haarlack helfen. Der Zerstäuber muß so funktionieren, daß ein feiner Sprühregen entsteht und eine Tropfenbildung vermieden wird. Es wird nach und nach unter Einhaltung von Pausen fixiert, dunkle, satte Stellen sind öfter zu behandeln. Unvermeidlich büßen die Zeichnungen dadurch von ihrem Reiz und Schmelz etwas ein, weil die locker aufgetragene Körnung durch den Lackfilm fester gebunden wird. Die im feuchten Zustand gelbliche Tönung geht beim Trocknen wieder zurück.

271
Ein Nordpfeil in Lageplan oder Grundriß muß eindeutig die Lage zu den Himmelsrichtungen vermitteln. Wenn das gezeichnete Symbol nicht genau erkennen läßt, wo Norden ist, können Buchstaben ergänzend Klarheit schaffen.

Das Schneiden von Zeichnungen

Bei einiger Sorgfalt kann das Schneiden von Zeichnungen durchaus mit der Schere vorgenommen werden. Besser und sogar schneller geht es mit einem kleinen, gut geschärften Federmesser, so groß wie eine Schreibfeder und in einen Federhalter zu stecken. Am besten: das für den Schnitt vorgesehene, mit einer Bleistiftlinie versehene Zeichenblatt auf eine Reißschiene legen und an einer zweiten aufgelegten Reißschiene aus Plast das Federmesser mit Druck entlangführen. Das Problem besteht immer darin, die Reißschiene so festzuhalten, daß sie nicht verrutscht. Auch hier hilft, an der Unterseite etwas Rändelband aufzukleben.

Das Aufkleben von Rändelband auf die Unterseite von Winkeldreiecken hat übrigens noch mehr Vorteile. Abgesehen davon, daß das Dreieck nicht so leicht verrutscht, vermindert es zudem die Gefahr, daß Tusche durch die Berührung mit dem Lineal ausläuft, verhindert das Verschmieren oder Verschmutzen allgemein, besonders aber bei Bleistiftzeichnungen.

Lagerung und Transport von Zeichnungen

Alle hier behandelten Arten von Zeichnungen sollten möglichst nicht gefalet werden, Originale schon gar nicht, höchstens Lichtpausen, aber auch das ist für Entwurfszeichnungen im Gegensatz zum Projekt ungeeignet. Viel eher ist ein Rollen der Zeichunngen zu empfehlen. Für den gesamten Bereich von der Freihandzeichnung über Ideenskizzen, Entwurfszeichnungen, Detailzeichnungen und Architekturdarstellungen sind jedoch planliegende Lagerung und Transport angemessen und richtig. Für große Bebauungspläne macht das Schwierigkeiten. Sie sollten entweder in den Maßstäben oder in den Ausschnitten auf angemessene Formate abgestimmt werden.

Schautafeln

Immer mehr hat sich die Übertragung von Zeichnungen auf Schautafeln erforderlich gemacht, um die Darstellung, insbesondere für Ausstellungen, aufzubereiten. Dies erfolgt in der Regel über eine fotografische Umsetzung, um einmal die Zeichnung auf das Tafelformat zu vergrößern und zum anderen, um die schwarze Zeichnung auf dem weißen Fotopapier einheitlich und auch wirkungsvoll zur Geltung zu bringen.

Eine auf großes weißes Fotopapier übertragene Zeichnung auf eine Tafel aufzuziehen erfordert ihre Durchfeuchtung von beiden Seiten, was am besten in einem Wannenbad zu erreichen ist. Inzwischen wird die zu beklebende Fläche mit farblosem Dispersionskleber eingestrichen. Darauf wird das feuchte Papier, welches keinerlei Spannungen mehr hat und sich ohne weiteres dem Untergrund anschmiegt, aufgezogen. Alle Luftblasen müssen mit einer Fotowalze nach den Rändern getrieben werden. Mit einem sauberen Lappen wird die Feuchtigkeit abgewischt. Danach schneidet man das überstehende Papier mit einer Rasierklinge ab. Nach dem Trocknen ergibt sich eine einwandfrei gespannte Schautafel.

Wenn auf Karton oder Zeichenpapier ausgezogene Zeichnungen direkt auf eine Tafel aufgezogen werden sollen, kann man sie nicht anfeuchten, sondern dann empfiehlt sich eine Art Gummilösung, die ein Aufwerfen des Papiers vermeidet. Diese Methode, Karton auf eine Unterlage zu kleben, hat auch den Vorteil, ihn zu einem späteren Zeitpunkt wieder ablösen zu können. Dazu bedarf es jedoch einiger Vorsicht und Geduld.

Archivierung

An vielen Stellen ist schon darauf hingewiesen worden, daß der Aufbewahrung sowie der Archivierung von Zeichnungen größere Aufmerksamkeit gewidmet werden sollte. Aufbewahrung sollte Verfügbarkeit und schnelle Auffindbarkeit bedeuten. Bei der Archivierung ist zu entscheiden, was ausgesondert werden kann. Noch mehr trifft das für Nachlässe zu. Eine durchgängige Kassation ist jedenfalls zu vermeiden.

Anhang

Anmerkungen

1 *Ricken, Herbert:* »Der Architekt«, Henschelverlag, Berlin.

2 *Jünger, Gisela:* »Anwendung der Digitalgrafik in der städtebaulichen Projektierung«, Schriftenreihe des WBK, Berlin.

3 Bei *Döllgast* wird nur die Bindung an geometrische Projektion als »gebundenes Zeichnen« definiert.

4 Dies geht auf eine Klassifikation bei *Coulin* zurück, die — so grob sie erscheinen mag — sich als brauchbar erwiesen hat.

5 Die Teufelstalbrücke der Autobahn in der Nähe des Hermsdorfer Kreuzes ist in ihrer gestalterischen Konzeption mit der Landschaft durch *Alfred Pretsch* so gezeichnet worden, weil sich der Talraum nicht fotografisch erfassen ließ.

6 Maße des Menschen und Raum; Wiss. Zeitschrift der TU Dresden 19 (1970), Heft 3, S. 699.

7 Aus »Heitere Baukunst«, erschienen im Callwey-Verlag München.

8 Nach *Vitruv:* Standhaftigkeit, Zweckmäßigkeit und Schönheit.

9 *Hermann Heckmann* weist in »*Pöppelmann als Zeichner*«, Verlag der Kunst, sehr anschaulich auf die Gepflogenheit und den Wert von Stichen des Entwurfs für das Bauwerk hin.

10 In *Danielowski/Pretzsch* »Architekturperspektive«, VEB Verlag für Bauwesen, so bezeichnet, aber im weitestgehenden Sinne nicht nur auf die Tiefenteilung bezogen.

11 Das uns bekannteste Beispiel für ein eigenes, speziell für die Anfertigung von Architekturperspektiven arbeitendes Atelier betreibt *Helmut Jacoby*, Architekt, New York, Wiesbaden.

12 *Fritz Beckert* weist in »Das Zeichnen von Architektur und Landschaft« auch auf das Problem hin, obwohl er selbst überzeugend Kreuzschraffuren anwendet, aber an diesen Stellen ohne Kontur.

13 Schon das Zitat von H. *Döllgast* läßt das durchblicken, aber auch die Darstellung aus der Werkstatt *Otto Wagners* und schließlich adäquat in den Perspektiven von *Helmut Jacoby:* alles vorbildliche Architekturdarstellungen.

14 *Fritz Beckert* hat in »Das Zeichnen von Architektur und Landschaft« dem Bäumezeichnen viel Aufmerksamkeit gewidmet. Die Aussagen stimmen weitgehend mit dem hier Dargelegten überein.

15 Es handelt sich um *Paul Pfann;* seine Zeichnungen wirken aber nicht so ungeschlacht, als es diese Bemerkung vermuten läßt. Man wird dabei den Verdacht nicht los, daß sie *Döllgast* selbst sehr als Vorbild gedient haben.

16 Höhenangaben werden üblicherweise in Meter angegeben, im Gegensatz zu Längenmaßen.

Literaturverzeichnis

[1] Aalto, A.: *Synopsis, Malerei, Architektur, Skulptur.* Basel/Stuttgart: Birkhäuser Verlag, 1980.

[2] Baumgart, G.: *Die Schriftanwendung im Bauwesen.* Berlin: VEB Verlag für Bauwesen, 1979.

[3] Beckert, F.: *Das Zeichnen von Architektur und Landschaft.* Neustrelitz: Polytechnische Verlagsanstalt Max Hittenkofer, 1924.

[4] Billing, H.: *Architekturskizzen.* 48 Tafeln Studierender an der Akademie der bildenden Künste in Karlsruhe. Stuttgart: Verlag Julius Hoffmann, 1904.

[5] Coulin, C.: *Architekten zeichnen.* Ausgewählte Zeichnungen und Skizzen vom 9. Jahrhundert bis zur Gegenwart. Stuttgart: Julius Hoffmann Verlag, 1962

[6] Danielowski, F.; Pretsch, A.: *Architekturperspektive.* Konstruktion und Darstellung. Berlin: VEB Verlag für Bauwesen, 1980.

[7] Danov, T.: *Komposition und Darstellungsmittel der Architekturperspektive.* Sofia: Technica, 1977.

[8] Deutscher Werkbund: *Bau und Wohnung, Bauten der Weißenhof-Siedlung.* Stuttgart: 1927.

[9] Döllgast, H.: *Gebundenes Zeichnen.* Ravensburg: Otto Meier Verlag, 1953.

[10] ... *Épitöipari és Közlekedési Müszaki Egyetem.* Budapest: 1963.

[11] Geiger, F.: *Die Front-, Eck- und Schattenperspektive.* Düsseldorf: Werner Verlag, 1971.

[12] Geretsegger, H.; Peintner, M.: *Otto Wagner 1841—1918.* Salzburg: Residenzverlag, 1964.

[13] Gollwitzer, G.: *Kleine Zeichenschule.* Berlin: Verlag Volk und Welt, 1958.

[14] Grimme, K. M.: *Gärten von Albert Esch.* Wien/Leipzig: Michael Winkler Verlag, 1931.

[15] Gull, E.: *Perspektivlehre.* Erlenbach/Zürich: Verlag für Architektur, 1964.

[16] Heckmann, H.: *M. D. Pöppelmann als Zeichner.* Dresden: VEB Verlag der Kunst, 1954.

[17] Jacobi, H.: *Architectural Drawings (Architekturzeichnungen).* Stuttgart: Verlag Gerd Hatje, 1965.

[18] Jacobi, H.: *Architekturzeichnungen 1969—1976.* Stuttgart: Verlag Gerd Hatje, 1977.

[19] Korojew, F.: *Die Architektur und die Besonderheiten der optischen Wahrnehmung.* Moskau: 1954.

[20] Lüttger, H.: *Planzeichnen.* Berlin: Deutscher Bauernverlag, 1958.

[21] Meder, J.: *Die Handzeichnung, ihre Technik und Entwicklung.* Wien: Kunstverlag Anton Scholl Co., 1923.

[22] Mendelsohn, E.: *Das Gesamtschaffen des Architekten. Skizzen, Entwürfe, Bauten.* Berlin: Rudolf Mosse Buchverlag, 1930.

[23] Morgen, Sh. W.: *Architectural Drawing, Perspective, Light and Shadow Rendering (Architekturzeichnungen).* La Habana: Edition Revolucionaria, 1966.

[24] Nagel, S.: *Vom Zeichnen.* Gütersloh: Deutsche Bauzeitschrift 4/61.

[25] Onken, A.: *Friedrich Gilly 1772—1800.* Berlin: Deutscher Verein für Kunstwissenschaft, 1935.

[26] Rettig, H.: *Maße des Menschen und Raum.* Dresden: Wiss. Zeitschrift der TU Dresden, 19, Heft 3; 1970.

[27] Riegel, M.: *Das Schaubild.* Handbuch der konstruktiven Perspektive. Leipzig: Fachbuchverlag, 1952.

[28] Ricken, H.: *Der Architekt.* Geschichte eines Berufes. Berlin: Henschelverlag, 1977.

[29] Röcke, H.: *Punkt, Strich, Wirklichkeit.* Ein Weg zum Formverständnis. Dresden: Wiss. Zeitschrift der TH Dresden, Heft 6, 4 (1954), 1955.

[30] Rudolf, P.: *Dessins d'Architecture.* Paris; Exclusite Weber, 1974.

[31] Ruskin, J.: *Die sieben Leuchter der Baukunst.* Leipzig: 1900.

[32] Saizew, K.: *Zeitgenössische Architekturgrafik.* Moskau: Verlag Literatur und Bauwesen, 1970.

[33] Schmitz, H.: *Baumeisterzeichnungen des 17. und 18. Jahrhunderts in der Staatlichen Kunstbibliothek zu Berlin.* Berlin und Leipzig: Verlag für Kunstwissenschaften, 1937.

[34] Schumacher, F.: *Grundlagen der Baukunst.* Studien zum Beruf des Architekten. München: Verlag von Georg D. W. Callwey, 1916 und 1919.

[35] Sintschenko, W.: *Erziehung der visuellen Kultur.* Moskau: Akademie der Wiss. der UdSSR, Gesellschaftswissenschaften 3/1975.

[36] ... *Mikotaja Kopernika.* Warszawa: Universytet Mikotaja Kopernika, 1974.

[37] Stark, F.: *Netzhautbildperspektive.* Neuß am Rhein: 1928.

[38] Wagner, O.: *Einige Skizzen, Projekte und ausgeführte Bauwerke.* Wien: 1892.

[39] Wangerin, G; Weiss, G.: *Heinrich Tessenow. Ein Baumeister 1876—1950. Leben, Lehre, Werk.* Essen: Verlag Richard Bacht, 1976.

[40] Weber, J.: *Gestalt, Bewegung, Farbe, Kunst und anschauliches Denken.* Berlin: Henschelverlag, 1976.

Anhang

[41] Wirth, K.: *drawing creative process (zeichnen visualisieren) dessiner creation visuelle.* Zürich: ABC Verlag, 1976.

[42] Wright, F. L.: *Ausgeführte Bauten und Entwürfe von Frank Lloyd Wright.* Illinois: The Prairie School Press, 1975.

[43] Zakrzewski, M.; Zick, K.: *Fachzeichnen mit Arbeitsblättern.* Berlin: VEB Verlag für Bauwesen, 1972.

[44] Zeisig, A.: *Neue Lehre von den Proportionen des menschlichen Körpers.* Leipzig: Rudolf Weigel, 1854.

[45] ... *Häusgärten, Skizzen und Entwürfe aus dem Wettbewerb der WOCHE.* Berlin: Verlag August Scherl, 1908.

[46] ... *Fünf Architekten aus fünf Jahrhunderten.* Herausgegeben von Ekkart Berkenhagen. Berlin: Katalog 5 – 1969 der Sammlungskataloge der Kunstbibliothek Berlin.

[47] Tessenow, H.: *Hausbau und dergleichen.* Aachen: Verlag Dr. Rudolf Georgi/Woldemar Klein.

Namenverzeichnis

Aalto, Alvar 21, 54, 56, 65, 170, 171
Albert, Peter 94, 135, 162, 163, 183
Alberti, Leon Battista 102
Andres, Günter 16, 36, 141
Asplund, Gunnar 110

Baarß, J. 138
Bankert, Dieter Vorsatz, 65, 119
Bauch, Werner 74, 75
Bauer, F. 135
Baumbach, Peter 22, 46, 63, 65, 80, 92, 98
Beckert, Fritz 200
Behrens, Peter 28, 30, 123, 152, 180, 181, 207
Bernini, Lorenzo 33
Bonatz, Paul 128

Chiaveri, Gaetano 78, 79, 84

Denda, Manfred 23
Döllgast, Hans, 92, 131, 132, 134, 145, 146, 148, 151, 176, 177, 178, 184

Eichberg, Werner 124, 125, 188
Esch, Albert 163

Felz, Achim 40, 133
Fischer, Theodor 108
Fischer von Erlach, Johann Bernhard 55

Gilly, Friedrich 54, 56, 58, 59, 203
Gollwitzer, G. 210
Gontard, Carl von 104, 105
Göpfert, Rolf 21, 71, 97
Greiner, Johannes 204

Hausdorf, Siegfried 24, 111, 113, 114, 115, 138
Helbig, Jochen 41, 52
Hugk, Ullrich 67, 68, 69, 78, 111, 112

Jacoby, Helmut 34, 122, 123, 138, 164, 165, 166, 167
Jünger, Gisela 24
Juvarra, Fillipo 42

Karlowicz, Ryszard 160
Kaufmann, Erich 76
Kny, Michael 28
Körber, Jürgen 39
Krause, Carl 5, 17, 43, 50, 71, 112, 115, 120, 121, 139, 151, 157, 182, 183, 188, 189, 191, 194, 195, 196, 197, 199, 204, 207
Krause, Ruth 145
Kuntzsch, Dietmar 49, 110

Lasch, Rudolf 61, 126, 135
Le Corbusier 12
Lenné, Peter Josef 19, 74, 199
Leonardo da Vinci 16
Longuelune, Zacharias 73, 86, 87, 103
Lorenz, Helmut 116

Mackintosh, Charles Rennie 89
Marx, Karl 54
Matthes, Hubert 192
Meißner, Jürgen 140
Mendelsohn, Erich 12, 14
Michelangelo, Bounarroti 178
Mies van der Rohe 34, 128
Müller, Wolfgang 120

Neumann, Balthasar 11
Niemeyer-Holstein, Otto 220
Nitsch, Walter 20, 144, 156, 158

Palladio, Andrea 40
Pfeiffer, Wolfgang 130, 131
Prasser, Manfred 87
Pretsch, Alfred 50, 187

Reischl, Antal 209
Rettig, Heinrich 85
Ricken, Herbert 19, 72
Riegel, Max 155
Röckel, Sigmar 16

Saarinen, Eero 60
Schinkel, Karl Friedrich 12, 28, 54, 56, 76, 77, 105, 136, 146, 147, 203, 208
Schmiedel, Hans-Peter 18, 24, 33, 96, 207
Schumacher, Fritz 52, 72
Seifert, Achim 42, 53, 192
Semper, Gottfried 36, 54, 60
Sintschenko, Wladimir 16, 118
Skujin, Peter 205
Sommerer, Karl 45, 129
Stark, Fritz 155
Steinbrück, Christa 146
Stingl, Helmut 61

Tessenow, Heinrich 12, 13, 109, 198, 199
Trauzettel, Helmut 47, 48, 49, 63, 100, 101, 200
Trauzettel, Ludwig 132

Unbehaun, Helmut 35

Van de Velde, Henry 28
Villard de Honnecourts 87
Vitruvius Pollio, Marcus 5, 10

Wagner, Manfred 45
Wagner, Otto 12, 13, 14, 88, 106, 107, 202
Weiß, Peter 82, 137
Wellner, Dietrich 15, 27, 44, 185, 190
Wessel, Gerd 125, 144
Wienke, Karl 116, 117
Wirth, Kurt 38, 168
Wright, Frank Lloyd 127, 153

Zumpe, Manfred 80, 81, 90, 95 161, 180, 209

Anhang

Sachwörterverzeichnis

Aktzeichnen 43, 46, 190
Akzidentperspektive 146, 153
Ansichtszeichnungen 52, 77, 85, 87 bis 90, 92 bis 100
Anvisieren 134, 141, 159
Architekturdarstellung 34, 118 bis 167
Augenhöhe 135, 143, 154
Ausführungszeichnungen 22
Automatisches Zeichnen 22, 24, 28, 29
Axonometrie 128, 129

Bauaufnahme 40, 41, 46, 52
Bäumezeichnen 74, 75, 77, 120, 123, 125, 127, 135, 144, 158, 165, 166, 183, 185, 190, 192 bis 198, 200 bis 208
Beschriftung 205, 209
Bespannen 220, 221
Bildebene 134, 140, 142, bis 144, 148, 149, 154, 155
Bildende Kunst 12, 13, 33, 88, 104, 106, 107

Detailzeichnungen 36, 40 bis 42, 102 bis 117
Distanz 140

Eigenheime 129, 142, 153
Eigenschatten 180, 181
Entwurf 28, 37
Entwurfszeichnungen 22, 72 bis 101

Fahrzeuge 44, 185, 191
Federzeichnung 39 bis 42, 44, 47 bis 52, 63, 66, 105, 108, 119, 121, 128, 129, 181, 185, 187, 190, 191
Figuren 122, 123, 130, 138, 139, 161, 182, 184 bis 190, 198, 201, 203, 204
Fixieren 225
Fläche 171 bis 173
Fluchtpunkte 136, 142 bis 145, 148 bis 151, 154, 157
Formate 218, 219
Fotografie 43, 219
Freihandzeichnen 38 bis 53

Gesellschaftsbau 17, 23, 29, 35, 63, 141
Grundrißzeichnungen 37, 60, 68, 76 bis 82, 91 bis 93, 101, 209
Grüngestaltung 19, 74, 75, 116, 117, 129, 135, 161, 162, 194, 199, 200, 201, 202

Haltung der Hand 169
Härtegrade der Bleistifte 211 bis 214, 221

Höhenangaben 224, 233
Horizont 136, 137, 142, 143, 148 bis 151, 154, 156, 157
Horizontlinie 134, 139, 143, 148 bis 151, 154, 156, 157

Ideenskizzen 14, 21, 54 bis 71
Innenraumperspektive 18, 124, 138, 139, 144, 156, 161, 162
Isometrie 22, 128 bis 131, 196, 197

Kernschatten 180, 182, 183
Konstruktionsflächen 171 bis 174
Kreuzschraffur 75, 174
Kupferstich 12, 79, 84, 118, 121

Lageplan 73 bis 75, 85, 88 bis 90
Landschaft 39, 159, 200, 203
Lavieren 11, 33, 59, 104, 107, 122, 165 bis 167, 177, 179
Legende 75, 117
Lichtpausverfahren 210, 221, 213, 218, 219
Lineator 213 bis 216
Linie 168

Maßangaben 223
Maßeinteilung 222
Maßstäblichkeit 78 bis 83, 100, 206
Maßstabsleiste 70, 86, 132, 224
Möbel 113 bis 115, 138, 142, 162, 201 bis 203, 209

Naturstudium 38, 39, 41 bis 43, 48, 49, 192, 194, 195
Netzhautbildperspektive 20, 155 bis 159
Nordpfeil 224, 225

Ordinaten s. Höhenangaben
Orthogonale Projektion 35, 75 bis 85

Perspektive 43, 134 bis 159
Pflanzen 183, 192 bis 197, 199, 204 bis 207
Plastizität 43, 122, 123, 160, 161, 165, 166, 176, 178 bis 183, 188, 203
Projektionsfläche 155
Proportionen 140

Radieren 221, 222
Reißzeug 214, 215, 217, 218

Rekonstruktion 9, 68 bis 70, 100, 101
Rundungen 43, 45, 147

Schatten 84, 94, 104, 122, 125, 138, 140, 153, 161, 165, 176, 177, 180 bis 183
Schautafeln 25, 226
Schlagschatten 88 bis 91, 95, 122, 125, 160, 176, 181 bis 183
Schneiden 224, 225
Schnittzeichnungen 52, 66 bis 69, 84, 86, 88, 90, 94, 95, 97, 101, 111, 112
Schraffuren 161, 172 bis 175, 222, 223
Sehstrahl 141, 154, 155
Staffage 124, 164
Standpunkt 142, 143, 148, 149, 154 bis 159
Stich s. Kupferstich
Strichdicken 12, 85, 89, 171
Strukturen 167, 171 bis 175

Teilpunkt 143, 148, 149
Tiefenteilung 141, 143, 145, 146, 148, 149
Transparentpapier 210, 213
Treppensteigungen 47, 150, 176, 224
Trimetrie 133

Umgestaltung 9, 23, 26, 32, 69, 121, 132, 152

Verhältnisse s. Proportionen
Verkürzungen 44, 141
Vervielfältigung 210, 211, 213, 218, 219
Vogelschau 23, 26, 30, 62, 63, 71, 119, 120, 125 bis 127, 135, 152, 160, 161, 163, 165, 196, 197, 204
Vorstellungsvermögen 46, 50, 52

Wettbewerbe 79
Wohngebietsplanung 15 bis 17, 23, 29, 35, 61, 135, 139, 141
Wohnungsbau 15 bis 18, 29, 36, 128, 130, 133, 135, 142, 161, 183

Xerografie 210, 219

Zeichenkarton 210, 211
Zeichenpapier 210, 211
Zentralperspektive 24, 42, 44, 121, 125, 141 bis 145, 147, 150, 151
Zirkel 215, 217

Abbildungsnachweis

Staatsarchiv Dresden 76, 82, 86, 89, 101; Staatliche Museen zu Berlin 80, 103, 104, 148, 164, 240; Staatliche Schlösser und Gärten, Potsdam-Sanssouci 11, 77; Hochschule für Architektur und Bauwesen Weimar 195, 196, 213; Institut für Denkmalpflege, Dresden 34, 50, 87; Institut für Denkmalpflege, Abt. Meßbild, Berlin 30, 59; Kadatz, H.-J., Woltersdorf 24, 128, 129, 173, 205, 239; Andres, Günter, Erfurt 29, 155; Albert, Peter, Dresden 95, 152, 184, 207; Bankert, Dieter, Berlin 66, 123; Bauch, Werner, Dresden 78; Baumbach, Peter, Rostock 15, 41, 64, 65, 67, 83, 94, 99; Denda, Manfred, Leipzig 16; Göpfert, Rolf, Dresden 14, 73, 74, 98; Greiner, Johannes, Berlin 234; Hausdorf, Siegfried, Dresden 17, 111, 115, 116, 117, 151; Hugk, Ullrich, Weimar 68, 69, 70, 71, 79, 81, 112, 113; Helbig, Jochen, Dresden 34, 50; Kaufmann, Erich, Rostock 79; Kny, Michael, Berlin 22; Krause, Carl, Berlin 9, 36, 48, 75, 114, 118, 125, 137, 153, 166, 167, 168, 169, 170, 175, 176, 177, 179, 180, 192, 194, 203, 206, 208, 210, 211, 212, 216, 217, 218, 220, 221, 223, 225, 228, 235, 237, 266, 267, 268, 269, 270, 271; Krause, Ruth, Berlin 161; Kröber, Jürgen, Berlin 31; Kunsthochschule Berlin-Weißensee 35, 51, 52, 222; Kuntzsch, Dietmar, Berlin 46, 47, 119; Lasch, Rudolf, Rostock 62, 132, 146; Lorenz, Helmut, Erfurt 122; Matthes, Hubert, Berlin 226; Meißner, Jürgen, Berlin 154; Müller, Wolfgang, Leipzig 124; Nitsch, Walter, Erfurt 12, 160, 178; Pfeiffer, Wolfgang, Berlin 138; Prasser, Manfred, Berlin 88; Pretzsch, Alfred, Weimar 49; Reischl, Antal, Budapest 142; Schmiedel, Inge, Dresden 10, 18, 23, 25, 97, 238; Skujin, Peter, Berlin 236; Sommerer, Karl, Berlin 40, 163; Steinbrück, Christa, Dresden 156; Stingl, Helmut, Berlin 61; Trauzettel, Helmut, Dresden 42, 43, 44, 45, 63, 100, 230; Trauzettel, Ludwig, Wörlitz 141; Wagner, Manfred, Dresden 39; Weiß, Peter, Berlin 85, 149; Wellner, Dietrich, Leipzig 7, 19, 20, 38, 209, 219; Wessel, Gerd, Berlin 131, 159; Wenke, Karl, Karl-Marx-Stadt 120, 121; Zumpe, Manfred, Dresden 84, 93, 96, 183, 204, 241; Felz, Achim, Berlin 33, 142; Reproduktionen aus folgenden Werken (siehe Literaturverzeichnis) [1] 13, 54, 55, 193; [4] 233; [5] 1, 3, 3b, 53, 60, 90, 92, 107, 110, 134; [9] 139, 140, 144, 145, 162, 163, 165, 166, 171, 172, 198, 199, 200, 201, 202; [14] 185, 186; [17] 27, 127, 150, 187, 188, 189, 190, 191; [22] 6; [25] 56, 57, 58; [33] 26, 102, 243; [38] 4, 91, 105, 106, 232; [39] 5, 109, 229; [42] 133, 174; [45] 147; [47] 108.

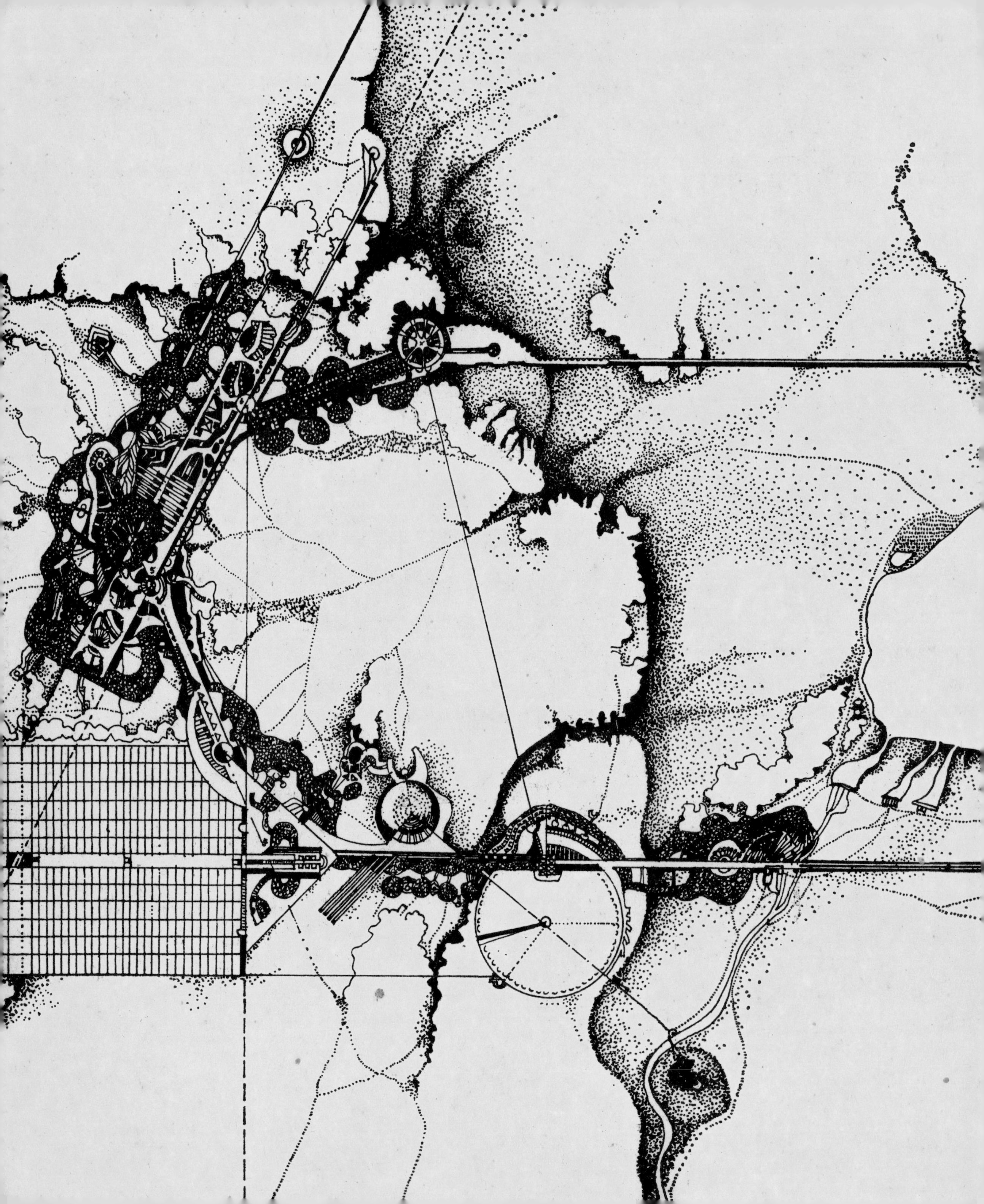